复古之路

中国西北行记

姜 野 ◎ 著

中国华侨出版社
·北京·

图书在版编目（CIP）数据

复古之路：中国西北行记 / 姜野著. —北京：中国华侨出版社，2023.8
ISBN 978-7-5113-8959-6

Ⅰ.①复… Ⅱ.①姜… Ⅲ.①游记—作品集—中国—当代 Ⅳ.①I267.4

中国版本图书馆 CIP 数据核字（2022）第 258436 号

复古之路：中国西北行记

著　　者：姜　野
选题策划：杨　宁　张　博
责任编辑：刘晓燕
经　　销：新华书店
开　　本：710 毫米×1000 毫米　1/16 开　　印张：20.25　　字数：290 千字
印　　刷：北京鑫益晖印刷有限公司
版　　次：2023 年 8 月第 1 版
印　　次：2023 年 8 月第 1 次印刷
书　　号：ISBN 978-7-5113-8959-6
定　　价：98.00 元

中国华侨出版社　北京市朝阳区西坝河东里77号楼底商5号　邮编：100028
发行部：（010）64443051　　传　真：（010）64439708
网　　址：www.oveaschin.com　　E-mail：oveaschin@sina.com

如发现印装质量问题，影响阅读，请与印刷厂联系调换。

序

  2019 年的 7 月末，我结束了三个月的横穿美国之旅，从加拿大多伦多飞回北京。8 月，我的第一本旅行游记《天生流浪家》出版。后来一直到 2020 年年初，我分别前往中国新疆北疆、韩国济州岛及尼泊尔短暂旅行。从加德满都回国的前几天，我咳嗽得很厉害，并且在到达家中的第二天就感冒发烧了，吃了少许退烧药，情况便好转了。

2019 年，我在美国科罗拉多大峡谷

复古之路 ~中国西北行记~

又过去半个多月，新冠病毒肆虐，人们的生活发生了天翻地覆的变化，一切都被按下了暂停键。直到两三个月后，国内的疫情逐渐得到控制，各地也都陆续恢复了正常运转。这时的东北也已春暖花开，冬日的阴霾一扫而光，久违的阳光和新鲜的空气让人感到前所未有的稀缺与宝贵。人们迫不及待地走出家门，重新投入大自然的怀抱中。我也按捺不住尘封已久的心，在这个春天为自己计划了一场新的旅行。

中国西北部和中亚地区对我有种神奇的魔力，那里是我去过多少次都意犹未尽的地方。2013年至2019年，我曾四度踏上丝绸之路，但因时间受限，每一次我都只是走马观花，匆匆就离开了。所以在疫情席卷全球后，热情丝毫未减的我再一次将目光投向了辽阔的西部。居家期间我曾无数次打开地图，虽不能立刻动身前往，神游一番也心满意足。这一次，我想通过不同的方式踏上丝绸之路。

我将这次旅行分为三部分，每部分都将沿途拜访古代遗址作为旅行观察的重点。像古人一样一点一点走在丝绸之路上，用双脚将一座座历史名城串联起来，于是我为这场旅行起名为"复古之路"。

复古之路的第一部分我选在甘肃省的河西走廊，我计划用两个月从兰州徒步到达酒泉瓜州。河西走廊是中国内地通往西域的必经之地，也是佛教东传和东西方商贸交往的交通要道。河西走廊历史悠久，文化厚重，历史上众多将领、使者、高僧都曾云集此处。博望侯张骞从此走向西域，凿空丝绸之路；骠骑将军霍去病在此大败匈奴，设立世界上最早的军马场；隋炀帝杨广在这里召开万国博览会——号称世界上最早的世博会。总而言之，河西走廊对于中华民族有着非凡的意义，它是文明互鉴的重要枢纽，也是大国腾飞的历史见证。

旅行的第二部分我选择在2020年的冬日里前往黄河河套地区。由于天气寒冷，所以我将利用公共交通和在当地租车自驾的方式来完成这段行程。12月的沙坡头寒风凛冽，黄河也放缓了东去的脚步，塞外江南已然进入了冬眠状态。不管气候多么严苛，我仍迫不及待地想要到达。早在三万年前，就有原始人类在贺兰山下的黄河东岸聚居生活，这里地势平坦，贺兰山和黄河像父母一样养育并滋润着这方土地，这使得羌人和匈奴人及其他少数民族能够在此繁衍生息；而到了秦朝，秦人开始引黄河水灌溉农田，秦朝大将蒙恬受命在阴山修筑长城以抵御匈奴来犯；汉代时，汉武帝多次出巡此地，并设定安郡，继而进行了大规模的移民，以充实边塞；到了唐代，"安史之乱"爆发，太子李亨进入宁夏，后在灵武登基，凭借朔方军和回纥等游牧民族的力量，迅速壮大自己，最终平叛成功；几百年后，党项人李元昊更是在这片富饶的土地上大展身手，元昊称帝后建立起了强大的西夏王朝，并先后与宋、辽、金形成鼎足之势，享国近二百年，直至蒙古人的到来，这个神秘的王朝才彻底地从历史长河中消失了。可以说，河套地区的历史几乎是在刀剑碰撞声和战马嘶鸣声中书写的，这里也是历代中原王朝与北方游牧民族不断争夺的桥头堡。

　　旅行的第三部分在2021年的春天正式拉开帷幕，对于一个热爱西部旅行并热衷探索丝路历史文化的旅行者而言，新疆是一个绕不开的目的地，而这次我将用自己最擅长的方式，也就是骑自行车来走完这段漫漫长路。每当说起新疆，我的思绪都会飘荡回2013年的那个春日，因为在那年我只身一人背上行囊踏上了前往新疆的旅途，这是我人生中第一次长途旅行，那是一次初识新疆之旅。2019年夏天，我在结束了美国的旅行后，再次来到新疆，而每一次到来都像第一次，因为每一次都有新的感受和收获。我的内心始终有着一份新疆情结。新疆对于很多人来说是遥远的代名词，它是那样可望而不可即，但事实上，在我们的日常生活中处处都与之有关。我们今天所吃到的葡萄、西瓜、大蒜，以及弹奏的众多乐器，甚至日常交流用语中的一些词汇都是经由新疆传入内地，毫不夸张地讲，是新疆和丝绸之路塑造了我们今天的生活。由此可见，新疆是一个人文荟萃的广阔天地，是众多民族的共同家园，历史上每一个伟大的王朝都在此书写过壮丽的篇章。

　　本次旅行我事先通过网络联系了两名同行者，我和这两位朋友以往没有任何交集，完全是因为这趟旅行而聚到一起。他们分别是来自西安的王保民和河南的卫强强，王保民已经69岁了（2020年），他在退休的这些年里，曾

复古之路 ~中国西北行记~

在世界各地背包旅行，可以说是一个拥有十足旅行经验的老人。他喜欢别人称他为"老王"，不管对方与自己有多大的年龄差，因为这样才显得没有距离感，所以我也如此称呼他。而卫强强只比我大一岁，他喜欢人们以"十三"称呼自己，我并不知道数字十三对他意味着什么，但我尊重他的喜好。十三已经结婚成家，拥有一个女儿，工作相对自由。他从没有长途旅行过，但对路上的生活充满了热情和向往，这是我决定与他同行的主要原因。反观即将70岁的老王，我对他能否完成这样长途艰辛的跋涉充满了顾虑，出发前一再叮嘱他要多加保重。他们两个并不会同时与我行走，按照计划，老王首先与我会合，待到达张掖后，十三再赶来接替老王并与我一同到达酒泉瓜州。

无论是这场旅行的第一部分还是之后的两部分，从最初设计规划路线到实际操作，目标都十分明确，探访各处丝路遗址就是本次旅行的主题。当我们不畏劳苦走近这些遗址，亲眼看到残垣断壁的那一刻，内心就立刻明白了西北这片土地对中华民族意味着什么。通过这样的一次行走，我想，也是对"一带一路"倡议的一种践行。

这场旅行对我来说是一场前所未有的挑战。中国历史悠久，所以在这条路上各个时期的遗址灿若繁星，我在筹备这场旅行的过程中着实花费了不少时间和精力。出于对历史的尊重，我不敢在没有弄清楚前妄加推断，希望读者朋友能够感受到我的一片赤诚。由于我并不是专业的文化历史学者，只是一名普通的旅行者，所以在历史和文化上的表述如有不足之处，还请大家多多包涵和指正。我将尽可能地展现途中我们所见到的每一处古代遗址，并且我发誓，书中所有的故事、人物细节都是绝对真实的，我要做的就是将自己所看到的一切呈现给大家。

接下来请您和我们一起，背起行囊沿着先贤的足迹一路向西，去看看那些曾经的文明遗迹，我相信这一定是一趟难忘的旅程。

姜 野

2022 年 1 月 3 日

目录

第一部分 （河西走廊）
进入河西走廊 / 3
从古浪到武威的旅程 / 11
与长城同行 / 18
河西走廊的十字路口 / 23
穿越沙漠 / 29
前往黑水城 / 39
抵达瓜州 / 44
千年敦煌 / 49
重走玄奘西行路线 / 56

第二部分 （河套地区）
阴山下 / 69
从后套平原驶向毛乌素沙地 / 76
重返银川 / 80
从贺兰山到无定河 / 85

逆流而上 / 89
穿梭在黄土高原 / 94
六盘山下清水河畔 / 100
好水川古战场 / 103

第三部分 （新　疆）
黑山岩画 / 109
通往新疆的大道 / 113
哈　密 / 117
走出无人区 / 120
火　洲 / 124
走进吐鲁番 / 128
迈向南疆 / 133
从博斯腾湖到孔雀河 / 139
营盘古城 / 143
顺河而下 / 150

车尔臣河绿洲 / 156

河流与沙漠 / 160

丝路南道上的和田 / 164

叶尔羌汗国 / 169

喀什噶尔的记忆 / 173

从喀什到塔什库尔干 / 177

走进塔吉克人家 / 182

与风沙搏斗 / 188

图木舒克 / 195

夜宿阿恰勒 / 202

消失的姑墨国 / 207

沙尘暴袭来 / 211

飞地孤城 / 215

西域都护府 / 219

库　车 / 226

在荒原上寻找古城 / 230

克孜尔千佛洞 / 235

向独库公路进发 / 240

告别塔里木盆地 / 246

滞留在巩乃斯河谷 / 253

草原八卦城 / 256

乌孙故地 / 260

躲避暴风雨 / 266

翻越乌孙山 / 269

在伊宁的时光 / 273

惠远镇 / 277

失落的"中亚乐园" / 281

赛里木湖 / 284

行进在天山北麓 / 289

安集海的红色海洋 / 293

从石河子到乌鲁木齐 / 297

疏勒城 / 302

伤病来袭 / 308

后　记 / 314

第一部分
河西走廊

进入河西走廊

    2021年5月23日，我从辽宁出发，24日抵达兰州。这是我第二次来兰州了，相隔七年，兰州似乎还是老样子，没感到有什么变化。黄河岸边人流如潮，许多当地人坐在树荫下，手里端着一碗三炮台，悠闲地享受着惬意的午后时光。我几乎是和老王同时到达兰州的，所以我刚到住处就去与老王会合了。我直奔甘肃省博物馆，我们约在博物馆门前见面。来到博物馆后，我四下里寻找着老王，因为之前只见过老王的照片，所以一时难以立刻从人群中辨认出他来。

    "小姜！小姜！"我身后突然传来几声急促的呼喊。

    我寻着声音转过头去，看到老王朝我快步走来。老王虽已年近古稀，但精神面貌极佳，行动起来也迅速利落。老王上身穿着一件灰色衬衫，下身穿着一条牛仔裤，脚踏一双橄榄色徒步鞋，瘦削的肩上背着30斤（15千克）的大背包，显得极不协调，胸前还斜挎着一个黑色小包。我们握手寒暄后，一同走进博物馆。未来的半个月我们每天都要

老王

在一块儿，一同面对在路上可能发生的一切。

之所以选择在博物馆见面，主要还是因为这里既离黄河岸边不远，又是我们未曾参观过的地方，更何况大名鼎鼎的"铜奔马"和"驿使图画像砖"都在这里珍藏展出，想要了解一个地域的文化历史，博物馆就是不二之选。这里不仅有汉代铜奔马和魏晋墓画像砖，还有北凉时期的壁画和佛像。恰逢这段时间是文物特展，所有展品均为历代真品，机会难得。

张骞策马出使的雕像矗立在展厅外，张骞对于每一位踏上丝路的旅行者来说都是"教父"一般的存在。他开拓进取的精神也激励着一代又一代中国人，所以在他老人家面前，对于即将出征河西的两个后生来说，除了敬仰还希望他的在天之灵保佑我们平安顺利。

提到兰州，人们往往会首先想到兰州拉面，但在兰州，人们称之为"兰州牛肉面"。在兰州，牛肉面店随处可见，可别小看这一碗牛肉面，这可是兰州人乃至西北人最常吃的餐食之一，在之后的旅途中，牛肉面也是我和老王最常选择的美食。当地人能够吃出每一家牛肉面的差别来，我和老王吃不出有什么明显的不同。每一家店在一大清早都有成群的人排队等候，为的就是吃上一碗热气腾腾的牛肉面。兰州人吃牛肉面通常会随意搭配，点上一份茶叶蛋，或外加一碟牛肉，再配上一碟小菜，就是一顿丰盛的早餐，吃饱了肚子，一天下来才有精气神。据说兰州有3000多家牛肉面馆，每天能够卖出约200万碗牛肉面，消耗约370吨面粉、30吨辣子，真是让人瞠目结舌。

我和老王在兰州只停留了两晚，迫不及待地想要离开都市深入荒野。5月26日，我们在兰州阴郁的清晨中醒来，刚离开住处，天空便下起了牛毛细雨，雨水并不能阻止我们前行。就这样，两个装束奇怪的人逆行在早高峰中的兰州街头。

雨时而大时而小，老王背着包健步如飞，起初我们还并肩而行，边走边聊着彼此的过去，但到了午后，我的双脚开始疼痛起来，每走一步都变得异常艰难，渐渐地我就被老王甩在了后头。

下午坐在路旁休息时，我把鞋子脱下来，脚掌磨出了一个指甲大的水泡，这是我人生中第一次把脚磨出水泡来，没有任何应对的经验，一时不知该如何是好。不过好在老王拥有丰富的生活经验，指导着我将水泡挑破，我这才能够继续跋涉，但走起路来仍然一瘸一拐。虽说这已不是我第一次徒步旅行，但以往都是在野外的沙土路面行走，在这样坚硬的柏油路上长时间行走，对双脚的考验确实增加了不少，我差不多用了半个月才逐渐适应了这样的行走。反观老王时刻斗志昂扬，步伐稳健，丝毫看不出这是一位年近70岁的老人。

这天傍晚我们走进了黄河岸边的504厂，住进了一户民宿中。这里占地面积不大，但学校、医院、餐厅、俱乐部一应俱全。住在这样的社区环境中，感觉还是挺特别的，像走进某单位的家属大院，每个人都属于同一个体系之中。

我和老王第一天的行程就在这样湿漉漉的天气中结束了，我除了双脚有些痛苦其他都还好，老王倒是比较适应长途行走，没有丝毫异样。我们边走边聊天，一路上聊了许多，慢慢地相互熟悉起来。我发现老王并不像我们刻板印象中的中国大爷，他没有丝毫长辈的架子，能够和年轻人打成一片，尊重任何人的任何选择，并能合乎时宜地给出一些自己的人生经验，这一切都让我打消了出发前的所有顾虑，像吃了一颗定心丸，更加有信心地和老王完成这场艰辛的徒步之旅。

次日上午，天气转晴，我们跨过黄河，行进在庄浪河河谷中。河谷面积不大不小，有限的耕地勉强可以养活这里的村民，一路上村庄小镇不断，所以我们的背包中并不需要携带很多水和食物，随时都可以在途中买到。这里的农作物以玫瑰花为主，听老乡说近几年玫瑰的收购价格下降了不少，所以种植户也随之减少了，但玫瑰种植依然是这里的主要经济来源。

这里的风光谈不上惊艳，河谷两岸多是贫瘠的黄土丘，但随着往里深入，你会发现河谷西侧拥有大片的丹霞地貌。提起丹霞地貌，很多人一定首先想到张掖的七彩丹霞，这里的却鲜为人知。此处丹霞地貌的面积比张掖的更广大，但在色彩上要逊色一些，所以也就显得平平无奇了。

复古之路 ~中国西北行记~

这几日每每到了傍晚，就刮起大风，风卷起沙尘使人不悦，所以我们通常会借宿在当地人家或住在路边的废弃房屋，避免直接暴露在风沙中。

一天中午，我和老王行进在村庄公路上，忽然从身后传来一阵招呼声。我转过头去，一位身材瘦弱的大叔推着一辆自行车，头戴一顶草帽，身着深色条纹毛衫，外层还套着一件褐色马甲，大叔快步走上前主动与我攀谈起来。

"你们这是干啥呢？"大叔操着一口浓重的甘肃方言并上下打量着我。

"我们徒步旅游呢。"我对大叔笑着说。

"旅游？"

大叔迟疑了片刻接着又问："你成家了没有？"

"我还没结婚呢。"

"你爸妈是干啥的？"

"他们是自由职业，自己做买卖。"

"你不结婚你爸妈不担心吗？"大叔将问题一个接着一个抛向我，每个问题都像一个石块重重地砸在了我的脑袋上。

"啊……不担心……"我的语气略带一丝尴尬。

"为啥不担心？"大叔步步紧逼。

"你们这里结婚比较早是吧？"我故意将问题转移给他，不想继续回答下去。

"不是早……你这个徒步旅游是学的西方人是吧？"大叔继续固执地扮演着发问者。

我只是轻轻地"嗯"了一声，没有做过多的回答。

"你们这是学的西方人是吧？但是我们中国人讲究的是孝道呀，你们这样不好，知道吧？"大叔终于把心里话说出来了，我也彻底明白了他的用意，但我并没有说什么，只是一个劲儿地冲他微笑着。

"前面就是我家，到我家里坐坐吧，我想和你聊聊关于人生的问题，行不行？"大叔不依不饶。

我立刻叫住前面不远处的老王，希望让年长一些的老王来应对这个"好心"的大叔。老王停在前面，大叔和我走了过去。

"你们这样不对，父母会担心的，知不知道？父母天天在心里想着儿子走到哪儿了，今天晚上睡在哪儿了，这是对父母不孝啊，没有必要这样徒步。"大叔不依不饶地想把自己的观点灌输给我们。

"人家年纪大了，退休了没事干可以这样。你才31岁不能这样，你这是不孝啊！"大叔边说边用手指着我，一副教训自己子女的架势。

我在一旁始终默不作声，只是出于礼貌微笑着不断点头回应着他。

老王在一旁有些听不下去了，于是对大叔说："你说他年轻应该干啥？结婚生子？他父母曾经都是老师，儿子这样开心高兴，父母就会开心高兴……所以说，人应该知道自己想要干啥，而不是别人应该干啥。"

老王的一番话算是为我解了围，大叔也终于不再继续指责我了，但从他的神情中仍可以看出他的固执。

就这样我们双方各持己见，僵持了好一阵子，因为大叔是长辈，我并没有做过多的辩驳。老王是心直口快的人，始终在为我说话。就在这个艳阳高照的晌午，三个人凑到一块儿，你一句我一句，彼此都想用自己的论据赢得辩论的胜利。

半小时过去了，双方仍争执不下。

"好的，谢谢您，我们还要赶路，先走了，祝您生活幸福！"我趁大叔语无伦次之际立刻拉着老王向大叔辞别。

我们双方谁也无法撼动对方的观点，我不知道谁是对谁是错，但我清楚一点，两个人在不同的环境中成长，所建立的人生观就会不尽相同，谁也不用试图说服谁，这样毫无意义。庄子曾经说过："井蛙不可以语于海者，拘于虚也；夏虫不可以语于冰者，笃于时也；曲士不可以语于道者，束于教也。"只要自己觉得是对的，不必在意他人的言语，去做就是了，因为除了你自己，没人会对你的人生负责。

随着旅途的深入，从第四日开始，我的脚底就频繁磨出水泡，但此时我已经能够应对自如了。忽然有一天，我的右腿胯骨关节处疼得厉害，每走一步都有明显的痛感，这就直接影响了我的行进速度。我独自一人在后面缓慢行走，老王在前方一两千米处边走边停下来等我，并时不时地安慰我过些天就会好。我不得不承认，我低估了这趟徒步旅行的强度。虽说我曾有过几次负重徒步的经验，但那都是在松软的泥土路面，而这次是坚硬的柏油大道，身上压着二十几斤的背包一走就是一整天，脚底疼得厉害。即使这样，我仍然没有打退堂鼓，因为这才只是开始，后面还有很多我想要到达的地方，想到这些浑身就再次充满了能量，咬牙坚持着。

这些日子里，每天上午都是晴空万里，眼前是一派田园牧歌，一到傍晚就开始疾风骤雨。

向北走，路旁的山势变高了，山体仍旧光秃秃的，北边山上的积雪依稀可见，山上雪水融化形成眼前的庄浪河，于是山下河谷的绿洲便形成了，村庄也就连成一片，这一点和新疆相同。田地里种了很多莴笋和小麦，就算土壤看上去并不肥沃，但农民仍在有限的耕地中辛勤劳作着。

我和老王在一个晌午到达武威市天祝藏族自治县，这里海拔略高于此前的河谷，气温明显降低了，紫外线也有所增强，天空就变得触手可及。我们将整个下午用来休息，把连日来的脏衣服洗干净，另外也给我的双脚一个难得的恢复时间。

翌日清晨，我们从县城走出来，远处的雪山仿佛一下子被拉近了。昨天夜里降下不少新雪，但气温还不足以将冰雪留存，到了中午就融化殆尽了。这里的海拔达到了 2700 米，所以并不会觉得热，山坡上的牧草仍是枯黄的。

下午我们在路旁不远处看到一段明长城遗址，断断续续的夯土墙破败不堪，长城附近的山坡上还有几座烽燧。长城周边是贫瘠的耕地和干涸的河道，墙体用黄土和碎石子混合筑成，城墙残高 1~4 米，厚度约 1~1.5 米，墙下的杂草长到膝盖处，如果不留意观察，很难发现它的存在。

再往前走，一道山岭横亘在道路前方，高大的山岗将视线完全遮住，这就是乌鞘岭，翻过它，就代表着进入了河西走廊，我和老王花了一上午翻过

第一部分　河西走廊

乌鞘岭。这里海拔并不算高，天气也十分晴朗，并没有想象的那样变幻莫测。对拥有众多崇山峻岭的中国而言，乌鞘岭毫不起眼，甚至很多人都不曾听说过它，就是这样一座普普通通的山岭，在两千多年的历史长河中所扮演的角色却举足轻重。这里不但是中原内陆通往河西走廊和西域的咽喉要道，也是我国季风区和非季风区的天然分水岭，从东南沿海吹向内陆的暖湿空气在此停下了脚步，站在乌鞘岭北侧转身回望，山的南侧汇聚了厚厚一层云朵，山的北侧天空依旧高远清澈。

乌鞘岭上的明长城是保存相对完整的一段，远近山坡上蜿蜒的土城墙连同星星点点的烽燧一同守望着乌鞘岭，边关所独有的严峻威武之气丝毫不减当年。墙体遍布洞孔，有的成了鸟窝和野兔的洞穴。羊倌有时也会在墙体上挖出一个大窟窿，在阴雨的天气里成为可以栖身的避风港。

我站在乌鞘岭明长城前

复古之路 ～中国西北行记～

在明朝时期，从此地向西到嘉峪关，就算是来到了偏远的边塞，再往西是更加遥不可及的异域。但在如今，公路、铁路一直向西延伸，直达帕米尔高原和霍尔果斯，这里已不再是烽火连天的边关重地。如果大明守边将士的灵魂还在的话，那他们一定会继续恪尽职守，只是他们还不知道，嘉峪关以西已尽是中华国土。

从乌鞘岭上走下来，继续沿着河谷行进，沿途散落在河谷中的村庄被统一迁移安置在设施更完备的新村。有些村镇建设得非常整齐，村镇卫生院、人民法庭、村委会广场一应俱全，有的村子甚至还有戏台和村史资料馆，这些设施都是中国近年来扶贫政策的成果。

穿过安远镇，就抵达了古浪县，我的右脚踝肿胀了一整天，两只脚有三个指甲内充满了瘀血，这才是旅途的起始，我的下肢就接连出现状况，我甚至不知道能不能顺利地走完全部旅程。有那么一瞬间，我开始对这场旅行充满了怀疑。出发前，我多次憧憬这场有趣的旅行，但现在，躺在旅馆的房间中，我却不得不承认前途未卜这一现实。为了让接下来的旅途更加顺利，我必须在古浪县歇息几日。

从古浪到武威的旅程

和老王在古浪县休息了三天，我此前肿胀的脚踝好转了许多，可以继续前行了。

从古浪县向西北沿着 312 国道行走，午后到达黄羊镇。因为在黄羊镇南侧的山谷中有一座著名的石窟——天梯山石窟，所以我们两人在此停留下来，住进公路旁唯一的一家旅馆里，一来可以抽出时间去参观石窟，二来给我还未痊愈的右脚一些恢复缓冲的时间，一举两得。

在旅馆睡过一晚，次日上午我和老王坐上去往当地村镇的班车。经过半个多小时的跋涉，班车进入南部山区，司机将我们放在天梯山石窟的外侧，这里距离石窟还需要步行 2000 米。来时的天空有些阴云，站在高坡上可以眺望到石窟悬于并不高大的崖壁之上，崖壁虽没有麦积山那般突兀陡峭，但想要徒手攀登上去也绝非易事。天梯山陡峭峻拔、高耸入云、山上的石阶形如悬梯，故称天梯山。

石窟面向南方，中间最大的坐佛最为醒目，大佛的面前是一片平静开阔的黄羊水库。天梯山石窟在中国谈不上人尽皆知，但这并不影响它的地位，就是这么一个不被大众熟知的石窟却被称为中国的"石窟鼻祖"。甚至在它之后还深刻影响了洛阳的龙门石窟和大同的云冈石窟，它被认为是中国历史上开凿时间最早的石窟之一，也是第一个由官方出资修建的石窟。天梯山石窟始建于东晋十六国时期的北凉，由北凉王沮渠蒙逊下令，高僧昙曜主持修建，距今已有一千六百年的历史了。

天梯山石窟

  我和老王沿着狭窄的通道走近石窟，通道蜿蜒曲折，在转过一个大弯后，一尊高达 30 米的佛像赫然出现在眼前，那一刻太震撼人心，我和老王都不约而同地张大了嘴巴，由衷地发出一声感叹，太阳也随之拨开云雾洒在山体之上。大佛端坐在巨大的洞窟内，左手放于膝上，右手微微抬起，掌心向前，双眼直视前方，耳垂垂于肩上，面容庄严。大佛两侧各有弟子迦叶和阿难，并有胁侍菩萨和天王立其左右，头顶墙壁的壁画大多已脱落，保存下来的仍然色彩鲜明。

  这尊大佛在漫长的历史中曾历经战乱和地震的破坏，损坏相当严重，中华人民共和国成立后被修复完好，尤其是其面部和右手。据说曾经的大佛通体贴满金箔，外有建筑楼阁遮挡，如今，在墙壁上仍可以看到建筑痕迹，可想当年它一定十分华丽雄伟。

  1958 年，甘肃省人民政府决定在武威天梯山石窟下面修建黄羊河水库。水库的建立势必对天梯山石窟产生重大影响，比如水库蓄满水后，石窟极有可能会被水淹没，于是人们将石窟中大大小小的壁画和佛像全部切割打包运往位于兰州的甘肃省博物馆保存起来，我和老王此前在博物馆中就曾目睹这批珍贵的佛像和壁画。不久后，水库落成，蓄满水后发现实际水位并未完全淹没整片崖壁，也就是说仍有大量洞窟安然无恙，遗憾的是已经被取走的壁画和佛像再难恢复以前的样子了。这件事让我想起了远在埃及阿斯旺的阿布辛贝神庙，它们之间有着相同的命运，都是由于修建水库的需要而给千年遗迹带来了永远无法挽回的损失。但令人欣慰的是，当时的工作队在揭取下一幅清朝时期的壁画后，北凉时期的壁画神奇般地显现了出来，假如没有这次整体迁移，北凉壁画也许永远也不会被我们看到，这也算是一个意外的收获，或是一个完美的补偿。

从黄羊镇经半日徒步跋涉，向西到达武威白塔寺，白塔寺又叫"百塔寺"，古时称"幻化寺"，是蒙古汗国窝阔台（成吉思汗第三子）的儿子阔端为纪念藏传佛教萨迦派领袖萨迦班智达·贡噶坚赞（以下简称萨班）修建的。阔端和萨班两人在武威曾举行过对后世影响深远的会谈，最终达成协议，吐蕃归附蒙古，与此同时，藏传佛教正式被蒙古人所信奉，这场著名的谈判史称"凉州会盟"。这次会盟不仅促使藏区归入祖国版图，也从此改变了蒙古人的精神世界，更是为藏区的文化、宗教和生灵避免了战争的破坏与杀戮。[①]

白塔寺坐落在一片村庄和麦田中，占地面积庞大，大门口安置着阔端、萨班和八思巴的洁白雕像，向里走还有一尊金色萨班立像位于广场中央，再往里走有无数白塔环绕一座更大的白塔。不过这些佛塔都是近年来人们复建起来的，最初阔端为萨班修建的灵骨塔只剩下一个残缺的塔基在最后方的花园中，大殿也已经消失不见了。

在园区东侧人们建起一座展览馆，馆内珍藏着《萨迦班智达致蕃人书》残页，这是当年萨班在会谈后写给藏区各僧俗首领的书信，实际上就是劝大家归附蒙古的劝诫信。白塔寺是一个非常清净的地方，游人不多，偶有前来

[①]《河西走廊》摄制组：《河西走廊》，甘肃教育出版社，2015年版，第165页。

瞻仰的群众。这里并无太多历史实物值得参考，仅可作为一个历史符号加以凭吊。

由白塔寺向西继续行走，穿梭在村舍与麦田中，黄土夯砌的房舍与翠绿的麦浪构成一幅静谧的西部风情画，如果走累了，抬头看看路旁的风光，内心瞬间就会得到一丝慰藉。小麦是河西走廊的主要农作物之一，走到哪里都有它的身影，因土地干旱贫瘠，玉米在发芽前必须用塑料薄膜覆盖其上，以减少水分的蒸发，节约用水是西北地区永恒的话题，无论何时都不能懈怠。

从白塔寺向西走20千米就来到了"河西四郡"中位于东边的一郡武威。来到武威后，我和老王直奔西夏历史博物馆，为了看一块西夏石碑——重修护国寺感应塔碑。石碑比我想象的要大很多，比一般的房间门还要高出一截，黑色的石碑上密密麻麻写满了西夏文字，乍一看像汉字，但离近一瞧一个字都不认识，另一面用汉文篆刻。这块石碑是在1804年被一个叫张澍的晚清史学家在大云寺意外发现的。石碑当时被密封在一个凉亭内，好奇的张澍说服寺中的僧人，打开了密封的凉亭。凉亭打开后一块黑色的石碑显露出来，上面奇怪的文字却让张澍倍感疑惑，经过多方查证，他最终在一本宋代文献中找到了答案。碑文上刻着一个奇怪的年号："天佑民安五年"，后来张澍在宋代文献中查阅到，"天佑民安"是已经消亡的西夏王朝第四位皇帝李乾顺的年号，而那些奇怪的文字正是已经消失了几百年的西夏文字。就这样，一个消失的王朝和一段尘封的历史就此重新进入人们的视野。[①]

博物馆的北侧是武威孔庙，我们并没有进入拜访，而是沿着崇文街向南拐入南城门，然后直接返回住处休息了。

武威在古代的称呼有很多，比如"雍州""姑臧"，其中最响亮的当数"凉州"了。[②] 公元前121年的一天，汉武帝在河西走廊上方大手一挥画了四个"圈"，于是便有了河西四郡，武威就是其中之一，真可谓两千年前西部"改革开放"的前沿城镇。在丝路贸易兴盛的年代，凉州可是名副其实的国

---

① 杜建录：《神秘西夏》，宁夏人民出版社，2016年版，第7页。
② 《河西走廊》摄制组：《河西走廊》，第23页。

际大都市，西域各国的人员、货物、文化在此聚集，古代的名流名士也都慕名前来，如李白、高适、王维、岑参、李贺等人都曾在此做过"凉漂"，或赋诗一首，或把酒言欢，足以见得凉州的魅力。[①]安史之乱后，河西一度被吐蕃控制，"丝路"断绝，加上此后海上丝绸之路的兴起，凉州逐渐走向没落，最终湮没在西北的风沙中。

  21世纪的武威是人们印象中偏远的西北小城，难与沿海都市相提并论。我们只能从诗人岑参的诗词中去追忆那个曾经车水马龙的凉州城："弯弯月出挂城头，城头月出照凉州。凉州七里十万家，胡人半解弹琵琶。"

  武威作为古时的河西重镇，历史遗迹自然不会少，甘肃省博物馆中的铜奔马就出土于武威的雷台汉墓。雷台汉墓目前只剩下空荡荡的墓道和墓室了，主墓室外和墓道摆放着大小不一的青铜车马复制品，为游人呈现出汉帝国的威武之气。我和老王顺着墓道进入墓葬，墓道入口非常低矮狭窄，整个人需要蹲下才能通过，给人以非常强烈的压迫感。前墓室两侧有耳室，随后继续通过入口进入中墓室，中墓室只有一个右耳室，经过第三个入口才能最终进入后墓室，铜奔马就是在后墓室中发现的。墓室和墓道都由砖块垒砌封口，现在人们在上方用金属框架做了支撑加固，以防坍塌。墓室中气温低于外面很多，在初夏之际，略感阴凉。一层一层地进入墓穴，每向内进一层，就觉得离人间更遥远一分，加上气温的下降，让人始终觉得阴森恐怖。

  如果说武威对汉武帝意味着雄心壮志，那么武威对于鸠摩罗什来说或许意味着悲凉。鸠摩罗什生活在距今一千六百多年前的西域龟兹国，是我国佛教四大翻译家之一，他的一生命运曲折，传奇色彩浓厚。他年轻时便因出众的才学闻名于世，当时前秦皇帝苻坚派遣大将吕光西征攻打龟兹，为的就是得到这位佛教高僧。龟兹被攻克后，吕光押送鸠摩罗什东返，由于吕光并不信奉佛教，所以鸠摩罗什一路上受尽羞辱。当吕光大军还未抵达长安时，前秦就灭亡了，于是吕光割据在凉州称霸一方，鸠摩罗什也被迫滞留下来，这

[①] 林梅村：《丝绸之路考古十五讲》，北京大学出版社，2006年版，第11讲。

一留就是十七年。吕光对鸠摩罗什并不重视，但鸠摩罗什并未消沉，他一刻不停地研习佛法，学习汉文化。[①]终于在公元401年，被后秦皇帝姚兴迎请至长安，开启了全新的人生。在此后的岁月里，鸠摩罗什将全部生命投入佛经的翻译和佛法的弘扬中，对后世影响深远。到了公元413年，鸠摩罗什在长安圆寂，走完了不凡的一生。在临终前，鸠摩罗什曾对弟子们说："如果我翻译的佛经不曾有误，愿我死后，我的舌头不会腐坏。"据说在鸠摩罗什火化后，果真唯有舌头不烂。后来人们将鸠摩罗什的舌舍利埋葬在武威鸠摩罗什寺的宝塔中，这里曾是鸠摩罗什东传佛教之路上居住最久的地方。

一千六百年后的今天，这座宝塔仍旧耸立在武威的城中，塔身高挑，颜色接近西北常见的土黄色，塔尖用金子般的装饰物装饰。除此塔外，其余建筑都是现代复建起来的。寺内安静肃穆，是闹市中不可多得的一处静谧之所，就像鸠摩罗什的一生，虽身处乱世，但心向莲花。

在武威短暂逗留两日后，我和老王继续向西出发。穿过村庄和农田，又越过一片戈壁滩上黑压压的光伏发电站，西北的荒凉开始逐渐显现。在阳光和风力充足的西北，新能源正造福着这里的百姓，风力发电车如雨后春笋般从戈壁中冒了出来。一切看上去都充满了期待。

武威鸠摩罗什寺舌舍利塔

---

① 张安福：《远略雄心：西域两千年》，上海人民出版社，2020年版。

在离开武威时，我的右脚已经痊愈，走路比之前轻松自如了许多，这也让我连日来悬着的心落了下来。从武威到永昌走了两天，其中有一天我们走了 40 千米，要知道此前我们平均一天往往会控制在 30 千米。永昌也是丝绸之路上的重要城镇之一，在这条千年古道上，不要小瞧任何一处地点，因为随便找找它的历史都能说上好久好久，在县博物馆中就能够感受到这座小城的悠久历史。

在县城西南有一个被称为"骊靬古城"的地方，据说村里很多人都拥有古罗马人的血统，他们的祖先是罗马军团的一部分，作为战俘被带到这里后便在这里繁衍生息。但也有很多人认为这个说法有待商榷。我对此没做过多了解，在我看来，这种说法有待考证，现在这种"传说"大肆宣扬无非是发展当地旅游的一种手段而已。所以我和老王都没有丝毫兴致前往一探究竟，认为倒不如留在县城里好好吃一顿，再睡个美觉。

复古之路 ~中国西北行记~

与长城同行

行走在河西走廊上，我们常常可以看到南北两侧的山地寸草不生，荒芜一片，但在这狭长的走廊中，总是有星星点点的绿洲相伴。这完全得益于南部高大的祁连山，祁连山上常年被积雪覆盖，冰雪融化后雪水顺着地势流向北部的戈壁和沙漠，滋润着河西走廊，形成了草原和绿洲村庄，也成全了丝绸之路的畅通，让这里充满了生的希望。据考察，近些年河西走廊地区的农业水资源十分充足，这是因为气候变暖，祁连山的冰川和积雪融化速度加快，但从自然角度来说，这并非幸事。

一天下午，我和老王在路上远远地看到前方土坡上耸立着一座烽燧，我们随即离开公路，走近那座烽燧。这是一座名叫"桥儿墩"的明代驿站。中间最高的夯土台是烽燧，烽燧四周有坍塌的围墙，围墙外还有一圈壕沟，因常年暴露在西北的风霜中，烽燧和围墙已经坍塌得很厉害了，烽燧中用来支撑的木头已经裸露出来。周围地上散落了很多破碎的陶片，像是酒器和餐具的碎片。这里既然曾经是一座边关驿站，那么往来人员一定非常频繁，无论是短暂停留还是长期驻扎，所用到的生活物品一定也不会少。在河西走廊上，只要你留心观察，就会与众多烽燧驿站不期而遇，它们像钉子一样被钉在这条交通要道上，年复一年地守望着河西走廊，直到彻底被风雨剥蚀殆尽。

在同一天的傍晚时分，与桥儿墩驿站相距大概7千米的一座台地上，有一座叫"王信堡烽火台"的遗址，这座烽燧只剩下一米多高的土丘了，四周也有一圈方形围墙的痕迹，地上散落了大量陶片。站在台地上向西眺望，视野开阔，在阴霾的天气里焉支山若隐若现。我和老王打算在此地过夜，忽然，天空下起小雨，我们迅速将帐篷搭好并躲在里面，听着雨滴拍打帐篷的声音，噼里啪啦，就像江南梅雨打在芭蕉叶上一样。

"老王，你说我们躺的这个位置，在明朝时是用来干什么的呢？"我躺在帐篷里问老王。

"是士兵睡觉的地方还是吃饭的地方？不会是厕所吧？！"我接着又说。

"半夜如果你闻到有臭味，那就是厕所；闻到有香味，那就是厨房了。"老王回应道。

此时此刻我只希望雨不要下一整夜，保持干燥对于我们来说才更舒适。

不一会儿，雨停了，风也止了，我走出帐篷，夜幕还未降临，空气湿冷，我再次向西眺望，焉支山顶已是白雪皑皑，这一幕让我突然想到隋炀帝杨广的那首《饮马长城窟行》，也是六月飞雪，也是此地此情此景。

肃肃秋风起，悠悠行万里。
万里何所行，横漠筑长城。
岂台小子智，先圣之所营。
树兹万世策，安此亿兆生。
讵敢惮焦思，高枕于上京。
北河见武节，千里卷戎旌。
山川互出没，原野穷超忽。
撞金止行阵，鸣鼓兴士卒。
千乘万旗动，饮马长城窟。
秋昏塞外云，雾暗关山月。
缘岩驿马上，乘空烽火发。
借问长城侯，单于入朝谒。
浊气静天山，晨光照高阙。
释兵仍振旅，要荒事万举。
饮至告言旋，功归清庙前。

夜里，风雨又开始拍打我们的帐篷，我几次被这声响吵醒。在我们的营地南侧十几米处有几座坟茔，漆黑的夜里风雨交加，帐篷被风吹得摇晃起来，仿佛有人在敲打一样，令人毛骨悚然。次日清晨，天空依然低沉，收拾好帐篷，我和老王走下台地，回到公路上继续向张掖方向跋涉。

向前走，地势抬高，此前开阔的地形变得狭窄，这里的风很大，所以路旁的荒原中竖立起许多风力发电风车，大风吹得人行走起来有些吃力。这里临近焉支山，荒凉的原野渐渐被青草覆盖，变成了珍贵的牧场，牧民和牲畜也集中在此。这些天在路上补给变得困难，所以只能依靠简单的干粮度日，喝水也需要精打细算，遇到牧民或人家就需要上前补充一些饮水。

这段路的北侧有汉明两朝的长城并行排列，蔚为壮观。我和老王先是来到一处明长城体系中的一个驿站，它叫"水泉子一号驿站"，坍塌得很厉害，中间有一个深陷的大洞，深不见底，我站在上面不敢向前。在它北面不远处就是明长城，和明长城并排排列的还有一段汉长城，两座长城间距仅有三四米。明长城尚能看出来墙体，而汉长城就只剩下基台了，墙体长满杂草，完全失去了应有的威风。长城后面是干涸的河床，看样子以前河面应该是比较宽阔的。因为这里的风实在太过强劲，所以加速了长城的坍塌，右侧的明长城墙体多数已经摇摇欲坠，稍微用力一推，这些土墙就会轰然倒下，用不了多久它就会变得和汉长城一样。我和老王行走在两代长城之间，一只脚踏着汉长城，另一只脚踩着

我站在汉长城与明长城之间

明长城，就这样在千年的光阴间自由穿梭。

沿着长城一路向西，又有一处规模稍大的明代驿站城池，叫"杨虎沟四号堡"，从名字和大小规模上看，应是一个既有驻军又有百姓生活的城池，外墙有不同程度的倒塌，四角城堡高大挺拔，东西连接着长城，城内城外杂草丛生。我在城中的地面上发现了一个有雕刻花纹的岩石，岩石一个人无法搬动，像建筑的构件，不知它已在这里静躺了多少年。

一连几日都是与长城烽燧同行，所以在长城下露营过夜也变得频繁。在到达山丹县的前一晚，我和老王在一处明代长城前停下脚步，长城旁的空地上蹲着一位羊倌，羊倌旁边有一口井，井水正源源不断地从地下被抽上来，洒在干燥的地面。我和老王的饮水所剩不多，于是我们走下公路来到羊倌身旁。大叔今年72岁了，在焉支山下放了一辈子羊。这口井是五年前大叔和邻居一起自费打的，一是用来灌溉庄稼，二是解决羊群的饮水问题。像这样的水井在河西走廊十分常见，也很宝贵，这也从侧面反映出河西走廊严重干旱缺水的问题。这口井深200米，大叔说在自己年轻的时候人们生活只能靠祁连山的积雪融水，如今随着人口和牲畜的日益增加，仅靠融化的雪水已难以维持下去，人们不得不向地下索取更多的水资源。井水可以直接饮用，我和老王用手直接捧起送入口中，这真是帮了我们一个大忙。看着清澈冰爽的地下水，那一刻我能感受到生活在西北的人们对水的极度渴望，所以来西北，首先要从节约用水做起。我和老王临走时，把水壶灌满，选择一处离水源地不算太远的长城根下扎营歇息。

清晨的阳光将大地照射得非常明亮，我和老王依旧沿着长城行走，穿过绿油油的农田，中午抵达了山丹县。在山丹县，最有名的恐怕就是山丹军马场了，我和老王在第二天上午乘班车向南前往著名的山丹军马场。

军马场坐落在祁连山北坡风光优美的草原上，我和老王徒步走进军马场。这里草地肥沃，湖光山色相辉映，鲜花争奇斗艳，牛羊成群结队，对于两个从戈壁荒原中走来的旅人来说，这样的景致实在令人陶醉。不过走了一大圈，却不见万马奔腾的场面，没有马群的军马场似乎缺少了灵魂。一打听才知道，军马场现在已经不再像过去那样为军队饲养大批军马了，马在现代战争中的地位已经微不足道。

后来，我们在军马场入口处遇到一名老兵，他在这里饲养马匹已经快四十年了，人们尊敬地称呼他为"老班长"。老班长饶有兴致地向我们展示了最正宗的山丹马。山丹马的体型看上去要明显区别于其他马匹，个头儿不算高，但四肢粗壮，躯体也非常厚实，通体棕红色，四蹄和尾巴为乌黑色，看上去就像一个大力士。这种马匹在部队中往往担负着运送物资的作用，并不擅长冲锋陷阵，但在战争中，后勤往往更能决定一场战争的走向。生活在这里的马匹已经不用像它们的祖先那样奔赴沙场了，如今，驮着天南海北的游客在场里散散步、卖卖萌就是它们的日常。

第二天上午，我和老王打算乘班车返回山丹县，突然有一大群马奔向我们旁边的水源地喝水。我和老王在马群中驻足观赏，大小马匹全部出动了，大概有一二百匹，总算在离开前见到了本该见到的场面，或许这就叫"踏破铁鞋无觅处，得来全不费工夫"吧。

西汉少年将军霍去病打败匈奴人后，败走的匈奴人唱着悲凉的《匈奴歌》退出了河西走廊，"失我祁连山，使我六畜不蕃息。失我焉支山，使我妇女无颜色。"这片水草丰茂的草场不仅孕育了月氏人、匈奴人，还成全了汉帝国的雄心壮志。

河西走廊的十字路口

到达张掖的前一日，这里的雨下了整整一天，玉米地中的积水都能没过脚踝，有些低洼的地方甚至可以跳下去洗个澡，我从未见过如此潮湿的河西走廊，这让我和老王对河西走廊有了全新认识。

成长于北方的我对潮湿多雨的天气有种天生的不适和厌恶，但每一次在西北的路上遭遇降雨，我仍然会放下抱怨。西北的农民和地里的庄稼都需要雨水，能够让庄稼茁壮成长，让农民在秋日丰收，我淋点雨又算得了什么呢？

到达张掖的第二天，天气晴朗，天空被昨日的大雨清洗得格外通透，我和老王按照计划来到客运站坐上去往张掖丹霞的巴士。在来到张掖前，我曾希望这里能够下一点小雨，因为这样张掖丹霞地貌的颜色看上去就会明艳很多，果不其然，干燥的西北毫不吝啬地用一整天的降雨迎接我们的到来。

我们沿着修葺平整的步道登上一座又一座观景台，向四周望去，在阳光的作用下，雅丹地貌呈现出耀眼的金黄色。仔细观察，每一处都有独特的形状和寓意，有的像一个大大的扇贝，有的像一支原地休整的驼队，总之，在这里不需要你拥有丰富的想象力便可以立刻发现大自然的奇美。明媚的阳光照射在七彩丹霞上，让人流连忘返。这里真的很美，百闻不如一见，一层一层的色彩叠加在一起像橱窗中的糕点，让人忍不住想用餐刀切下一块放进嘴里。

张掖是河西走廊旅程中的一个节点，按照计划，老王将在此与我告别，结束他的所有行程，而接下来有另一位搭档前来与我会合、为伴，直到旅途的终点瓜州。在正式告别前，我还是想同老王一起在张掖周边休闲游览两日，也算是为顺利完成半程旅途的一次庆祝，以及给老王的送别大礼。

我们在张掖租了一辆车，将背包装上后备箱，坐进驾驶室，腿脚彻底放松了下来，只要轻微动动脚，就能够日行千里，对于从兰州辛苦跋涉而来的我们来说，实在奢侈。

"还是坐车舒服吧？"我笑着对副驾驶座上的老王说。

"是呀，所以说古代人全靠脚力行走，再看看现在，咱们多幸福啊。"老王盯着前方的道路惬意地笑了起来。

我和老王驾驶着汽车，经过一大片油菜花田，一路来到了张掖南边祁连山中的马蹄寺。和天梯山石窟一样，马蹄寺也坐落在陡峭的崖壁上，马蹄寺名字的由来与一则传说相关。据说曾有一匹神驹下凡，并在此留下了一枚蹄印，从此人们便称之为"马蹄寺"。而这枚传说中的马蹄印至今保留在崖壁上方的一座庙宇内。马蹄寺石窟规模庞大，最富标志性的建筑被开凿在一块巨大的淡黄色崖壁上，整座建筑从上至下呈"人"字形展开，从第一层向上，沿途全部由崖壁内狭窄的石阶连接，石阶狭窄且陡峭，只能容一人通过，石阶上布满密密麻麻的斧凿痕迹，说明这些石阶和通道全部依靠人力开凿。如果你和我一样天生恐高的话，恐怕很难克服心理障碍，站在狭窄的露台向下看，只觉得整个人都悬在半空，一不留神就会滑倒坠落。

马蹄寺正对着的是祁连山脉的崇山峻岭，山上积雪闪烁着银光，山下郁郁葱葱，像世外桃源般美丽动人。在魏晋南北朝时期，中原政权更替频繁，战火四起，中原许多世家大族选择向西来到河西走廊躲避战乱，同时他们将中原的礼法和文化也带到了河西走廊，并在祁连山下潜心钻研学问并传道授业，生生不息。马蹄寺所在的隐秘山谷就是当时许多名士的隐居之所，他们将中原汉家文明的种子播撒在河西走廊，并在祁连山下的崖壁上开凿洞窟居住研学，慢慢经过几代僧人陆续开凿扩大，形成了我们今天所看到的石窟群景观。马蹄寺寺内佛像壁画大多已毁坏，但仍有些佛像被保留下来。其中佛像的样貌与藏传佛教中的形象一致，明显区别于汉地佛像。

不仅仅是马蹄寺，在张掖市区中，也有两座著名的佛教寺院，分别是木塔寺和大佛寺。这些寺院都能够充分说明佛教曾在这一地区的兴盛，也体现出佛教由河西走廊传入中原内地的历史事实。特殊的地理环境成就了宗教文化在此生根发展，不仅为古代中国带去了一丝心灵慰藉，也为中华民族保留了文明的火种。

张掖马蹄寺

距离马蹄寺五十多千米处，是位于民乐县南的扁都口，我和老王在午后驱车抵达这里。眼前仍旧是绿意盎然，狭窄的山谷上长满青草，山谷外广阔的农场麦浪翻滚。犹记得在七年前我搭车去新疆时，就是从扁都口进入河西走廊的，我仍然清晰地记着这里的山和这里的路。那时因为坐在别人的车里，没能下去走走，但在那一刻我就笃定自己将来一定会再来。

扁都口在匈奴语中被称为"大斗拔谷"，仅从字面意思就能感受到它的险要。它在历史上是连接河西走廊到青藏高原以及蒙古高原的交通要道，为中国古代商贸往来、民族交往以及军事征伐起到了关键的作用。

历史上的张骞和李白都曾从这里进入河西走廊，隋炀帝杨广曾带着四十万大军西征吐谷浑，胜利后，杨广从扁都口进入河西走廊，并在焉支山下召开了人类历史上第一次"世博会"，西域二十七国来朝，"博览会"足足开了六天，志得意满的杨广遂在西域设四郡（鄯善、且末、西海、河源），丝路贸易达到了空前的繁盛。但令意气风发的杨广万万没想到的是，当他的大军穿越扁都口时，突遭六月飞雪，士卒冻死过半。据说杨广的姐姐杨丽华也未能幸免于难。一千多年过去了，今天在扁都口的一处山坡上耸立着一个毫不起眼的大土丘，若不是碑文上写着"娘娘坟"这三个字，人们很难想象

25

它是一座坟冢。有人说这就是杨广的姐姐杨丽华的坟墓，但也有人说这里只是埋葬着杨广的一个嫔妃。[①]

  我和老王爬上一座山坡，踩着软绵绵的草地，呼吸着清新的空气，头顶是蓝天白云，眼前野花肆意地绽放，心情愉悦舒畅。低头俯瞰狭长的山谷，假想与历史上的某位大咖不期而遇，抬头望向山顶的巨石，心中感慨它们曾见证过张骞、李白的经过，顿时感到自己的渺小和微不足道。

  沿着扁都口向南跋涉，进入青海省的峨堡镇。这个镇子很小，大多数公共设施和店铺都为游客而敞开，镇子东侧有一座古城遗址正在进行旅游开发，它是丝绸之路上的一座驿站，曾经为往来于河西走廊和青藏高原的人们提供了歇脚的空间。驶出镇子向西进入祁连草原腹地，碧绿的大草原铺展在眼前，云朵的影子投射在草地上，或明或暗，变幻莫测。这里的海拔略高，仿佛色彩都跟着一起提升了纯度。草原上生活着许多草原鼠和牦牛，公路上到处都是草原鼠的尸体，我小心翼翼地驾驶着汽车，希望自己不要碾压到这些可怜的小家伙。

  第二天一大早，我和老王从民乐县醒来，准备离开祁连山下转而向北。穿过一条隧道，眼前的景致发生了天翻地覆的变化，绿洲草地都不见了踪影，取而代之的是荒凉的戈壁滩，人烟也变得稀少，只有骆驼在戈壁滩中不紧不慢地游荡着。老王惊呼大自然的神奇，仅仅一座山岗，就隔开了两个世界。

  车辆逐渐驶离甘肃省，进入内蒙古阿拉善右旗。我已经记不清这是第几次来到内蒙古了，但可以确定这是我第一次来到阿拉善。印象中的阿拉善是无边无际的沙海，异常干旱缺水，今天有幸到此一游，果然如此。太阳在这里似乎增强了威力，正午晒得人嘴唇起皮，加上戈壁滩上燥热的风，皮肤像被烤干的树皮一样失去了弹性。黑色的公路上多是奔波的卡车，全程只有不到十辆私家汽车驶过，两侧低矮的山丘上布满像刀子一样锋利的页岩，乍一

---

① 《河西走廊》摄制组：《河西走廊》，第115页。

看还以为裸露出来的煤层。

在地图的指引下，我和老王赶往一个被我称为"秘密之境"的神奇地方。这不是一个开发完善的景区，除了本地人和少数外地人，我敢说百分之九十九的人都不知道它的存在。

来到它的入口处，一条铁链拦住了去路，旁边有一户蒙古族牧民的房屋，一位蒙古族大娘恰好走出房门，我赶忙调转方向驶向大娘。

"您好！请问这里面可以进去吗？"我充满了期待望向大娘。

"门票30元一人。"大娘用并不流利的汉语回答。

"我快70岁了，免票吗？"老王接着问。

"给我50元吧。"大娘边说边掏出手机打开收款码。

付款后，大娘跨上摩托车，我们紧随其后，铁链打开了，我们得以进入"秘密之境"。

沿着水泥路行驶了两三千米，随后道路变成了砂石路面，视线开始变窄，两侧出现大大小小的白色石头，石头堆在一起，越来越多，让人目不暇接。这里怪石嶙峋，每个角度都是一个独特的景致，即使是同一块岩石，换一个角度就是另一种形态。这里没有游客服务中心，没有公共卫生间，没有区间车，连一个像样的迎宾大门都没有，只有一个蒙古族大娘看管着，就连门票的价格也是随心情而定。方圆几十千米的怪石林中，只有我们两个游人，还有一头午休的黑牛外加一只胆怯的山羊。

这座怪石林拥有一个蒙古名字，叫"海森楚鲁怪石林"。现在还没有被大量游客所惊扰，所以我们可以在其中随意地爬

我和老王（左）在海森楚鲁怪石林

上爬下。凭直觉，我认为这里迟早要被商业开发，到那时再想亲自走上这些怪石拍照玩耍就是痴人说梦了。

经过仔细观察，我发现这些石头的形成原因并不复杂。别看现在这里寸草不生，干旱少雨，这里曾经应该有一座面积不小的湖泊，湖中泥沙不断沉积，随着气候的变化，湖水渐渐干涸，泥沙暴露在烈日下，再经过风雨的雕琢，就变成了现在这般奇形怪状。这些岩石质地松软，表面粗糙如砂纸，我甚至可以用手轻松将其捻碎。岩石的缝隙成了小动物的天然庇护所，这里虽干燥曝晒，但并不沉寂，苍蝇没完没了地在耳边盘旋，这里绝对是地质爱好者的乐园，总之我很喜欢这里。

下午，我和老王返回张掖，结束了两日的自驾之旅。张掖地处河西走廊中部，向南可越过祁连山脉抵达青藏高原，向北可寻着绿洲通往蒙古高原，它就像一个十字路口连接着东西南北不同的地域文明。6月26日早晨，我把老王送下楼，给他拦下一辆出租车。我们挥手告别，随后，他乘坐动车返回了西安，结束了河西走廊的旅程。当天下午，我和十三在张掖会合。

第一部分　河西走廊

穿越沙漠

送走老王的当天，我的另一位旅伴很快就抵达了张掖。我在宾馆楼下迎接，十三走下出租车，背着崭新的双肩包，头戴一顶黑色渔夫帽，穿着深色的衣裤和鞋子，看上去精气神十足。

在这次旅行开始前的一个月，他就着手准备了，迫切地想来一场疯狂的旅行。十三打开背包，把包里所有的东西摊开在床上，并向我求证他是否准备充分，看得出他没有任何远行的经验。十三与老王不同，这是他第一次进行长途旅行，对于所需装备还不太熟悉，所以携带的行李比较繁杂。我为他详细说明了路上可能需要的一切，如什么是无关紧要的，什么是必备的。十三边听边对装备认真做着筛选，确认好后将所有装备重新打包好，然后背在身上前后移动几步，掂量着背包的重量，就像一个即将前往新大陆的探险家一样信心满满。

第二天早上，我和十三启程准备离开张掖，不料刚走出宾馆没多久，天空开始下起小雨。当我们走到湿地公园时，雨丝毫没有停止的迹象，再看看西边的天空，云层更加低沉了。我看了看十三，浑身都湿透了，于是决定和十三立刻返回，留在张掖，等待次日转晴再离开。住处附近有一条小吃街，我和十三在傍晚时来到小吃街。张掖当地有一种美食叫"炒拨拉"，就是把切碎的羊杂和馍馍再加上洋葱、土豆等食材放在一口平底大锅上爆炒，随后连大锅一起端上餐桌，这样的豪迈作风倒是和我们东北高度一致。

翌日，是一个好天气，我和十三重新整装出发，我们沿着湿地公园向西北方向走出城。摆脱了市区的高楼遮挡，视野变得开阔，南边积雪的祁连山

复古之路 ～中国西北行记～

一览无余，路边的芦苇丛和白杨树高低错落，郁郁葱葱，雨后的空气格外清新，阳光清澈，"塞上江南"的美誉名副其实。

向西走没多久，就来到了黑河岸边，黑河古时称"弱水"，"弱水三千，只取一瓢饮"中的"弱水"指的就是眼前的黑河。这条河没有长江黄河那样的气势磅礴，但在河西走廊的地位却举足轻重，它是祁连山中发源的一条大河，从张掖城西一直向北流，经过内蒙古的戈壁大漠，到达今天的额济纳旗境内的居延海，所以沿途绿洲成片，在荒凉的土地上点缀出生命的奇迹。但它的存在也为北方游牧民族南下提供了便利的条件，反而成了外敌入侵的一条绿色通道。于是自汉代起，中原王朝就在黑河岸边修筑起了绵延数百千米的防御体系，以抵御外敌入侵。

唐代诗人王维的那首《使至塞上》就是描写这里的边塞场景。

单车欲问边，属国过居延。
征蓬出汉塞，归雁入胡天。
大漠孤烟直，长河落日圆。
萧关逢候骑，都护在燕然。

诗中的"居延"指的就是黑河的尽头居延海一带，而其中的"汉塞"也正是黑河岸边的汉代长城体系。

越过黑河，我和十三渐渐远离了张掖，在黑河西岸约 8 千米处，公路南北各有两处古城遗址，它们统一被称为"黑水国遗址"。我和十三由小路来到北侧的遗址，这是一处汉代至魏晋时期的古城，方形的城池面积不算大，城西侧已被沙丘掩埋，剩下的土地被废弃的耕地和树木占据，城西南角的一座角台仍顽强地与沙丘做着斗争，它的四周被高大的沙丘团团围住，被埋没应是迟早的事。

我和十三卸下沉重的背包，一身轻松地爬上沙丘，俯瞰眼前的古城。

"十三，这是你第一次走进这种没有被商业开发的古城遗址吧？"

第一部分　河西走廊

"是的。"

"感觉怎么样？"

"感觉很真实，更能感受到历史。"

虽然只有短短两句话，但可以感受到当一座千年古城穿越时光摆在我们面前时，给初次见到它的人所带来的强烈视觉冲击。我想这就是时间的力量吧，它不仅可以毁掉一切，还能给我们带来深刻的体悟。

我在黑水国南城遗址

紧接着，我们向南穿过公路来到南侧的遗址区，这里有两处城池，一处是汉代的古屯庄遗址，另一处是明代的城池。汉代遗址几乎已经全部损毁，而明代的城池面貌相对清晰完整。走进城内，灰色古砖散布在地面，有些灰砖有明显的榫卯结构，可以像拼图一样拼接起来，为的就是增强其稳定性。东侧的城门和瞭望台高大挺拔，虽已残破不全，但仍威风凛凛。

正午，太阳越来越高，气温逐渐攀升。西北夏日的燥热让人不得不找块阴凉躲起来，我和十三不敢在太阳下行走太久，否则整个人口干舌燥甚至觉得晕乎乎的。

又经过两日行走，我们经历了沙霾天气，路上经过了数不清的村庄和农田，在一个起风下雨的傍晚，抵达高台县南侧的南华镇。一住进镇子的旅馆，十三就下楼四处寻找手推车，出发三天来，十三的双肩被背包压得酸痛难忍，第一次背负重物行走难免会有不适，所以十三想通过手推车来缓解肩部的压力。但镇子实在太小了，他没有买到心仪的手推车。后来十三坐上出租车向北去往高台县城继续寻找，看得出来，他已经无法再忍受了。我独自

31

返回旅馆，躺在床上等待十三返回。过了一小时左右，十三乐颠颠地拿着轻便的手推车返回了旅馆，他将一家商行老板自用的二手推车买了回来，这回心里踏实多了。

第二天一早，十三将重物捆绑在手推车上，背包里只剩下轻便的衣物。十三拖着手推车来回试了试，感觉舒适了许多，但长时间行走起来后，两只手需要时不时调换，否则一只手长时间地背在身后会感到麻木。

从南华镇向西行走，路上越来越荒芜。到了午后，高温让人提不起精神，我们的水很快就喝光了，有时农田中打开的水井会让我们喜出望外。我和十三无精打采地穿过一片戈壁滩来到了骆驼城下。从南门的林荫大道向北走，经过残破的瓮城进入城内，偌大的骆驼城展现在我们眼前，这是迄今为止我在河西走廊见过的最大的古城遗址，这样规模的一座城池很难不让人感到震惊。我们将行囊放在城墙的阴影中，然后在空荡荡的骆驼城中游览。整座城池分南北两部分，南城要大于北城，两城之间由一道高大的城墙分开，城墙中间也有一座瓮城。南城西南角还有一座内城，应为宫城。南城西侧有一口深不见底的古井，是否还能打上水来无从得知。城内一片荒芜，杂草丛生。爬上城西的瞭望台向西眺望，视野极为开阔，和煦的夕阳照耀着城外的沃野，城外高大的墓葬封土堆像一座座小山包摆放在农田中，那里埋葬的都是骆驼城曾经的主人。

天黑前，我和十三在内城的墙边搭起帐篷，这是十三人生中第一次在野外露营。我开玩笑地对十三说："第一次露营就在一个千年的古城中，你的起点很高啊！"

躺在帐篷里，我的思绪开始在历史的长河中自由驰骋，骆驼城繁华的街道开始浮现在我的脑海中。作为十六国时期北凉的都城，在一千多年里，不知有多少人生活在此，但可以肯定的是，这里一定有不少来自西域诸国和中原内地的商旅、僧人及使团。东来西往的异乡人会聚在城内，有的抱着发财的美梦，有的为信仰而来，有的身负外交重任……街道两旁酒楼餐馆林立，也不知这城内的客栈和酒家如今在何位置，不然我一定要去洗个热水澡，然后再讨碗酒水。夜幕降临，一切繁华同这一天一起落下帷幕，如果没有战火和时间的蹂躏，这里一定是一座富庶繁华的城邦。

城外村庄的狗吠叫了一整夜，我和十三被吵得都没有休息好，尤其是十三，由于是初次在这荒郊野外露营，心里实在不踏实。从张掖走出来已经四天了，路上无数次被夏日的骄阳曝晒，被西北的高温围堵，越向西，越干旱燥热。农田的水渠多数已干涸，柏油路面反射的热浪像潮水一样猛扑向我们的面颊，十三的脚也开始磨出了水泡，着实有些辛苦和煎熬。自从老王离开后，我就到了前头，十三拖着手推车缓慢地跟在后面，条件虽说艰苦，但十三始终没有掉队，也没有一声怨言，只是当初的热情和好奇心渐渐地被旅途的艰辛消磨殆尽。

清早，收拾好行装，我和十三再度启程，穿过骆驼城西的村庄和墓葬群，东拐西拐来到一处名叫"许三湾城"的城下。说起这座古城，恐怕很多人不太了解，但如果说"双旗镇"，或许会有不少人知晓它的大名。1991年上映的《双旗镇刀客》正是在这里取景拍摄的，电影中的画面将西北大漠的苍凉和严酷体现得淋漓尽致。

许三湾城规模很小，但保存很完整，这是一座汉唐古城遗址，在当时它应该只是作为河西走廊上的一座驿站或军营。城外西北侧还有一座独立的烽燧遗址，从这样的布局就能感受到边塞独有的严峻。在古城西南的戈壁中有几处古代墓葬，这一带的古城及墓葬群并不少见，和许三湾城极为相似的草沟井古城就在西北25千米的戈壁深处。它们在不同时期构筑起了河西走廊的漫长防线，为丝绸之路的畅通和安全做出了不朽的贡献。

我独自走进许三湾城，十三已经没有了任何兴致，只是呆坐在路旁的树荫下等我。我一个人从瓮城走进城内，再顺着马道爬上城头，游览片刻后便返回了公路。转身离开的一刹那，我感觉自己仿佛置身于千百年前的西部要塞，这一别，也许就是一生，而许三湾城已在此默默驻守了无数个春夏秋冬，早已记不清来客的样貌和目的。

在许三湾城午休时，只有一家熟食店还在营业，我和十三走进店内，橱窗里摆放着两大盆猪头肉，我几乎从来不吃猪头肉，但到了这会儿，别无选择。我和十三要了一盘猪头肉，主食是两个馍馍。接下来的路途要变得更加艰苦，因为从这里去酒泉需要先穿越一段长约40千米的沙漠公路，路上的村庄和补给会变得稀少，所以我们必须在许三湾村将未来三天的饮水和食物准备充分。在村子唯一的一家超市中，我们购买了约八升的水，而食物也只有一些香肠和鸡腿等零食。十三此前买来的手推车在这时作用大大体现了出来，我们将最重的水和一些食物以及十三的行李牢牢地绑在车上，如果没有这个手推车的话，我俩根本无法携带这么重的物资，有了它，我们才能放心地走向沙漠，在未来的两天里，这辆小车就是我们的一切，就是我们最信任的伙伴。

进入明花乡后，天空开始低垂，午后的空气中弥漫着孜然的味道，家家户户门口堆放着收割回来的孜然。附近的村庄种植了大量的孜然，收购孜然的小货车不停地在村子里穿梭。我们拐进一条县道，把最后一个村庄甩在身后，泛着土黄色的高大沙丘出现在道路的尽头，在正式进入沙漠前，路旁出现了一片湖泊湿地，湖水平静得像一面镜子，湖面栖息着黑色小型水鸟，岸边长满了芦苇，芦苇中有许多蚊子，再向外就是长满灌木的戈壁滩。在西北，只要有水就会有人生活，所以在这片水域旁，有一座名为"明海古城"的古代遗址，这座古城坍塌得相当严重。城外的荒原上有许多野兔出没，在城西有一栋房屋，里面有几个当地裕固族老乡。出乎我和十三的意料，古城南侧有一片不算大的平整野营地，四周用铁丝网围绕，一个大垃圾箱放在入口处，地上有一些马粪，看上去更像一个临时的马圈。裕固族老乡得知我们徒步而来，便允许我们在此露营过夜，本该收费的营地也因此而免去了费用。

第二天一早，天空仍旧晦暗，我在帐篷里能清楚地听到十三的呼噜声，看样子这些天实在把十三累坏了。过了半个小时，我走出帐篷，十三仍在睡梦中，我看看时间，已经八点了，我有些不忍打搅，又过了一会儿，我不得不将十三叫醒。

"十三……十三……十三！"我贴近十三的帐篷，逐渐提高音量。

十三始终没有回应，我继续呼喊他，好不容易才将他从梦中叫醒。

"昨晚睡得怎么样？"我问。

"嗯……一般吧。"十三低声回答道。

我看出来，他还没有适应露营的生活，应该是到很晚才入睡，但没办法，还需要继续赶路。拖着疲惫的身躯，十三和我一起离开了明海古城，继续北上。临进沙漠时，我们坐在路边简单吃了早餐，我和十三要争取尽快走出这段沙漠，因为路上没有人烟，饮水有限，拖得越久对我们越是不利。

刚进入沙漠时，旷野吹来阵阵凉风，笔直的公路看不见尽头，往来的汽车也很少，路上偶尔可以看到一户牧民的房屋。到了下午，天空变得晴朗，太阳开始展现它的威力，滚滚热浪袭来，我们不得不走走停停。路上的阴凉很少，路过的司机有时会停下来叫我们上车，但都被我谢绝了。往往在这样艰苦的环境中，人善良的一面就会毫无保留地展现出来。

十三和我轮流拖着手推车向前走。此时十三已经很少说话了，每次停下休息时，只是安静地抽着烟，终于在黄昏时，十三向我开口了。

"咱们搭一辆车走吧。"十三在后面用近乎哀求的语气说道。

这句话他显然思索了许久。

"你走不动了吗？"我停下脚步转过身看着他。

"如果你实在走不动了，就先坐车去酒泉吧，找个旅馆等我，我不想坐车，我要坚持走完。"我毫不客气地说道。

十三看我不肯松口，也只好放弃了搭车的念头，继续跟在我的后面。

为了休息好，我决定就地露营休息，不再继续行进。我选在路旁的一处沙丘后方扎营。太阳还没有落下，我躺在帐篷里休息，十三返回公路上举着手机四下寻找着信号，好不容易才和家里的妻女通上电话。我在帐篷里听不清他说了什么，但他一定是想念家里的女儿和舒适的床了。

我和十三已经连续三晚露营在野外了，身上又脏又臭。我倒是习惯了这种风餐露宿的日子，而对于十三来说，这有些难以适应，所以我也尽可能地去鼓励他。

"是不是觉得徒步旅行很苦？"我笑着问十三。

"是啊，其实其他还好，主要是我不习惯露营，晚上休息不好，所以白天就没精神。"十三吐露着自己的心声。

"没事，明天就走出沙漠了，快到酒泉了，到酒泉我们就可以好好放松休息了。"我摆出一副轻松的姿态，希望给他一些慰藉和力量。

从沙漠路段走出来后，到达一处名叫"黄土坡"的小村庄，这是一个裕固族村落，各家各户的大门都被粉刷成洁白色，并绘制有裕固族特色的图案，图案与裕固族妇女服饰上的图案一致。村子里的人们盯着两个不速之客十分好奇，村子远离闹市，外来人员少之又少，两个背着大包拖着手推车的陌生人大摇大摆地走进村庄，那一刻不亚于印第安人撞见登陆美洲大陆的哥伦布。

我和十三坐在村子中央的超市门口，终于可以肆无忌惮地补充水分了，几个小孩和大人好奇地围拢过来。坐在我对面的一个中年男人的相貌吸引了我，他的鼻子下方留着一撮小胡子，头发浓密略带弯曲，我厚着脸皮取得他的同意后，拍下了一张裕固族中年男人的照片，从他的五官轮廓上看和哈密及吐鲁番一带的维吾尔族颇为相似。村子里有些男人和女人的长相也有几分蒙古族和哈萨克族的样子，尽管他们都称自己是裕固族。从这一点可以看出，西部民族融合的过程极其复杂和漫长。

裕固族的祖先源自生活在蒙古高原鄂尔浑河流域的回鹘人，在9世纪中叶，回鹘人内外受敌，无奈选择西迁，其中一支来到河西走廊，受当时的吐蕃统治与影响，从此称为"河西回鹘"，后又改称"甘州回鹘"。还有一支向西迁至吐鲁番盆地，史称"高昌回鹘"。一位裕固族朋友告诉我，他们也能够听懂一些维吾尔语。在丝绸之路这样的民族和文明的大熔炉中，像这样的案例还不止一个，似乎也算不上什么稀奇事，交流与融合每天都在这条路上上演。[1]

---

[1] 本部分内容参考了钟民和《一个真实的新疆》（人民出版社，2009年版）。

第一部分 河西走廊

在黄土坡村休整好后,我和十三顶着一天中最毒的太阳继续出发了。西北的太阳晒得人发蒙,我一扭头,看到左侧的羊群挤在可怜的土坡阴影中不肯出来,像极了旅途中的我们。每走4千米,我们就得赶快找阴凉躲一会儿,阳光像坠落下来的岩浆,滴落在身上灼得皮肤刺痛。路旁没有可供乘凉的大树,在一个岔路口,有一个大垃圾箱,方圆千米内那是唯一的一块阴凉,勉强能够容得下我们两个人,这已经非常满足了。其实幸福就是这样简单,当你在最需要一样东西的时候,别的东西都成了多余,只有那么一样东西值得你为之疯狂,哪怕它只是一块阴凉。

太阳的威力久久不见减弱,我们不得不走出阴凉继续赶路。农田中的庄家像被霜打过一样无精打采,水泵从地下抽出清凉的水浇灌着农田,但我总是觉得大部分水分都被太阳蒸发掉了。汗水在脸颊和额头上不断滴落,我在村子里的水渠中捧起清凉的水将头部打湿,只有这样我才能够继续跋涉。十三低着头,拖着手推车默默地在路上移动着,他早已厌倦了日复一日地行走。

下午我们到达下河清镇,在路东的庄稼地中隐藏了一座叫"清河堡"的古城遗址,这座城几乎已被农田蚕食殆尽,只剩下

我和十三(左)在路旁的垃圾箱下躲避正午骄阳

几个倔强的大土堆屹立不倒,只有路过的细心者才能发现它们。镇子上有一家半营业的小旅馆,说它"半营业"是因为旅馆老板起初并没有打算接待我们,因为他觉得我们不适合住在这样简陋的房间里。由于我想让十三睡个好觉,因此坚持住下来,老板这才勉强为我们打开房门。旅馆坐落在镇子主路

复古之路 ~中国西北行记~

西侧的二层小楼中，一楼是商店，二楼是客房。顺着狭窄的楼梯爬上楼，这里只有四间客房，客房狭窄肮脏，窗户上布满灰尘，没有床，而是大通铺，被褥没有统一的颜色，像工地中的简易宿舍，卫生间是公用的，这里实在不像一个拥有营业执照的旅馆，但想到可以让十三睡个安稳觉，我又觉得也是能够接受的。

傍晚，十三终于将憋在心里很久的话说了出来。

"野哥，到嘉峪关后，我不想走了。"这一次十三的语气平静了许多。

"你想好了？"我心里早已预料到了。

"是的，我实在走不了了，休息不好，太难受了。"

"可以，我不强迫你，你自己选择，因为当初也是你自己要来体验一下的。"

"嗯，我知道。"

这样的结果是我在出发前没有想到的，但我没有责怪十三的想法。旅行本该去好好享受它，既然享受变成了遭罪，那就不要勉强自己，开心才最重要。只是我没有想到年长的老王在离开时还"意犹未尽"，而年轻的十三却"半途而废"了。在十三告知我他的决定后，我立刻拿起手机给老王发送了一条消息："老王，十三决定到嘉峪关就回家，他不走了，剩下的路程你要不要回来和我一起走完？"

老王很快回复道："好的，我这就买票！"

前往黑水城

从张掖出来九天了，我和十三终于来到了酒泉。提到酒泉，人们总会率先想到酒泉卫星发射中心，但事实上酒泉卫星发射中心距离酒泉市直线距离还有200千米，并且它并不在甘肃酒泉境内，而是在内蒙古的阿拉善盟额济纳旗境内。关于酒泉名字的由来有两种说法，一种来自西汉文献的记载："城下有泉，泉水若酒。"故称其为酒泉；而民间还有另一种说法，相传霍去病大败匈奴，汉武帝大喜，赠予霍去病一坛美酒，但美酒只有一坛，于是霍去病将仅有的美酒倒入一汪泉水中，与众多将士一同享用，所以人们就叫这里酒泉。无论哪种说法，只要一提到"酒泉"二字，仿佛就能嗅到空气中弥漫的酒香，就连诗仙李白也感叹道："天若不爱酒，酒星不在天。地若不爱酒，地应无酒泉。"

酒泉同武威、张掖一样也属于河西四郡之一，所以在河西也是一座繁华的大都市。因为历史悠久，河西很多城市的中心都有钟鼓楼。走近酒泉钟鼓楼会发现四面门洞上方悬挂的牌匾很有意思，分别写着"东迎华岳""西达伊吾""南望祁连""北通沙漠"。在阁楼上还有两块更为醒目的匾额，分别是"气壮雄关""声震华夷"，短短二十四个字就将酒泉在丝绸之路河西走廊段的重要地理位置直截了当地展示了出来，且声势浩大，气吞山河。

到达酒泉后，按原计划我和十三要暂且离开河西走廊两日，前往300千米外的额济纳旗，于是第二天我和十三在酒泉租了一辆车，驶向内蒙古。从酒泉经过金塔县，渐渐走出了河西走廊的绿洲进入北部荒芜的戈壁滩。公路沿着黑河一路向北延伸，在路上只能看到星星点点的黑色小山和渐行渐远的河谷绿洲,越向北越荒凉,最后只剩下一条笔直的大道。

我和十三轮流驾驶汽车,经过三小时终于抵达额济纳旗。这是一座边境小镇,再向北70多千米就到了中蒙边境的策克口岸,这里的街道宽敞整洁,行人不多,在这里遇到甘肃人概率要大于内蒙古本地人。得益于旅游业的发展,街上的酒店和餐饮店比比皆是,很难想象在这样一个荒芜的地带能有如此盛景。

我和十三并未在城中久留,而是马不停蹄地来到镇子南边的戈壁滩中,在这里的河岸上,隐藏着一系列汉代边塞遗址。黑河经张掖一路向北,伸向内蒙古阿拉善的荒漠戈壁,汉代边塞遗址也跟随着河流一路跋涉。诗人王维也许曾亲自到访此地,他看到戈壁沙漠中卷起的风沙直冲云霄,看到宽阔的黑河河面上孤悬一轮落日,诗词中写尽了西北边塞的苍凉与辽阔。两千多年后,这里已不见金戈铁马和鼓角争鸣,放眼四周只有漫漫黄沙和一轮耀眼的落日。

在河道西侧的沙碛中,有大大小小多处汉代遗址,有的是烽燧遗址,有的是治所遗址,包括在酒泉卫星发射中心北侧的河岸旁还有关城分布,可见黑河的径流量在千年前要比现在大得多,不然怎么会养活这一座又一座城池亭障呢。我和十三爬上一座名叫"汉甲渠侯官遗址"的上方,远看这里只是一个高于地面约两米的黄土堆,爬上土堆向下看,里面的房屋结构一目了然。墙壁上用土砖堆砌得整整齐齐,中间用枯萎的芨芨草和红柳枝铺垫,外围的空地上还有院落的痕迹。这里曾经是汉代居延都尉府西部防线的甲渠侯官的官衙,曾因出土了大量汉简而闻名于世,从而让两千年后的我们了解了那段真实的边关岁月。

趁着太阳还未落下,我和十三驱车来到黑河的东岸。在东岸的沙漠中有一座黑水城,第一次知道黑水城已经记不清是何时了,我只记得当我看到它的照片时就下定决心一定要亲自来看看。

戈壁深处的汉甲渠侯官遗址

今天，我终于来到了黑水城下。偌大的黑水城隐在茫茫大漠之中，城外的沙丘逼近城下，最高处也已和城墙持平，城外的佛塔倒塌得厉害，城内房屋建筑也都变成了一地瓦砾，只剩下四周的城墙和瓮城保存完好。眼前这座城池在蒙古语中称为"哈拉浩特"，意为"黑城"，它始建于西夏，是党项人用来防御契丹人和蒙古人的重要边塞，后被蒙古人攻破，元代又在其基础上扩建使用，直到明代彻底荒废于大漠之中。[①]

20世纪初，一支俄国探险队到达这片沙漠，寻找传说中的宝藏。俄国人经过一番贿赂和讨好，最终说服了当地土尔扈特部首领达西王爷，达西王爷为探险队派出一名当地向导，在向导的带领下，探险队如愿以偿地找到了传说中的"黑城"。探险队的领队名叫"彼得·库兹米奇·科兹洛夫"，科

[①] 本部分内容参考了斯坦因《西域考古记》（向达译，商务印书馆，2013年版）第十章，以及杜建录主编《神秘西夏》（宁夏人民出版社，2016年版）。

复古之路 中国西北行记

兹洛夫在到达黑水城后，立刻开始了疯狂的盗掘行动。在第一次发掘后他并未找到所谓的宝藏，却发现了一批西夏时期的文书和佛经以及其他文物，科兹洛夫将它们全部打包运回俄国后就离开这里前往其他地区考察了。俄国史学家收到这批文物后惊喜万分，立刻写信给仍在中国的科兹洛夫，叫他赶快返回黑水城进行更细致的发掘。次年，科兹洛夫再次进入黑水城，这一次他打开了古城外西侧的一座佛塔遗址，进入佛塔的那一刻，震惊了在场的所有人，塔内堆满了文书、佛经、绢画和典籍，并且在佛塔内还发现了一具古人的尸骨。科兹洛夫将所有的发现和第一次一样全部打包运回俄国，包括那具身份不明的尸骨。后来经过俄国专家的鉴定，白骨来自一位60岁左右的女性，但身份至今无法确定。令人遗憾的是，在第二次世界大战爆发后，这具女性白骨不知所终。

科兹洛夫先后在黑水城盗掘了大量珍贵的历史文献，其中包括西夏文、汉文、藏文、回鹘文、蒙古文等诸多罕见文本，还有大量生活用具以及宗教绢画，这些都是后世研究西夏、宋、辽、金、蒙古历史的重要参考和依据。

黄昏下的黑水城中只有我们两个孤独的身影，西北城头上的佛塔在夕阳的映照下熠熠生辉，逆光看上去又像佝偻的老人。黄沙掩埋了这里曾有过的繁华，枯死的胡杨和残破的佛塔诉说着时光的变迁。

离开黑水城前，我拿出手机对十三说："我很久以前就看过日本NHK电视台在四十年前拍摄的《丝绸之路》纪录片。当时有一集讲的就是黑水城，背景音乐是音乐大师喜多郎的《黑水城的幻想》，特别棒的一首曲子，我们在黑水城里面再听一次吧！"

接下来，悠扬伤感的曲调回荡在黑水城，它似乎更像一首安魂曲，在金色的暮光中，苍穹下的黑水城像一具躺在大漠深处已经干枯的遗体，在这具遗骸上，布满了时间留下的伤疤，让人无限惋惜。

被风沙吞噬的黑水城

  7月10日，我和十三来到了嘉峪关市，十三走完了这次旅程所有的路，终于在这一刻彻底地放松了下来，不用再为第二天的跋涉感到疲惫，也不必为睡不好觉而忧虑。尽管没能坚持到最后，但我仍然认为他已经战胜了自己，至少勇敢地背起行囊走出家门，迈向了未知的旅途。

  因为这里拥有"天下第一雄关"嘉峪关，所以很多人会想当然地认为嘉峪关是一座历史悠久的城市。其实不然，嘉峪关城楼虽修建于明朝初期，但现在我们看到的嘉峪关市是一座非常年轻的城市，建市只有五十多年的历史。这座新城因钢铁工业而崛起，在嘉峪关博物馆中，可以看到这座工业重镇的艰辛发展历程，当年从全国各地抽调了大量钢铁工人和技术人员来到大西北参与建设生产。其中有很多来自我的家乡辽宁鞍钢的工人，所以在这里，只要你细心一些，就能听到街上的一些老人讲着一口东北话，这是那个特殊时代的独特记忆。

  7月11日清晨，我送走了十三，就像送走老王那样。傍晚，我站在酒店楼下等待老王。半个小时后，一个背着大包的熟悉身影再次出现在我的视线中，老王理短了头发，也换上了夏装，看上去神采奕奕，一见面就笑个不停。而我比当初晒黑了许多，胡子和头发也长了不少。我们虽然都有了变化，但一见如故。

复古之路 ~中国西北行记~

抵达瓜州

7月12日早上，我和老王离开嘉峪关向西出发。十三离开后将手推车留给了我们，我没舍得丢下它，因为离开嘉峪关向西将面临比此前任何时候都要荒芜漫长的戈壁，所以留着它用来拉载饮水和食物是个不错的选择。

我和老王沿着大道渐渐远离嘉峪关市，眼看着身后的嘉峪关古城楼渐渐地消失在地平线，一丝离别的悲伤油然而生。尽管已不是出发的第一天，但看到这样的场景，我还是难免伤感。嘉峪关已不是一个简单地摆在那儿的关城建筑，它更像丝路上的一个符号，只要看到它就意味着到达与别离。

我和老王趁早晨气温还未升高时快速赶路，随着太阳慢慢爬升，我们开始放慢速度边走边寻找阴凉。上午走了大概20千米，这样一来我们就可以午休得更久一些，因为夏日的高温让人难以承受，所以在中午和下午的多数时间里，我和老王都是在阴凉中度过的。我们坐在公路下的涵洞中休息，我把在嘉峪关买来的西红柿放进水渠中的清水里清洗干净并和老王分享。休息中，老王意外地发现，手推车的一个轮子已经脱落，轴承上的钢珠洒落一地，我们商量后将手推车放在附近的一处废弃房屋外，十三的手推车在这里结束了它的使命。

在夜幕降临前，寻一处公路下的涵洞扎营休息，旅行中的一天既充实又简单，作息时间也非常规律，所以即使遭受再多的辛苦，回忆起来仍然充满了美好。

第二天一早，天空阴沉，我和老王走出涵洞，国道上的车流日夜不息。我们从一座明代烽燧下走过。

东骟马城遗址

从嘉峪关往西走，各个时期的古城和烽燧遗址屡见不鲜，大多是明代的兵营或驿站。再向西7千米，一条河道的西侧，耸立着两座骟马城遗址。骟马城始建于西汉，到了明代，除屯兵戍边以外，这里还开设了茶马互市的贸易活动。大明王朝用茶叶换取西域的良马，而马匹就在城内阉割，久而久之，这座城就被人们称为"骟马城"了。该城一直沿用至清代，后来逐渐荒废，随着战马一起退出了历史舞台。东骟马城毗邻骟马河，东城墙已被河水冲毁，出现了一个巨大的豁口，在它北面1千米远还有一座古代兵营。而西骟马城却倒塌得面目全非，只剩下几段摇摇欲坠的残破城墙立在麦田之上。

经过四天的艰苦跋涉后，我们从嘉峪关走到了玉门市，途中多是鲜有人迹的戈壁滩。一连几日的野外露营，我和老王浑身上下、里里外外都散发着汗臭味，就连自己都十分嫌弃。向西眺望，是瓜州的天空，火红的晚霞令人沉醉，似乎在昭示着我们即将踏上那片精彩纷呈的土地。

在玉门休息的两日里，我和老王规划了之后的行程。打开地图后发现，从玉门到瓜州如果继续沿国道行走，沿途尽是戈壁荒漠，不仅气候干燥，补给也十分困难，对于我们来说是一个不小的挑战。为了行走起来尽可能顺利，我反复在地图上寻找更为舒适的路线。国道和高速路南边是郁郁葱葱的疏勒河绿洲，有绿洲就一定有村庄，有村庄补给起来就会变得容易，这是在丝路上旅行的真理。于是我们计划离开玉门市后向西拐进绿洲，沿着乡村道路向西北行进，尽可能地减少在戈壁路段的滞留时间，哪怕是绕一些远路。

清晨离开宾馆，我和老王按照计划拐向小路，道路与铁路并行，满眼都是村舍与农田，因为连日行走在荒凉的戈壁滩，忽然闯进生机盎然的绿洲田园，我和老王多日来所承受的辛苦一下子消失得无影无踪，仿佛走进了印象派风景画中。在疏勒河绿洲，人们不再以单调的小麦和玉米作为主要作物，家家户户都播种了面积可观的鲜花，房前屋后姹紫嫣红，一眼望不到头。但这可不是为了自家人欣赏，而是为了收集其中的花籽用来出售。每年夏末都会有来自全国各地的花籽采购商聚集在疏勒河两岸，将这些花籽带往全国各地，同时也将河西走廊的缤纷色彩播撒到千家万户。在这里除了鲜花，枸杞也是重要的经济作物，低矮的枸杞枝头上挂满了又大又饱满的橘色果实，摘下几颗放进口中，甜甜的汁水刹那间就溢了出来。事实证明，我和老王的临时选择是正确的，远离了繁忙燥热的戈壁公路，陶醉在了美丽鲜花的海洋中。

在绿洲与戈壁的衔接处，也就是疏勒河的北岸，有一座古城，叫"桥湾城"。桥湾城建于清雍正年间，作为军营扼守着河西走廊，它是河西走廊通往新疆的前沿哨所。城内曾出土一具男性道士干尸，距今三百年。据说他在临死前遭受了异常的身体痛苦，我和老王在古城展览馆中亲眼见到了这具干尸，他面目狰狞，张着大嘴，双手环抱于胸前，可以想见他在临死时经历了怎样的痛苦和挣扎。

关于桥湾城有一则有趣的民间传说。相传康熙皇帝在一天夜里做梦，梦见亲临西北巡查，忽见一处水草丰茂的地方出现一座城池，城池大门前有一棵观音柳树，树上悬挂了一顶皇冠和黄金腰带。梦醒后，康熙断定这是上苍托梦与他，应是吉祥的征兆，预示着大清万世太平、国富民安，于是他立刻令钦差大臣赶往西北寻找梦中的场景。后来大臣果然在今天的疏勒河畔发现了一棵观音柳，恰巧树上挂着一顶草帽和麻绳腰带，只是还差一座城池，于是大臣立刻回京禀告圣上。康熙大喜，立刻命令程金山父子西去疏勒河畔筑城。程金山父子受命西去，二人千里迢迢来到河西走廊后便动了歪心思，不仅私吞了大量钱财还直接导致城池的建设无法达到预期的规模。几年后，有位大臣西去路过桥湾城，发现这里的规模和当年程金山父子向朝廷汇报的规模大相径庭，于是回京上报给康熙。康熙得知此事后，立刻将程金山父子处死，最后只剩下这座桥湾城矗立在疏勒河畔。从这则小故事可以看出，任何时代的老百姓对贪官污吏都恨之入骨。

午后的烈日再一次将我们驱赶到涵洞中躲避，在这样的环境中，你唯一能做的就是逆来顺受，该吃就吃，该喝就喝，唯有内心安宁，方可到达胜利的彼岸。"远离人间的欢乐，为接近智慧，愿独处于寂寞深山。"我很喜欢这句话，这个世界上有太多的诱惑，也有很多东西是我们难以割舍的，我们总是害怕孤独，但孤独并不代表寂寞，古往今来，无论是鸠摩罗什还是玄奘法师，无不是坚守内心的信仰和理想，为利益众生而不惜舍弃一切踏上人生孤旅，最终得以功德圆满。每每当我置身于戈壁荒漠，身处无人的旷野，我的内心都感到无比的安宁，这种安宁使我满足，也使我获得了在闹市中无法获得的一份自在和轻松，这就是为什么在这样严酷的自然环境中，我仍热衷于走进它。

在戈壁滩中跋涉了两日，我和老王再次返回疏勒河南岸的绿洲，河流在此变得狭窄，窄到不需要搭设桥梁便可以轻松通过。我和老王分别脱下鞋袜，洁白的双脚暴露在阳光下，脚踝以上的肌肤早已被阳光晒成了巧克力色。老王率先蹚水过河，当他到达对岸后，我也提着鞋子开始渡河。河水并不凉，河面刚刚没过脚踝，河床上布满细小的碎石，踩在上面像沙滩一样柔软。来到河对岸后，我们坐在河边，把脚晾干，再套上鞋袜。老王在河边捡了许多漂亮的小石头，打算带回家给外孙当礼物，而我则坐在地上享受这片刻的宁静。

复古之路 ~中国西北行记~

我和老王（前）在抵达瓜州前最后一次露营

不知不觉穿过了一村又一庄，傍晚我和老王到达梁湖乡，还有20千米，我们就将抵达瓜州县城了，瓜州是本次徒步河西走廊的终点站，所以这是在这段旅行中最后一次露营在荒野了，我们格外珍惜这最后的野营时光。营地附近的农民正在抓紧时间采收枸杞，我和老王架起三脚架，在夕阳中和一路为我们遮风挡雨的帐篷合了一张影，此刻我们的脸上写满了轻松与满足。

夜里十二点左右，忽然狂风呼啸，我被这大风吵醒，半敞开的帐篷外一片漆黑，我听到身后的白杨树被大风吹得呼呼作响，帐篷也摇晃得厉害，感觉自己都快要被吹上了天，过了半个小时，黑夜又恢复了平静。

天亮了，阴着天，我和老王收起帐篷，朝农田中的水渠走去，水渠里的水很充沛，但有些混浊，我们蹲下来捧起水在脸上胡乱抹了一通，此时已经分不清是我们的脸脏还是水脏了，但只觉得清醒了不少。又穿过了一片村庄和绿化带后，我们终于到达了终点站瓜州，这一刻我们并未有如释重负的感觉，像往常一样找一家酒店住下，然后洗澡休息。

躺在整洁的床上回望这一路，河西走廊的村民再也不用好奇地盯着两个背着大包的怪物了，沿途的货车司机再也不用避让戈壁公路上孤零零的两个身影了，天上的烈日再也不用对两个精疲力竭的旅行者围追堵截了……一切都恢复到我们来之前的样子。在这段旅途中，我和老王还有十三都是第一次背着重物行走这么远的距离，我们一路上忍受着炎热、疲惫、口渴和伤痛，熬过了日复一日的枯燥，终于兑现了出发前的诺言：徒步河西走廊。

第一部分　河西走廊

千年敦煌

虽说我和老王完成了从兰州到瓜州的徒步之旅，但整个旅途并未结束，因为在河西走廊的最西端拥有太多历史古迹值得慢慢品味，这里不仅是河西走廊的尽头，还是中原汉地通往西域的最前沿，所以这里注定是一处人文荟萃之地，也是兵家必争之要津。

瓜州县城不大，驻足游客也不多，人们沿着河西走廊一路跋涉至此往往不会留意这座小城，在瓜州西南100千米外举世闻名的敦煌才是众人向往的圣地。我和老王在瓜州租了一辆汽车，因为我们要去的地方很多，并且目标分散，所以有一辆车就方便了许多。我们开着一辆破旧的三菱汽车，一路奔向敦煌。这是我第二次来敦煌了，这座千年小城在近年间仿佛没什么变化。在这里最容易见到的仍然是游客，世界各地的人们被大名鼎鼎的莫高窟吸引而来，虽说我曾来过敦煌，但我和老王一样从未走进过莫高窟，并不是没有时间，老实说是不敢来，因为自己对于它的了解实在太少了。就算是这次有意前往，但当真正走到它面前时，内心仍然是忐忑不安的。

敦煌研究院中的巴士一辆接着一辆将游人送入敦煌东南的宕泉河畔，每年都有上百万的游客千里迢迢来到这里，人们在讲解员的引导下步入一个个洞窟，目睹这些由历代虔诚的僧侣、工匠还有供养人呕心沥血创造出的伟大作品。我跟随人群穿过狭窄的入口进入内部空间，目光随着讲解员手中手电筒微弱的灯光游走于墙壁和窟顶。世界上最大最绚丽的佛教艺术宝库此时就摆在我的面前，我只能仰着头，瞪大眼睛，张着嘴，像一个无知懵懂的孩童呆立在那里，任由它那轻盈的线条和典雅的色彩猛烈地撞击我的心灵。

复古之路 中国西北行记

古代的画工们极力地将每一寸空间都利用起来，身姿曼妙的飞天、庄严端坐的佛祖、面容慈祥的菩萨，还有其他形形色色的人物、动物、植物、建筑物……它们汇聚一堂，狭窄晦暗的洞窟仿佛装下了整个宇宙。这些洞窟通常由当地的世家大族出资营造，每一座洞窟都寄托着人们的心愿和祝福。当我围绕中心塔柱旋转时，甚至可以感受得到时空的交错，此时此刻，我就是生活在敦煌的居民，正和大家一起燃灯礼拜、祈福发愿，这种切身的感受只有在这样真实的环境中才能够得到体会。

在今天的莫高窟，几乎每位讲解员都会带着人们走进一栋三层阁楼的建筑，在这栋建筑的一层右侧，有一个编号为17号的小型洞窟，人们称之为"藏经洞"，顾名思义，就是用来储藏佛经的地方。这座洞窟开凿于唐宣宗年间（851年），是当时敦煌名僧洪辩的影窟。在西夏占领敦煌前夕，敦煌僧侣担心战争会对当地佛教事业产生破坏，于是将历代佛经、佛像、文书、绘画艺术全部安置在这个洞窟中，再在外面用泥土封住，绘上壁画，以此掩人耳目。关于藏经洞的来历众说纷纭，莫衷一是，但最终的结果却是因长期无人照看和打理，洞窟已被风沙掩埋起来。

直到多个世纪后的1900年，一个名叫王圆箓的湖北道士，在清理16号洞窟时，无意间发现了东边墙壁后的耳室（藏经洞）。他将墙壁推倒后，惊讶地发现洞内密密麻麻堆满了绢画、文献和佛经，王道士立刻将自己的重大发现上报给敦煌县衙，但晚清政府的腐朽已到了不可挽救的地步，官府并没有做出任何反应。这个消息很快就传到了在新疆考古发掘的外国探险者的耳朵里，英国人斯坦因、法国人伯希和、俄国人奥登堡、美国人华尔纳、日本人吉川小一郎和橘瑞超等探险者纷至沓来，他们以各种手段拿走近四万多份珍贵文物，或低价收购，或连哄带骗，最后剩下来的只有不足一万余件被人挑选过后的残片。其中斯坦因和伯希和的"收获"最为可观。斯坦因为了让王圆箓打开藏经洞，竟打着自己是高僧玄奘的忠实粉丝的旗号，诉说自己是如何沿着玄奘西行的足迹一路从印度来到这里，而来到这里的目的就是将这些佛经文本再带回印度，以弘扬玄奘万里传教的崇高品格。显然这招很奏效，最终斯坦因以二百两白银换取了一万三千多件经画。一年后，伯希和又以五百两白银买走了七千多件文书和二百件经画。后来他在北京的六国饭店发表了自己这次西北考察的成果，当来自藏经洞中的文书和艺术品展现在人们面前时，在场的京城学者无不目瞪口呆。

到了1931年，斯坦因第四次来到中国西部进行考古发掘（这也是他最后一次来中国），他收集了一百多件文物，但在当时中国仁人志士的干预下，最终他未能将其带出中国。被收缴的文物存放在了新疆喀什的政府部门，斯坦因本人也在不久后被驱逐离境，也就是在这一年，莫高窟的王道士与世长辞。当故事发展到这里时，人们会认为中国的文物终于可以妥善保管了，但令人感到诧异的是，被追缴回来的一百多件文物竟然因保管不当全部遗失了。

离开莫高窟时，我和老王走向停车场，在停车场外的路中央，有一座土色的砖塔，特别显眼，塔上有块黑色石碑，我们走近仔细查看，发现这座塔就是王圆箓的道士塔。所有到达和离开莫高窟的人都会从此塔前经过，但留心者寥寥。人们也许不知道这座塔内的主人与莫高窟有着怎样的关联，但他们一定或多或少地听说过敦煌文物流失海外的那段悲惨历史。

敦煌周边的古迹不计其数，无论是市区内的白马塔还是沙州故城遗址，或是外围的西千佛洞和敦煌博物馆，都是值得人们细细品味的好去处，但我更喜欢前往人烟稀少的戈壁荒漠中去探寻那些被风沙掩埋的文明遗迹。

在敦煌西南的阳关镇的一处农庄边缘，就有一座被沙丘掩埋的古城，名叫"寿昌城"。我和老王在一个烈日当空的正午抵达

烈日下的寿昌城

这里，我们跨过葡萄园的水渠步入沙丘。沙丘中生长着大量芦苇和骆驼刺，绕过一个高大的沙丘后，断断续续的夯土城墙赫然出现在此起彼伏的沙丘之中。我爬上沙丘顶部，一座方形的古城摆在眼前，城南和城西被葡萄园蚕食干净，城北和城东也被黄沙团团围住，城内也已被黄沙填满，芦苇丛被风吹得沙沙作响，黄沙反射着刺目的阳光让人难以睁大双眼，整座城像一个落魄的流浪汉无依无靠。

这座城始建于西汉，是敦煌郡下属的龙勒县，据说在古代这里盛产围棋，甚至能够作为特供之物上供朝廷，在当地博物馆中就能够看到这里出土的大量围棋子。我和老王在古城的沙地上行走，在北城墙的墙根下，我意外地发现了一枚黑色的圆形石子，我将其捡起，发现人工打磨的痕迹非常明显，与博物馆中的围棋子一模一样，这让我和老王都感到惊喜，仿佛和千年前的先民产生了共鸣，这种奇妙的感觉实在让人沉醉和难忘。

在寿昌城游走一圈后，看着城外连绵的沙丘，我不禁为这座城池的未来感到担忧，也许时光再过几百年，世间就再无寿昌城了。

敦煌，曾作为汉帝国的边陲重镇，担负着重要的历史使命，这里不仅是中国人向西眺望的瞭望塔，也是西方文明进入中原内地的第一站。于是汉帝国将长城修到了这里，又在此开设玉门关和阳关，抵御外敌的同时又向远方伸出了友善开放的双手。今天的阳关遗址在敦煌西南55千米处的绿洲附近，但在地表上只留下一座烽燧遗址。这座烽燧在古籍中被称为"阳关耳目"，可见这里并非阳关的确切位置，那么诗人王维口中的"阳关"到底在哪儿呢？学界至今尚有争议。

由阳关烽燧往西北走50千米，在疏勒河边，耸立着一座方形关城，它被认定为汉代的玉门关，但和阳关一样，有人并不这么认为，我们这里暂且将其视作汉代的玉门关。玉门关的位置在中国的历史上并不是一成不变的，到了唐代，玉门关向东回撤，移至今天的瓜州以东，后来因为陆上丝绸之路逐渐衰落,[①]玉门关的地位更是一落千丈,直到彻底废弃。相比于阳关,玉门关残存的建筑要多了一些,现在人们不仅可以看到方方正正的关城,还可以看到和它相连的汉代长城以及烽燧、城障等防御体系。河仓城就是玉门关附近的一座城池遗址,它在玉门关东侧,坐落在疏勒河南岸,也是汉代戍边的军事要塞,主要的功能是储存粮食。在玉门关以西的荒原里,还有一些长城和烽燧以及关城建筑遗存,在一百多年前,这一带被英国人斯坦因先后发掘过,因此大量文物流失海外。从斯坦因所拍摄的照片来看,一百多年后的今天,这里并未有太大的变化,得益于方圆几十千米都没有人烟。

阳关和玉门关是中国历史上最早的海关机构,也是中国人心中远方的代名词,所以无论是"西出阳关无故人"还是"春风不度玉门关",都饱含着诗人对离别的惆怅和忧伤。在汉代,由此再往西,就要穿越一片荒芜的大漠,随后便可抵达西域楼兰。如今,随着罗布泊的干涸,连接敦煌与楼兰的千年古道也彻底荒废。

我和老王在玉门关外的夕阳中结束了敦煌之行,第二天驱车返回瓜州。在回程的路上,戈壁滩与天际线连成一片,即使在晴朗的天气里,这里看上去也十分朦胧,总是给人一种苍凉悠远之感,一处汉代驿站就坐落在这戈壁之上,它就是著名的"悬泉置"。

我和老王跟随导航拐下柏油路,车子驶进戈壁滩,后方拉出长长一道烟尘。悬泉置遗址就在瓜州西南45千米处的火焰山脚下,我和老王远远地就看到戈壁前方有一栋小房子,房子一侧的悬泉置遗址被铁丝网紧紧地包围起来。来到房屋跟前,一对中年夫妇坐在房屋前。我们走下车,来到夫妇面前,从夫妇俩的脸色上看,他们似乎对我们的到来有些反感。

"你好!请问这个遗址可以进去参观吗?"我率先打招呼。

"这里不让看,你们回去吧。"丈夫坐在原地面色凝重地说道。

[①] 本部分内容参考了斯坦因《西域考古记》第十章,以及《河西走廊》摄制组编写《河西走廊》第九篇《苍生》。

悬泉置遗址

　　我和老王早有心理准备，所以并没有直接离开，而是对夫妇俩展开了疯狂的情感攻势。我们把一路走来的艰辛历程说给他们听，希望以此能够打动对方，就像当年斯坦因之于王道士。丈夫一直坐在那里不肯松口，反倒是妻子起身走回房屋拿出钥匙为我们打开了铁门，当我和老王走进遗址时，听到丈夫在责怪妻子。

　　我和老王顺着铺设好的木栈道登上悬泉置遗址向四周望去，可以说这里什么都没有，地表只有现代对遗址加以保护的栈道和围栏，东北侧的山岗上有一座坍塌的烽燧。值得注意的是在遗址旁边有一条略微发白的凹陷区域，它一路向西南延伸，渐渐消失在茫茫的戈壁之中，那就是丝绸之路古道，也就是古时候的高速公路，而悬泉置就好比高速路旁的服务区。看到这条大道时，我的内心久久不能平静，这就是令我着迷的"丝绸之路"，这是它第一次以具体的形象呈现在我的面前，我们日夜奔走在这条虚无缥缈的大道上，从未有过如此亲近之感。

　　悬泉置是汉武帝设立在丝绸之路上众多驿站中的一个，它是一座官方的接待和邮驿机构。它在1987年被发现，并在此发掘出土了大量汉代竹简和生活用品，其中的一篇文献还记载了当时治理敦煌一带自然环境的内容，题为《使者和中所督察诏书四时月令五十条》，整个文书中规定了在一年四季中的禁忌和注意事项，比如春季禁止砍伐树木，夏季禁止烧山开荒，秋季禁止开山采矿，冬季禁止动土……因此，这封文书也被称为中国历史上最早的"环境保护法"。①

悬泉置坐落在丝绸之路上，起到了连接东西方的作用，它曾接待过西来的西域各国国王及使者，也目睹过西去乌孙的汉家公主。据一封出土的竹简记载，在一次接待于阗国王的宴会上，随行的人员就有一千六百多人，宴会上用坏的杯子有三百余个，可见当时悬泉置的规模有多大。

悬泉置的设立意义重大，不仅体现了汉帝国与西域诸国交好的愿望，还展现了汉帝国强盛的国力，保障了丝路畅通的同时，还为东西方的文明交流起到了推动作用。对漫长丝路上往来的使者和商队而言，茫茫大漠无疑是摆在眼前的一道难于逾越的屏障，但正是有了一座座像悬泉置这样的场所，人们才能够后顾无忧地在这条大路上往返。

---

① 《河西走廊》摄制组：《河西走廊》，第45页。

复古之路 ~中国西北行记~

重走玄奘西行路线

瓜州和敦煌一样,在历史上都担负着沟通东西方的纽带作用,所以在瓜州周边同样拥有大量古代遗迹,相较于敦煌而言,这里的游人更少,所以更为安适,我甚至因此而喜爱上这座西北小城。所以在河西走廊的最后几日,我和老王始终在瓜州周边游览探索。我们继续驾驶着那辆老旧的三菱汽车,向东来到了锁阳城遗址,从现在开始,我们要正式踏上朝圣玄奘法师的旅程,这是本次旅行中我最为期待的一段。

说起玄奘,在中国可谓家喻户晓,这都是因为一部长篇小说《西游记》和以此而改编的同名电视连续剧。神话故事里的玄奘被刻画成一个胆小懦弱,甚至有些是非不分的唐朝僧人,那么历史上真实的玄奘法师真的如此吗?

在正式踏上这段旅程前,有必要先了解一下当时的历史背景。公元629年,关中遭遇了一场霜冻灾害,闹了饥荒,此时唐朝刚建国不久,国力尚且不足,唐太宗下令开城门任由灾民外出讨生活。此时,一个法号为"玄奘"的洛阳僧人混在灾民之中偷偷离开了长安城,正式踏上了西行求法之路。因为当时唐朝周边的局势尚未稳定,朝廷禁止一切人员私自越境,但求法心切的玄奘不得不选择偷偷地离开。

玄奘与路人结伴向西行,经秦州(天水)、凉州(武威)、甘州(张掖),一路昼伏夜出来到大唐边境瓜州。想要继续西行,就必须越过唐朝设立在瓜州的玉门关(此玉门关并非敦煌的汉代玉门关),所以在到达瓜州后,玄奘再次陷入了困境。玄奘滞留在瓜州的这段时间居住在锁阳城东的塔尔寺,塔尔寺在唐朝时称为"阿育王寺",我和老王的这趟朝圣之旅也正是从锁阳城和塔尔寺开始的。①

从瓜州市区向东爬上深褐色的山岗,可以远远地看到锁阳镇绿洲,锁阳城遗址就在镇子东边的戈壁荒原中。前往锁阳城的途中,路旁会看到另一处古城遗址,当地人称它为"破城子",该城为汉代广至县治所,唐代为常乐县治所,前后使用近千年。其南侧农田边缘有一处小型佛塔遗址,人称"佛爷墩",建筑台基犹存,南侧顶部坍塌,孤零零地矗立在空旷的大地上,格外引人注目。酒泉到瓜州一带的遗址很多很多,光是破城子以南的戈壁中散落的各朝代墓葬就有几千座,足以见得瓜州在古代人口数量的庞大和重要。

塔尔寺佛塔遗址

穿过锁阳镇绿洲,再经过一段沙化的土地,就来到了锁阳城下。锁阳城始建于汉代,兴盛于唐代,锁阳城保存了完好的古代军事防御系统和古代农田水利灌溉系统,城四周散布着大片古渠道和耕地遗迹。站在城头上能够望见祁连山上的白雪,雪山与古城之间是一片茫茫戈壁,异常荒芜,但是在古代,这里应是一片水草丰茂的绿洲。

锁阳城已被开发为旅游景区,但游人要比敦煌的阳关和玉门关少了很多。从锁阳城向东,穿过一片片古代农田和水渠,就来到了塔尔寺遗址。遗

---

① 张讴:《玄奘密码》,中国民主法制出版社,2009年版。

址中有一座佛塔屹立不倒，通过佛塔的样式，人们推测它为西夏时期的建筑。在佛塔前后还有一排小佛塔和房屋遗址，它们都有不同程度的倒塌损毁。玄奘法师被困瓜州期间，就下榻在此。玄奘边在寺院讲经说法边打探西去的道路情况。因此前玄奘在凉州时曾被凉州都督李大亮识破西去的意图，李大亮逼迫玄奘立刻返回京城，不准继续西行，但玄奘在当地僧人的帮助下偷偷来到了瓜州，所以在他到达瓜州后不久，当地一个叫李昌的瓜州州吏就接到了凉州发来的通缉令，通缉令上写道："有个僧人法名玄奘，要去西蕃，所在各州县应严加搜捕。"于是李昌带着通缉令找到玄奘，令人感到惊讶的是，李昌并未将玄奘抓捕起来，而是当着他的面将通缉令撕毁了。李昌是虔诚的佛教徒，被玄奘的执着和人格魅力所打动。李昌告诉玄奘须尽快离开瓜州，此地不宜久留。没过多久，玄奘在塔尔寺遇到了一个名叫"石磐陀"的当地胡人，并为他授五戒，收其为徒，石磐陀也答应帮助玄奘偷渡出关，并一路护送玄奘渡过西边的大漠，直到西域的伊吾国。就这样，玄奘买来一匹枣红马，准备了粮草决定尽早离开瓜州。

一天傍晚，玄奘在塔尔寺外的红柳树下和石磐陀会和，石磐陀带来了一位老者，老者牵着一匹年老瘦弱的枣红马。老者告诉玄奘，新买的马不适合跋涉西边的莫贺延碛（瓜州到新疆哈密之间的沙碛），最终说服玄奘，与之交换了马匹，而正是这匹老马，后来在莫贺延碛大戈壁中救了玄奘一命。我觉得有理由相信，石磐陀很有可能就是《西游记》中孙悟空的原型，只不过这个"孙悟空"与小说中的"齐天大圣"相差甚远。在瓜州的日子里，我一直在想，如果石磐陀的后人现在仍然生活在瓜州的话，那该是多么神奇的一件事。我也时刻留意身边走过的每一个人，也许其中某一位就是"孙悟空"的后代呢。

玄奘在石磐陀的引领下，趁天黑走到瓠芦河边，石磐陀为玄奘寻找到一处狭窄的河道，然后砍伐树木搭桥，玄奘渡过瓠芦河后，可以远远地看到玉门关上的灯火。他们继续向西而行，午夜在野地宿营，在这期间石磐陀突然后悔偷渡出关，担心被官府抓到后处以刑罚，于是他心生杀害玄奘的念头。

在半睡半醒中，玄奘感受到了石磐陀的动摇和威胁，每当石磐陀持刀走上前，玄奘便起身打坐并默念观音菩萨。石磐陀见状便立刻退后躺下，如此往复，石磐陀最终放弃了这个念头。在第二天清晨，石磐陀终于承认了自己不愿再继续西行，玄奘也发誓如果被抓决不将他供出，石磐陀这才放心地返回了锁阳城，从此玄奘便独自向西而行。①

离开玄奘居住过的塔尔寺，我和老王驱车沿着玄奘的足迹向北来到了一条小河边，这条河被称为"蓝河"，并非我们要寻找的瓠芦河，于是我向当地人打听瓠芦河的方位，一位大叔告诉我说，瓠芦河在村庄以北15千米处，距离塔尔寺二十几千米，眼前的这条蓝河并不是瓠芦河。我有些疑惑，经过对比地图和根据《大慈恩寺三藏法师传》中的记载以及切身的徒步体验，我并不认为村子北面的那条河是玄奘和石磐陀偷渡的瓠芦河；一千多年过去了，河流改道或名称更替是很正常的。当然，也有一部分人认为北边的疏勒河才是玄奘跨过的瓠芦河，在没有弄清楚到底哪一条河才是真正的瓠芦河前，我们就只能暂且将这条蓝河当作史籍中的"瓠芦河"。

我和老王走到河边的草地上，眼前看到的河流更像一块沼泽湿地，不见流淌的河水，不过河床清晰可辨，芦苇丛生，看得出这里曾经是有河流经过的。而在这条河的北岸，有一个叫"马圈"的小村落，在村子的西边有一个近年来发现的疑似唐代玉门关的遗址。我们经过一段狭窄的小路来到它附近，由于这里长满了芦苇和灌木，没有宽敞的道路可以行驶，于是我们将车停在外围，徒步向内行走。走了100米左右，一块空地显露出来，外围被简易的铁丝网包围起来，中间还矗立着一个大木桩，似乎在证明和标记着什么。这里的地面生长着许多野生黑枸杞，还有牛马践踏过的痕迹。沟沟坎坎也很多，显然是以前被人挖掘出来的。在地面上什么也看不出来，但从高空俯瞰，方形的城池布局就清清楚楚地展现出来了。三块大小不等的长方形紧紧靠在一起，西边的最大，边长为210米和宽160米，像一座有人居住办公或是军队驻扎的城池；中间和东边的要小很多，像一处关城供行人穿梭

---

① 高永旺译注：《大慈恩寺三藏法师传》卷第一，中华书局，2018年版。

往来。在它们的东北侧不远，还有几处类似房屋的痕迹。我和老王行走在上面，试图在地面上发现一些蛛丝马迹，以此证明这里就是一处古代遗址，但走了一大圈下来一无所获。如果说今天的疏勒河才是瓠芦河，那么玉门关就不会出现在这里，而是应该再往北走30千米，所以也有人说玉门关很有可能已经被疏勒河上的双塔水库淹没了，还有人推测说唐初的玉门关在北侧20千米山岗后方的疏勒河边，那里确实有一座不大不小的古城遗址，但这一观点也没有得到学术界的一致认可。不管怎么说，唐代玉门关的确切位置至今仍是一个谜。

玄奘和石磐陀分开后，独自向西经过昆仑障，今又被称为"六工城"，但他并未进城，而是从不远处绕行继续往西走。因为刚刚偷渡了玉门关，他想尽可能地隐藏自己，不敢被人发现，这一点是可以理解的。六工城在今天瓜州县城东南19千米处，这是一座规模庞大的城池，东北角是一座小城，西南侧是一座大城，这是一个明显具有军事防御功能的城池。

在当时，玉门关外设有五座烽燧严加把守大唐西部边境，玄奘虽然成功越过了玉门关，但摆在关外的五座烽燧却难以逾越。因为在那里只有烽燧附近才有水源，想要成功通过茫茫戈壁，只能依靠这些有限的水源补给。

关外五烽中的第一座烽火台名叫"新井驿"，玄奘来到第一烽时，等到天黑才敢靠近烽火台附近的水塘取水，但不幸被上方的官兵发现了，一支箭向他射来，险些射中他的膝盖，吓得玄奘大喊："不要射我，我是京师来的僧人！"随后玄奘被带去见守城的将领。将领名叫王祥，是位虔诚的佛教徒，王祥好言相劝，试图让玄奘放弃西行的想法，但玄奘执意西行，最终王祥被玄奘的执着打动，还为玄奘准备了未来几日路上的干粮和水，次日亲自骑马将玄奘送出十多里路才返回。离别前王祥告诉玄奘不必前往第二烽和第三烽，直接前往第四烽，因为在那里有王祥的同乡，名叫王伯陇，他为人宽厚，一定不会为难玄奘，于是二人挥泪而别。[1]

---

[1] 内容参考高永旺译注《大慈恩寺三藏法师传》卷第一。

我和老王从六工城向西来到一处烽燧下，据说这就是王祥曾驻守的"新井驿"。新井驿的周边布满红柳丛，低洼处长满了芦苇，烽火台一侧还有汉代长城经过。从这里再往西走就是黑色的戈壁滩，这里常年刮着大风，人们在这里竖立起几百个风力发电风车，它们正在造福着当今的瓜州人。

在312国道南侧，有一座白色的烽燧遗址，现在被称作"白墩子"，有人认为白墩子才是新井驿，而我倒是认为白墩子是玄奘绕开的第二烽"广显驿"。这是关外五烽中保存最为完好的一座，不光烽燧屹立不倒，就连围墙都还完整地保存至今，而烽燧下方的水塘仍然丰盈，一阵风吹过，茂密的芦苇便随风摇晃起来。我站在烽燧下向南望那无边的戈壁滩，似乎看到一个僧人的身影从不远处的土坡后匆匆走过，连停下来休息的时间都没有。

玄奘听从王祥的指示，绕过第二烽和第三烽，直奔第四烽而去。我和老王也紧随其后，从白墩子继续向西抵达第三烽。第三烽的四周全部是乌黑的山头，所以第三烽被命名为"乌山驿"，一座山头上有处碉堡遗址，碉堡只剩下一部分，这是中华人民共和国成立前国民党军队留下的军事设施。站在山岗上俯瞰四周，视野极好。山坡下的乌山驿现在已经不复存在，只剩下杂草丛生的沟壑，不远处有一座西路红军的坟冢和纪念碑亭。北边有座采沙场，所以这里的地表被破坏得相当厉害。我猜想玄奘当年应该是从乌山驿的北侧绕行，因为南边的山势险要，中间是宽阔的地带，就是丝路古道，所以只有北边的低矮处更方便他的通行。

玄奘绕过第三烽后终于来到第四烽，第四烽由王祥的同乡王伯陇把守，这里名叫"双泉驿"，因为在烽燧一旁有一大一小两个泉眼，泉水至今源源不断涌出地面，形成了一汪水塘，滋润了这方水土，使得泉眼周围绿意盎然，再看四周，尽是戈壁荒滩，对比尤为强烈。玄奘来到第四烽时并没有直接去找王伯陇，他担心对方刁难自己，于是守在一旁再次等到天黑偷偷去泉眼取水，不幸的是他再次被守城的士兵发现了。不过好在王伯陇见到玄奘确实很高兴，并没有为难他，不仅为玄奘安排了食宿，还和王祥一样为他提供了充足的粮草。王伯陇告诉玄奘不要前往第五烽，因为那里的将领性情暴躁，

我站在双泉驿的千年泉眼旁

恐怕难以通过，可往西北直接进入莫贺延碛大戈壁，朝着照壁山前进，山后有个野马泉，在那里可以补充水草，足够走出莫贺延碛大戈壁到达伊吾国。就这样，玄奘顺利地通过了玉门关外的四座烽燧，一路虽提心吊胆，但都化险为夷。《大慈恩寺三藏法师传》曾这样形容玄奘的外表："身躯伟岸，仪表堂堂。"无论是李昌还是王祥抑或是王伯陇，都被玄奘本人的相貌和坚定不移的信念所打动，这一点我们确信无疑。[①]

双泉驿和乌山驿一样，在地表留下来的建筑所剩无几，一片荒芜。烽火台被破坏，地面被推土机推出了一条道路，我和老王在地上发现了数枚铜钱，有乾隆通宝还有咸丰通宝。其中一枚铜钱被麻绳牢牢拴住，不知是何人所系，更不知这些铜钱当初被谁当作军饷，或作为漫长丝路上的盘缠。

玄奘离开第四烽后，正式进入了莫贺延碛，也正式离开了大唐国境。莫贺延碛是古代第四烽到伊吾（今新疆哈密）之间的一段无人区，古时称作"沙河"。《大慈恩寺三藏法师传》中记载说："上无飞鸟，下无走兽，复无水草。"只能依靠人和动物的尸骨辨别方向，正是因为这里的荒芜严酷，所以

---

① 内容参考了高永旺译注《大慈恩寺三藏法师传》卷第一。

《西游记》中流沙河的灵感很有可能取材于此。玄奘进入莫贺延碛后，只有自己的影子相伴左右，所以玄奘感到了前所未有的恐惧和孤独，他常常默念《般若心经》内心方能平静下来，消除恐惧。玄奘在一次取水的过程中，不慎打翻了水囊，饮水洒了一地，很快被饥渴的大地吸干，剩下来的饮水不足以支撑未来几日的跋涉，继续向前还是掉头回去，玄奘陷入了艰难的抉择中。短暂思量后，玄奘转身向回走，可走出几千米就停下了脚步，"宁可向西而死，岂能东归而生！"这是玄奘当时内心的真实独白，他迅速调转马头继续向西而去……在莫贺延碛又走了许久，把仅剩的水也喝光了，玄奘口渴难耐，筋疲力尽。加上戈壁中时常有扬尘天气，玄奘已经迷失了方向，距离野马泉越来越远，就这样经过了四夜五日，滴水未进的玄奘渐渐陷入了昏迷。玄奘卧倒在地上向菩萨祈求道："玄奘此行不求财利，不为名誉，只为无上正法而来。菩萨慈念众生，以救苦为务。我如今遭此苦难，菩萨难道不知道吗？"随后便晕厥过去。[①]

终于，在第五个夜晚，一阵凉风吹过，睡梦中似有一大神向玄奘召唤，命其不要待在原地沉睡，继续向前行进，于是玄奘不敢迟疑，打起精神继续向前跋涉。忽然，那匹枣红老马嗅到空气中有水草的气息，便硬拉着玄奘走向另一个方向。玄奘拉不住老马，只好追随前往，果然一处水塘出现在他眼前，好似菩萨幻化出来的一样。终于得救了！玄奘在水塘边休整了一日，补足了水后又经过两天行走，终于走出了莫贺延碛大戈壁，到达了伊吾国。

我和老王在莫贺延碛边缘的管护站登记后，驱车进入莫贺延碛。现在的莫贺延碛人为活动的痕迹越来越多，刚进入不久，就能看到铁路干线，再往里走还有西气东输管道线以及西电东送的高压电塔。这里作为野生黄羊的保护区被管理起来，所以不允许人们随意进入。即使有野生动物和人为工程，但绝大部分还是十分荒芜的，越往里走越是感到远离人间，耳旁只有风声，头顶只有太阳，偶尔可以看到几只黄羊蹦蹦跳跳地消失在山坡上。路越走越

[①] 内容参考高永旺译注《大慈恩寺三藏法师传》卷第一。

复古之路 ~中国西北行记~

难，高低起伏，十分颠簸，到后来，车辙印也消失不见了，完全变成了一片未经开发的荒野，有时汽车无法通过，我们不得不下车徒步行进。此刻已是下午，我必须仔细计算着日落的时间，并且必须在日落前离开这里，否则将有迷路的风险。在莫贺延碛中，我们找到了照壁山和野马泉的大概方位，野马泉深藏在一处干涸的河道中，河道流水的痕迹非常明显，周围的植被也多了起来。玄奘当年因为迷失了方向，并没有来到野马泉，而是在别处遇到了水源。经过我们的实地探访后发现，莫贺延碛并非像记载中的那样寸草不生，这里有水也有植物，空中也有小鸟飞过，可想写史的人并没有亲自到过这里，显然有些夸大了这里的严酷。

我和老王在夕阳中走出了莫贺延碛，一溜烟地又来到了附近的马莲井，这是一座位于高速路北侧的现代服务区，在服务区的东侧荒滩上，就是当年玄奘没有前往的第五烽，第五烽名叫"第五驿"，从现在的地面上看难以辨认，但是从空中俯瞰才会隐隐约约地看出它的轮廓。

我驱车深入莫贺延碛

我们走到杂草丛中，仔细查看，地表显露出来的铜钱告诉我们，这里就是一座古代驿站，我随手将被雨水冲刷出来的铜钱捡起，经过长年累月的侵蚀，铜钱像饼干一样脆弱，我轻轻地将它贴近眼睛，上面的字迹无法辨认，但我能够体会得到这里曾经有过的繁忙。从这里再往西就是星星峡，新疆就到了。

在瓜州这几日，我和老王沿着玄奘法师西行的脚步一一到访了一些古代遗址，这是一场难得的体验，我十分珍惜这样的机会。只有通过自己的践行，才会深刻地了解玄奘法师，才会距离真实的历史更近。玄奘并非如《西游记》里那样唯唯诺诺，反而是非常坚毅且执着的，他为了理想和信仰，不爱慕虚荣，也不贪生怕死。只有走近真实的玄奘法师，才能深刻地体会到鲁迅先生所说的"舍身求法的人"。

我和老王选择在第五驿作为本次河西走廊之旅的终点，我从口袋中拿出事先准备好的一瓶雪碧，在这个夕阳无限的黄昏中，我将雪碧摇晃后打开，白色的泡沫从塑料瓶中喷涌而出，像香槟一样喷洒在空中。此时此刻，我和老王可以彻底地卸下旅途的疲惫，在这片空旷的原野开怀畅饮，将胜利的"香槟"洒在彼此的心间，以此向河西走廊告别，也向玄奘法师致敬。

第二部分
河套地区

阴山下

2020年不知不觉已经快要结束了，东北进入了漫长的冬季，从云南旅行归来的我坐在家中，一遍又一遍地打开中国地图，将目光一次又一次聚焦在黄河河套地区。自2013年去新疆途经过那里后，我再没有踏足过那片土地，我按捺不住内心的冲动，想要在这个寒冷的季节重返故地，继续我的"复古之路"。

于是我立刻对身在西安的老王说明了我的计划，老王跟家人简单沟通后决定再次与我同行。是的，我们就是这样雷厉风行，这就是我们这类人的行事风格，决定了就立刻去做，绝不拖拉。我们认真准备了冬季的装备，羽绒外套、棉线袜子、加厚手套、秋衣秋裤……这次不同于夏天的河西走廊，现在的黄河畔和阴山下如同东北一样寒风凛冽，草木萧疏，御寒的装备不容半点马虎。

12月3日傍晚，我踏上了西去的列车，经过一夜的行驶，天亮时列车已经来到了山西大同。我趴在车窗上向北眺望，冬日的朝阳映红了萧条的大地，农舍的烟囱冒着青烟，但看不见一个人影，土黄色的烽燧一个接着一个顺着山势向西绵延，塞北所独有的萧瑟和苍凉一下子灌满了整节车厢。

又过了几个小时，阴山山脉开始与铁路并行，伴随在列车右侧，山体并不高大，依然是光秃秃的毫无生机。阴山，在中国历史中，可谓如雷贯耳，这个名字反复出现在中原王朝与北方游牧部落的交往史中，唐代诗人王昌龄的："但使龙城飞将在，不教胡马度阴山。"所指的就是眼前的这座不起眼的大山。阴山的北边是蒙古高原，南面与中原隔河相望，这是中原农耕文明与草原游牧文明的自然分界线，也是季风区与非季风区的分水岭，它就像一座天然的长城横亘在中国北方。对于生活在山北的游牧民族来说，它是通往财富的一道大门；而对于生活在山南的农耕民族来说，它是一道保卫家园的围墙，不同的种族赋予了它不同的形象和使命。我遥望着连绵的阴山，内心渴望走进它，同时也走进那条漫漫历史的长河中。

12月4日清晨，天还没亮，率先到达内蒙古包头的我起床走向火车站，按照计划中的时间，老王就快到达了。在微弱的灯光下，熟悉的身影冲破黑暗朝我走来，老王仍旧背着大双肩包，感受不到长途奔波的疲倦。来包头前，我们最担心的是严寒低温对于我们的考验，现实正如想象一样，包头的气温已经突破零下10摄氏度了，脸露在外面很快就会麻木。

在宾馆的房间里等到天亮，我和老王便走出房间，开始了在包头市区的探索之旅。包头在蒙古语中的意思是"有鹿出没的地方"，它北依阴山，南临黄河，黄河像一个无畏的拓荒者在阴山下造就了这片广袤富饶的河套平原，包头和呼和浩特、巴彦淖尔一样坐落在这片平原之上。在很久以前，河套地区是匈奴人的游牧地，秦统一六国后，大将蒙恬率大军赶走了匈奴人，秦末，匈奴人卷土重来；到了汉武帝时期，匈奴人再一次被驱逐，河套地区重回中原王朝版图。汉朝在此设郡县，并移民屯垦，大兴水利，使这里成为半农半牧的地区，曾经的牧场变成了良田和城镇，游牧人也逐渐定居下来，汉地的文化和生产技术被带到这里，黄河两岸开始逐渐有了人气。我们从北朝民歌《敕勒歌》就可以看到这里曾经的模样："敕勒川，阴山下，天似穹庐，笼盖四野。天苍苍，野茫茫，风吹草低见牛羊。"而正是因为有了优良的牧场，所以这里才有鹿群的出没，也就有了包头名称的由来，至今人们仍然称它为"鹿城"。但在寒冷单调的冬日里，我们感受不到包头应有的绿意和活力，整座城市笼罩在发达的重工业氛围里。

我们通常所说的河套地区是一个大的地理概念，它细分为前套、后套和西套，包头所在的地区为前套平原。清康熙年间，在利益的驱使下，人们组成了驼队，将国际贸易沿着草原丝绸之路一直做到了西伯利亚和东欧，而这条路被称为"茶叶之路"。在当时,前套平原就是茶叶之路的中转站,络绎不绝的运茶商队把南方的茶叶运至这里,再做短暂的休整,之后继续北上前往西伯利亚。所以在包头博物馆,我们可以看到来自东西南北各处的文物和文化遗留。[1]

博物馆总归是有限的,实地探访的乐趣和收获是博物馆所给予不了的,于是在包头短暂的逗留后,我和老王驾驶着汽车向北驶进了阴山山区。半路下起了雪,苍茫的雪原铺展开来,大地和低矮的天空连成一片,老王感叹说自己已经很多年没有感受到眼前的这番场景了,不停地用手机拍下每一处风景。

风雪中的秦长城

在固阳县以北的山岭上,蜿蜒着一条巨龙——秦长城。公元前214年,秦朝大将蒙恬北击匈奴后,在阴山北坡修建了这条长城防线,自此"胡人不敢南下而牧马,士不敢弯弓而报怨"。这段长城全部用青黑色的石头堆砌

---

[1] 陈克海:《前套:土默川演绎"双城记"》,载《中国国家地理》2012年第10期。

复古之路 中国西北行记

而成，坚不可摧，加上此后在历代王朝的不断经营下，它能够较好地保存下来。①

我和老王走下车，沿着山脊来到长城边，天空飘起了雪花，把边塞的雄浑与悲凉衬托得淋漓尽致。我们爬上山顶，沿着长城向前走，这条千年巨龙一直蜿蜒地伸向远方，最终消失在了冬季朦胧的原野。我们用手触摸着冰冷的长城，仿佛触碰到了戍边的秦朝士兵那冰冷的铠甲和剑戟。每每站在历史遗迹前，我都会遐想万千。

雪越下越大，长城和山岭一同披上了一层白色的戎装，北风将墙头上的枯草吹得摇晃不止。此情此景，老王开始诵读起毛泽东的《沁园春·雪》，来歌颂这壮阔的北国风光。

> 北国风光，千里冰封，万里雪飘。
> 望长城内外，惟余莽莽；大河上下，顿失滔滔。
> 山舞银蛇，原驰蜡象，欲与天公试比高。
> 须晴日，看红装素裹，分外妖娆。
> 江山如此多娇，引无数英雄竞折腰。
> 惜秦皇汉武，略输文采；唐宗宋祖，稍逊风骚。
> 一代天骄，成吉思汗，只识弯弓射大雕。
> 俱往矣，数风流人物，还看今朝。

穿过长城和阴山，我们继续北上，雪渐渐停了下来，阳光穿透云层照射在内蒙古草原上。越向北，气温变得越低，失去了阴山的遮挡，寒风在无边的蒙古高原肆意横行，在这样的季节里相信绝大多数人都不会选择来到内蒙古达茂旗草原腹地。穿过百灵庙小镇，气温降至零下15摄氏度，路上的车越来越少，道路上被冰雪覆盖，我小心翼翼地驾驶着汽车。苍翠的草原已经变成了白色的雪原，天地连成一片，一望无垠。汽车孤单地行驶在茫茫雪原

---

① 艾冲：《河套历史地理新探》，科学出版社，2015年版。

之上，仿佛时刻都会被这冰雪湮没。太阳远远地悬挂在南方的天空上，我们从未见过这么遥远渺小的太阳。在这里的冬季，太阳只能起到照明的作用，至于温度完全可以忽略不计。

我们来到一处牧场，这里有一座草原古城遗址，它在八百年前曾是草原中汪古部的都城。成吉思汗在统一蒙古草原的过程中，乃蛮部首领太阳汗暗中联络汪古部首领阿剌兀思（一作"阿剌忽石帖勤忽里"或"阿剌兀思剔吉忽里"），希望与汪古部联合进攻蒙古部。但让太阳汗没有想到的是，阿剌兀思竟将这一消息告诉了铁木真，于是，铁木真连忙赶来这片草原感谢阿剌兀思，两人就此结拜为"安达"（生死兄弟），并把三女儿阿剌海·别吉嫁给了阿剌兀思。在两个部落的强强联合下，最终一举消灭了乃蛮部，统一了蒙古草原。①

我和老王驱车百余千米来到这片孤寂的冬日草原，就是为了看看这座曾经汪古部的都城——敖伦苏木古城。这座古城曾经是蒙古草原上的第二大城市，仅次于元上都，它是成吉思汗攻打西夏、金国和南宋的大后方和直达通道，也是草原丝绸之路的必经之地，可见当时的规模和意义的重大。八百年后，这里一片废墟，地表只有部分西城墙和北城墙稍有残存，城内高大的建筑基台仍然耸立，但都已经被荒草覆盖。

古城现被三层铁丝网牢牢围绕，附近由蒙古族牧民负责看管，不得进入。我和老王只能站在围栏外向内张望，想尽可能地走近它，但我们不能越过围栏非法闯入，这种感觉就像探寻历史的过程，你只能远远地追忆和想象，却永远也无法真正走入那段真实的历史。

傍晚，我们返回百灵庙小镇过夜。进入冬季，小镇变得异常冷清，气氛如同室外的气温一样。屋外冰天雪地，马路上车辆稀少，下午四点多天色就已经开始暗淡下来，到了五点，街道的灯火就开始努力释放着光芒，为冰蓝色的小镇带去一丝微弱的光亮。

---

① 勒内·格鲁塞：《成吉思汗传》，李迪译，人民日报出版社，2013年版。

复古之路 ～中国西北行记～

第二天清晨，为了赶路我们起了个大早，车内气温显示此刻为零下27摄氏度。刚上车时，我和老王在车内冻得瑟瑟发抖，哈气在挡风玻璃上形成一团水雾。离开百灵庙时，东方的天空依然漆黑一片，汽车在公路上向西南行驶。不一会儿，我通过后视镜看到身后地平线上开始微微发亮，由金色慢慢变成粉色，静谧的大地再次被照亮，新的一天开始了。

我们在雪原中已经行驶了一百多千米。这里拥有大片的向日葵种植地，密密麻麻的秸秆竖立在原野上，即使被砍去了头颅，身体仍傲立在无情的冰雪中。车辆远离了大路，又一次行驶在冰雪路面上，拐了一个大弯后，一座偌大的黄土城赫然出现在前方。这又是一座深入草原腹地的古代城池，它的名字叫"新忽热苏木古城"，人们又叫它"受降城"。这座受降城始建于西汉，从称呼上就能理解它的作用和目的了。

公元前104年的冬天，由于草原遭受到了冰冻灾害的影响，匈奴牲畜冻死甚多；加之老单于死去，年轻的单于统治无方，连年战争，使匈奴内部发生了内讧。匈奴中的一位将领打算带兵投降于汉朝，但由于来汉朝路途遥远，众多人马需要中途补给，于是汉军就在这里修筑了一座城池，为了安置和接应匈奴的降兵。一切都安排妥当后，却不料匈奴降兵首领的计划败露，他被年轻的单于杀死了，运作了许久的计划也就搁浅了，这座被命名为"受降城"的城池最终也荒废了，但在后代它又被修缮继续使用过一段时期。这座城很大，城墙也很厚，瓮城和马面十分高大，比以往看到的大多数城都要坚固和厚重，这也许是因为在匈奴人出没的区域建城，多少缺失一些底气吧。[1]

此时太阳高照，但气温仍然维持在零下24摄氏度，西北风一吹，我们的手和面部瞬间就僵硬了，甚至有些疼痛，所以我们不得不立刻返回车内。在这辽阔的大地上，小小的车内空间是我们最依赖的庇护所。

---

[1] 见西汉史学家司马迁所著《史记·匈奴列传》。

冬日的草原落日

　　从阴山北坡重新回到南坡，在返回包头的途中，我和老王还造访了一座与长城形成配合的古代遗址。向东沿着阴山纵横交错的山谷，会与几处古代兵营相遇，我们在一处隐秘的台地上找到了一座古城遗址，名叫"城圪台障城"，依据资料推测这座城池为战国时期修建，后代王朝沿用，直到西夏被蒙古所灭，它才彻底地失去了边塞哨所的功能。这座城很小，墙体也很薄，不能与受降城相提并论。城四周围墙都有不同程度的倒塌，四边的角台依然可见，城内盗洞很多，陶片和瓦片以及灰砖四处散落，都已残破不堪，盗洞剖面有整齐的地砖和墙皮痕迹，向下20~30厘米厚的地层中有大小白骨散布，分不清是人骨还是动物尸骨，白骨间还有金属器具散落，都已锈迹斑斑。无论在秦汉还是后来的西夏王朝，阴山南北都是各帝国的前沿阵地，时常有战争爆发，所以它遭受破坏的概率也就大大增加了。寒冷的阴山下加上眼前的一幕幕不禁让人瑟瑟发抖。

复古之路 ~中国西北行记~

从后套平原驶向毛乌素沙地

　　我和老王在深夜返回包头，第二天上午乘列车抵达后套平原的巴彦淖尔。在巴彦淖尔，我们将开车继续寻着阴山山脉下的边塞遗址行走，同时也会跨过黄河深入库布齐沙漠和毛乌素沙地。

　　巴彦淖尔在蒙古语中的意思是"富饶的湖泊"，城市就坐落在黄河的北岸，如果从卫星地图上俯瞰这片大地，就很容易发现在黄河以北满是绿油油的农田村庄，而河南岸是一大片黄色的沙海。不管是绿洲还是沙漠，都是来自河流的作用，因为有了黄河，人们可以引水灌溉，在平坦的大地上打造出万亩良田；也是因为有了黄河，经过亿万年的冲击流淌，河水裹挟着大量泥沙而来，随着河道的移动，泥沙被永久地留在这里。

　　我和老王驾驶着汽车向阴山的最西端驶去，从车流中慢慢挣扎出来后，柏油路变得崭新，路上只剩下我们。前方是高大的山脉，山峰尖锐，像一个巨大的假山摆在路的尽头。我们沿着山势的走向向前行驶，很快就来到了一个山口，一条结冰的小河挡在前面，我和老王不敢冒险过河，于是找到一条小路绕过河流来到一座高台下方。我们将车锁好，徒步攀上高台，一座用石头垒砌而成的方形古城出现在高台上，墙体全部用石头为原料堆砌起来，向南开门，门东侧有台阶可以登城，瓮城和四个角台都整整齐齐，十分崭新，看上去应是近几年重新修缮过的。站在墙头上，视野极为开阔，向南望是广袤的后套平原，天气如果足够好的话，我想也许能够看到流淌的黄河。向北望是黄褐色的山体，一条小河从山中蜿蜒流淌下来，河谷宽的地方有二百多米，窄的地方也有六七十米，这是一条天然的通道。

鸡鹿塞遗址

　　这座边塞障城修筑于汉武帝时期，名叫"鸡鹿塞"。说到鸡鹿塞可能无人知晓，但说到古代四大美女之一的王昭君，应该是家喻户晓，我们常说的"昭君出塞"中的"塞"指的就是鸡鹿塞，也就是说王昭君当年就是从这里携带着嫁妆离开了中原故土，和匈奴人呼韩邪单于一起走向山北的匈奴草原。在古代，通过联姻而达成政治同盟的外交政策不止这一次，无论是汉代的细君公主还是解忧公主，抑或是后来的文成公主，看似是两国之间的大喜事，实则对于这些"公主"来说，多是凄惨悲凉的远征，她们不但要适应游牧人的生活，还担负着维系两国友好关系的重任。站在鸡鹿塞上，有着感受不尽的萧瑟和悲欢离合，我和老王沿着河道向河谷内行走，以此体会远离故土的无奈与哀伤。

　　午后，我和老王沿着黄河南下至磴口县，从这里跨过黄河进入黄河东岸。黄河缓缓地向北流动，河面上漂浮着大量冰凌，但还不足以阻塞河道。再往东走就进入了一片沙漠地带，景色一下子变得死寂，荒凉的戈壁滩披上

77

了冰冷的雪衣，阴霾的天空下，一切都显得冷落。过了很久，公路北侧的低洼处出现了一座大湖，湖水退去了不少，显然在这样干燥的环境中想要维持充足的水量是一件多么困难的事。湖的后面有一条大河，叫"摩林河"，我们今晚的目的地就是在摩林河西岸的伊和乌素苏木。这是一座建立在库布齐沙漠和毛乌素沙地中间的小镇，实则它更像是一座村庄，多数民居都是低矮的瓦房，瓦房群中最高的建筑就是我们今晚的住处，一家唯一营业的温泉酒店。

我和老王步入酒店大堂，酒店和小镇一样冷清，前台只有一名服务员，右边的大厅正在举行一场蒙古族的婚礼，家属盛装出席站在门口迎宾。我和老王拿着房卡走上楼，走廊的灯没有打开，黑漆漆的，房间很宽敞，只是电视机和灯都不能正常工作，这样偏远孤僻的环境能睡上整洁柔软的床就已经知足了，不再奢求什么。

第二天一早天刚蒙蒙亮，我和老王就离开了这座温泉酒店，继续深入毛乌素沙地中去寻找一处神奇的地方。经过几日的驾车跋涉，我甚至开始喜欢上在太阳升起前和落下后的空旷大地上行驶，眼前只有一条路指引着我们向前，世界变得简单安静，天边的任何一抹亮色都足够令人兴奋。路上偶尔可以见到几户牧民的房子，这里对于我而言是一片陌生新奇的土地，我从未涉足过这里，也很少见到旅行者深入这里。在这片看上去荒芜的土地上隐藏着上百口古代水井，人们叫它"百眼井"，我们此行的目的就是探访传说中的"百眼井"。

太阳越升越高，大地逐渐苏醒过来。我和老王来到一处坑洼地，有几户牧民生活在这里，一个妇女赶着羊群走向戈壁滩，我向她打听百眼井的方位，妇女指了指我身后的不远处说就在那里。我和老王走近仔细查看，外围有两块文物保护石碑，顺着石碑往南走，在方圆五百米的范围内散布了非常多的水井，我们大概看到了十几口井，据说这里曾经有一百多口井。我和老王走近相邻的几口水井，有的被当地人用石头和木板封住井口，但可以看到黑洞洞的井坑，井壁上结着白色霜花；有的被加装了水泵，并用水泥在地面修建了一个给牲畜使用的饮水槽。水井露出地表的高度通常是齐腰的位置，直径不到 1 米，井深约 20 米到 100 米不等，关于这些水井的来历至今还是一个谜。

查阅有限的资料发现，百眼井还有一个奇怪的称呼——"众狗之井"，相传成吉思汗在攻打西夏时，曾在此安营扎寨，有一次外出打猎，饮水不足，而随行队伍中的一百多条猎犬在这片干燥的沙地上找到了地下水源并不断挖掘，最终清澈的水从地下涌出，于是大家就在这里打下了许多口井。这只是民间传说，没有任何实物和记载根据，我们只能继续等待着这个谜团被解开的那天。

沙漠和戈壁看似荒凉没有任何生机，其实只要你仔细观察，这里也有很多动植物甚至文明的遗迹。就在百眼井的西北方向，有一处世界上少有的沙漠石窟——阿尔寨石窟。这座石窟坐落在一片戈壁荒漠中，一座高出地面的圆台形土坡的崖壁上分布着数个洞窟，土坡通体为赤红色的砂砾岩，长满杂草。这里被开发成了一处景区，因为季节的原因，没有人在这里，我和老王在土坡下驻足观望。没多久天空就飘下了雪花，雪越下越大，把这片荒原衬托得格外美丽。我们站在刀子一般的寒风中，强劲的西北风在红色的沙砾岩上留下了它们来过的痕迹，一道道划痕一样的凹槽布满岩石的表面。

返回巴彦淖尔的途中十分顺利，库布齐沙漠的公路两旁沙丘林立，邻近公路的一面密密麻麻排列着草方格固沙网，这些网格都是由干枯的树枝组成的，随意爬上路边的一座沙丘，望向哪个方向都是无尽的沙丘。相比毛乌素沙漠，库布齐沙漠更加荒芜，这里多是流动的细沙，植被覆盖率很低，更不要说有牧民和羊群了。

下午我们通过了临河黄河大桥，走出了库布齐沙漠，黄河特别宽阔，河水泛着沙子一样的黄色，天地间似乎也漂浮着一层细沙，我们重新来到了后套平原，返回巴彦淖尔。一身轻松的我们早早休息下来，等待次日离开内蒙古，进入宁夏回族自治区。

重返银川

我和老王到宁夏了，宁夏是本次旅行的重要目的地，未来二十天里，我们几乎都将在宁夏境内度过。七年前我也是从巴彦淖尔这个方向进入后套平原，五月的贺兰山下一片生机勃勃，河网密布，滔浪翻滚，正如当地民谣中唱的那样："宁夏川，两头尖，东靠黄河，西靠贺兰山；天下黄河富宁夏，塞上江南鱼米乡。"七年后的隆冬时节我重回故地，车窗外的色彩单调了许多，和北方大多数地区一样，一派萧条。

来到银川，不能不走进宁夏博物馆，这里拥有最能反映宁夏历史人文的展览介绍。博物馆中陈列着从石器时期到清代的珍贵文物，其中最引人入胜的当数西夏王朝的遗宝。公元1038年党项人李元昊在兴庆府（银川）建国称帝，自称"邦泥定国"或"大白高国"，到1227年被蒙古所灭，历经十代帝王，享国一百八十九年。早在唐朝末年，党项人拓跋部的首领拓跋思恭因平定黄巢起义有功被封为"夏国公"，赐姓李，并得到了银州（陕西米脂县）、夏州（陕西榆州市横山区）、绥州（陕西绥德县）、宥州（陕西靖边县）、静州（陕西米脂县西）这五州之地，使得党项人在此拥有了一支不可小觑的武装力量，称为"定难军"。到了五代十国时期，党项人仍臣服于各个中原政权，并在这期间不断壮大自己的力量。再后来宋朝建立，宋太宗实行削藩政策，起初，党项人并未受到影响，但当李继捧成为党项首领后，情况却发生了转变。李继捧率领部分党项人投奔宋朝，并自愿献出大部分封地以示臣服，但此时李继捧的族弟李继迁不肯归附宋朝，并且偷偷逃跑躲避起来，暗中壮大力量，增强武装。李继迁出走创业后，主动示好契丹人，遂被辽朝封为"夏国王",并彻底与北宋撕破脸,此后又陆续占领了甘肃河西走廊诸州,真正成为悬在北宋头顶上的一块难啃的骨头。到了公元1038年,李继迁的孙子李元昊建国称帝,从此与宋辽平起平坐,不再臣服于任何人,并且在与宋辽的战争中屡次获胜,形成了三国鼎立的局面。[①]

在今天的宁夏博物馆中,我们可以看到和西夏时期有关的许多生活用品、石碑残片、西夏王陵建筑构件以及墓中出土的陪葬品。西夏灭亡后,元朝并未给其修史,加之大量相关文物和王陵被盗掘破坏严重,这段尘封已久的历史起初人们了解甚少。随着研究的深入,我们可以通过这些馆藏文物逐渐厘清这个神秘王朝的来龙去脉,也能够窥见党项人的生活日常。西夏举国信奉佛教,佛教在这里得到了广泛的传播,在博物馆中,我们能够看到大量精美的佛教艺术品,甚至许多艺术品的工艺已经非常成熟,精美程度堪比中原王朝的同期文物,可见西夏当时的生产力已经非常发达了。

那些长着翅膀的人形鸟名叫"迦陵频伽",也叫作"妙音鸟",这是佛教中的神鸟,传说其叫声非常优美动听,能够引导人们步入佛国天堂。这里还有一件体量庞大的镇馆之宝,它是一件通体鎏金的铜牛,这头金牛是从西夏王陵中的一处陪葬墓中意外发现的。在它出土以前,所有的帝王陵墓中没有任何有价值的文物出土,人们一度陷入了不解之中。而正是因为这件铜牛的出土才让人们认识到,帝王陵墓中的宝物可能早已被人盗光了,或许是这件铜牛由于庞大笨重不便于移动,最终才得以保留下来吧。

今天的银川就是曾经西夏王朝的都城兴庆府的所在地,这座都城在地震与同蒙古人的战争中毁于一旦,但在今天银川的市区内,我们仍能从仅有的几处古迹中,追忆那段辉煌的历史。银川人都知道,在这座朝夕相处的城市里有两座古塔,当地人称为"南塔"和"北塔","北塔"指的是海宝塔,它始建于北朝晚期至隋唐年间。而"南塔"便是承天寺塔,这两座塔都是银川的地标式的古建筑,尤其是承天寺塔。

[①] 陈海波:《西夏简史》,民主与建设出版社,2016年版。

复古之路 ~中国西北行记~

银川的承天寺塔

西夏开国皇帝李元昊执政后期昏庸无度，不仅把儿子宁令哥的老婆据为己有，还废掉了宁令哥的生母野利氏；后来宁令哥在权臣没藏讹庞的怂恿下，于1048年1月19日这天，气冲冲地闯入李元昊的寝宫，拔出刀来劈向李元昊，李元昊由于没有缓过神来而躲闪不及，高挺的鼻子被削掉一半，顿时血流不止，没过多久就因失血过多撒手人寰，不久后，宁令哥也被以弑君罪处死。皇帝和太子先后离去，皇位自然而然就落在了幼子李谅祚的身上，而李谅祚正是权臣没藏讹庞妹妹没藏氏与李元昊的儿子。就这样，皇帝李元昊被自己的儿子杀害了，太子宁令哥也因此被处死，幼子李谅祚成为皇帝，母亲没藏氏成为皇后，舅舅没藏讹庞掌控了西夏军政大权，一场由李元昊霸占儿媳而引发的权力争夺战最终落下了帷幕。但实际上，没藏氏并非李元昊的正宫，而是曾经西夏功臣野利遇乞的一个小妾，因野利遇乞被害，没藏氏为了避难躲入寺庙出家为尼，在皇后野利氏的恩惠下，没藏氏才得以回归正常的生活，常常跟着野利皇后一同出入后宫，恰巧一天被李元昊撞见，年轻貌美的没藏氏很快就俘获了李元昊的心。李谅祚长大后，将舅舅没藏讹庞一系外戚亲属全部清洗干净，把大权掌控在自己的手里，西夏这才得以恢复了正常的权力交接。①

  历史一再证明，看似雍容华贵、令人羡慕的皇家生活，实际内部暗潮涌动，明争暗斗不断，是普通人难以想象的险恶。今天银川市的承天寺塔正是当年没藏氏主持为儿子李谅祚修建的，寓意保佑儿子李谅祚圣寿无疆，并祈望西夏江山延永坚固。这座宝塔穿越近千年时光仍然耸立在贺兰山下，而曾经建造它的人们早已消失得无影无踪，所以老王常常会说："人永远也活不过物件。"细细想来，人生短短几十年，何必过于在意名利的羁绊，拼命得到的荣华富贵到头来还是无法永久地留在自己的身边，不如一笑而过，活得自在一些。

  在银川的第二天，我和老王来到了西郊旷野中的西夏王陵，这里埋葬着西夏王朝历代皇帝，这里是已知现存地面建筑最庞大的西夏建筑群，因年代久远，毁坏严重，所以主体建筑的外形酷似埃及金字塔，于是被史学界称为"东方金字塔"。

  在正式前往西夏王陵前，园区为游客建造了一座大型西夏博物馆，这里拥有最完整最细致的关于西夏王朝历史方面的介绍，这里的文物多来自西夏陵出土的建筑构件和生活生产工具，非常值得一看。尤其是展馆内有专门介绍和复原了西夏王陵的模型以及数字化展示，是了解西夏王朝最棒的地方。

  贺兰山下现存九座帝王陵，已探明的陪葬陵就有二百多座，但这些王陵和帝王之间的对应关系还没有搞清楚，九座帝陵中只有七号陵能够确定为西夏第五代皇帝李仁孝的墓葬，其他八座陵墓均不确定。人们认为三号王陵的主人是李元昊，因为这座陵墓的规模最大，作为开国皇帝的陵墓似乎非常合适，所以区间车一般会将游人直接送往三号陵的入口处。

  冬日的贺兰山下一片寂寥，寒风吹动着枯草，远远就能够看到三号陵高大的黄土陵台。我们穿过最外围的阙台和碑亭遗址步入月城，再由南门门阙进入陵墓，门口的献陵彻底倒塌，四周围墙只剩夯土墙面，围墙的四个角和

---

① 陈海波：《西夏简史》。

四面大门的门阙全部为圆台形结构，这一点区别于中原王朝的建筑形式，充满了游牧民族的审美风格。陵台前方的地面有一个大坑，这个大坑的下面就是埋葬帝王的陵寝，而这个大坑很有可能就是当年盗掘者留下来的痕迹。西夏灭亡后，这些宏伟的王陵曾遭受了严重的摧毁和盗掘，但凶手是谁至今仍有争议，多数人认为是成吉思汗的蒙古大军。

1227年，成吉思汗忽然死于对西夏的征伐中，所以人们推测这是蒙古人的报复行为。还有一种说法是后来的明朝政府为了修建贺兰山长城需要大量的建筑材料，于是就地取材，将西夏王陵拆毁并盗掘一空。由于盗掘这么庞大的王陵需要动用众多劳力，仅凭民间的盗墓贼难以实施，这就是为什么我们一再将矛头指向蒙古大军和明朝政府的原因。

西夏王陵和这个王朝一样，还存在诸多谜团等待着人们的揭晓，这或许也是研究西夏历史的乐趣所在。

从贺兰山到无定河

因为西夏王朝的都城就在今天贺兰山下的银川，所以这就注定了在贺兰山下和黄河西岸的这片沃野之上，拥有除西夏王陵以外更多的西夏遗址，拜寺口双塔就是其中之一。我和老王驱车来到贺兰山脚下，这里广阔的坡地上布满了大大小小的碎石，我们远远地就可以看到两座相同的佛塔，因为贺兰山在这个季节处于防火期，所以位于贺兰山下的拜寺口双塔暂不对外开放，我们也只好远远地欣赏。

这两座佛塔是迄今为止保存最为完整的西夏佛塔，距今有近一千年的历史了，据说这里曾有一百余座寺院庙宇，所以这里又被称为"百寺口"。拜寺口双塔的建造时间并没有明确记载，但根据双塔周围散落的大量与西夏王陵同一时期风格的琉璃构件残块，以及宁夏地方史志的记载，可以确定此处在西夏年间就已经建有佛寺了，而这两座塔也可以确定与佛寺是同一时期的产物，并且它是李元昊离宫建筑的组成部分之一。在明代，双塔周边的寺庙建筑被毁，到了清朝乾隆四年时，宁夏地区发生里氏8级大地震，但这两座双塔却屹立不倒。

我和老王本想从某一处山口走进贺兰山，去山中寻找古代岩画，到了之后才发现，附近都已被铁丝网紧紧地包裹起来，密不透风，根本无法靠近山体，所以这个想法只好作罢。在贺兰山中，有着大量古代岩画遗存，这些岩画是来自不同时期生活在这里的人们所为。早在三万年前，黄河岸边就有原始部落的人群在此繁衍生息，人们将绵延二百余千米的贺兰山当作一块巨大的印章石，把自己身边的一切都篆刻在山上，直到今天，我们依然能够通过这些生动形象的人物、动物、宗教等场景了解当时西套平原的壮丽图景。

离开拜寺口双塔向石嘴山方向行走,可以看到贺兰山下的荒滩上被开辟出大片的葡萄庄园,人们在这非常适合葡萄生长的环境中酿出了举世闻名的葡萄美酒并远销海内外。继续往北,在距离银川市约80千米的一处村庄中,有一处西夏时期的古城遗址,它叫"省嵬城"。我们根据地图导航很快就找到了它,它地处村庄和农田的包围中。古城看上去不小,四周的方形城墙几乎快要消失不见了,就连城门都难以分辨,城内到处都是被开垦过的痕迹,只是近两年来被文物部门保护起来禁止耕种了。在我们到来的时候,恰巧遇到两个小伙子在测量古城保护围栏的长度,当地有关部门在古城外围加装了护栏,人们越来越意识到保护和爱惜古迹的重要性,但就目前的状况来看,这座古城被保护得实在太晚了。省嵬城像一座稍有规模的西夏军营,它的作用是和其他军营哨所一起守卫南边的都城兴庆府,就像卫星拱卫行星一样。可是再坚固的城池也没能阻挡蒙古大军的南下,最终它和兴庆府一起成为西夏王朝的陪葬品。

冬日的一天总是稍纵即逝,下午三点,太阳就已经接近贺兰山,我和老王抓住一天的尾巴再一次跨过黄河,向东赶往盐池县。太阳落下西山,旷野中的树木和明代长城的轮廓朦朦胧胧地浮现出来。在这条路的北侧不远处,有一连串的明代长城、烽燧和戍堡遗址,这段防御设施被统称为"河东墙"。由于天色已晚,我和老王没能走近它们,这也是本次旅行中的一个遗憾。我们在天完全黑下来后到达盐池县,在住处的楼下吃了一碗热汤面就上楼歇息下来,第二天天还没亮就再次启程。因为路途遥远,我们常常早出晚归,为了能在短暂的一天中尽可能地多去一些地方。

冬日的清晨总是异常的寒冷,从盐池县往东不久就进入了陕西省,旭日渐渐爬上地平线,将东方的天空染得通红,我和老王坐在温暖的车内一路精神抖擞。盐池县向东82千米处有一个城川镇,这里是陕西与内蒙古的交界处,在镇子东边的公路北侧有一个城川古城,这座古城遗址是唐代设置的宥州城,因为战争和自然的坍塌,在元代荒废了。沿着东边的无定河向北走,紧邻河东岸还有一座古城，这是三岔河古城。这座古城很有意思，乍一看四周城墙几乎都已经快要辨别不出来了，城中间也没有任何建筑基座，因为冬季有雪的覆盖，城中的砖块和瓦片也都被掩盖起来。从空中俯瞰，这座城的形状并不是四方形的，而是一个不规则的梯形，这种形状的古城在这一地区非常独特少见。以往我们所到访的古城，无论是汉代的还是清代的，几乎都是非常工整的正方形或长方形，所以三岔河古城格外令人印象深刻。另外，这座城的南城墙西南部分的剖面处，露出非常多的瓦片和砖块、白骨，甚至还有铁器散落在地面，这种杂乱的景象也是以往从未见到过的，我推测这是城墙上方的楼阁倒塌后被深埋的结果。我在黄土中拾到一块残破的龙纹瓦当，这证明了此处以前应有一栋房屋建筑，正如我的猜测。三岔河古城是西夏到元代时期的建筑，城西墙已被河水冲毁，城南为墓葬区，城外有零星村舍。这里土地荒漠化相当严重，沙子是无定河两岸最常见到的东西。

无定河是一条不起眼的河流，是黄河众多支流之一，因为时常改道，深度和流量常常令人捉摸不定，所以当地人叫它"无定河"或"恍惚都河"。河水沿着黄土高原的沟壑由南向北再向东，一路蜿蜒前进，由涓涓细流逐渐变成滔滔大河，像一条绿丝带一样飘扬在黄土高原。河水冒着毛乌素的风沙一路奔腾向前，最终与黄河相遇流向大海。无定河地处农牧交错地带，从秦汉到宋明，这里上演了一场又一场惨烈的战争，这条河目睹过太多的血腥，正如诗中所言："可怜无定河边骨，犹是春闺梦里人！"这条河自古就充满了悲情与哀怨。

在无定河北岸，有一座一千六百年历史的古代都城——"统万城"，这是匈奴人赫连勃勃在汉代城池基础上建造的。赫连勃勃自称为夏朝后裔，故建"大夏国"，称"大夏王"，统万城就是他精心打造的夏国都城。但不到20年，这座庞然大物就被北魏太武皇帝拓跋焘攻陷，隋唐时期这里多为朔方军置所管辖，或被地方军阀割据；到了五代时期，党项人李氏又割据在此；宋初年，宋太宗赵光义开始削藩，党项人在李继迁的带领下，偷偷走出城池，拒绝迁往中原内地，向北逃往地斤泽（今鄂尔多斯西南）休养生息，

复古之路 ~中国西北行记~

以待强大再与宋朝对抗。后来,李继迁的儿子李德明带领族人迁往灵州(今宁夏灵武)和兴庆府继续壮大势力,直到公元1038年李德明的儿子李元昊在兴庆府建国称帝,与辽宋平起平坐。公元994年,宋太宗下令将此城彻底焚毁,所以,我们今天看到的这座颓败的城池正是从那个时候沦为了废墟。城池的南城墙和西城墙尚存,马面敌台清晰,部分墙体被现代人挖掘成窑洞居住,但近年已被保护起来,大家都搬离了这里。城外被铁丝网围了起来,还安装了监控器,对面的管理处和景区设施也在陆续建设中,未来会开发为成熟的景区对公众开放。[1]

统万城遗址

站在城下观望,整座城池非常有气势,高大的身躯令人难忘。外表散发着耀眼的白色,光是从远看就能够感受到它的坚固,很难想象当初如何才能将此城攻陷。统万城周边是连绵起伏的沙地,一千六百年前,这里的情况应该要好一些,不然拿什么来养活这么一座庞然大物呢?

我和老王围绕着高大的城墙慢慢欣赏,我们从未在乡野中见过如此坚固挺拔的古城,我能通过眼前的残缺城墙想象到它千年前的样貌,这真是一座梦幻般的沙漠都城。

---

[1] 此处内容主要参考了侯甬坚、邢福来、邓辉、安介生、陈识仁主编《统万城建城一千六百年国际学术研讨会文集》(陕西师范大学出版社,2015年版),以及陈海波《西夏简史》。

逆流而上

从统万城返回银川后,我和老王告别银川,一路向南。

向南去吴忠市没有直达的巴士,我们只能通过乡村间的小巴车辗转前往吴忠。我除了背上背着的大双肩包,手里还拎着一个小背包,大包里装着衣服和杂物,小背包装着证件和摄像器械,也就是说小背包内的物品对我来讲更为重要。就在我们乘车抵达一个名叫"雷台"的村庄时,我和老王在村子的路口处走下车,小巴车向左拐进村庄,紧接着,我们招手拦下一辆去往吴忠的巴士。二十几分钟后吴忠到了,这时我突然觉得少了点儿什么,低头一看,我的小包不见了,我瞬间慌了神儿。

"完了!我的包不见了。"我皱着眉头对老王说。

老王被我突然的一声也吓了一跳,并连忙说道:"哪儿去了?"

"肯定是落在刚才那个小巴车上了,我得回去一趟。"说完,我和老王就拦下一辆出租车。

"你好师傅,我的包落在了一辆小巴车上,你能把我们送过去吗?"我急匆匆地向司机请求。

"在哪里?"

"一个路口,我记得方位,去永宁县方向,走吧,我会告诉你位置。"

"那要 50 块钱。"

"行,多少钱也得去,走吧!"

司机一脚油门,我们朝着雷台村而去。

复古之路 中国西北行记

司机一路加速行驶，路上我已经做好了与我的包永久分别的心理准备，所以内心也逐渐平静了许多。出租车还没停稳，我就看到了村头广场旁停着的小巴车，我长舒一口气，似乎就快要拿回我的包。我把钱付给出租车司机后，快步走上小巴车，来到座位旁并没有看到我的包，然后我向驾驶座位看去，发现司机并不是之前的男人。我简单明了地向司机说明了来意，司机不紧不慢地拿起手中的电话，拨通了一个号码，将我的遭遇告诉了电话的另一头，随后放下手机说："那个司机我认识，他说包在他那里，你在这儿等着吧，过一会儿他还会回来。"我听到后大喜过望，于是和老王在雷台村的村口耐心等待。

大概过了四十分钟，之前的那辆车终于来了，司机远远地看到了我们，把包递给我，随后我给司机送上两包香烟以表感激，拿着失而复得的包，我和老王都笑了。离开雷台村前我站在村口的牌坊下，叫老王给我拍了一张照片。接着我们再次来到马路上，乘车赶往吴忠，从此我的小包就像装了一笔巨款一样，始终不离我的视线，老王也不时地提醒我不要再忘记。趁着这狗屎运还在，到达吴忠后，我在宾馆楼下的彩票站买了几张刮刮乐，回到房间慢慢刮开，结果很明了，我与四十万元擦肩而过。

第二天早上，我和老王乘巴士往西到达青铜峡水镇，这个黄河边的小镇在冬季很安静，黄河中上游的青铜峡水电站被一片芦苇包裹。宁夏平原地区从秦汉时就引黄河水灌溉，历朝历代都大兴水渠，在黄河边常常能看到各个时期的水利枢纽。从秦汉渠到唐徕渠再到西夏的昊王渠……历代帝王们对兴修水利都颇为重视，今天也同样如此。青铜峡水电站是在中华人民共和国成立初期建造起来的大型水利工程，为宁夏的电力和灌溉发挥了重要的作用。正是因为有了黄河和贺兰山以及历代的水利工程，这片被沙漠黄土包围的平原才拥有了"塞上江南"的美誉，才有了当今宁夏人生活水平的提高，这就是前人栽树后人乘凉的典范。

在来时的巴士上，我和老王坐在车前头的位置，车上没什么人，司机见我们两个背着大包小包就知道了我们的目的。

"你们是来旅游的？"

"对，我们想去看一百零八塔。"

"嘿！你们怎么都去那儿？"

"那不是古代遗址吗？"

"咦……就是一堆烂石头！有啥看的嘛。"司机一脸的嫌弃。

"来看它的人多吗？"

"多得很，美国人也去看，英国人也去看，他们还研究那个。我就拉过一个美国人，他不知道怎么走，我给他指的路。"

"是吗？那您去看过吗？"

"我当然看过！我小的时候还在那上面到处爬，哎！没啥看头。"司机一脸的不屑。

我们所说的一百零八塔是位于青铜峡水电站西侧山坡上的一处西夏时期的佛塔群，这是现存西夏时期的一座标志性建筑群，曾经一度被人们认为是元代的遗址。自从1958年修建青铜峡水库时拆毁了两座岸边的佛塔，人们意外地在塔中发现了西夏时期的佛经和绢画，这才确认其为西夏时期的产物。到了1963年，修建青铜峡水电站，又将旁边一座古寺拆除了，不过好在山坡上的塔群得以完整保留至今。佛教认为人生有一百零八种烦恼，每转一塔，就能消除一烦恼。由于文物保护，现在已被禁止转塔，但人们可以细数每一座塔，据说具有同等功效。我站在下方的广场上仔细数了三遍，一百零八座塔确认无疑，此生再无烦恼，转念又一想，没有烦恼的人生算完整吗？

黄河边的一百零八塔遗址

　　整座塔林呈三角形排列，每一排的塔数都是奇数，最上方有一座相对高大一些的砖塔，塔身后面还有一座小型庙宇，下方全部为等大的砖塔，可见建造者的良苦用心。西夏举国信奉佛教，在西夏各地建造了众多佛塔寺院，我们夏天在张掖参观的大佛寺，还有前几天去的拜寺口双塔，以及额济纳旗黑水城中的寺院遗址都为西夏时期的佛教建筑，就连瓜州榆林窟和敦煌莫高窟中的多个洞窟都开凿于西夏时期。可以想象在当时西夏的这片土地上，佛塔林立，僧侣如织，信众虔诚，梵音萦绕，是一派多么和谐昌盛的景象。

　　偌大的塔林景区内只有我和老王，安静极了，时不时可以听见水塘结冰后的冰裂声在黄河峡谷中回荡，芦花随风摇曳，河面波光粼粼，待在这里令人感到内心平静。黄昏降临前，我和老王马不停蹄地踏上了去往中卫市的列车，继续沿着黄河逆流而上。在飞机高铁主宰的时代，坐绿皮火车似乎是件熬人的体力活儿，不过像这样一站一城地慢慢行走，一两个小时后便能到达目的地，时间刚刚好，并不觉得疲惫。

到达中卫站时，夜幕刚刚降临，青铜峡和中卫的火车站从规模和装修风格上看都停留在二三十年前的样子，比较老旧，一下车，眼前的景象瞬间就把我们带回了 20 世纪八九十年代。粉红色的霓虹灯映照在幽蓝的水泥地上，昏暗的街道分不清哪里是我们该去的方向，中卫这座城市给人的第一印象竟然有些拥挤和黑暗。

我和老王对于中卫这座城市的了解并不多，2013 年去新疆时我也只是匆匆从此路过，并未留出时间去游览，近年来沙坡头旅游业的火爆也只是从侧面听说过一星半点，也并未真正走进那里。这座西北小城和河西四郡很像，规模不大，名声也不够响亮，但都拥有悠久的历史，无论是钟鼓楼还是中卫高庙，都透露出中卫这座城市深厚的文化底蕴。行走在宁夏，仔细观察就会发现，这里的明代及后期的古建筑，其造型与印象中北方的建筑有着些许区别，就像西夏文字一样，乍一看像汉字，但定睛一瞧却能明显察觉出它们的不同。这里的许多建筑更像东南沿海省份的样子，许多亭台楼阁的结构给人的第一印象是非常紧凑和烦琐的，丝毫没有西北苍茫辽阔粗犷之感，尽是精雕细刻，令人眼花缭乱，这种感觉在市中心的高庙尤为强烈。

走进高庙后你会发现，楼阁的布局非常紧密，一栋一栋紧紧挨在一起，给人一种窒息的感觉，房檐门梁雕龙画凤，但又秩序井然，不会有一团乱麻的错觉。高庙始建于明永乐年间，经历代增建重修，至清代已成为一处规模较大的古建筑群。庙中令人印象深刻的是一座位于一层西侧的罗汉堂，并不宽敞的房间内挤满了神态各异的罗汉造像，个个栩栩如生，令老王感叹道："这是我看过的最生动精美的罗汉堂！"除了高庙中精美绝伦的建筑艺术，让我们同时感到惊奇的是，中卫市内的公交车几乎全部免费，这一点倒是值得褒奖。

中卫和银川、吴忠一样也坐落在黄河边，毫不夸张地讲，黄河几乎凭一己之力托起了宁夏的全部，我们从银川沿着黄河一路向西行走，只要有黄河水的地方，就有富足和希望。在这里的岸边，一座巨大的蓝色水滴雕塑作品被竖立起来，这充分说明了这里的人们对黄河水的感激和依赖，这是生活在河套地区人们的共同的心声。

穿梭在黄土高原

我和老王在中卫租上一台车向南跨过黄河，车子行驶在黄土高原上，和往常一样我们再次踏上寻访古迹的旅途。正当我们一路说笑向前跋涉，在离兴仁镇南15千米处的山坡上，我忽然看到一个微小的黑影一闪而过，我内心确信那是一座古城。在好奇心的驱使下，我立刻掉转车头直奔山坡而去。

水泥路修到了山顶，我们走下车，步行到达不远处的黑影下方，不出所料，果然是一个长130米、宽115米的长方形古城。古城的年代不详，我们绕城走了一圈，没有发现文物保护的石碑，四面敌台高大挺拔，墙根下方有零星铁片和瓦片分布，再没有找到任何有价值的线索。在古城东侧270米处还有两处建筑遗址，三个古遗址在山顶有限的土地上呈三角形分布。其中两座城内都被耕地占据，我手指着布满灰色细小碎石的地面问老王是否认得这里种植的作物，老王摇摇头。中卫当地盛产一种好吃的西瓜，叫硒砂瓜，这些一垄一垄的地面正是硒砂瓜的耕地，我也是前些年路过这里吃到了甜美多汁的硒砂瓜才晓得这些，只是这个季节老王没有口福了。

我们继续往东走，来到另外两座城内，这两座城一大一小，城墙轮廓不太清晰，我们边走边感到疑惑，像这种布局的古城以往从未见过，这样规模的城池无论是民用生活还是军用戍边，往往都会选择在河谷中或平原地带依水而建，山顶上显然不方便取水来供给城内的人畜使用。这里地处丝绸之路离开西安后的北线附近，附近的山坡上也有若干烽燧和长城遗留，就算是戍边的军营，那其余两座遗址又是什么？难道是不同时代的产物？尤其是最小的那处遗址，形状像庙宇，"凸"字形布局，内城中央有土台凸起于地面，像楼阁台基,城内瓦当砖雕四处散布,它们到底是什么?属于什么年代?叫什么名字?什么人在这里生活过?又是怎么倒塌毁坏的?……一连串的疑问涌上心头。站在山顶向北望,巨大的盆地一目了然,向南则是高低错落的黄土台地,对面几千米远的山顶上有座烽火台,在这样的地方修建军事工事是非常合适的,但没有任何依据可以证明这个观点,所以我们不敢妄下结论。带着满满的疑惑和遗憾,我们继续向南赶路,目的地是一座有明确记载的历史名城——西安州古城。

西安州古城,应该是海原县一带规模最大、地理位置最重要,也最有戏剧性的古城遗址了。

这座城长宽约 1 千米,北宋始建,地处丝绸之路的重要位置。我们常常认为丝绸之路东出洛阳和长安后,一路向西到达宝鸡、天水、兰州再到河西走廊去往新疆,而实际上,离开长安后,人们更愿意选择由平凉至固原再经西安州往西直接到达甘肃武威,因为这条线比南线要缩短一百多千米,再加上南线常常受地方战乱影响时断时续,北线相对而言就要便利和安全得多。丝路重镇西安州后来被西夏和北宋交替掌控,从城池的规模上看,当年城内一定建有高耸的宫阙楼阁。城南有座天都山,站在城头上可以清楚地看到它,我想当年李元昊一定常常骑着战马驰骋在山中围捕猎物,我仿佛可以看到一身白衣的李元昊目光炯炯有神地盯着奔跑的目标,随后抬手搭弓放箭,气宇轩昂,英气勃勃。

这座见证过西夏从鼎盛到没落的城池后经元、明、清三朝,最终在 1920 年 12 月 16 日的海原大地震中被震毁。这场大地震所释放的能量相当于 11.2 个唐山大地震,伤亡人数有五十多万人,彻底为这座古城在中国历史中画上了一个无奈的句号。我和老王来到这里的时间是 2020 年 12 月 19 日下午,恰逢海原大地震一百周年之际,城南的天都山白雪皑皑,西安州城头野草萋萋。回望历史,商旅匆匆车水马龙的西安州已经远去,李元昊的宫女妻妾也都随风而逝化作尘埃,宫阙即使万间也都化为黄土,唯一值得安慰的是，至今这座城内依然有人生活在里面，似乎从未离开。①

在海原县城周边还有很多小型城址，比如柳州城址，长、宽为438米和225米，南北有半圆形瓮城，它的始建年代无从考证，和西安州古城一样也毁于1920年的海原大地震。

第二天，我和老王离开海原县，在海原县以东13千米处有一个名为"马营遗址"的古城，它是一处古代军事设施，这座城的大小与柳州城相当，宋代时又叫"临羌寨"，城内曾出土了大量女性用品，梳子、铜镜，还有许多人骨。一座军事城堡为何拥有如此多的女性用品？翻开西夏历史便能找到答案。西夏的人口有限，加上连年征战，男性士兵难以维持长久的战争消耗，所以女性也被编入军队中，她们被称为"麻魁"。与中原女性在家相夫教子不同，西夏女性在近十个世纪以前就已经和男性一样征战沙场，出入军队，由此可见西夏女性的社会地位要比中原女性更高，并没有因为性别差异而遭受不平等的待遇，女性和男性享有相等的权利和履行相等的义务，其社会的先进性也更加突出。在十几、二十年前，这座古城曾经吸引来了大量挖宝者，他们把挖出来的陶器、麻钱，甚至人骨，统统拿去卖钱。现在虽说被政府保护起来，但出入仍然畅通无阻。②

据说在马营古城附近的山上有座元代贵族墓葬，曾有人大胆推测成吉思汗的陵墓就在这一地区，关于成吉思汗陵墓位置的说法有许多，这是其中一个。虽然听上去有些异想天开，但并非毫无根据，据记载，成吉思汗是在征战西夏途中死于六盘山一带的，当时正值盛夏，若将遗体运回漠北草原再安葬，那一定会半途腐烂，所以就地埋葬似乎更为合理。假设成吉思汗就安睡在我们脚下的这片土地，放眼四周，沟沟坎坎密密麻麻的黄土台塬，去哪里寻找成吉思汗陵墓变得难上加难。

从马营遗址我们继续向南，在如同树叶叶脉一般的谷地中跋涉，短短的

---

① 此处内容主要参考：许成、吴峰云：《西安州古城址与天都山石窟》，载《固原师专学报》1984年第1期；《中国减灾》编辑部：《海原大地震100周年》，载《中国减灾》2020年第23期。
② 杜建录：《神秘西夏》，宁夏人民出版社，2016年版，第203—205页。

距离需要走上好久。我们将车停在一座名叫"寺口子"的水库南侧，徒步跨过冰冻的中河来到水库旁的一块杂草地中，在茂盛的荒草中，一段高约1.5米的夯土墙探出头来，这又是一座军营遗址，叫"瓦房遗址"。瓦房城址在宋代称为"九羊寨"，后来长期被西夏军占据，其主要用途是抵御宋朝大军。该城依山傍水，易守难攻，北城墙被河水冲毁，城墙的夯土层几乎看不出来，相比西安州高大的城墙马面而言，略显粗糙简易了许多，城内有一户人家和些许耕地，房子已经人去屋空。

在这一带，大大小小的古城遗址特别多，无论是在河谷还是山顶，我们总是在不经意间与它们相遇。从瓦房遗址向东北经过须弥山石窟，走出山谷就来到了黄铎堡村，这里有一座稍大一些的古城遗址——黄铎堡古城。这座城是宋代在唐代石门镇城址基础上重建起来的，取名为"平夏城"，仅从名字的字面意思就能明白这座城寄托着宋人的一个夙愿：扫平西夏。平夏城和周边的壁垒一起斩断了西夏军南下的路线，双方多次在这里展开战争。北宋在西安州与固原之间开通了一条军事通道，又在地处通道中间的平夏城设置了驿站，并在城内驻扎了大批军队以防西夏来犯。这座古城内一部分被村庄占领，另一部分被耕地利用，没有任何的保护措施，城墙高大厚重，瓮城和马面仍然能够看出来，但许多地方都有不同程度的自然倒塌和人为破坏。我们到达时，就见到有人特地到此挖宝，或许是因为这里的古城实在太多了，我竟然毫无同情之心。

接着往北走24千米来到七营镇，在镇子以北3千米的河岸上有一座七营北嘴古城，此城始建于隋大业年间，同这一带多数古城一样，都毁于1920年的海原大地震，这是它们相同的宿命。

黄昏，我和老王仍然在路上奔波，汽车驶上一座山坡，下车向西遥望冬日的落日，红彤彤的残阳努力地释放着一天中最后的光芒，银装素裹的黄土高原被映照得通红，顿时寒意全无，我和老王沉浸在这和煦的暮光之中忘记了一天的疲劳。夜里，我们歇息在下马关镇。

隆冬的北方晨光直到7点多才会显露出来，吃上一笼热气腾腾的牛肉包

复古之路 ~中国西北行记~

子后，我和老王来到镇子中的下马关遗址。下马关是明长城在这里的一处重要关隘，据说当时的巡边官员每每到此都会下马休息，久而久之人们就称这里为下马关了。这座城的城墙高大雄伟，部分墙体灰砖仍然整齐崭新地排列着，南门瓮城尚在，建筑规模和布局仍很明了，这是一座不可多得的古城遗存。它的内外被民房团团围住，生产生活痕迹随处可见，墙体也多有被人破坏的地方。在下马关东西数十千米外的田野中，有众多烽燧遗址，每座烽燧的间距在2~4千米，烽燧外围有围墙环绕，四周是村民的农田，没有任何保护设施。在宁夏全境，有非常多长城和烽燧以及其他军事要塞的遗迹，这里是古代中原王朝与北方游牧民族的交界地带，所以形势异常严峻和紧张。

在下马关古镇以北是韦州镇，这里也有一座类似的遗址，叫"韦州古城"。古城分东西两座，仅一墙之隔，东城为明代所筑，西城为宋代所筑，城墙多数已不见踪迹，城内被密密麻麻的现代屋舍占据，城内南边的一片广场空地处有一座西夏砖塔尚存（康济寺塔），塔下有两座古老的石碑，上面

隐藏在民居中的下马关遗址

的文字很多已经模糊不清。另有一座元代佛塔也在城内，据说它在某个人家的院子里，我和老王并没有去寻找打听。

韦州镇的西侧有一座乌黑的罗山，翻越罗山就进入了吴忠市的红寺堡区。在罗山西坡的公路边有很多坍塌的黄土屋舍，村庄一个接着一个沦为废墟，耕地荒废了，村民也离开了，他们被安置到山下新的家园。通过国家的大力扶持，宁夏经过三十多年的移民努力，使得许多深居黄土台塬上和山谷中的贫困人口得以开始新的美好生活。红寺堡区移民安置区为全国最大的移民安置区，这是脱贫攻坚与生态保护工程的一个成功案例，像这样的移民村在宁夏还有很多。就在这段时间，一部名为《山海情》的热播剧反映的就是这样一段真实的历史。

我和老王缓步走进其中几间房屋，房屋大多狭窄低矮，有一栋房子的墙壁上贴着一张旧报纸，上面的日期为 1985 年 4 月 19 日，灶坑墙壁上黑色火烧的痕迹还保留着，似乎这户人家刚离开不久。这些用黄土搭建起来的现代民宅在年复一年的雨雪中将逐渐倒塌，最终将融入大地，消失得一干二净，就像这一带的古城一样，最终走向毁灭。

六盘山下清水河畔

固原市坐落在清水河畔，同甘肃的河西四郡一样，是一座毫不起眼的西北小城，它们无法与今天的深圳、广州、上海等东部沿海大城市相提并论。但你知道吗，几百上千年前，这些西北小城无论是在军事地位还是经济地位，在当时的中国甚至世界都是举足轻重的存在？如果按辈分算起来，深圳这些城市还真的是后生呢。在那时，它们就像一颗颗珍珠散落在漫长的丝绸之路上，一同串联起了一个绚丽多彩的时代。

在丝路贸易繁盛的时期，从长安向西北出发，几天后就会到达固原，同时这也意味着只要从西方而来到达固原，繁华的长安和洛阳也就不再遥远。那时的固原，胡商杂居，奇珍异宝汇聚于此，东来的丝绸瓷器，西来的珠宝香料，琳琅满目，让人流连忘返。从固原小马庄村的隋唐史氏家族墓中出土的文物可以证明，这里在千年前曾经居住着众多昭武九姓中的史姓后裔，他们的祖先从今天的乌兹别克斯坦沿着丝绸之路来到固原，他们是众多西域胡商之一，后来慢慢步入仕途，从此在固原这片土地定居了下来。墓中出土的文物令人称奇，有波斯萨珊王朝的玻璃碗，有马其顿帝国的金币，有雕刻着希腊神话的鎏金银壶……这些充满了异域色彩的名贵器物让21世纪的我们充满无限的遐想。固原距离乌兹别克斯坦近2000千米，距离伊朗近3000千米，距离罗马近5000千米，在隋唐时期，这些器物从如此遥远的西方被带到东方，这本就是一件令人惊讶和感动的壮举，这是一段多么浪漫的旅程。我和老王在固原博物馆见到了这些珍贵的文物，穿越千年，它们依旧散发着当年夺目的光彩，伟大的丝绸之路，就这样在我们眼前活了起来。

第三部分　河套地区

在固原市向南17千米的山谷中，有一处名为"东海子遗址"的地方，这里是一座普普通通的水库，据考证这里是中华民族的发祥地之一。我和老王在一个上午来到水库边，站在山坡上，水库尽收眼底，水库表面已经全部封冻了，岸上一片萧瑟，岸边有一块黑色文物碑，石碑的对面土层中夹杂了非常多的灰瓦碎片和陶片，在过去，这里一定有一座房屋建筑，为什么会有人在这里的岸边建一座房子呢？它的作用又是什么？

翻开有限的史料，人们能够发现，在古时有一片叫"朝那湫渊"的水域，这里曾是秦汉时期皇家祭祀的重地。为什么要在这里祭祀呢？因为相传在很久以前，六盘山一带生活着很多个部落，其中一个部落由伏羲带领，伏羲统一了众部落后，就运用各部落图腾的一部分组成了龙的形象，以龙为本部落的图腾，而六盘山在古时就被称作"陇山"，这就是"龙"的谐音。史书有记载，在华山以西有四个重要的祭祀点，其中有一个就叫"湫渊"。还有史书记载说湫渊就是龙的所在地，那么找到湫渊就意味着找到了伏羲部落的所在地。史书中还说："湫渊，祠朝那。"根据这条线索我们就可以认定，也许找到朝那，就可以找到湫渊。终于在1977年，一个固原彭阳县的农民在古城村的古城墙边挖水渠时，意外发现了一个铜鼎，"朝那"两个字赫然出现在铜鼎上，这就说明，眼下的

我和老王在东海子遗址

101

这座古城很有可能就是"朝那古城遗址"。再后来，人们又在古城西边不远的一个叫"东海子"的湖边发现了一处遗址废墟，在废墟中出土了一块残碑，碑上有"那之湫"三个字。由此我们可以认定，这里就是史籍中所说的帝王祭祀之地，也是伏羲部落的聚居地，就是中华民族的发祥地之一。学者们后来再结合唐、元、明各时期的县志对比，进一步确定了东海子就是《史记》中的"湫渊"。

第二天，我和老王来到彭阳县古城村，就是为了看一眼朝那古城，周末的市场上人头攒动，热闹极了。我们穿梭在狭窄的胡同街道中，不一会儿就找到了朝那古城的城墙，东西墙都已不在了，南墙大部分被当地人家当作房屋院落的围墙，北墙剩下一小截屹立在道路旁。这就是刻有"朝那"字样的铜鼎出土的地方，也是铭文中说的那个"朝那"古城。这里在秦汉时期就是帝王举行祭祀的地方，从这里向西北走15千米就是湫渊了。

我们顺着古城村一路向东到达彭阳县，走进县博物馆，寻找揭开湫渊所在地的那块残碑。当我看到它的第一眼时，只觉得它很小，比想象中的小得多。石青色的碑面上篆刻的字迹十分清晰，这块残碑的年代为北宋，它已然成为这座县城博物馆中的明星展品。我十分好奇当年的帝王们是如何祭祀祖先的，我猜想在这里可以找到答案。果然，就在残碑的一侧，现代数字影像技术为我们还原了秦惠文王祭祀的场面。整个过程从请神到献祭品，再到诵读祭文、跳傩舞、祭拜、送神，流程清晰简洁，祭祀大典庄严隆重，祭祀过程浓缩为十几分钟，形象生动地为我解开了这个疑惑。

在这样一个小小的县城博物馆里，展出的文物非常丰富，从石器时期到春秋战国、秦汉，乃至明清，馆内的文物都有所涉及，甚至还有来自贵霜帝国和萨珊王朝的异域钱币，这在古代一定算得上是一件很时髦的事吧？

走出博物馆，向城南眺望，一座戍堡和一段黄土长城耸立在山岗之上，行走在这片土地上，每一步都踏着前人的足迹，每一眼都是一段未曾磨灭的传奇。

好水川古战场

在固原期间,我和老王驾车向西经西吉县再向南抵达隆德县,去寻找一处千年古战场。

我们驾驶汽车沿着当年大宋军队的行军路线进入黄土沟壑间,道路和视野同时变得狭窄,途中在将台堡镇外与一段残破的秦国长城相遇,这一带如以往所到的地区类似,四周全都是高低不平的低矮山丘,土地异常贫瘠,山丘上多有古代军营遗址留存。从将台堡向东拐到达张易镇,再向南翻过一座并不高的山岭就来到好水乡,从好水乡往西沿着山谷便可到达尽头的兴隆镇。这一带多是村庄和耕地,一派祥和的村庄在冬日中更显得静谧安逸,令人无法想象的是,在这长达近30千米的谷地曾上演过一场血腥惨烈的战斗,史称"好水川之战"。

"好水川",光从名字上看,似乎是一个风景优美、水草丰沛的山川湿地,实际上这里和很多黄土高原地区一样,干旱少雨,冬季更是一派萧条颓败之感。在宋康定二年(1041年)二月的一天,北宋和西夏在这条平常的山谷中展开了一场著名的伏击战。宋仁宗命夏竦为陕西经略安抚使,韩琦和范仲淹被任命为副使,共同负责应对西夏的军务。韩琦负责防守固原一带,而范仲淹负责防守延安一带,由于李元昊亲率十万大军来到好水川附近,声称要攻打渭州(今甘肃平凉),实则派大军在好水川周边设下埋伏,诱敌深入。韩琦闻讯遂派将领任福带一万余宋军前往西南不远的羊牧隆(今兴隆镇)以待时机拦截元昊大军。而当任福从今固原向西出发,到达距离羊牧隆不远的得胜寨(今将台堡以北)时,忽然发现在东边龙落川中的张易堡

今日好水川

（今张易镇）附近有小股西夏军正与宋军交战，于是任福将韩琦的嘱托抛在了脑后，立刻掉转方向带兵前去支援。任福一到，夏军则落荒而逃，由于任福过于自信，并未收兵而是继续追赶夏军逃兵。任福带着人马一路追到了30多千米外的好水川，此时他不会知道，自己已经中了元昊的计谋。在这狭长的道路前方忽然出现一些盒子，盒子里面不断传出声响，任福命人上前查看，当盒子被打开的一刹那，一群鸽子从盒子中飞了出来，鸽子像信号弹一样一飞冲天，在场的宋军目瞪口呆。任福怎么也想不到，这些腾飞的鸽子就是死神降临的征兆。与此同时，埋伏在山谷后方的李元昊看到鸽子飞起后，立刻带兵从羊牧隆方向杀了过来。西夏大军如潮水一般涌进狭窄的好水川，冲锋在前的是西夏重装甲骑兵——"铁鹞子"，战马和骑士身披铠甲，马与马用铁链拴成一排，人也被铁链拴在马上防止坠落，几支长矛悬挂在马的两侧，像一股钢铁洪流一般向宋军袭来。以步兵为主体的宋军面对这样疯狂的冲击结果不言而喻，很快就被冲击得乱了阵脚，死伤严重。当第一波骑兵过后，西夏远程攻击部队登场，守候多时的强弩兵万箭齐发，箭矢像狂风暴雨一样从天而降，宋军阵亡近半，个个惊恐万分，士兵开始漫无目的地四处逃窜，战场形势一片混乱。当宋军士兵跑上南北两侧山坡时又遭遇了西夏军队的第三波攻击，拥有"步跋子"称号的西夏山地步兵登场了，他们手挥长刀，身轻如燕，像饥饿的猛虎一样向山下俯冲，宋军大败，此时的任福也身中数箭，其部下劝他赶快撤离，任福并没有撤退而是大声说道："吾为大将，兵败，以死报国耳！"话音刚落，便再次冲入敌阵，最终战死于此。最后，宋军只有一千余人仓皇狼狈地逃回到固原，万余人被斩杀，任福的儿子也战死在好水川。得到前方战报的韩琦闻讯悲痛不已，在回程途中的道路两旁，遇到死者家属跪倒在路旁哭泣招魂，韩琦站在原地掩面抽泣，悲痛万分，久久不能离去。①

战后，李元昊和身边的太师张元得意扬扬，尤其是谋士张元，他本是宋朝汉人，但因为屡次科举落榜，心灰意冷，无奈投奔西夏，在西夏受到李元昊重用并常常为李元昊献上计策。春风得意的张元看到宋军大败后，当场赋诗一首表达自己的喜悦心情。

夏竦何曾耸，韩琦未足奇。
满川龙虎辇，犹自说兵机。

此役过后，对宋朝的影响深远，范仲淹的好友滕子京因抚恤宋军将士而大摆宴席，并拨款安抚阵亡将士遗属，两年后被同僚指责滥用公款，最终被宋仁宗流放，于是就有了那首著名的《岳阳楼记》。②

时过境迁，我和老王沿着当年任福的行军路线来到了好水川。我们先是向路边的年轻人打听古战场的位置，小伙子们表示并未听说过这一历史事件，更不知道自己生活长大的地方哪来的什么古战场。过了一会儿，我拦下一位路过的大叔，大叔骑着电动车露出慈祥的笑容。

"您好！您知道这里以前是一个古战场吗？"我问道。

"在那边。"大叔听到后立刻手指着远处的山坡笑着说道。

于是我们按照大叔的指引，来到了一处台地上，台地上的杂草中有一块

---

① 陈海波：《西夏简史》。

② 同上。

复古之路 ~中国西北行记~

黑色石碑，上面清楚地写着"好水川之战古战场遗址"。我和老王在石碑周边仔细查看，结果一无所获。如今这里被开垦出玉米地，地面上只有杂草和玉米秸秆，没有任何有价值的线索。我有些失落，但仍不肯离去，我继续沿着山坡向西行走，终于在一个拐弯处的一段土地截面中发现了一堆人的骸骨，我立刻向身后的老王呼喊。这里的黄土中有两颗人的头骨和一些股骨以及肋骨半露在阳光下，头骨保存得非常完整，地面还有许多股骨和脊椎骨散落。这处骨骸因当地人修路而意外被挖出，始终就是这样暴露在光天化日之下，无人保护或掩埋。我们在这堆骸骨旁注视了许久，他们或许就是当年战死的宋军，这种可能性极大。据说在前些年，这里就时常有村民挖出过一些人的尸骨，经学者鉴别，他们正是死于好水川之战的宋军。所以在这片大地之下一定还有许多无名无姓身葬荒野的宋军将士。

硝烟散尽的好水川镌刻着宋军的忠勇，虽战败，但仍为英烈。《宋史》中这样评价好水川阵亡的将士："好水之败，诸将力战以死。噫，趋利以违节度，固失计矣；然秉义不屈，庶几烈士者哉！"虽说他们是千年前的古人，和我们似乎一点关系也没有，但对于死者应该尽到应有的尊重，我们都是外乡人，无法为他们做任何决定，保持这里的原貌，不去亵渎死者，就是对他们最大的敬重。

我和老王在夕阳中爬上山顶俯瞰整个好水川，这里的地形非常适合打伏击战，不难想象当时的战斗形势对宋军是多么的不利。站在高地上可以看到西北不远处的兴隆镇，那里就是任福当年计划前往的羊牧隆，他距离目的地如此之近，可偏偏因为自己的一时执念而命丧于此。望着漫山遍野的枯草和白骨，纵使千年已过，悲凉之感仍油然而生，不免令人痛惜。

结束了固原的行程，2021年的春节已不远，我和老王在彭阳县各自踏上了回乡的班车，老王直接乘巴士返回西安，我则需要先到银川，再转车回东北，为期一个月的河套之旅结束了，回家休整以待迎接新的一年和新的旅程。

第三部分
新 疆

黑山岩画

2021年5月7日，我已记不清这是第几次踏上西北的列车了，经过一天一夜后我到达了西安，傍晚在火车站前的广场上与老王相见，夜里我们一起踏上了去往河西走廊的列车。

在宁夏彭阳县分别后的几个月里，我规划了新的旅程，计划在2021年拿出半年的时间，用自己最擅长的方式，骑上自行车去新疆继续探访丝路遗址。同时我也多次向老王发出邀请，但出于对骑车旅行的陌生，老王并未如往常一样直接应邀，而是经过了一段时间的深思熟虑后才决定和我一同前往。为了打消他的顾虑，我尽可能地替他想到一切可能遇到的困难，但对于一个70岁的老人来说，第一次长距离骑行能否顺利，老实讲，我们都毫无把握。

列车在9日下午抵达嘉峪关市，这是我第四次来到嘉峪关了，也是老王的第三次到达，因此我们对这里没有丝毫的陌生感。我将嘉峪关作为这次新疆骑行的第一站，原因还要从去年徒步河西走廊时说起。

去年夏天我和老王从嘉峪关向西行走，站在312国道上向北眺望，黑压压的山峰横亘在戈壁滩上，那天我对老王说："那个山叫黑山，里面有很多岩画，希望以后能有机会走进去看看那些岩画。"就这样，到黑山徒步寻找岩画成了我的一个小小心愿。时光飞逝，又是一年春夏之交，我们如约而至，黑山仍旧静静地躺在那里，似乎也在期盼着渴望它的人的到来。

第二天一早我们收拾好了行囊，在宾馆楼下吃过早饭，坐上4路公交车，到达嘉峪关景区门口，紧接着又搭乘一辆出租车飞奔到悬壁长城脚下。

这里有一条东西长约 11 千米的狭长通道，也是进入黑山的一条重要道路，名叫"石关峡"，从石关峡就能够直接进入黑山。经过一番打听和寻找，很快我们便顺着小路找到了石关峡的入口，就这样，我们背着两天的食物和水步入了石关峡。在峡谷的入口处有一块高大的石碑，石碑上刻着"玉门关"三个字，经碑文介绍，这里有一处玉门关遗址。在五代至宋初，玉门关从隋唐时的瓜州东迁约 200 千米外的石关峡，再后来，玉门关在西夏占领河西走廊期间被废弃，直到今天。

我和老王很快就来到了玉门关遗址。这里有一块文物保护石碑，石碑东边 30 米处有一段残损的城墙痕迹，墙体坍塌严重，但用芨芨草和石块以及泥土堆砌的层次明显如初。除此之外，这里没有其他的人工建筑，如果没有石碑的提示，很难想象这里曾经拥有一座关城。

在玉门关遗址对面的崖壁下方，我们看到了几处岩画。这些岩画的内容与日常放牧和宗教息息相关，一个佛塔形状的几何图形内部还有佛陀的绘像，塔下有莲花图案相衬，贡品和鲜花摆放一侧，旁边还有一处用梵文篆刻的题跋，这是我们在黑山中第一次与岩画相遇。沿着水草丰茂的石关峡继续向西走，道路被工厂和水坝拦住，在工厂安保人员的指示下，我们只好原路返回，继续寻找可以进山的通道。

在悬壁长城北侧的荒滩上，我们坐在一个土坑中午休，远处走来一个羊倌。从羊倌那里我们得到了重要的线索，羊倌告诉我们从身后的交合沟径直向里走，翻过一个山丘遍可到达四道股形沟，那里是黑山岩画最为密集的地方。

经过短暂的休息后我们继续出发，刚一走进交合沟，我就在两三个巨大的岩石上看到几处岩画，这里的岩画内容同样是放牧的场景，牛和羊是最常见的内容。继续向里跋涉，陡峭的山体像一堵黑色的高墙将我们围住，这感觉令人窒息，抬头向上看是蓝天白云，低头便是碎石杂草。在峡谷里连续向上拐了几个弯后，视野豁然开朗，黑色的山体被满山坡的白色巨石取代。山中偶有飞鸟鸣叫，大部分时间只能听到风声，因为常年受风蚀作用，巨大的

第三部分 新疆

岩石被切割成一块块的碎石滚落下来，将山谷的道路堵塞得水泄不通。我和老王有时需要攀爬这些巨石，有时则需要从狭窄的缝隙中爬行才可通过。登上一座山顶，视野极好，黑色、土黄色、白色、墨绿色……五颜六色的山体交相呼应，狂劲的风抽打着我们疲惫的身躯，仿佛在催促我们赶快离开。沿着山脊继续向西跋涉，山中有零星散布的采石采砂小作坊，这是山中唯一忙碌躁动的场合。

下了山，终于来到了四道股形沟，这里和之前的山谷没什么两样，只是这儿的岩画确实要更加密集繁多，牛、羊、鸟、鹿、马、人，应有尽有。刻画简洁的人物和动物交织在一起，有的在放牧，有的在打猎，有的在聚会跳舞，有的在骑马奔跑。古人用稚嫩的线条和图形形象生动地向我们展示了那个时候河西走廊主人们的日常生活，这些岩画也将观者的思绪带去了那个遥远而又粗犷的时代。

黑山四道股形沟中的岩画

复古之路 ~中国西北行记~

黑山岩画目前总计二百余幅,其中在四道股形沟分布最多,为137幅。黑山岩画的作画时间延续较长,从秦汉前后一直到近现代都有所呈现,这里就像一本厚厚的河西走廊变迁史,为人类保留了一段珍贵的历史资料。面对这些千年未变的岩画作品,我仿佛可以看到当初那些作者就蹲坐在我的眼前,面对着这些石壁,他们聚精会神地凿刻着他们的日常生活,一眨眼,他们又转身离开了,在此后的千年岁月中,任凭风吹日晒,这些作品始终深深地烙印在黑山之上,最终与山体融为一体,成为大地的刺青。

傍晚我和老王走出了四道股形沟,向西行走2千米,在红柳沟北边的一道无名沟口露营休息。一整天的奔波令人疲惫不堪,钻进帐篷,伸展四肢,完美的一天结束了。

第二天一早,朝阳映红了黑山,收拾好帐篷,我们继续沿着红柳沟行走。在红柳沟南岸的崖壁上我们再次看到了岩画,这几幅岩画的内容全部为佛像和佛塔以及梵文佛经,岩画前是即将干涸的溪流,岸边生长了许多红柳。我想这些宗教题材的岩画也许是吐蕃人统治河西走廊时期的作品,红柳沟作为河西走廊上的重要通道,沿河流行走的僧侣也定会从此通过,于是留下了这些精致的佛教岩画。

中午,我们重回312国道,再次行走在坚硬的柏油路上,双脚开始疼痛起来,5月河西走廊的太阳就已经十分毒辣,我露在外面的双臂如火烧一般刺痛。经过3小时的辛苦跋涉,终于在下午两点钟来到一处加油站的阴凉下,随后我们搭上了一辆皮卡车返回了嘉峪关市。

徒步在黑山中

第三部分 新　疆

通往新疆的大道

我和老王来到嘉峪关火车站，我们的自行车和一些行李已被送达嘉峪关。我的自行车依旧是陪伴我走过非洲和北美的那辆蓝色灵犬 DOGGY 牌旅行车，而老王的自行车则是在西安购买的崭新山地车，我们仔细地检查了车况，确认无误后一路骑回了宾馆。对于即将开始的长途跋涉，老王心里多少有些忐忑，但未知的旅行所散发出的魅力不曾让人退却，反而更加令人向往。

第二天一早，我们走出宾馆，在楼下将行李装上车，老王一遍又一遍地检查调试，确认无误后我们向西出发了。上午刮起了大风，风向摇摆不定，老王始终跟在我的身后。这条路上东西来往的货车非常多，当货车贴着我们高速驶过时，卷起的强风就会把人吹得摇晃起来，这对初次长途骑行的老王来讲有些难以适应，并且胆战心惊。我在前面时常会回头看看他，并告诉他一些骑行技巧，以此让他放松一些。下午天空阴沉下来，风更大了，部分路段伴有扬尘，老王的速度下降了不少，显得十分吃力。我们始终沿着 312 国道向西骑行，这条路在去年夏天我俩就曾徒步走过，所以一路上感到非常熟悉和亲切。我们在傍晚时抵达玉门市，出发第一天就骑了 131 千米，这个距离对于我以往来说算是超额完成了目标，而对 70 岁的老王来讲可以说是超级开门红，真是令人惊讶。有了第一天的成功，我对老王未来的表现充满了信心，老王自己的心里也更有底气了。

由于夜里下了雨，次日清晨体感有些寒凉，我们在路边吃了一碗牛肉面，暖和了许多。我和老王骑上车离开了 312 国道，和去年一样拐进了乡村小路，向柳河镇和沙河回族乡骑去。这里到了夏天会变得五彩斑斓，去年的记忆仍旧深刻，只是在这个季节花苗才刚刚破土而出，即使这样，这里仍然充满了生机，是戈壁滩中难得的一片宝贵绿洲。

在沙河回族乡东边，有一处晋昌郡遗址，这是魏晋至唐代瓜州地区的政治文化和经济中心，是通往西域的重要关城。城池保护范围很大，现存一座东城和一座西城，东城保存尚好，方形，规模很小，应该是当时的官署所在地；而西城为长方形，面积稍大，但城墙已经坍塌得十分严重了。

离开晋昌郡遗址后，我们继续骑行在乡间小路上，阳光驱散了乌云，照在身上暖洋洋的，微风轻拂面颊，令人感到舒适。这里有双塔水库，还有疏勒河及其支流党河等，所以这儿的水资源十分丰富。当地人告诉我在这里打井，只需向下挖掘5米深就会有清水涌出地面，这就是这一带古城密集的根本原因了。除了晋昌郡遗址，在玉门市向西直到瓜州县的广大绿洲中，还有布隆吉古城、潘家庄古城、兔葫芦遗址、马项井古城、锁阳城、破城子、石包城、头堡城、六工城、百齐堡、旧瓜州城、安西古城、安西老城以及榆林窟和东千佛洞等众多遗址，这里自古就是一处适宜人类居住的理想之地。

经过了一片草场湿地后，我们抵达了堡子村，我看到路旁有一大块干燥的空地，于是我和老王选择在此扎营过夜。这是一家小型的矿泉水厂，水厂的员工和老板都很热情，特地为我们送来一箱自家的瓶装水，我接过来一瞧，品牌名为"锁阳城"，这里距离锁阳城遗址只有8千米。我留下了几瓶水后将剩下的还给他们，但对方执意要我们全部收下，实在推辞不掉，我只好暂且留下。早上离开时，我偷偷把剩下的水放回到厂子门口，可一转身，厂子的员工就又提着一箱水追了过来。

我和老王在瓜州市只停留了一晚就匆匆地离开了，接下来的行程是长达300千米的极旱荒漠。这段路无论对于我还是老王都是一个极大的挑战，我们要面临补给困难和强风日晒的考验，但只要跨过了这段荒芜的地区，就会到达富饶多彩的新疆了，也正是前方有这样的诱惑，我们才义无反顾地走进了荒漠。这段路上的货车一刻不停地从我们身后驶过，在空旷的戈壁滩上，风异常地猛烈，老王被逆风吹得弓起了身子，艰难地向前移动，晴朗的天空中飘浮的朵朵白云，是这段路途中唯一的宽慰。

我和老王（左）在瓜州东郊的一处沙漠雕塑艺术品前

翻过黑山口，柳园就到了，这是一个戈壁滩中的小镇，我曾几次路过这里，但从未真正走近它。我和老王拐进镇子寻找可以落脚的地方，镇子很小，一条主干道直通火车站，道路两侧的低矮楼房都是几十年前的建筑，外墙被粉刷一新，但难掩内部的陈旧。街上的行人不多，西部许多小镇中生活的人都给人一种自在散漫之感，懒洋洋地重复着一成不变的日子，而这种平静的生活态度是许多大城市的人们所不具备的。

从柳园继续往西走，笔直的大道一直延伸到天际线，温度随着太阳的升高而升高，除了公路上穿梭的汽车，四周没有任何活动的物体。午后国道与高速合并，我们不得不被动地骑上高速公路。在西部的某些路段，自行车是可以骑上高速路的，相比于其他公路，高速路的辅路更加宽阔，汽车行驶也相对规范，所以也更加安全。只是这里的风变得越来越大，由于老王体重较

复古之路 ~中国西北行记~

轻，难以控制住自行车的重心，几次被横风吹得停了下来。在这样恶劣的环境中跋涉，别说是70岁的老王，就是很多年轻人恐怕都难以承受，能够坚持下来全凭一腔热血。终于，在下午三点多钟，我们到达了新疆星星峡，醒目的新疆路牌竖立在路旁，我们总算可以放松下来结束这辛劳的一天了。

　　星星峡是一个坐落在山口中的交通枢纽，路两侧除了一个加油站还有几间餐厅和两家宾馆。这里是由河西走廊进入新疆的第一站，地势十分险要，自古就是重要的咽喉要道，至今我们仍能看到两旁山岗上的烽燧和碉堡遗址，它们像卫兵一样日夜注视着从此经过的每一个人。

新疆星星峡

· 116

第三部分 新　疆

哈　密

　　在星星峡度过一夜后，次日的天空乌云密布，地面上有大量积水，但在这样干燥的地方持续的降雨似乎并不太可能，于是我们还是按时出发了。离开宾馆向前不远有一处检查站，接受了必要的检查和登记后，我们正式开启了新疆的骑行之旅。

　　星星峡往西到哈密的骆驼圈子镇之间全部是荒漠地带，这里常年刮着大风，中途无任何补给的地方。因为前一天夜里下了雨，早晨出来体感略冷，尤其是迎面吹来的冷风，让人十分怀念星星峡温暖干燥的被窝。向前走不久就下起了小雨，不过很快就停了，太阳也出来了，浑身暖和了不少，前进的动力也更足了。

　　大风始终在广袤的戈壁中横冲直撞，逆风骑了一个下午后，老王很快就被我甩在了身后，我回头看了几次都不见他的身影，于是我走走停停，等他上来了，再继续前进。这是我和老王旅行这么久以来，第一次看到他如此狼狈。

　　傍晚，西边的天空升腾起厚重的乌云，遮住了阳光，我边走边寻找可以遮风挡雨的地方，公路下方许多低矮的涵洞都被黄沙填满，不过很快我就发现了一个空间很大的桥洞，我立刻带着老王翻下公路钻进桥洞，这里距离骆驼圈子镇还有12千米，晚上我们就打算在这里过夜了。我来到桥洞的另一侧，不经意间看到了喀尔力克山上的皑皑白雪，像是茫茫戈壁滩中的灯塔一样高耸在西北方的天空中。它在古往今来的漫长丝路上指引着每一个东西往来的旅人，看到它，人们就知道已经走出了八百里荒漠，哈密就到了。

新疆哈密戈壁滩上的坎儿井

  天亮后，我们沿着乡镇公路去往哈密市区，戈壁滩中忽然出现了一片绿色，葡萄园连接着枣园，玉米地环绕着村舍，这是离开瓜州后，我们第一次看到这般图景。初次来新疆的人会被眼前的景象所震撼，或是不解为何能有这般田园风光坚守在大漠之中，但当你换一个视角去欣赏就能够找到答案。飞上天空俯瞰大地，戈壁滩中遍布圆形孔洞，密密麻麻的孔洞形成若干线条连接着哈密盆地和东天山，这些孔洞就是大名鼎鼎的坎儿井，而正是有了坎儿井，天山的雪水才能够通过地下暗渠被引入山下的戈壁村庄，有了水，戈壁滩也自然不会拒绝植物的生长，所以就有了如今的戈壁绿洲。

  我们在午后进入哈密市区，一连几日在戈壁中跋涉，忽然出现了这般规模可观的城市，像进入了天堂一般。市内街道宽敞，绿树成荫，井然有序，在茫茫大漠之中建设这样一座绿油油的城市着实值得骄傲。这是老王第一次到哈密，于是我带着他直奔哈密博物馆和哈密回王府。这是清代哈密历代回王的墓葬建筑群，在建筑形式上，融合了多民族的建筑风格，极具特色。在回王府周边多是维吾尔族聚集区，曾经这里到处都是低矮简陋的黄土房，经过几年的改造，这里已经焕然一新。

  哈密作为新疆的东大门，也是很多人进疆的第一站。它没有特别浓郁的民族风情，也正因如此，人们才不会产生强烈的异样感，算是一盘进疆的开胃菜，为之后的新疆盛宴吊足了胃口。

第三部分 新　疆

在哈密市区西方约 50 千米的一条白杨沟附近，散落着众多佛教遗址，它们被统称为"白杨沟佛寺遗址"。其中一座最大规模的寺院遗址屹立在干燥荒芜的空地上，佛寺周边环绕着僧房、洞窟、村庄和农田。一座尚未完全倒塌的佛殿内仍然保存着一尊大佛的基座，通过残破的基座我能看出大佛曾经的姿态，他端坐在大殿内侧，面朝东方。在大佛面前是一块方形的区域，古时候人们就是在这块区域内双手合十面向大佛虔诚礼拜的。顺着白杨沟向南走，大大小小的佛教遗址间隔开来，数量之庞大，让人惊讶。

其中有座古城遗址不得不让人为之驻留，它叫"拉甫却克古城"，这座古城遗址坐落在一块高出地面的土台地上，河水和人为的侵蚀破坏导致它的形状变得非常奇特。在古城西侧分布着大量墓葬，北侧有座名叫"库木吐鲁佛寺遗址"，这些残破的遗址被维吾尔族民居和果园围拢，有些甚至成为民房院落的一部分。从东汉至隋唐时期，这里始终是哈密的经济和政治还有宗教中心。但在这个世界上没有什么是能够永久保存下来的，随着时间的流逝，一座繁华喧闹的城市也不得不退出历史舞台。

白杨沟佛寺遗址

走出无人区

哈密一连两天风雨交加，我和老王不得不在宾馆房间中滞留了三天，等天气好转后，我们才继续出发。从市区向南穿过最后一个有人烟的南湖乡，就正式进入了南湖戈壁和库鲁克塔格山北部的荒原，这一段路足足有200多千米没有人烟，所以我们必须在进入这段路前带足食物和饮水，预计三天后才可以抵达吐鲁番鄯善东边的绿洲地带。

这段路比我们之前所到过的任何地方都要荒凉，当你真正走进这里时，那种孤独感就会将你紧紧包围，这里的大地寸草不生，就连一只飞鸟都难见到，远处偶尔会有被热浪卷起的尘柱像幽灵一般在大地上游荡，无边无际的戈壁滩就像火星表面一样寂静。我太喜欢这样的地方了，空旷、人少、干燥、安静、日照充足、无拘无束。每每到了这样的环境中，我就感觉浑身都很舒坦，大脑也彻底地放空了，整个人与大地融为一体，只管奋力向前。

中午，我奋力爬上一个大坡，在坡顶等待了许久不见老王的身影，这时我的电话突然响起。

"喂！小姜，我的车胎没气了。"电话中传来一阵焦急的声音。我立刻骑上车子返回查看，老王推着车子停在路旁的空地上，显得有些不知所措。这样的故障在长途旅行中再平常不过了，由于老王是第一次面临这样的问题，所以看上去有些慌乱。经过了半小时的忙碌后，老王的车子已被我修好，直到将车子重新扶正时，老王的脸上才露出了轻松的笑容。

晚上我和老王在戈壁滩中的一座信号塔下露营，只有信号塔附近才有网络可用，这是方圆几千米内唯一的一处建筑物，孤零零地站在茫茫戈壁深处，庇护着两个旅人。这里晚上十点才天黑，早晨六点天就亮了，所以一天显得很漫长，每次来到新疆，仿佛生命都被拉长了。夜里的戈壁滩更加安静，夜空中的星星一闪一闪，明亮的月光照亮了大地，我们的帐篷就像在平静海面上航行的一叶扁舟。

　　清晨，我和老王从帐篷里爬起来，戈壁滩再次被晨光唤醒，我们推着车子走上公路，开始了新的一天。刚出发不久就开始了漫长的爬坡，气温骤升，身上迅速被汗水打湿。今天的天气格外炎热，太阳也似乎要比前一天毒辣不少，一整天下来我足足喝了五升水，我们所携带的水根本无法满足这样的消耗，不过好在中途遇到一个修路队，队员们给了我们一大桶饮水，多亏了这桶水，不然真的难以熬过这段旅程。我包里的馕已经像石头一样硬了，水分全部被蒸发掉，咬上一口脆得像锅巴一样，在这样的环境里，一滴水滴在地上，瞬间就会消失。老王平时很少喝水，所以他不必像我一样担心饮水不足的问题，他也总是提醒我，他还有水可以为我救急，即使这样，我仍然担心无水可喝，所以我就为自己规划了饮水的频次，我必须严格遵守每一次饮用的水量，否则我将面临严峻的挑战。

我和老王（左）骑行在哈密南侧的戈壁滩中

复古之路 ~中国西北行记~

我们与炎热高温斗争了一整天，还有40千米就将走出这片无人区了，我的水和食物即将消耗干净，心里急迫地想要离开这里，老王也被连续的爬坡和强风折磨得没了斗志，尽管目的地近在咫尺，但我们还是无法在天黑前走出去。我爬上了一个山坡，站在坡顶等待老王，五分钟过去，始终不见老王跟上，于是我打算回去查看，这时我的电话响了。

"喂？小姜，我实在太累了，在这儿休息一会儿，你不用着急，我休息休息就过去。"老王的声音听上去有些不对劲儿。

我放下电话立刻掉头返回，顺着刚爬上的坡路走回去，我看到老王躺在后方的地上，一只手搭在额头上，另一只手放在肚子上，双腿弯曲，眼睛闭着，嘴微张，看上去像中暑了一般，我开始担心老王的身体，万一病倒在这儿那就麻烦了。

"你感觉怎么样？"

"我感觉浑身没力气，有点晕。"

"是不是因为没怎么吃东西，所以血糖有些低？"

"没事，我躺一会儿就好了。"

"你可千万别晕过去啊，不然在这叫救护车都来不及了。"

"哈哈哈，那不能。"

看样子老王情况并不严重，于是我也坐下来休息了一会儿，这时路过一辆皮卡车，司机递给我们两瓶水就离开了。太阳接近地平线了，我看了看四周，高大的土丘后方有一块平地适合露营过夜，于是在天黑前我和老王来到那块空地搭起帐篷。这时老王已经恢复了不少，我们坐在余晖中欣赏戈壁落日，直到太阳消失在地平线。

在这无人区中的第三天下午，我和老王终于走了出来，最后的40千米可谓最艰难的一段路。高温依旧，狂风不止，我们每走几千米就要坐下来休息一会儿，但我们又不敢一直坐在那里，因为在这样的环境中拖得越久越不利，即使我很喜欢这样的空旷和寂静，但为了继续旅行下去，我们不得不尽快离开这里。

在戈壁中扎营休息

在七克台镇东南方向，有许多矿场，但矿场近年来陆续都停工了，所以沿路很多餐馆和修车店也都相继关门停业了，像西部片中的一座座鬼镇。不过看到一间餐厅上的"哈尔滨饭店"几个大字时，算是给人以微弱的寒冷感，可没多久，这股来自东北家乡的寒意瞬间就被戈壁滩中的暖风吹散了。

当我和老王来到七克台镇后，因为防疫检查的需要，我们不得不辗转至北边的火车站镇过夜，这座小镇似乎只是因为铁路运输的需要而被建立起来的。在吐鲁番，维吾尔族的民居前后栽满了桑树，在这个季节里，成熟的桑葚挂满了枝头，熟透的桑葚掉落一地，让人垂涎三尺，又觉得十分浪费。起初我和老王并不敢大摇大摆地站在人家门前摘来吃，但慢慢我们发现，这里的桑葚实在太多了，根本没人在意。

火　洲

　　我来过三次吐鲁番，却从未到过鄯善，这个地方的名字很好记，但它并不是这里原有的称呼。"鄯善"本是古鄯善国的名字，也就是我们耳熟能详的楼兰国，大家都知道古楼兰国遗址和势力范围在今天新疆若羌县的罗布泊一带，那又是什么原因将这个古国名称安到吐鲁番的头上了呢？这还要从清朝说起，清末一位名叫"饶应祺"的新疆巡抚在《会奏新疆增改府厅州县各缺》中记载："辟展地为古鄯善国，名曰鄯善县……"于是在光绪二十八年在此设鄯善县，一直到今天我们仍称呼这里为"鄯善"。这显然是一个张冠李戴的人为错误，像这样的错误在新疆还不止一处。

　　我和老王在一个炎热的中午到达鄯善城内，城内建筑稍显老旧，多是20世纪八九十年代的楼房，一条大道向南直通库木塔格沙漠，游览库木塔格沙漠是我们到此的头等大事。第二天一早，我们就步行到达沙漠公园景区。努力爬上眼前最高的沙丘，面向南方，浩瀚的沙漠尽收眼底，转身向北则是镶嵌在黄色大地之上的生机盎然的绿洲城市。沙丘如大海的波涛一般此起彼伏，让人心生敬畏，绿洲的葡萄庄园如翡翠一样晶莹剔透，惹人喜爱。这是世界上距离城市最近的沙漠，绿洲与沙漠之间没有丝毫过渡，冲突而又不互相排斥，和谐而又能界限分明，真是相爱又相杀的一对组合。库木塔格沙漠是新疆地区的第三大沙漠，它虽没有塔克拉玛干沙漠那般无边无际，也没有古尔班通古特沙漠那样生机盎然，但它却拥有自己独特的美，这种美可以媲美世界上任何一片沙漠。

　　在很久以前，我听说生活在这里的人们会在天气最炎热的时候将自己的身体埋进被烈日烘烤得滚烫的沙子中,据说那样做会让浑身的关节拥有独特的疗效,人们称之为"沙疗",这简直是天然的关节炎和风湿病康复医院,所以我和老王也并不想放过这样的良机。因为现在是上午,沙子的温度还不足以达到一天中的最高点,但表层的沙子也足以让人感受到它的热情。我和老王纷纷将自己的双腿埋进细沙中,然后装模作样地平躺在沙丘上,合上眼睛感受温度慢慢浸透肌肤。

在库木塔格沙漠的边缘,维吾尔族传统民居拥挤在一起。我和老王漫步在村庄中,一扇扇充满民族特色的大门吸引了我们的目光,每一户的大门都有独一无二的花色,有葡萄鲜花,也有沙丘农舍,还有生活器皿以及民族传统纹饰。家家户户的外墙都用当地的黄土抹平,既美观又独具一格。

我们在鄯善停留了两天,在一个清晨骑车穿过辟展乡的克其克村,村子坐落在沙漠与火焰山之间,广袤而干燥的土地上,这里是唯一一片充满生机的绿洲,俯瞰大地,既突兀又美丽。一大早,男人们就骑着三轮车下地去干活儿了,女人们穿着带花长裙、包着头巾在自家门口清扫地面,将家门口打扫得干干净净。村里的孩子们背着书包结伴去学校,村舍旁的葡萄园郁郁葱葱,小河从沙漠边缘奔腾而过,一派祥和与安宁。

沿着火焰山下的公路一路向西,很快就来到了鲁克沁镇。在鲁克沁镇密密麻麻的维吾尔民居中,矗立着一座汉代城墙遗址,这就是柳中城遗址。西汉设立西域都护府时就已经开始在这里屯田了,到了东汉刘祜时期,又在此设立西域长史府,班超的儿子班勇就曾在此任职。因为这里地理位置很重要,向东南沿着大海道就可以到达玉门关和敦煌,向北翻越天山即可到达车师后国直抵匈奴势力范围,向西毗邻车师前国直通丝绸之路中道到达焉耆和龟兹,所以这里就成了匈奴和汉朝竞相争夺的前沿要地,于是这里几度易手,丝绸之路也因此时断时续。[①]

现在的柳中城被拥挤的维吾尔民居团团包围,只剩下一段残破的城墙高

---

① 萧绰:《西域简史》,南海出版公司,2017年版,第73—75页。

出民宅，如果不刻意地去寻找它，你很难发现这座两千多岁的古城，但厚厚的城墙至今仍可以让人感受到它曾经作为一座军事政治壁垒的荣耀和威武。

中午，我和老王在鲁克沁镇北边的乡村葡萄藤下午休。水渠边有一棵杏树，树上挂满了成熟的杏子，摘下一个放进嘴里，那是小时候在农村时熟悉的味道，甜中透着酸，汁水充沛。因为吐鲁番的夏天比其他地区来得都早，所以瓜果比其他地区成熟得也早，现在正是吐鲁番杏子成熟的季节。

午后，我和老王前往不远处的吐峪沟村，没过多久，我们就来到了火焰山下，这里的炎热名不虚传，戈壁滩像被太阳加热过的烤箱，热浪从地面反射到我们的身上，额头的汗水像拧湿的毛巾一样往下不停滴落，汗珠与柏油路面接触的瞬间就蒸发消失了。我和老王被高温烘烤得直犯迷糊，坚持骑到村子里，就立刻钻进一家超市的凉棚下。我们在这里足足休息了两小时，才再次鼓起勇气直面吐鲁番的太阳。

两年前我曾来过吐峪沟村，所以这次并没有陪同老王一起进入这座古村落，我独自在村落外闲逛。吐峪沟村保留了较为完好的维吾尔族传统的黄土建筑，低矮的房屋高低错落，晾房和民宅以及清真寺和谐共存，色调与火焰山融为一体，更珍贵的是在村子后面的山谷中，有一座千佛洞石窟和一座霍加木麻扎，但它们都不对游客开放。

吐峪沟石窟距今有一千六百多年的历史，是高昌时期最早且规模最大的一座石窟群。在 5 世纪中叶，沮渠氏家族离开河

火焰山下的吐峪沟村

西地区，率领残部向西迁徙，在吐鲁番逐渐站稳脚跟。公元444年，沮渠安周在吐鲁番称王，后来他在高昌故城东边的吐峪沟开窟造像。进入唐代后，吐峪沟山谷两岸的佛教洞窟有了进一步的发展。

到了19世纪末20世纪初，新疆引来了诸多国家的探险队和考察团。先后有俄国的克列门兹和奥登堡，德国的格伦威德尔和勒柯克，日本的渡边哲信、橘瑞超以及吉川小一郎，还有英国的斯坦因和瑞典的斯文·赫定等人，他们深入喀什、拜城、库车和吐鲁番等地，先是在各处古代遗址进行测量和绘图，然后拍摄和考古发掘，紧随其后的便是野蛮而疯狂的盗运活动。对吐峪沟石窟劫掠文物最多的当数德国人勒柯克和格伦威德尔，从1902年到1914年，他们曾先后四次来到吐鲁番考察。勒柯克初次来到吐峪沟时就切割了这里最精美的壁画，还找到一间密室，拿走了里面的两麻袋古代文书和其他艺术品。在1916年，吐鲁番发生了一场大地震，三分之二的吐峪沟石窟顷刻间灰飞烟灭，被永远深埋在岁月的尘埃中。同样遭到人为和自然破坏的还有附近的柏孜克里克千佛洞和胜金口石窟，如今，我们只能从珍贵的影像中去品味它们曾经的容颜。

太阳西斜，火焰山下的气温总算降低了下来，我和老王在瓜地旁唯一的一家客栈留宿。最近几日吐鲁番的西瓜纷纷成熟，来自全国各地的瓜商会聚在火焰山下，将又大又甜的西瓜装满一辆辆货车，准备发往全国各地。正因如此，这家客栈早在多日以前就无房可住了，最终在老板娘的准许下，我和老王在客栈的鱼塘边搭起帐篷。

复古之路 ~中国西北行记~

走进吐鲁番

天刚亮,我就和老王收起帐篷离开了驿站,所有人都还在睡梦中。从驿站往西不远就来到了高昌故城遗址。因为时间太早,我们只好先去附近的乡里吃个早餐。

上午十点钟,我和老王返回高昌故城,买上一张门票,和另外几名游客一同走进古城遗址。高昌故城的前身是西汉在车师前国的屯田据点,称为"高昌壁",汉至魏晋时期,相继派驻了戊己校尉,负责管理屯田事务,所以又称为"戊己校尉城";再后来在此设高昌郡、高昌国……最终于13世纪毁于战争。

说到高昌故城,有一个人不得不提,那就是玄奘法师。玄奘当年西行就曾路过这里,高昌王麴文泰恳请玄奘能够留下来做高昌国的国师,但玄奘未能答应,西行决心难以动摇,麴文泰没有办法,只好威胁玄奘并将他软禁起来,于是玄奘选择绝食抗议。最终麴文泰被玄奘的执着所打动,二人结拜为兄弟,玄奘也答应麴文泰从印度学成归来在此讲经三年。高昌王派遣随从与士兵携带大量马匹与钱财护送玄奘西行,并写下文书通告西域各国多加照顾玄奘一行人马,二人在城外洒泪而别。正是因为麴文泰的慷慨相助,玄奘才能一路畅通无阻,顺利到达天竺,这就是玄奘法师在高昌国留下的一段佳话。[①]

---

① 高永旺译注:《大慈恩寺三藏法师传》卷第一。

高昌故城遗址

高昌故城中的佛寺遗址

中午，火焰山下的气温再次升高，太阳晒得人发晕。我和老王走在空荡荡的高昌故城中，一千多年后，繁荣一时的高昌国已经消失得无影无踪，留下来的只是满眼的残垣断壁。在城西侧的佛寺遗址保存相对完好，其中的一座佛殿被认为是玄奘曾经讲经说法的地方。据记载玄奘在每次登坛说法前，都由高昌王亲自引领来到这里，并俯身跪在地上，玄奘踏着高昌王的后背登上讲经坛，这足以见得当时的人们对高僧和佛教的尊崇。我在佛塔和佛殿间，来回行走。佛塔上仍残留了少许佛像的痕迹，大殿的圆形穹顶已经垮塌，一间间僧房还整齐地排列着，我仿佛还可以感受到玄奘在这里生活过的气息。

中午，我们在附近的二堡乡吃过午饭后来到不远处的阿斯塔那古墓群，这里的地下拥有上百座魏晋至唐代的古墓葬，曾出土有大量干尸和陪葬器物，因此这里也被称作"地下博物馆"。这里对外开放有三座唐代墓穴，顺着墓道走向地下，顿时感到凉爽了许多，墓室中狭窄幽暗，墙壁上绘有简单粗犷的图案，这里多是普通人的墓葬，不过也不乏达官显贵。

阿斯塔那古墓群曾被英国探险家斯坦因和其他国家探险者疯狂盗掘，大批文物被运往西方，据说当时斯坦因在阿斯塔那古墓群中盗窃了三百二十三大箱的文物，在运送回英国途中，因为文物数量庞大，骆驼也被累死许多。在那个年代，活跃在新疆和中亚大地上的西方探险者不胜枚举，据说前前后后累死的骆驼就有三百多头，可想被盗运的各国文物之盛。

从阿斯塔那古墓群向北沿着火焰山的山谷就可到达柏孜克里克千佛洞和胜金乡，两年前我曾在胜金乡的一户维吾尔族朋友家帮忙采摘葡萄，所以这道山谷我往返过多次，多年前初次来新疆时也正是从这里进入吐鲁番市。这条山谷是通向吐鲁番盆地的一条重要通道，河谷中也曾有过大型的石窟寺院。无论是这里的寺院佛窟遗址还是柏孜克里克千佛洞，抑或是吐峪沟石窟，它们的命运都极其相似。

在吐鲁番市区以西的戈壁边缘，有座世界上规模最大、保存最完整的生土建筑城市遗址，这就是举世闻名的"交河故城"。交河故城始建于公元前2世纪，唐代的安西都护府最早就设置在这里，并在南北朝和唐朝时达到鼎盛，后来因其地理位置的重要性，连年遭遇战火洗劫，城池逐渐衰落，到了察合台汗国时期，吐鲁番一带屡遭战争破坏，交河城因此被彻底废弃。

交河故城遗址

  我和老王穿过葡萄园和村庄走进交河故城，高大的黄土台地耸立在前方，交河故城就坐落在台地上方。涓涓细流从台地两侧流过，这就是交河故城名称的由来。河水将大地切割开来，交河故城因此像一艘巨轮航行在吐鲁番绿洲中。这里的大部分房屋墙壁是由人工向下挖掘形成，就像陕北的窑洞一样，可以达到冬暖夏凉的效果。民宅和官署密密麻麻地拥挤在一起，街巷狭窄，四通八达，走在里面如同迷失在迷宫之中。佛寺在城西，占地巨大，这里佛塔林立，即使佛像壁画都已消失不见，但从其规模和布局上来看，佛教在此曾十分兴盛。

  最近，很多人听说在吐鲁番东环路东侧的民巷中有一座老宅子，这是吐鲁番大叔依明·尕吉提的家。大叔年近古稀，精神面貌非常好，他用了几十年在新疆各地收集了琳琅满目的老物件，这些毕生的收藏都摆放在家里。推开雕刻着花纹的木门进入房间，墙壁上和屋顶上挂满了各式各样的工艺品，显得异常拥挤，有维吾尔族传统的托盘，还有雕刻着精美花纹的金属水壶，每一件物品都附着了一层厚厚的灰尘，无形中增添了一份厚重的时代感。一时间我的目光竟无处安放，不停地游离在这些稀奇古怪的藏品上，这里俨然成为一座小型私人博物馆。看到眼前的一幕，我想起了在美国66号公路上的埃里克小镇，在小镇中也有一家这样的私人杂货铺，凡是到达小镇的游客

复古之路 ～中国西北行记～

都会光顾这家杂货铺，和埃里克小镇的杂货铺相比，吐鲁番的这座老宅子即将被来自江苏的开发商拆迁，依明大叔的杂货铺也将不复存在，所以大叔最近也在为这些藏品寻找下家。

我向坐在床榻上的两个小孙女问道："你们会想念这里吗？"

她们笑着回答道："当然会啊。"

也许是因为年纪尚小，她们还不能理解这间宅子和满屋的藏品对爷爷意味着什么，更不会懂得离别和失去的酸楚。当二十年后，她们再次回忆起童年生活的地方时，也许不再会笑得如此轻松了。

依明·尕吉提的老宅子

第三部分　新　疆

迈 向 南 疆

在吐鲁番市区以西10千米的也木什村的田野间,伫立着一座伊斯兰式陵寝。现在看来这座陵墓虽然倒塌损毁得相当严重,已不复当年的雄伟华丽,但从整座建筑的规模和样式以及内部墙壁上残存的红白壁画可以想见它曾经所拥有过的辉煌。这栋建筑面向东方,前侧的墙壁和穹顶全部倒塌了,砖块散落了一地,像一个被剥开了一半的橘子。门廊中墙壁上的台面摆放着当地人点燃的蜡烛,墙壁被熏得漆黑。大殿中央的地面上凸起一部分,并被人用红色、绿色、白色和蓝色的绸布覆盖,墓主人的旁边有人献上了一个馕,据说当地人会来这里祈求平安和健康,所以直到今天,仍有一些人会来到这里布置一番。当地人称这里为"金子",这或许证明了此地在过去是十分神圣和尊贵的。幸运的是,新疆文保单位在陵墓前竖立了一块石碑,碑上写着"黑孜尔·霍加麻扎","麻扎"意为"陵墓",这才让人们了解了它的身世。

田野间颓败的陵墓

从这座麻扎往西，途中经过了几座唐代烽燧遗址，这证明我们始终没有偏离丝路古道。到了中午，我和老王来到了托克逊县，托克逊县在我的印象中是一个被夹在两座大山中的小城，但这并不是说它距离山峰很近，而是向南北方向走上一段距离就会来到山脚下。我曾在2014年在此匆匆路过，印象中它很小，小到不足以让我为之花费时间停留。但这一次，托克逊的变化非常大，崭新的街道和住宅区随处可见，任何地方看起来都欣欣向荣，令人为之鼓舞。托克逊的美食名片是新疆拌面，所以在进入县城的大路中央，就能看到用大字写着"新疆第一面，托克逊拌面"的字样，对于远道而来的我和老王来说，吃一碗正宗的托克逊拌面就成了旅途中的一件美事，不过说实话，我真的吃不出来各地拌面有何区别。

　　"明天就要翻山了！这可是你骑行以来要面对的第一座山啊。"我躺在宾馆床上笑着对老王说。

　　"也不知道南边的山路难不难骑。"老王小声说道，面色中透露一丝忧虑。

　　我们所说的山，是从托克逊向南去库米什途中的一座大山，它是天山山脉向东的一条余脉，山路沿着山谷向上攀升，当地人称之为"甘沟"，它是沟通南北疆的一条重要通道，自古就有人员往来。听当地司机说早年这里异常地艰险，不但有狼出没，而且路面陡峭，时常会发生危险。但无论怎样，我们已经将自己置身于此，只能做好一切吃苦的准备。

　　第二天一早，我俩向南出发，刚一离开托克逊县城，就能够感受到地势的抬升，坡度虽然不大，但行进速度十分有限。骑了大概15千米，路边出现一个便利店，我和老王正好还没有吃早饭，于是我们坐在便利店门口吃起自带的早餐，顺便为接下来正式进山补充体力。

　　笔直的公路一路向南延伸，我和老王终于来到了甘沟的入口，这里地势略高，再往前是一个谷地，所以站在这里视野极好。深褐色的山峦层层叠压在一起，最远处是一道如屏峰一样的高大山峰。起初我们并没有觉得这条路的艰难，边走边被路旁的景色吸引，还时不时地停下来拍照观望。随着越往山谷中行走，谷底就越是变得狭窄，卡车轰鸣着从身旁驶过，发动机散发的高温像潮水一样涌向我们，加上逐渐升高的气温，整个人很快就变得汗流浃背，整座山谷就像一个巨大的火炉，随时准备将我们融化。

老王奋力骑行在甘沟中

　　山路变得越来越曲折，坡度也随之升高，两侧的山崖异常地陡峭，我的视线始终盯着前方的公路，期待着转机的出现。可不管我们绕过多少个弯道，前方始终是没完没了的上坡，这实在打击人的信心。我的汗水不停地从额头滑落滴入眼中，在这样的环境中很难找到一处阴凉，有时我们不得不在烈日下休息。我的衣服上满是汗水蒸发后留下的白色盐渍，老王只要一有机会就会躺在地上。从吐鲁番满载着西瓜的小货车不时地从我们面前飞速驶过，此时此刻对我们来说，若能吃上一口西瓜，那将是最大的幸福。

　　在一个崖壁下方，一辆小货车停在路旁，从货车的样子上看，这是一辆运送西瓜的车。我立刻飞奔上去，来到车窗旁，里面躺着一个小伙子正在酣睡。我敲了敲玻璃，小伙子被我惊醒，随即降下车窗，一脸疑惑地看着我。

复古之路 ~中国西北行记~

"你好！你能卖一个西瓜给我吗？实在太热了。"我笑着对他说。

"不行，因为后面的货都绑起来了，不方便拆下来。"小伙子有些愧疚地笑着。

他的话如晴天霹雳一样，瞬间将我的笑容击得粉碎。

"哦……好吧……那谢谢你。"

我刚要转身将这一"噩耗"告诉老王，小伙子迅速递给我两瓶水，我并没有立刻收下，因为我们身上还有水，只是在大量流失体液的过程中，水已经无法为我们提供动能，反而越喝越觉得难以下咽，胃里像被洗过一样空虚无味。但小伙子硬是要我收下，似乎只有这样他的良心才能得到安宁。

又向前走了二十几千米，我和老王的口中早已干涩难耐，唇舌之间已经挤不出一点口水来，又大又甜的西瓜在脑海中挥之不去。终于我又看到前方的开阔地上停着一辆拉着西瓜的货车，而此时正有路过的司机在挑选西瓜，翠绿的西瓜暴露在阳光下，我的眼前一亮，我和老王几乎同时笑了起来。卖瓜的司机是一个50多岁的河南人，已经移居到新疆库尔勒多年了，他和老伴儿从吐鲁番收购西瓜，打算返回库尔勒售卖，正巧在此停车休息。我和老王随手挑了一个大西瓜坐在地上狼吞虎咽，已经顾不得什么形象了，我发誓这是我们吃过最棒的西瓜。

这时已接近黄昏，告别了这对夫妇，我们继续向山上攀爬。没过多久我们就来到了山顶，公路上的一块巨大信息牌上显示，前方有连续下坡路段，长度为16千米，这意味着从此我们就可以将此前所有的辛苦抛弃在这山谷之中，尽情地享受这来之不易的幸福了。

跨上车子，一路风驰电掣，夕阳将我们的身影拉得细长，金色的戈壁格外静谧悠远，终于赶在天黑前我们抵达了库米什。库米什小镇非常小，只有一条简陋的街道，街旁低矮破旧的房屋一字排开。这里并不像一个村镇，更像一个服务区，为刚从甘沟走出来和即将进入甘沟的人们提供短暂的舒适。

从这里继续向西，就要离开吐鲁番进入巴州了，这也意味着我们即将进入南疆地区。可是刚一进入巴州的和硕县境内，又一段上坡路挡在了我们面前，这里被称作"榆树沟"，路虽没有甘沟那样漫长，但上坡的过程中还需忍受强劲的逆风也着实令人精疲力竭。

走出榆树沟，公路变得平坦，但这并不会让人感到轻松，不知从哪儿飞来许多大黄蜂，它们被我的黄色包裹吸引过来，只要我停下，就会立刻被三到四只大黄蜂包围，所以我不敢懈怠，希望通过快速向前的逆风将它们驱离。但现实就是这样令人无奈，我的车胎不知从什么时候被一个大号螺丝钉刺穿，我只好硬着头皮停下来处理，在多只大黄蜂的注视下我终于将车胎修好，可以继续赶路了。在这条公路上，常常可以看到一种肥大的爬虫，它们的外形像蚂蚱，但从未见其跳跃，戈壁滩里的骆驼刺中常常可以听到它们翅膀振动发出的声响。这种爬虫行动非常缓慢，所以公路上有很多它们的尸体，只要被疾驰而过的汽车碾压到，就会像一个装满了水的气球被突然挤爆一样，汁水四处飞溅。

大风刮了一整天，整个人被吹得像脱干了水的海绵，我和老王终于离开了戈壁，来到了乌什塔拉回族民族乡。

这次来新疆前在家做准备工作时，我在卫星地图上的博斯腾湖东北岸意外发现了一处形似古城的痕迹，起初我并不确定它是什么，仅从轮廓和形制上看倒是与古城有几分神似。我先是将它与西域古国危须国联系到一起，因为危须国的位置大概就在博斯腾湖北岸的和硕与乌什塔拉一带，但后来发现它的位置似乎与记载中有所偏离，它太靠东南了。为了弄清楚它到底是什么，我特地和老王骑车向马兰东南方向直奔而去，迫不及待地想要弄个明白。[①]

这是一个被玉米地和村庄包围的地方，当我们走近它时，一块醒目的花岗岩石碑上清楚地写着"兰城遗址"。果然是一处古城遗址，由碑文介绍得知，这座古城曾是唐朝在此地区的一座军事城池，负责这一地区的军事及屯垦事务。它的轮廓清晰，城墙坍塌损毁严重，城内更是一片狼藉，不管怎么

---

① （东汉）班固：《汉书》，卷九十六下。

说，算是解开了我的疑惑，但遗憾的是它真的不是危须国的遗址。

  我和老王现在所处的位置正是汉代危须国的势力范围，出乎人们意料的是，危须国的建立者竟是从今天的山东迁徙而来的。他们最初因为躲避战乱南迁至长江中下游，后又经历了战争而被大禹发配到敦煌的三危山，所以他们以"危"为姓。再后来，他们又遭受了乌孙人、月氏人和匈奴人的打压与欺凌，无奈只能再次向西迁徙，穿越茫茫大漠，最终被博斯腾湖北岸的苍翠富饶所吸引而定居下来，建立了危须国。但不幸的是，他们的西边有一个并不友好的邻居焉耆国，在三国时期，焉耆国将危须国吞并，从此，这个一直在流亡和被欺压的西域小国彻底消失了。[①]

  我没能够找到危须国的遗址，但在离开乌什塔拉去往和硕的途中，经过了一个叫"曲惠镇"的地方时，路边的一家饭店名称吸引了我——"危须宾馆饭庄"，这是我在危须国故地能看到的仅有的一点和危须国有关的痕迹了。后来我听当地人说，就在这个曲惠镇附近发现了危须国的都城遗址，我也只好期望以后再有机会前往了。

[①] 此处参考了高洪雷《大写西域》（人民文学出版社，2016年）第二十五章。

从博斯腾湖到孔雀河

越往南行走越发觉眼前的景色变得丰富多彩，一改往日的荒芜空旷，大片的芦苇湿地在公路两侧延展，庄稼地也十分葱茏，路边超市中的冰柜里装满了冰冻的大鱼，空气仿佛都变得湿润了不少，而这一切都要感谢一座大湖的滋养，它就是十几千米外的博斯腾湖。这是我国最大的内陆淡水湖，开都河从巴音布鲁克草原直奔而来，源源不断地注入博斯腾湖，从而孕育了这方富饶的水土。

我和老王在一个阴雨天里来到湖边，一大片芦苇地随风摇曳，望不到边际。有很多水鸟栖息在芦苇荡中，就在我们眼前的公路上，一只野鸭妈妈带着一群小鸭子从公路的一边匆匆地跑向另一边，然后消失在茂密的苇塘中，温馨又可爱。如果不是远处的高山为依托，看到眼前的这番景象我定会误认为是我的家乡盘锦。从甘肃一路走来，看惯了大漠孤烟，忽然能看到这番生机盎然的景象，着实令人感到振奋和惊叹。宽广的博斯腾湖通向远处的群山，水鸟自由自在地掠过湖面，因为少有人为活动，所以这里大部分时间只能听到各种水鸟鸣叫的声音。湖的南岸和东岸是一片沙漠，这让我感到有些意外，原来这样庞大的湖泊也无法撼动那片枯竭的大地。

没过多久起风了，湖面泛起层层涟漪，芦苇荡也传出一阵"沙沙"声，天空变得愈加阴沉，我和老王必须立刻返回，否则将会被突如其来的降雨困在湖边。这里距离最近的博湖县城还有 17 千米的路，想要骑回去至少也要半个小时以上的时间，我们不敢怠慢，总算在大雨降临前回到了博湖县城。

复古之路 ～中国西北行记～

　　经过雨水的冲刷，次日的天空格外蔚蓝，大地像换上了新衣裳一样色彩明亮，空气中夹带着嫩芽的芬芳，整个人都神清气爽起来。从博湖县向西南不远，我和老王就来到了博格达村，在村子南侧的一大片空地上，有一处古城遗址，名叫"博格达沁故城"，据说这里曾是焉耆国的都城。遗址坐落在一片水草丰茂的盐碱地中，方形的城池内部被雨水侵蚀严重，四面瓮城勉强可以分辨，西北角有一处高出地面的夯土台基，这或许是座佛寺遗址。城外的广阔空间栽植玉米和小麦，还有马铃薯，城南有很深的水渠绕城通过，牧羊人的羊群悠闲地在城外啃食青草。就在博格达沁故城的东南侧，紧邻另一座古城遗址——"泰克利古城遗址"，这是一座不规则形状的城池，圆中带方，没有城墙等建筑残留，只有坑洼不平的地面，它是一座规模不小的古城。两座庞大的城池相邻如此之近，这种情况此前不曾见过。

　　焉耆国是西域独霸一方的大国，焉耆人的祖先源于欧洲吐火罗部，说吐火罗语。这个国家屡次与汉朝作对，也许是因为浩瀚的博斯腾湖和富饶的孔雀河绿洲给了它十足的底气，就算纵横驰骋的班超也不得不为此大动干戈。在班超告老还乡病逝后，焉耆再次笼络周边小国一起对抗汉朝，于是汉朝派遣班超的第三个儿子班勇与敦煌太守张朗一同征讨焉耆，可不承想张朗此前

博格达沁故城遗址

因身背重罪,急于求功赎罪,所以就赶在约定日期前发动了进攻,斩首两千余人,顺利啃下了焉耆这块难啃的骨头。戴罪立功的张朗得了便宜还卖乖,竟诬陷班勇延误战机,没有在约定的时间抵达焉耆城下,年少的汉顺帝刘保遂将班勇征调回京都洛阳,下狱免官,不久后班勇得到赦免,后来老死在家中。①

说到焉耆国,人们对它的印象似乎总是有点刺儿头和负面的,就算到了唐朝,西行求法的玄奘在《大唐西域记》中的记载也只是"国无纲纪,法不整肃"。玄奘离开高昌国后翻越了银山(甘沟一带)来到了焉耆国的境内,他在此遭遇了盗匪,不过性命并没有受到威胁。在到达焉耆国都城时,焉耆国王出门相迎,玄奘将高昌王麴文泰的国书递交给焉耆王,由于高昌国曾袭扰过焉耆国,所以焉耆国王在看到高昌王的国书后立刻变了脸色,就连换乘的马匹也不提供给玄奘,于是玄奘一行人马只在此留宿了一晚便匆匆离开了。②

一心想要独立强大的焉耆国在三国时期吞并了周围的小国,终于如愿以偿成为西域强国之一。但到了唐初,唐太宗将焉耆彻底征服,并在此设置都督府治所。在唐中后期,吐蕃崛起,河西走廊和西域大部分土地被吐蕃人征服,再后来,西州回鹘和陕甘回族人来到这里繁衍生息,直到今天,这一带仍然生活着许多维吾尔族和回族居民。无论如何,这些往事都已成为过眼烟云,历史的车轮滚滚向前不曾停歇,曾经的一切都同眼前的这座古城一起化为梦幻泡影。③

从博格达沁故城遗址再往西南行走,在一片荒芜的戈壁滩上矗立着一座庞大的唐代烽燧,烽燧一侧为古墓群,还有一座名叫"千间房南遗址"的房屋建筑。这是迄今为止,我和老王到访过最大的一座烽火台,其规模堪比一座寺院大殿,或许这就是大唐的气度。

---

① 高洪雷:《大写西域》第二十四章。
② 高永旺译注:《大慈恩寺三藏法师传》卷第二。
③ 同①。

离开主路来到这片戈壁滩上可不是为了这座烽燧，我们为一座寺院遗址而来，那是焉耆国的佛教中心，名叫"七个星佛寺遗址"，它距今已经一千七百多年了，是佛教东传路上的重要一站。它坐落在绿洲与戈壁的交汇处，南侧是毫无生机的山地，在山下有许多矿场和烧砖厂，所以这里的路上多是卡车驶过。

七个星佛寺遗址已被开发成了景区，但极少有人到此参观，我和老王来到时，不见其他人。展馆内多是复制品，因为在20世纪初，这里也没能躲过西方探险者的疯狂盗掘，大部分艺术珍品已流失海外，仅有少数出土文物现藏于库尔勒市的巴州博物馆。绕过茂盛的芦苇地，庞大的佛寺遗址群展现在眼前，遗址分为南大寺和北大寺，在西边不远处还有佛窟遗址。这座佛寺遗址的规模令我们感到震惊，众多方方正正的大殿和僧房完好地保留下来，密密麻麻地整齐排列，甚至有些方形的朴素地砖仍镶嵌在地面。据记载，高僧法显西行时曾在此逗留过，他或许曾经就在其中的某一座禅房中打坐念佛，千年已过，余音犹在。

午后，我和老王返回主路向南行走，经塔什店镇跨过孔雀河，孔雀河水在霍拉山中劈开了一条狭窄的峡谷，这里是焉耆盆地通往塔里木盆地的天然通道，自古就是丝绸之路上的一道天险，自西晋起就在这里设"铁门关"守卫。今天，人们不必再由此通过，更加便捷的公路沿山而上，直抵巴音郭楞蒙古自治州首府库尔勒市。

库尔勒是一座规模相对较大的都市，街道宽敞明亮，车水马龙，汉人居多，和内地城市几乎无异。在人们的脑海中，库尔勒香梨更加广为流传，只是这个季节，我和老王都没有这般口福了。到达库尔勒意味着正式进入塔里木盆地，而接下来，我们也将要正式踏上环塔里木盆地的旅程，来到这里后只想争取更多的时间来休息，因为未来的路还很漫长和艰辛。

营盘古城

我和老王在库尔勒将前几天积累的脏衣服洗干净，我把自行车也清洗了一遍，从库尔勒向南就要正式开启环塔克拉玛干沙漠之旅了，未来的旅途一定不会轻松，所以我们必须做好应对一切困难的准备。

从库尔勒出发当天的中午就来到了尉犁县，在刚进县城时，我的车子突然发出"吱……吱……"的异响，经过检查发现是牙盘有些松动了，这时恰巧在路旁就有一家自行车店，于是我们来到这家店把车子调试好。车店老板戴着一副眼镜，河南口音，很快就将牙盘的螺丝拧紧，异响也消失了。

"你们从哪儿骑来的？"老板问道。

"甘肃嘉峪关。"我说。

"有很多像你们这样骑车过来的，我都给修理过，像英国人、瑞士人、荷兰人、吉尔吉斯斯坦人、哈萨克斯坦人……都在我这里修过车，太多啦！"老板的脸上洋溢着自豪的神情，并用食指推了推滑落下来的眼镜。

我和老王被这个自行车店老板的话震惊到了，就是这么一个南疆小县城，许多中国人从未听说过的地方，竟有如此多的异国骑行者来过这里。在疫情之前，确实有许多欧洲人和日本人骑自行车穿梭在新疆和欧亚大陆，大家都被千年丝路所吸引来，我们何尝不是其中一员呢？

尉犁县曾是古代尉犁国、渠犁国和墨山国的故地，这里北有天山余脉，南有塔克拉玛干沙漠，看似荒蛮寂静之地，却无法阻挡孔雀河和塔里木河的脚步，河水在沙漠边缘形成了一条绿色通道和生命线，由此带来了文明的回响和民族的存续。孔雀河由博斯腾湖而来，向东绵延近500千米后注入罗布泊，但随着自然环境的变化，孔雀河断流了，罗布泊也枯竭了，依赖它们的古国也都不复存在了，只在孔雀河沿岸留下了一系列倒塌的烽燧、城池和墓地，像一具具枯槁的尸体，被风沙半埋在干涸的河床旁。这里自古就是连接中原汉地到西域乃至欧洲的重要一环，西汉贰师将军李广利二征大宛胜利后，汉朝就开始在此屯田并保护丝路畅通，后来汉宣帝刘询派郑吉带领1500名有罪之人来此屯田戍边，郑吉后来也成为历史上第一位西域都护，《汉书·郑吉传》中记载："汉之号令班西域矣，始自张骞而成于郑吉。"[1]

到达尉犁县的当晚就开始打雷下雨，清晨醒来时雨虽停了，但天空始终乌云密布，时不时还要滴下几滴雨水。218国道是从库尔勒到若羌县的唯一一条公路，这条路年久失修，狭窄且货车居多，长途货车司机往往从伊犁而来，然后经此道去青海，再由青海湖畔抵达西宁，最终开往内陆各省、市，反之亦然。正因如此，骑车行驶在这条公路上并不舒适，甚至有些难受，但不远处并行的一条高速公路正在如火如荼地建设着，开通后国道的压力也许会减轻不少。

离开尉犁绿洲，是一大片盐碱地，这里曾有河流经过，盐碱地上长满了盛开着粉红色鲜花的罗布麻，花朵像铜铃一样，很小但非常稠密，这里是农二师三十一团的驻地，是全国最好的罗布麻产区。在古代，楼兰人会将罗布麻的茎扯断，然后把绿色的表皮剥离下来，再经过晾晒加工成麻绳，最后用这些十分结实的麻绳来编织衣服，而罗布麻的花朵还可以冲泡茶水饮用，具有清火消炎和降压的功效。

在三十一团团场，我和老王在一家狭小的旅馆住了下来，盘算着接下来该如何前往孔雀河沿岸。因为在那条狭长的生命线上，分布着数座汉代至魏晋时期的烽燧遗址和古墨山国的遗址群。去往这些地方并没有像样的公路，只有临时的沙土路可以到达，想要骑自行车进去非常困难。经过一番考量，

---

[1] 本部分内容参考了斯坦因《西域考古记》第十八章，以及高洪雷《大写西域》第二十一、二十三章。

我们计划放弃骑行进入荒凉的沙漠戈壁，返回到库尔勒市租一辆车开进去更为明智，因为这样可以节省许多时间和体力。

翌日清晨，我们将自行车和行李寄存在三十一团的旅馆中，轻装坐上班车返回库尔勒市，很快就租下一辆汽车，紧接着又原路开到三十一团以东约80千米的三十五团团场，在三十五团团场北侧正式拐进去往孔雀河的沙土路。仅仅走了5千米，路况就变得非常糟糕，本就松软的路面又被往来的卡车轧得千疮百孔，我们的车子实在承受不住这番考验，如果就这样放弃，内心也难以接受。车子渐渐远离兵团的村庄和耕地，眼前是无边的沙丘，我试探性地向前缓慢行驶，忽然车底部发出一声巨响，似乎撞到了什么。我立刻将车停稳走下车检查，发现车底挡板脱落了，于是我和老王往回走寻找遗失的挡板。不一会儿我们就找到了被沙土半埋起来的挡板，老王直接仰面躺在地上，顺势将上半身钻进车底，我们一起用捡来的塑料绳把挡板暂时固定好。这样一来，我们就不再敢继续往里深入了，万一车子陷在了半路，连呼救都没人听得见。考虑片刻后，我们决定掉头返回团场先将车子修理好。

在团场有一家维修店，老板是一个小伙子，他很快就将挡板安装上，从他这里我们得到了一些有价值的信息。据小伙子说，去往孔雀河的路十分难走，但每天都有施工队的车辆往返于这条路上，也正是因为这些施工车辆的碾压，路才变得凹凸不平。这样看来，如果能够找到一辆施工队的车辆带着我们进入，那自然是最佳的选择。我看到有辆卡车停在路旁的树荫下，我走过去与司机攀谈起来。司机是一位维吾尔族大哥，很爽快地答应我可以带我们进去，于是我们互相留下了对方的电话号码，约定在两天后的清晨见面。

我和老王把车还回库尔勒租赁行后返回三十一团的旅馆住了一晚，再骑车赶往三十四团，这里距离三十五团仅9千米，因为三十五团的规模十分有限，没有可以住宿的地方，所以我们只能先在三十四团安顿下来。安顿好后我迅速与那位维吾尔族司机取得联系，按照约定的时间，我们在天没亮时就骑上车子来到了三十五团去往孔雀河的岔路口。

东方的天空渐渐放亮,唤醒了沉睡的村落,我和老王坐在大树下苦苦等待。一个多小时后终于接到了维吾尔族司机大哥的消息,由于工地的临时调度,他今天无法带我们进去了,我一时间像被泼了一盆冷水一样,心凉了半截,心中回想起这几天来的努力,既愤懑又无奈。但很快我就平静下来,越是如此越是激发了我的决心,我随即对老王说今天无论如何都要想办法走进去。恰巧此时一辆满载着油桶的拖拉机驶入了岔路口,我迅速拦在拖拉机的前方,拼命地朝司机挥手,司机将拖拉机停稳后打开一侧的门。

"师傅你好!请问你去北山(孔雀河北侧的山区)吗?"我用恳切的眼神望着他。

"呃……对。"司机对我的出现感到一丝错愕。

"你能带我们进去吗?我们想去古代遗址看看。"我直入主题。

"可以,但是我的车太慢了。"司机露出窘迫的表情。

"没事,只要能进去就行!"

我赶紧叫来老王,然后把随身携带的包裹丢上车,因为是拖拉机,前面的驾驶舱只能坐下两个人,于是我让老王坐在驾驶舱内,我则爬上后车斗,司机一直提醒我后面会很脏,但我顾不上这些了,哪怕是一辆驴车,只要能够带我前进,我都会毫不犹豫地跟上。就这样,我们三人和满车的汽油桶一起上路了。

拖拉机在沙土路上缓慢行驶了一小时,巨大的车轮掀起阵阵尘土,我不得不戴上口罩才能正常呼吸,因为灰尘太大了,司机于心不忍,从后视镜中看到我们后方驶来几辆油罐车,于是便叫我们换乘油罐车继续前进。油罐车是从库尔勒驶来的,他们负责为北山的工地运送汽油,一周往返一趟,也正是因为这些油罐车的频繁往来,才致使这条路被轧得面目全非、沟沟坎坎。越是往里深入,沙丘就越是高大,路已经被沙子掩埋了许多,有些时候,我们完全是在沙子上行驶,巨大的油罐车像一只小船在沙海中摇晃着航行,不过坐在油罐车宽敞的驾驶舱内要比拖拉机舒适多了。

第三部分 新　疆

又过了一个多小时，我们终于走出了这 30 千米的沙漠路段，来到了孔雀河北岸。这里和之前的环境大相径庭，沙漠边缘被稀疏的胡杨林和红柳丛覆盖，干涸的孔雀河边仍旧生长着芦苇和青草。在这里有成排的老旧民房，但大部分已经废弃了，曾经的居民都已向南搬迁到了塔里木河畔的团场，只剩下零星几个牧人留守在此。我和老王在这里下了车，与司机告别后徒步向西走入戈壁中。来时的路上我们看到沙漠中有许多枯死的胡杨和暴露在外的红柳根系，可以想象曾经孔雀河两岸有多么富饶和喧闹。世界上没有什么是长盛不衰的，如今这里的景象是当时人们所无法想见的。但令人欣喜的是，我和老王在一处山坡上看到一只野生黄羊的身影，它在高处远远地盯着我们一动不动，当我们向它靠近时，它便转身跳跃着消失在了原野中。

搭乘拖拉机前往营盘古城

在这片广袤的土地上行走，感受到的是无边的空旷与孤独，西风从荒原掠过，卷起地上的枯枝，天空不见一只鸟飞过，山洪经过的痕迹像烙印一般深刻在大地之上。我们大概行走了 3 千米，就能够远远地看到前方一座古城的轮廓，这就是我们要寻找的古代遗址。它是一座汉代至魏晋时期的城池，极有可能是西域小国墨山国的都城，现在人们叫它"营盘古城"。来到营盘古城脚下，可以轻松辨识出它的独特，这是一座区别于此前所见到的任何一座古城，它既不是正方形，也不是长方形，更不是无规则的多边形，而是一个正圆形，正如它的名字一样，这样独特的构造表明其在建造之初深受西方马其顿帝国的影响。相传在亚历山大东征时，每征服一座城，就在当地筑起一座圆形城堡，亚历山大共建了七十多座这样的城堡，目前世界范围内已发

147

现的就有四十多座，但营盘古城并非亚历山大所筑，可在它的身上人们似乎能够找到一些相似的基因。在古城北侧一千米的台地上，还分布有上百座古代墓葬，只可惜这些墓葬大多被盗墓贼光顾过，胡杨棺木碎片和人骨四处散落，墓坑空空如也，现场一片狼藉。①

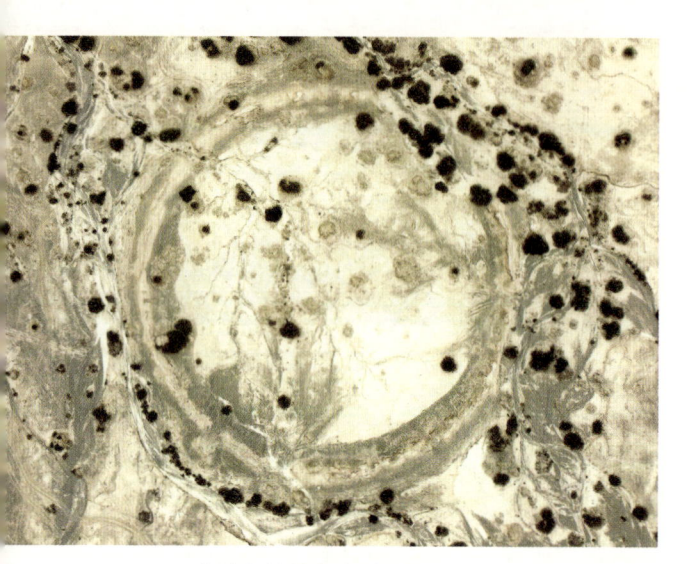

戈壁中的营盘古城遗址

在我们抵达这里之前，听团场的农民说在三四十年前，这里常常能看到人的尸骨，那都是被盗墓贼挖掘出来后随意丢弃的结果，而后来自治区考古队对这里进行了系统性的考古发掘和保护，所以现在很少有人来了，从此杜绝了盗墓的行为。

在 1995 年，考古人员在这里发掘了一座东汉时期的墓葬，出土了一具距今一千八百年的男性干尸，年龄在 30 岁左右。他头枕汉地鸡鸣枕，身着罗马人兽图腾绸缎，面部被一块白色面具覆盖，面具上用黑色线条描绘着他生前的模样，高挺的鼻梁和一缕小胡子似乎表明了他的民族属性。这具干尸浑身上下散发着夺目的光彩，这都得益于他身上的这件精美丝织衣物，堪称独一无二的国宝，令人感叹古人高超的手工技艺和审美水准。我的思绪也随着这件衣裳不由自主地飘向了那个"云飞丝路飘花雨，风动驼铃运锦绸"的绚烂年代。

---

① 此处内容参考了林梅村《丝绸之路考古十五讲》第一节，以及高洪雷《大写西域》第二十一章。

营盘遗址中的墓葬遗址

  在墓葬区东侧不远的土坡上，有一座佛寺遗址，这里也没能幸免，大大小小的盗洞随处可见。残破的佛塔迎风傲立，佛寺正冲着南面 1 千米外的营盘古城，看样子这里一定是墨山国的佛教中心，当年一定有许多民众从城中缓缓走来，或祈祷或供养，整个国家都沐浴在佛光之中。

  在整个游览的过程中，天空始终阴沉着，风吹了一整天。我和老王原路返回了此前下车的位置，打算等待路过的卡车将我们带离这里。在这里搭车十分困难，因为一两个小时才会有一辆车经过，由于早晨起得太早，我躺在石板上不知不觉地睡着了，老王在一旁悠闲地踱步。一个多小时过去了，我们最终被一辆皮卡车带回了三十五团团场。

复古之路 ～中国西北行记～

顺河而下

这些天为了前往戈壁深处的营盘古城，我和老王始终在各个兵团之间来往，不过现在终于可以心满意足地继续出发了。从三十四团向前走 11 千米，在 218 国道西侧有一座清代古城——"都热力古城"，这座古城起初名叫"蒲昌城"，它见证了近代以来塔里木河下游地区的屯垦开发，后来因为土地盐碱化的加剧而逐渐被废弃。该城池呈方形，四周城墙保存非常完好，虽有局部坍塌，但仍不失为一个完整的城池，就连城上的女儿墙都完好如初。这里是三十四团五连的垦区，所以在古城周边拥有大片的棉花种植区。站在城上向西眺望，绿洲变得岌岌可危，塔克拉玛干沙漠近在咫尺，仿佛随时都可能将这脆弱的人类家园吞噬。

都热力古城

告别三十四团，沿着塔里木河向南走，220千米的路上没有一座村镇，这个季节的塔里木河上游灌溉用水需求量递增，这导致下游已经出现了断流，所剩无几的河水变成了一个个小水塘，苟延残喘地坚守在即将干涸的河床上。令人望而生畏的塔克拉玛干沙漠在一旁虎视眈眈，胡杨树形成一道绿色的盾牌守护着奄奄一息的塔里木河，但这仍然显得力不从心，也许用不了多久，沙漠就会和罗布泊荒原汇合，如果真的有那么一天，我们现在所走过的这条路就再也难寻踪迹了。

本以为向南的路多是戈壁荒漠，没有绿洲树荫，但真正走进来却发现并非这般。因为有了塔里木河的滋润，所以胡杨树在这里非常多见，这就给长途跋涉的旅人提供了绝佳的休憩之所。

中午，我和老王躺在胡杨树的树荫下午休，前方有一片水塘，两只水鸟鸣叫着盘旋在水塘上方，为寂静的午后带来些许嘈杂。我和老王将防潮垫铺在树荫下，刚躺下不久，就有一只绿豆大的黑色蜱虫爬了过来，直奔我裸露在外的小腿，对爬虫天生恐惧的我立刻跳了起来，从此不敢在胡杨林里躺下休息。胡杨林中的蜱虫无处不在，它们能够感知到有人来到，当你走近胡杨树，它们就从四面八方赶来，然后钻进你的皮肤吸食血液，再将病毒和细菌传播给人类，所以在这里必须引起重视。

又过了一会儿，我在半睡半醒中发觉身旁有一个树枝状的东西在移动，我定睛一看，原来是一条蛇，我连忙坐起来叫老王躲避，老王已经熟睡了过去，并没有做出反应。那蛇见我起身呼喊，它也急忙掉头逃窜，蛇从老王的小腿和鞋上快速地爬向灌木丛，当老王醒来时，只剩下一只细长的尾巴露在外面。又过了不久，一只不怀好意的蜥蜴气势汹汹地朝我们快速爬过来，随后在距离我们两米远的地方停住，侧着脑袋紧紧地盯住我俩，仿佛在说："赶快离开我的地盘！"但它显然低估了两个快被太阳晒晕的过路客的决心，最终它被我们驱赶走了，我们终于可以安下心来午休了。

夜晚，我和老王在塔里木河边的沙滩上露营。早晨醒来时，狂风肆虐，躺在软绵绵的沙地上让人变得懒惰，我挣扎着从帐篷里爬出来，当我们收拾好帐篷重返公路时，才发觉沙尘暴来了。在这样的天气里行走，能见度非常低，老王被大风吹得左摇右晃，每当有货车从身旁驶过，更加令人胆战心惊。我们顶着风沙向前艰难地移动了约10千米，我忽然看到公路前方有一处服务区，于是我停下来等待身后的老王，老王在大风中弓起身子低着头使上了浑身力气跟了上来。

"感觉怎么样？"我问道。

"腰有点疼。"老王皱着眉头说。

"风沙太大了，吹得我睁不开眼睛，货车又多，太危险了！"我边说边眯起眼睛。

老王一言不发地低着头，看上去有些无助。

"前面有一个服务区，我们搭车走吧！"我继续说道。

就这样，我们临时改变了主意，来到服务区开始搭车。说是服务区，实际上就是一个简陋的临时停车区，这里有两个交通警察，还有一家餐馆，餐馆旁边是一家汽车修理店。餐馆老板告诉我们这里的风沙已经断断续续刮了一个月了，想要在这搭车恐怕会比较麻烦，因为这条路上往来的多是长途货车，去往若羌的私家车少之又少，很难搭到合适的车辆。果然，我们在风沙中整整等待了两个小时也未能搭上一辆车。风沙越来越大，浑身上下都是沙子，车子和行李上也覆盖了一层细沙。两名警察看到我们在此站立了许久，于是主动开车过来想要送我们去若羌县，但警车空间太小了，实在没办法把我们和自行车一同装上，我们谢过后继续在风沙中耐心等待时机。又过了一会儿，有两辆大货车停在餐馆门口，司机走进餐厅吃饭休息，我瞧了一眼货车，发现车上有足够的空间可以装得下我们的车，于是我快步走上前。

"您好，请问你们去米兰吗？"我向其中一位司机问道。

"我也不知道，我都是跟着我朋友走的。"司机有些腼腆和迟疑地看了看我说。

"你们是不是去青海方向？"我又追问道。

"是吧。"司机并不十分肯定地回答。

"那就会经过米兰，我们想去米兰，您能拉我们过去吗？"我直入主题。

"这个……我做不了主，我不熟悉路，你问问我的朋友吧。"司机指了指另一名司机。

"您是东北人吧？"我突然问道。

"对呀。"

"我也是东北的，你是东北哪里的？"

"我是辽宁盘锦的。"

我简直不敢相信自己的耳朵，连忙说："我也是盘锦的！"

真没想到，在荒芜的塔克拉玛干沙漠的边缘会遇到家乡人，这时我已经觉得自己成功了一半，于是我立刻去找另一个司机套近乎。

"您好！我们骑车走到这里，天气太差，您能带我们去米兰吗？"

"我们车上拉的东西，现在不走。"司机看了看我只是敷衍了一句，就转身走进餐厅吃饭去了。

我穷追不舍也跟着走进餐厅，并拿出手机打开地图给他们看，以此证明米兰就在他们要去的方向，可两个司机始终面无表情地低着头摆弄自己的手机，而我却像一只讨厌的苍蝇挥之不去。司机始终一言不发，视我如空气一般，最终我也只好垂头丧气地走出餐厅，这时的我心里特别失落，连老乡都不愿意帮忙，那还能指望谁来出手相助呢？

正当我和老王束手无策地站在原地发愣时，先前的一个司机快步走出餐厅，贴近我说："你等我们一会儿，我们吃完饭就走。"我喜出望外，终于可以离开这个鬼地方了！半小时后，两名司机走出餐厅叫上我们，正式出发了。

我和老王分别坐在两辆车上，一上车司机就直言不讳地说道："我朋友说你是盘锦老乡，所以我才决定拉上你们，不然我们肯定不会管的，因为出来跑长途不容易，谁也不愿意惹这些闲事，我实话实说。"我表示理解，多亏了这层关系，不然还不知道要等待多久呢。货车在风沙中缓缓行驶，穿过大漠后，一片开阔的水域出现在道路两旁，这是台特马湖，湖水在风沙中若隐若现，像被蒙上了一层纱。因为天气不好，我们临时决定在若羌县下车，与两名司机告别后，我们走进了若羌县。

在若羌的三天中，几乎每天都是这样的沙尘天气，室外活动变得不再适合，所以走进当地的楼兰博物馆是不二之选。在这座博物馆里陈列着一具距今三千八百年的古楼兰人干尸，人们亲切地称她为"楼兰美女"。她的年龄在20多岁，疑似因为难产而离世。这具干尸保存得非常好，睫毛和嘴唇都完好如初，面容安详得像睡着了一样，我不敢发出动静，生怕惊扰了她的千年美梦。

若羌曾是丝路南道古鄯善国的故土，这里是西出楼兰前往于阗的必经之地，所以在若羌县境内的广阔区域分布着不少千年遗址，其中米兰遗址便是非常著名的一处。我和老王打算去客运站乘车前往东边70多千米的三十六团米兰遗址，但这些天没有去往三十六团的巴士，于是我们来到315国道旁准备招手搭车。一连问了几辆车都不去三十六团，正在我们决定放弃返回住处时，迎面驶来一辆山东牌照的车，一招手，对方就停了下来，车上的三个人都来自济南，打算自驾前往青海，正好顺路就把我和老王带上了。

来到米兰遗址外，一名操着河南方言的中年妇女拦住了我们。她是这里的管护员，经过一番沟通后，她决定开着电动观光车带我们进入。这里正在开发建设旅游景区，一年后将正式对外开放。我和老王从管护员的生活区徒步走向遗址区，整座遗址就坐落在三十六团绿洲的东侧，只要离开绿洲，满眼都是荒芜的戈壁滩，几座突兀的古城和佛塔遗址矗立在戈壁之上，就像一座巨大的文明墓地。

米兰遗址是汉唐时期西域重要的经济和屯田重镇，也是西域重要的佛教中心。楼兰国在公元前77年离开罗布泊向西南迁移，最终来到米兰，从此更名为"鄯善国"，它是丝绸之路南道上的重要一站。20世纪英国人斯坦因来到米兰遗址，在佛寺遗址中发现了带有翅膀的天使壁画，并将这批壁画打包带回了英国，现藏于大英博物馆。

米兰遗址中的佛塔

米兰遗址分为三部分，分别为佛塔、戍堡和东大寺，遗址间用木栈道相连，每处遗址都被护栏保护起来。我和老王徒步行走在这片昔日的城邦之中，偌大的遗址中就只有我们两个人，风化严重的建筑墙基看上去和雅丹地貌没什么两样，走进仔细观察，才能发现其中的区别。

在这干燥的荒原上行走了一个半小时，人就会感到口干舌燥，我们趁体能消耗殆尽前走回了管护员的生活区。中年妇女吃过了午饭，为我们递来饮水和水果，并再次开电动车将我们送到公路上，不到15分钟我们就搭上了一辆顺风车，返回若羌了。

复古之路 ~中国西北行记~

车尔臣河绿洲

若羌是这次行程中的一个转折点，到达若羌，意味着接下来将要开启丝绸之路南道的行程了。丝绸之路东出洛阳和长安，经河西走廊到达敦煌，然后继续向西越过楼兰道抵达楼兰，世界上第二大的塔克拉玛干大沙漠横亘在前方，于是丝绸之路从楼兰一分为二，分南北两条路线沿着塔克拉玛干沙漠边缘继续向西，这就是我们常说的"丝绸之路南道"和"丝绸之路北道"了。相较于北道而言，南道更显荒芜，人口密度更小，所以旅途也会更加艰辛，对于这一点，我和老王是有充分的心理准备的。

离开了若羌，沿着315国道向西出发，一路都是无尽的戈壁滩，持续了多日的沙尘天气也缓和了许多，阳光重新普照大地，戈壁滩又开始变得燥热起来。这里的气温通常从上午11点后开始升高，直到下午7点钟高温才会逐渐退去，所以我和老王午休的时间也就显得十分漫长，往往需要等待近五个小时才敢继续出发。

若羌向西81千米处有一片绿洲，瓦石峡镇坐落在这片绿洲之上。傍晚时分我和老王到达瓦石峡镇，吃过晚饭后，太阳仍旧高悬在西边的天空上。我们在镇子东头的凉亭下扎营过夜，身后是一片枣树林，若羌地区盛产大枣，所以枣树是这一地区最常见到的经济作物。次日早晨醒来后，我们补充了未来两天所需要的饮水和食物，然后沿着镇中心的大道向西而去，这条笔直的大道被称作"弩城大道"，实际上就是315国道的一段。在古代的瓦石峡镇有一座城镇，名叫"弩支城"，相传这里曾经在丝绸之路南道上贸易十分繁盛，手工业也相对发达，后来的考古发掘也证明了这一点。考古工作者在古城遗址的地面上轻而易举地发现了数量惊人的陶器碎片和金属器具，同时还发现了三处窑址和一处冶铁遗址。[1]

我和老王沿着弩城大道缓缓前进，目光不时地扫向公路南侧，希望可以看到这座丝路名城。我们在弩城大道上行进了约 7 千米后向左拐进一条土路，再穿过正在建设的高速路，就来到了弩支城城址了。令我们困惑的是，这里并没有一处像样的城墙建筑，只有一块文物保护石碑立在路旁，后方被高大的铁丝网围拢起来，由此可以确定，这片空空如也的沙地就是弩支城的所在地了。现在这里放眼望去，是无穷无尽的高大沙土堆，其余什么都没有。由于相关史料的缺乏，关于弩支城的信息非常少，现在仍有相当多的疑惑还未解开。相传在唐代这里居住了大量来自中亚的粟特人，他们从东汉至宋代长期活跃在丝绸之路上，因擅长经商而闻名，在我国境内也曾有大批粟特人定居生活，弩支城便是其一。

我和老王在这里没有做过多停留，重新返回公路向西继续出发。整个下午我们顶着炎炎烈日穿越了 40 千米的沙漠路段，与公路并行的是一条正在建设的铁路大桥，大桥如巨龙一般腾飞在塔克拉玛干沙漠上空，在这样的地方建造这样的工程，难度可想而知。

在沙漠公路以北不远处就是车尔臣河，因为有了河水的滋润，河边长满了芦苇和灌木，这也为蚊虫的繁殖创造了绝佳的条件。随着太阳的落下，只要我和老王一停下来，就会立刻被二十多只蚊子团团包围，毫不夸张地讲，塔里木的蚊子隔着衣服都能够叮咬到皮肤。我在八年前第一次踏进塔里木河流域时，就深切地体会到了，所以我一停下来就不停地驱赶蚊子，但脖子和腿上还是被咬了许多红包。

这里没有更好的露营地，路旁是齐腰深的芦苇丛，只有路边会偶尔出现一小块空地，此时此刻我们只想赶快搭起帐篷躲进去。而事实上当天黑下来后我们只能待在帐篷里，根本不敢出去，帐篷外的蚊子趴在帐篷上，对我们"虎视眈眈"。

---

[1] 高洪雷：《大写西域》第二章。

复古之路 ~中国西北行记~

露营在塔克拉玛干沙漠的边缘

太阳再次爬上地平线，清晨的车尔臣河平原笼罩在一片薄雾之中，沿河向西行走很快就来到了车尔臣河岸边。宽阔的河床尽收眼底，河水裹挟着泥沙滚滚向东，河水流到哪里，哪里就孕育文明，大大小小的河流就像流淌在欧亚大陆上的血液，有了它就有了绿洲城邦，就有了人类历史上伟大的"丝绸之路"。跨过一座大桥，我们来到了塔提让镇，我和老王在镇子上的树荫下躲过燥热的午后转而沿着富饶的绿洲向南跋涉，成排的白杨树遮住了公路上的阳光，绿油油的棉花田和玉米地覆盖了戈壁沙滩，一切的一切都让人心旷神怡，终于，且末县到了。且末县城不大，一条主路贯通城区，人口密度略高于若羌县城，临街的商行店铺也显得更具活力，这里不仅有玉石交易中心，还有且末巴扎，巴扎外的街边摊位售卖各式各样的民族小吃，找一家刨冰蜂蜜酸奶店坐下来慢慢品尝是炎炎夏日中最惬意的时光了。

"且末"也曾是古代西域的一个国家，在秦汉时期它始终是一个默默无闻的丝路小国。到了南北朝时期，鄯善国的国王带领两万多人口为了躲避战争而来到且末国，车尔臣河绿洲的且末国一下子喧闹了起来，后来的且末自然也被鄯善吞并了。曾经有一个流传于塔里木盆地的民间传说：在塔克拉玛干沙漠中有一座被沙埋的古城，那里有数量庞大的财宝，曾有人冒险去挖宝，但古城一夜之间就消失得无影无踪，再没有人知道它确切的位置。这座神秘的古城也许正是且末国的都城，因为至今人们也未能找到这座古城，或许它正如传说中那样永远被塔克拉玛干沙漠尘封在大漠之下。[1]

---

[1] 内容参考了高洪雷《大写西域》第二章。

第三部分　新　疆

在且末县城以西5千米的戈壁边缘有一座扎滚鲁克古墓群和莱利勒克古城遗址，曾经有人认为这里是且末故城，但并未得到学界的一致认可。莱利勒克古城的地面散布了大量陶器碎片，而附近的扎滚鲁克古墓群更是有上百座古代墓葬，其中一号大墓的墓坑中共同埋葬了十四个人，这是世界上迄今为止最大的家族合葬墓。在1985年，这里还出土了一具婴儿干尸，婴儿全身被枣红色的麻布紧紧包裹，他头戴蓝色毛线帽，双眼覆盖着两片黑色石片，这是目前世界上发现最早的婴儿干尸，他的年龄在8~12个月大，距今有三千年的历史，世人亲切地称他为"且末宝宝"。且末宝宝的随葬品是一个用羊乳房缝制的喂奶器，但喂奶器内并没有发现任何乳品，取而代之的是谷物的粉末残渣。因此人们猜测在他出生不久后生母就离世了，为了让他活下去，家人只能用乳汁的替代品来喂养他，但不幸的是他还是夭折了。[①]

我和老王在一个午后骑车来到了扎滚鲁克古墓群外，路的尽头有一间平房，房屋外的葡萄藤下停着一辆电动车。我们走近平房朝房屋内呼喊了几声，不见有人出现，老王敲了敲门，从屋内走出一位中年维吾尔族大叔，他是这里的管护员，睡眼惺忪地看着两个不速之客一言不发。我把在县博物馆买来的参观门票递给他，然后大叔转身走回屋内，取来钥匙为我们打开了铁门，我们三个人一同步行走进戈壁滩中。

在空旷的戈壁滩中有一栋建筑，特别突兀，那就是著名的一号大墓的展馆。走进一号大墓，巨大的墓坑展现在眼前，墓坑上方被玻璃罩覆盖，能够在一处墓坑中同时目睹十四个墓主人，这种场面难得一见。墓主人的年龄和性别都有所不同，他们仰卧在坑内，双手抱在胸前，双膝合并弯曲着，身上都用粗糙的麻布包裹，因年代久远，麻布都已腐烂破碎。

在一号大墓后方的广阔区域内，还分布着众多墓葬和古城遗址。尽管我和老王都十分想继续步行深入遗址区，但管理员大叔为了我们的安全还是将我们劝离了，我们也只好骑上车返回了县城。

---

① 内容参考了高洪雷《大写西域》第二章。

河流与沙漠

我和老王在一个阴沉的上午离开了且末，从乡村公路挣扎出来后重返315国道。由于天气一改往日的闷热，我们不需要午休太久，所以整整一天我们都在路上轻松跋涉，这也是我们出发以来骑行距离最远的一天。

塔里木盆地南缘的公路常常令人感到枯燥，笔直的大道通向天际线，路旁的景致也是千篇一律，在疲惫和困乏中我们来到了奥依亚依拉克镇。这里向东距离且末县130千米，向西距离民丰县150千米，在这期间再没有任何城镇。我和老王自然会格外珍惜这样的时刻，我们在镇子的超市买足了饮水和食物，随后骑出镇子，在路边找到一块空地准备露营。这里是315国道1989千米处，几棵胡杨树和茂盛的灌木丛遮挡住了公路，一块坚硬平整的地面是搭建帐篷的理想场所，在一天即将结束时，这一刻最能让人感到轻松。

从奥依亚依拉克镇到于田县之间要跨越安迪尔河和牙通古斯河，几乎在塔里木盆地中的每一条大河附近，都有不同时期的古城遗址，这些古城随着河流的改道或战争，逐渐被废弃，然后埋没在风沙之中。在牙通古斯河西20千米，是一片名叫"鱼湖"的湿地，这里芦苇丛生，大量鱼类栖息在湖中。再向前走，穿过一片胡杨林，跨过叶亦克河，高大的沙丘像海市蜃楼一样漂浮在绿洲之上，315国道与沙漠公路相交，这是一条横贯"死亡之海"的伟大工程，即便我们都已走出沙漠进入绿洲，但仍摆脱不掉被沙漠支配的恐惧。

沙漠虽然令人望而生畏，但沙漠并非人们想象的那样死寂，从巍巍昆仑发源的河流向一条条大动脉一样注入塔克拉玛干沙漠，为这里带来了生机。尼雅河就是其中一条最为著名的大河，它曾孕育了丝路南道上的精绝国，但这个国家在公元5世纪突然消失在塔克拉玛干的沙海之中，直到1901年英国人斯坦因的到来。

斯坦因在尼雅河畔的一个维吾尔族村落中，从当地人手里意外得到了两块写有佉卢文的木板，他很快就意识到眼前的木板所隐含的巨大历史价值。于是斯坦因顺着线索找到了发现这些木板的人，从而在干涸的尼雅河床附近找到了一处惊人的古代城镇废墟，这座废墟就是失落的精绝国故地，后来人们称这里为"尼雅遗址"。斯坦因在此展开了大规模的发掘工作，长达半个多月的发掘结束后，他带着数量庞大的古代文物踏上了归途。在此后的几年里，斯坦因数次走进尼雅遗址，每一次都收获颇丰。[①]

大唐玄奘在取经回国途中曾路过此地，所见景象还是"泽地热湿，难以履涉。芦草荒茂，无复途径"。可见在唐代，尼雅古城附近仍是水草丰茂、沼泽遍布，但现在的尼雅遗址已全部被黄沙包围，河水的脚步也再难抵达这里。我和老王未能深入大漠走近尼雅遗址，我们站在距离尼雅遗址90千米的尼雅河边向北眺望，河水所到之处绿意盎然，形成了大片湿地供牛羊繁衍生息。尼雅河中游的河道很宽，水量并不十分充沛，但仍不失一条大河的气魄。如果再过一千年，我们所站立的地方会不会也步入尼雅古城的后尘，这都很难说。

自从来到了安迪尔河西岸，我和老王就踏进了和田的境内，尼雅河畔的民丰县是我们进入和田地区以来所到达的第一座城镇。这座县城虽然不大，但有人烟的地方总会为刚刚走出戈壁荒漠的旅人带来些许慰藉，就像大漠中的水塔，只有身处大漠中的人，才能够体会到它的宝贵。

离开民丰县后，穿越近90千米的沙漠路段，就来到了克里雅河绿洲。这里盛产玫瑰花，经过深加工的玫瑰花变身为玫瑰精油或其他商品，然后销

---

① 此处内容参考了斯坦因《西域考古记》第十章。

往世界各地，所以行走在这一地区，荒芜的沙漠中会突然出现一大片玫瑰花田，这些花田全部在沙漠中开辟出来，方方正正的像棋盘一样摆放在公路旁。而在另一边，施工队正热火朝天地铺设新的柏油公路。近年来，中国加大了对西部的投入，高速公路、铁路、农场、学校、医院……众多基础设施正在得到完善，我仿佛能够看到未来更加美好的新疆。

克里雅河与和田河之间的广大区域，有众多古代遗址，由于克里雅河频繁改道，它们大多被塔克拉玛干沙漠无情地掩埋了。于田县就在克里雅河绿洲之上，于田县城这几年的变化是显而易见的，村庄的公路崭新宽阔，民居门前的鲜花争奇斗艳，县城内的广场和商业街修葺一新。

在一个炎热的午后，我和老王向西来到了达玛沟乡，在乌喀里喀什村东边的沙地上有一座世界上最小的佛寺遗址，这座小佛寺仅有4平方米，寺内只能容纳两三人，我和老王在进入这座遗址时遇到了一些麻烦。遗址外的大门紧锁，一位维吾尔族保安大叔只是随口打发我们离开，但我们并不甘心，打算晚上就在门外安营扎寨苦等下去。到了傍晚七点多时，保安大叔突然走了出来，并招呼我们可以进入参观，一头雾水的我们兴高采烈地跟在大叔的身后走进了佛寺遗址。

人们为了保护这座稀有的佛教遗址，在小佛寺上方建起了一座展馆，展馆中以小佛寺为中心，并围绕小佛寺布置了一并出土的壁画，只不过这些壁画大多是复制品，原件目前保存在和田地区博物馆中。当我们第一次见到这座佛寺遗址时，不约而同地笑了起来，它实在太小了，与其说是一座佛寺，不如说它是一座私人的佛堂。整间佛寺像被一股巨大的力量拦腰截断一般，墙体只剩下下半部分，里面的佛像从胸部往上也都不翼而飞，佛像盘腿坐于莲花宝座上，周围墙壁上的壁画至今保存完好。千百年间，不知有多少人曾在这尊佛像前虔诚地祈祷。也不知这间佛堂的主人为何人，在被黄沙掩埋前的岁月中，他们都经历了什么……

安迪尔河

参观完毕后，我和老王一口气骑到了30千米外的策勒县，次日又在风沙中跋涉了一整天，到达了洛浦县，距离和田市还剩下25千米了。大风刮了一整天，傍晚沙尘暴由北向南席卷整座县城，在丝路南道上旅行，身上和耳朵头发里总会填满沙子，不过一想到和田市就要到了，心里就舒坦多了。

复古之路 ~中国西北行记~

丝路南道上的和田

　　印象中的和田市交通非常混乱，并且毫无安全感，这里维吾尔族人口占大多数，汉族人十分少见，许多人不通晓汉语，走在街上总是有人向我投来异样的眼光，浑身都觉得不自在……七年过去了，和田怎么样了？我带着种种疑问再一次走进了和田。

　　跨过玉龙喀什河大桥，和田市就到了。玉龙喀什河的河水十分混浊，呈现出黄河一样的颜色，河水湍急，奔腾向前，河滩上见不到一个人。犹记得七年前第一次来和田时，在河滩上采挖玉石的当地人随处可见，或用铁锹铁镐奋力挖掘，或是低头漫步仔细寻找，人人都想来玉龙喀什河碰碰运气。

　　和田地区盛产名贵的和田玉，所以一提到和田，人们总是会首先想到那光泽通透的和田宝玉，似乎那是一个遍地都是美玉的地方。实际上经过多年的开采，想要在玉龙喀什河捡到宝玉几乎已经成为不可能的事了，碎石散布的河滩不知已经被多少代人翻了多少遍。当初第一次来和田时，我也和大家一样，好奇这玉龙喀什河边的捡玉生活，但我意外遭到了一位汉族出租车司机的阻挠，在司机的口中，玉龙喀什河是一个充满了巨大风险的地方，所以我未能踏上玉龙喀什河的河滩。时隔七年，玉龙喀什河两岸修砌起了整齐宽阔的休闲步道，这一次我可以放心地在河堤上漫步。只是随着现代城市的发展，这里已经禁止下河采玉了，所以也就丧失了许多生活中生动有趣的一面。

　　和田的变化是看得见的，内地游客也明显增多了，但交通依旧是全新疆最缺乏秩序的。以往在人民广场周边的路边尽是售卖玉石的摊位，现在玉石商人都已经集中在玉龙喀什河边的玉石交易市场了，整个行业看上去也规范了不少。维吾尔族的群众大多居住在城北，汉族人则主要聚居在城南，城南的街道绿化更好，马路也更加宽阔整洁；而城北则更具民族气息，这是外地游客喜闻乐见的。

到了和田，一定要去和田地区博物馆，因为在丝绸之路上的任何一个地区，都有着厚重的历史，而和田地区自古就是丝路南道上有着深远影响的一个地方，自然不容错过。果然不负所望，这座地区博物馆确确实实惊艳到了我和老王，毫不夸张地说这是我目前看过的最棒的新疆地区博物馆，甚至比乌鲁木齐的自治区博物馆还要让我喜爱。这座博物馆充分展示了和田地区的古代文明，尤其是关于其境内的尼雅遗址，给不能够亲自走进大漠深处的人们带来了非常详尽的文物展览及说明。

博物馆方面还特别细心地单独展出了1995年中日尼雅考古队所使用过的器材，一下子就让观者随着这些静默的考古器械穿梭到了那个"遥远不可追溯"的尼雅遗址。尼雅遗址是精绝国的都城遗址，大部分人第一次听说精绝国应该还是通过《鬼吹灯》系列小说，像这般有重大意义和价值的遗址在新疆还有很多。

位于和田市北部沙漠腹地中的热瓦克佛寺遗址便是其一，佛寺遗址位于580国道东侧，遗址外铺设了一条水泥路，路面破损程度较为严重，高大的沙丘遮住了人们的视线，来者只能目视前方向前行走。遗址外仅有一户维吾尔人家看管，佛塔周围搭建了简易的木制栈道，游人不多，但炽热的阳光却从未缺席。这座佛寺遗址当初也被斯坦因盗掘过，从介绍牌中的文物照片、现存规模以及复原模型可见，这座佛寺及佛塔在当时的规模极其恢宏，是和田地区非常有影响力的一座寺院。

沙漠公路沿着和田河一路向北延伸，从热瓦克佛寺遗址向北行走100多千米，就到了玉龙喀什河和喀拉喀什河的交汇处，两条发源于昆仑山脉的大河汇聚成为和田河。和田河由南向北蜿蜒穿梭于塔克拉玛干沙漠中，最终在阿克苏绿洲的阿拉尔西侧与阿克苏河、叶尔羌河、喀什噶尔河相遇，汇聚成塔里木河。在茫茫大漠的映衬下，和田河显得格外突兀，但大河不顾沙海的阻挡和威胁，一路奔腾继续着自己的使命。

玉龙喀什河与喀拉喀什河在沙漠深处相遇形成和田河

　　说到和田河，让我想到了一个人。1895 年，瑞典探险家斯文·赫定从喀什来到了麦盖提，他的意图是走进塔克拉玛干沙漠去探寻当地人口中"埋藏着宝物的古城"。斯文·赫定没有听从当地人的劝阻，带着几名维吾尔族随从和骆驼，买上羊和公鸡，从麦盖提一头扎进了塔克拉玛干大沙漠。出发前因为随从的大意，没有带上足够的饮用水，导致一行人马进入沙漠后不久就无水可喝。最终他们依靠喝羊血和鸡血以及骆驼尿维持生命，但动物血并不能缓解口渴的状况，相反致使其中两名随从很快就死在了沙漠中。斯文·赫定不得不抛弃随身携带的设备及随从，独自向前寻找水源，他并没有向西返回麦盖提，而是继续向东艰难地跋涉，因为他知道，东边就是和田河的方向。最终，他在一片胡杨林和灌木丛中找到了一处水塘，因此活了下来，并救活了剩下的人。这条河对于斯文·赫定一定有着非同寻常的意义，如果没有它的出现，斯文·赫定也许就会葬身沙漠，而楼兰遗址的发现也会随之无限期地推迟。[①]

　　从沙漠中返回和田绿洲，我和老王又向南穿过了农田与村庄，沿着玉龙喀什河继续行走，地势逐渐抬高，河道变得弯曲且狭窄，河水亿万年来奔腾不息，将干涸的大地向下切开一道深深的疤痕。

　　就在村庄与峡谷的过渡地带，一片荒芜的土地上，耸立着几处夯土建筑

---

① 此处内容参考了斯文·赫定《我的探险生涯Ⅰ》（李宛蓉译，人民文学出版社，2016 年版）第十八章到第二十二章。

残骸，这里是买力克阿瓦提遗址，这座遗址距今也有上千年的历史了，远远看过去很难辨明这是一处古城遗址，现存结构含糊不清，没有高大的城墙，也无一座完整的庭院房屋，曾有人断言这就是于阗国的都城，但很快就被学界否定了。

而在和田西边6千米的巴格其镇南300米的约特干遗址则也曾被人认为是于阗国的都城。我和老王在黄昏前赶到这里，在村庄的路口处仅发现三块写有"约特干故城遗址"的标示牌和石碑，再无其他。石碑周围是维吾尔族村舍和农田，略显拥挤。1892年，法国人格伦纳从约特干遗址找到了一批文物，并带往欧洲，因此他认为这里就是于阗国的国都。接着斯文·赫定闻讯而来，他也在此搜集了大量的文物。再后来，英国人斯坦因先后两次到达约特干遗址并进行盗掘。但实际上，这座遗址只是于阗国的一处佛教建筑群，传说每座建筑物上都包裹着大量的黄金，可见当年繁盛之时的金碧辉煌……再一眨眼，面前满是杂草庄稼。①

在和田的前两日，天气晴朗，透过窗户可以看到慕士峰的皑皑白雪。但好景不长，我们再次遭遇了沙尘暴天气，大风携带着沙粒铺天盖地而来，昆仑山隐藏了起来，天地连成一片，混浊不堪。待天气略微好转，我和老王再次启程，向西来到了墨玉县。

墨玉县比以往经过的县城更显喧闹，街道上沸沸扬扬，人来人往，民族风情也更加浓郁。

从墨玉到昆玉市只有50多千米的路程，我和老王由乌尔其乡向西进入了戈壁滩，但很快就看到兵团十四师的大片枸杞林和枣树林覆盖了眼前的这片戈壁滩。在新疆，哪里最艰苦，哪里就有兵团人；哪里的土地最贫瘠，兵团人就要将哪里变成万亩良田。我和老王在中午到达昆玉市，这是在戈壁滩中拔地而起的兵团新城，这里的一切都是崭新的，人口也十分稀少，多为内地迁徙而来的汉族人，相比热闹喧哗的墨玉县，这里像另一个世界。

---

① 此处内容参考了高洪雷《大写西域》第九章。

复古之路 ~中国西北行记~

沙尘天气已经持续了三天，但不要惊讶，要知道，沙尘天气才是这里的主旋律，毕竟塔克拉玛干沙漠就在不远处守候着。据说和田一年之中有260天是扬尘天气，而策勒县在历史上曾三次为了躲避沙尘的入侵不得不向南搬迁，于是有人调侃说："和田人民真辛苦，一天要吃半斤土，白天不够晚上补。"来到这里的十几天就能够切身感受到沙尘对于这一地区的威胁有多么严重，手机刚拿出来一会儿工夫，屏幕上就附着了一层沙，更不用说整个人在外面跋涉一整天了。

终于，在昆玉市当晚下起了雨，次日的天空变得瓦蓝瓦蓝，连绵的昆仑山再次显现并一路相伴，气温也没有此前那样燥热了，这样的天气还真是让人有些不习惯。

在藏桂乡东侧的大片戈壁中，当地人开垦出了田地，利用喷灌和滴灌设施对沙化的土地进行浇灌和改良，一块块整齐的良田在戈壁滩中排列开来，看上去令人欣喜万分，同时让人为之赞叹。经过了藏桂乡、乔达乡、木奎拉乡，一座座现代化的乡村整洁漂亮，马路四通八达，维吾尔族人家小院门前葡萄架上挂满绿油油的葡萄藤，葡萄藤下开满各色鲜花，路旁的核桃树硕果累累，新疆的农村变得越来越好了。

骑向叶城

叶尔羌汗国

皮山县和叶城县之间只有一条高速路相连，我和老王骑上高速公路。在傍晚时分抵达叶城县。

在叶城的两天里，恰逢当地的馕产业博览会，叶城周边的各个乡镇都精心制作了各式各样的馕，各乡镇的代表将这些五花八门的馕带到叶城县城的广场上展示。召开这次展会的目的有两个，一是为了庆祝

叶城县街景

中国共产党成立100周年，二是为即将到来的古尔邦节造势。我第一次见到这么多种馕，有平时最常见的面粉馕，也有用玉米粉制作的馕，有的馕上面装饰了各种坚果，有的馕打破了传统的圆形，被心灵手巧的当地农妇打造成各种动物的形状，真是让人大开眼界。

叶城县盛产核桃，县城外的乡村中栽种了大量的核桃树，这个季节的核桃树上挂满了又大又圆的核桃，许多村民在核桃树下忙碌着，有的在清理杂草，有的在为核桃树修剪枝叶，还有的三三两两坐在树下拉着家常。我和老王向西穿过泽普县，不一会儿就来到了叶尔羌河边，叶尔羌河十分宽阔，跨过叶河大桥再向北走15千米，就抵达了莎车县。

复古之路 ~中国西北行记~

莎车县同叶城县一样，人口稠密，熙熙攘攘，这是南疆县城普遍给人的第一印象，混乱无序却又让人想无限地亲近它。莎车在汉代时被称作"莎车"（suō jū），它东达皮山和于阗，西接疏勒与蒲犁，是丝路南道上的一个大国，自然也是各国十分重视的一股力量。东汉班超经营西域时，莎车拒不归汉，班超曾率领于阗等国联军进攻莎车。此时不识时务的龟兹王却联合周边国家派遣五万大军援助莎车，班超佯装惧怕龟兹大军，计划在半夜时分撤退，龟兹王听到班超即将撤退的消息后，亲自率领一万骑兵向西围追班超，同时又派八千骑兵向东堵截于阗军士。班超见龟兹大股骑兵离开了莎车，于是迅速掉转方向，命令东西两路联军在凌晨鸡叫时分迅速奔赴莎车国。就这样，莎车国被打了个措手不及，士兵四散奔逃，乱作一团，而龟兹援军却在黑夜中被耍得团团转，当他们得知班超已经攻下了莎车时，龟兹王也只能灰溜溜地撤退了。经过这一役，班超的名望威震西域，西域各国纷纷归附。[①]

今天的莎车早已没有了当年的烽烟四起和鼓角争鸣，人们安居乐业，一片祥和。在熙熙攘攘的街道上，各种各样的建筑引人注目。广场西侧是一座崭新的民族文化博览园，像《一千零一夜》中的皇宫一样气派；广场北侧是叶尔羌汗国王陵。王陵中最华丽也最显眼的洁白建筑是阿曼尼莎罕纪念陵，陵墓为现代建筑，通体白色，绿色木制雕花窗户四面对称排列，高大的穹顶镶满了青花瓷般的瓷砖，典雅而别致。

阿曼尼莎罕是叶尔羌汗国阿布都热西提汗的王妃，因其在音乐上的天赋而跟随可汗进宫，并在其有限的生命中极力搜集整理民间的木卡姆艺术，最终结集成册十二木卡姆，至今维吾尔族所表现的木卡姆都是由她传承和搜集整理下来的，这也使得我国成为世界上拥有木卡姆数量最多的国家。[②]

据说曾经莎车城内的女人们在男人去做礼拜时，她们就会在家里朝向阿

[①] 此处内容参考了高洪雷《大写西域》第十一章。
[②] 此处内容主要参考了张安福《远略雄心：西域两千年》（上海人民出版社，2020年）第219—220页。

曼尼莎罕陵墓的方向祈祷，诉说着自己的心事。这说明她在当时深受当地人民的爱戴，直到现在仍然会有来自天南海北的游人到此缅怀这位伟大的女性。阿曼尼莎罕的一生是短暂的，在她34岁时，便因难产而离世，但她用另一种形式永远活在维吾尔族人的心中。

在阿曼尼莎罕纪念陵的旁边是叶尔羌汗国的皇家陵墓，这里安葬着叶尔羌汗国的王室成员和大臣官员，以及其他有功或有威望之人。叶尔羌汗国是由成吉思汗次子察合台的后裔所建立的汗国，创建者是东察合台汗国满速尔汗的三弟赛义德汗，中亚地区称其为"蒙兀儿斯坦国"，首都就在喀什地区的莎车。倚靠着富饶的叶尔羌河，享国166年，最终因为教派争斗，在1680年被准噶尔汗国所灭。①

叶尔羌汗国的创立者赛义德汗的陵寝是陵墓中最醒目的，咖啡色的外表略显低调稳重，内部上方的房梁处写着"1997年11月1日"的字样，这是陵墓重修的日期，在这后方还有用维吾尔文写的工匠姓名及其他相关内容，但我无法识别。阿布都热西提汗的陵墓则普通了许多，在他的陵墓旁边还有一座女性陵墓和一座婴儿的陵墓，一大一小紧紧地依靠在一起，这或许是阿曼尼莎罕和他们孩子的真正安息之地。

离开叶尔羌汗国王陵，继续穿梭在车水马龙的老城街道中。叫卖声、鸣笛声、交谈声不绝于耳，阳光照耀着莎车大地，老人慵懒地坐在阴凉中，小孩在阳光中不知疲倦地奔跑嬉闹，时光依旧，往事随风。

离开莎车这天，一路东风相送，我和老王很快就来到了英吉沙县。县城东南有一大片湿地湖泊，滩涂上一片火红，这是我非常熟悉的碱蓬草，一到季节，它们就会摇身一变，拥挤在一起，恰似万千红旗飘扬。一转头，在英吉沙湿地东侧不远的土丘上，挺立着一座损毁很厉害的唐代烽火台，虽已坍塌殆尽，但远远望去仍然挺拔，它的名字叫"托普鲁克加依烽火台"。

我们匆匆为它拍摄了几张照片，希望在它彻底消失之前，可以留住它最

---

① 此处内容主要参考了钟民和《一个真实的新疆》第一章，以及高洪雷《大写西域》第十一章。

后的英姿。

英吉沙这座县城我和老王都是第一次到来，但在许多年前，我就知道它的名字，不是因为温润的湿地，也不是因为残破的烽燧，而是因为一件精美的工艺品——英吉沙小刀。在我家中的书架上，就摆放着一把英吉沙小刀，那是第一次来新疆时在乌鲁木齐国际大巴扎里购入的，早就知道英吉沙小刀来自英吉沙县，所以这次来也想见识一下这里的小刀产业。

一进入县城，路两旁的小刀村店铺林立，粉红色的招牌比比皆是，小刀成了村里的支柱产业，从事小刀加工生产售卖的村民也是大有人在。走进一家店铺，橱窗中密密麻麻摆满了各式各样的小刀，各种尺寸和材质，琳琅满目，价格不菲，小刀的样式具有浓烈的民族色彩，刀柄的材质有金属，也有牛角，有的镶嵌着绿松石，也有的点缀着蓝红宝石，做工精细，锋利无比。

我和老王住在英吉沙县城的北侧，这里汉族人较多，没有什么令我感到新鲜的事物，唯独一座高大厚重的英吉沙古城墙令人印象深刻。当晚风雨交加，次日清晨向北出发，回头一望，昆仑雪山再次显现，着实令人欣喜。我和老王行驶在坑坑洼洼的乡村道路上，农田、村庄、麻扎、集市……不断从身旁掠过，穿过疏勒县，跨过喀什噶尔河，喀什到了。

喀什噶尔的记忆

五月的沙尘席卷整个南疆，昏暗的天空与大地连成一片，艾提尕尔清真寺在清晨的阴晦中响起悠扬的宣礼声，回荡在老城上空。城市街道渐渐喧闹起来，做完礼拜的老者缓缓步入百年老茶馆，点上一壶热茶和一块馕，围坐在一起分享着一天中的大事小情，天真活泼的小孩在巷子里你追我赶嬉戏打闹，青年情侣彼此依偎着从高台民居下匆匆走过……这是多年前我对喀什噶尔的鲜活记忆。

重返喀什噶尔，内心忐忑不安，我知道这些年中国对新疆的建设开发投入了相当大的力度，当初第一次到喀什，老城就在陆续的翻新和改造中，七年过去了，老城一定变了一番模样吧？希望老城人们的居住环境越来越好的同时，又担心现代化的施工破坏了其原来质朴的风貌。带着一丝忧虑和不安，我再次走进喀什老城的深巷中。当我刚迈进老城的街道，瞬间就被眼前漂亮整洁而又不失异域风情的民居所震惊，老城虽已换了新颜，但仍旧惹人喜爱。它保留了传统的布局和元素，又增添了现代化的设施，提高了居住舒适度，也为游人增添了不少视觉冲击和美的享受。

老城中心主街被打造成美食购物一条街，人们可以在这里品尝维吾尔族美食，或是购买维吾尔族手工艺人的手工制品。有民族服饰和羊毛地毯，还有陶艺、木艺，以及铜艺等手工艺品。由主街向两侧小巷走去，耳边一下子安静了许多，商贩的叫卖声和人群的嘈杂声被孩童嬉戏打闹声和爽朗的笑声所代替，维吾尔族人家门前总是摆满了各种花卉盆栽，相信这一定离不开一位勤劳爱美的妇人的精心打理，让人忍不住想多看上几眼。

复古之路 ～中国西北行记～

老城似乎并没有因为翻新而失去什么，唯独令我感到失落的是位于吾斯塘博依路南侧的百年老茶馆，记得第一次来老茶馆时，门口有一位老爷爷在卖着面包圈一样的烤馕，每一个到此的茶客都会随手拿上一两个馕走上二楼茶室。这座茶馆并不大，有一个大厅和一个阳台，茶馆里坐着的全都是男性维吾尔族年长者，人们围坐在一块儿，边把馕掰碎泡着热茶食用边互相拉着家常，老茶馆俨然成为男人们的社交场合。在老茶馆里见不到一位女茶客，原因很简单，毕竟在这里，女人是不会主动掺和到男人的圈子里，即使你愿意，也显得不合时宜。而如今，茶馆内外都装修了一番，门口的卖馕老爷爷不见了，二楼的茶室也大都被五湖四海的游客所占据，更加令我惊讶的是，女茶客竟然占了其中一半的人数，这在过去是无法想象的。

我曾无数次问过自己："你喜欢过去的老城，还是现在的老城？"每一次前思后想，最终的回答都是相同的："我喜欢现在的老城。"有人会说，原来的老城虽然破败简陋，但那是老城该有的样子，也是人们期望中新疆的样子。但现如今的老城确实要比过去的老城漂亮整洁不止一倍，更重要的是生

2014年春天的高台民居

活在这里面的人们一定比从前更加称心吧？若站在老城人的角度考虑，我想他们应该会和我有一样的选择，毕竟临时到来的游人不如永久生活在这里的居民更有选择权和决定权。在老城东侧不远的高台民居，也已经被施工板围起来了，相信不久的将来，它也会以亮丽的身姿展现在人们的面前，过去的老城就让它永远留存于影像中吧，相较于居民的舒适和安全，失去一些古朴也是值得的。

在一个有些阴霾的上午，我和老王穿梭在喀什的大街小巷中，为的是寻找英国驻喀什噶尔领事馆旧址和喀什市市级重点文物保护单位"色满俄国领事馆建筑物"。这两处是被隐藏在喧闹的喀什城的安静之所，前者甚至很难被人发现。

在喀什有一座高楼，它的位置非常醒目，现是一家名为"其尼瓦克"的酒店，就在它的下方，隐藏着一栋红白绿三色相间的小楼，这就是当年英国驻喀什的领事馆。中英混血的英国人马继业及夫人曾在这里任职和生活，英国探险家斯坦因也曾多次来过这里，并将这里当作他在中国新疆盗掘文物的中转站和驿站，而与斯坦因在中国考察期间有着密切联系的蒋孝琬也曾在这里谋得了一份中文秘书的差事。这里曾经是英国在印度大陆和北冰洋之间唯一一块飘扬着"米"字旗的土地，曾经被英帝国寄予厚望。百年后已是自身难保，西侧的建筑不知为何被拆除了，砖块散落一地，随时都有被抹去的可能。而门前的一棵大树，确有百年高龄，仍旧枝繁叶茂，生生不息。

喀什老城中的现代民居

复古之路 —中国西北行记—

在英领事馆西北 1 千米多的色满宾馆后方的院子里有一栋俄式砖房，只有一层，外表用淡黄色和深灰色涂抹，这就是俄国驻喀什领事馆。看似两处不起眼的建筑，却隐藏着百年前英俄觊觎新疆、觊觎中国的狼子野心。这里曾风起云涌，暗流涌动，西方人在中亚大地争相搜集情报，探测新疆山河，盗掘中国文物，这是中华民族不能忘记的屈辱史。

喀什不仅是一座热闹非凡的中亚腹地大都市，它还拥有辉煌的过去和诞生过一位位伟大的历史人物。除了人们所熟知的香妃，还有《福乐智慧》的作者玉素甫·哈斯·哈吉甫，他是生活在喀喇汗王朝时期的维吾尔族诗人，他年轻时受过良好的教育，出生于八剌沙衮（今吉尔吉斯斯坦的托克玛克附近），后来移居到了喀什噶尔。他的陵墓就在喀什城中，是一座华丽的蓝白色建筑，像一件精美的青花瓷器。

从陵墓向南继续行走，有一座被称为"盘橐城"的公园，崭新的古城墙特别醒目，据说那是用坍塌的古城墙的夯土重新塑造起来的。翻开史料，不难发现，这是西域疏勒国的一座城池，也是东汉定远侯班超最初的办公和生活之地。

班超之名几乎人人皆知，他 41 岁投笔从戎，随窦固远征西域，带领 36 个勇士勇闯敌营，通过多年的苦心经营，令西域各国纷纷归附汉朝，他在西域威名远播，直到 70 岁才上书皇帝请求归乡。"投笔从戎""不入虎穴焉得虎子""臣不敢忘酒泉郡，但愿生入玉门关"，这些著名的话语都出自班超。千年后，人们仍旧被他的气魄和智勇所感动，他的精神不断激励着一代又一代中华儿女奋发图强。[①]

古老的喀什并不只有这几处值得前往，它的丰富远远超出了人们的想象。马继业的夫人凯瑟琳在喀什生活的记录中说："这里的人们用八种语言交谈着，俄语、英语、瑞典语、法语、汉语、维吾尔语、印地语和波斯语……如此多元的盛况，曾是喀什的日常。"

是呀，多么令人向往的国际化都市，多么多元而又繁荣的喀什！无论是过去还是现在，它依旧焕发着迷人的光彩，值得每一个人前往。

[①] 张安福：《远略雄心：西域两千年》，第 42—46 页。

从喀什到塔什库尔干

在喀什的日子里,我和老王计划放松几天,于是租了一辆汽车在喀什周边游览了一番。

驾车向东行驶约 25 千米,我们来到了一座荒山的脚下,这里有一座距今 1800 年的莫尔寺佛塔遗址。一南一北相距不远矗立着两座高大的佛塔,南侧的佛塔外形酷似和田地区的热瓦克佛塔,只不过要比热瓦克佛塔高出一截;而北侧的佛塔更像玛雅金字塔,棱角分明,共三级台阶。因为时间久远,两座佛塔的外层早已脱落,只剩下内部的黄土台基。

在莫尔寺佛塔遗址的南侧,隔河相望,还有一座罕诺依古城遗址,而河边的古代农田灌溉痕迹也清晰可见,只是因为河水的改道多数已荒芜。罕诺

莫尔寺佛塔遗址

复古之路 ~中国西北行记~

依古城是古代疏勒国的城池之一,也是喀喇汗王朝时期的一处行宫。在唐宋时达到繁盛,直到清代因为河水改道被废弃,它是喀什使用时间最久也是规模最大的一处古城遗址。这里正在进行考古发掘,于是我和老王并未久留。

顶着炎炎烈日,又过了一个多小时,我们来到了喀什西南的乌帕尔镇。在乌帕尔镇西侧山脚下,有一个乌帕尔公园,这里的山坡上是一处规模很大的墓地,墓地东侧被白杨树环绕的最高大醒目的建筑,是维吾尔族历史上一位伟大的文学家的陵墓,这个人就是穆罕默德·喀什噶里。

喀什噶里出生在11世纪的喀喇汗王朝时期,现在的乌帕尔镇就是他的出生地,学生时代他曾在喀什学习,接受了良好的教育,但1058年,因其父亲在一场宫廷政变中被害,喀什噶里被迫踏上了十四年的流亡之路。也正是因为这样,他才有机会游历了中亚的各大文化名城,如撒马尔罕和布哈拉等。在这期间他不断向各地学者求教,并实地考察了中亚各民族的方方面面,收集了大量有价值的资料,内容涉及语言、文学、民俗、农业、手工业、地理……最终在今天的伊拉克巴格达定居下来,得到了当时塞尔柱国王的帮助,完成了《突厥语大辞典》的撰写工作,这本书被称为"11世纪的中亚百科全书",后来因为战争,此书在世间屡次消失又屡次被发现。今天,这本书最早的抄本现存于土耳其的伊斯坦布尔民族图书馆。《突厥语大辞典》是一部反映11世纪中亚地区和我国新疆地区的百科全书,也是维吾尔族乃至中华民族历史上伟大的文化贡献,实属宝贵。①

喀什噶里陵墓的大门紧闭,平时禁止进入参观,我们只能从围墙的孔隙中一窥它的真容。这座公园内几乎都是喀什本地的维吾尔族人,除了我们两个,再无第三个汉族人。而不管是维吾尔族还是汉族,抑或是其他民族,只要是为中华民族,为全人类做出过杰出贡献的人,都值得铭记和缅怀。

日落时分,我们继续向西南行驶,来到奥依塔克镇,这是帕米尔高原通往喀什的必经之地。由于泥石流阻塞了前方山区的道路,我们只好等待次日

---

① 此处内容参考了高洪雷《大写西域》第三十一章。

通行。在镇子旁边有一座正在建设的游客服务中心，服务中心前有一大块崭新的停车场，我们将车停在这里，想在此露营过夜。与我们有同样想法的还有一对来自济南的夫妇。他们比我们先到这里，并且丈夫已经架起锅做好了晚餐。我和老王主动上前与之打招呼，四个人很快便熟络起来，就这样我们一直聊到天黑下来，他们睡在车里，我和老王则就地搭起帐篷，安然入睡。这一夜的月亮格外的明亮，似乎宣告了明天是个好天气。

为了赶时间，我和老王在太阳升起前就动身离开，果然，前方的道路已经被打通，前一天被泥石流冲毁的路段一片狼藉，但并不妨碍汽车通行。汽车奔驰在高山峡谷间，雪山越来越近，帕米尔高原像一堵厚厚的墙壁耸立在行人面前，令人望而生畏。遥想千年前行走在丝绸之路上的商旅、使者和僧侣，有人为了利益，有人为了使命，也有人为了信仰，在不同的命运安排下，他们来到帕米尔；有人葬身于此，有人侥幸逃脱，还有人半途而返，但不管怎么说，帕米尔足够令人畏惧，同时也足够令人向往，因为翻越它，就意味着荣华富贵和功德圆满。

汽车东拐西拐了好一阵子，最终穿过布伦口，突然一大片平静如镜的蔚蓝湖面展现在我们眼前，白沙湖用它宽阔的胸怀欢迎远道而来的每一位客人。湖西岸是黑白相间的沙山，湖东岸是柯尔克孜族的奇石商铺。柯尔克孜族人家将毡房和屋舍搭建在湖岸的高地上，因为这里远离现代都市，所以生活垃圾只能就地处理，一大早就被点燃焚烧，滚滚浓烟升腾而起，最终飘向雪山之巅，让你分不清哪一缕是晨雾，哪一缕是烟雾。

沿着314国道继续向前走，公格尔峰和公格尔九别峰躲在云层中时隐时现，连绵的雪山一路相伴，目不暇接。公路正前方的高大雪山始终像指路明灯一样指引着来者不要迷失了方向，这就是大名鼎鼎的慕士塔格峰，它还有一个更加响亮的名字"冰山之父"。

慕士塔格峰有四条巨大的山脊，而山脊之间狭长的峡谷全被厚厚的冰川覆盖，浑圆的山顶常年白雪皑皑。和以往见到的山峰不同的是，慕士塔格峰更加浑厚，并不尖锐锋利，所以也更显得它的端庄和大气，不愧为"冰山之父"。这样一来，山脚下的喀拉库勒湖就被衬托得非常渺小，人们的视线总是被慕士塔格峰所吸引，从而忽略了湖水的存在，即使向湖面瞥上一眼，也只是在欣赏雪山的倒影。公路在慕士塔格峰的西侧蜿蜒前进，你可以尽情地欣赏这壮阔的美景，但一定要注意安全驾驶。

在中午时分，我们抵达塔什库尔干县城，这座小城很小，看得出来很多基础设施正在完善，但仍赶不上游客到来的速度。午饭后，我们来到石头城遗址，这里已被开发为大型旅游景区，景区涵盖了遗址和旁边的金草滩，我们只为石头城而来，并无余兴。这里在汉代曾是西域蒲犁国的属地，石头城也是蒲犁国的王城。唐代在这里设置葱岭守捉，元代扩充，清代在此设置蒲犁厅。现在，石头城损毁殆尽，但仍保留着较好的城池结构。现存晋唐和清代建筑残骸若干，外城墙轮廓清晰，马面和角台高耸，外城堆满了大大小小的石头，看不出原来房屋的结构。而内城相对保存完好，高大挺拔的内城墙足足有三四层楼那么高，地基为石块砌筑，上层为夯土叠加，其瓮城、女儿墙和垛口仍有完好的保留。内城房屋格局也有保留，皇宫遗址、佛寺遗址，甚至墙壁上的佛龛都被一一标注，就连玄奘法师讲经处也被考证出来。

玄奘从天竺取经归来时，曾路过石头城，并在《大唐西域记》中记载了一段非常传奇的故事：相传，曾有一位汉家公主远嫁波斯，当送亲的队伍途经此处时遭遇了匪乱，使者和士兵为了保护公主，将公主暂且安顿在一处山岗之上。不久后匪乱平息，却发现公主竟然怀孕了，众人不敢相信自己的眼睛，公主也说不清楚缘由。后来由公主身边的侍女解释说，曾看到从太阳中有一位架着马车的男子降临到公主的帐中与公主幽会。这种解释难以服众，更不可能让波斯国王信服，众人归国后必定难辞其咎，于是大家做出了最后的选择，索性不去波斯了，就地建国，并拥立公主为王。不久后，公主生下一个男孩，长大后继承了王位，自称"汉日天种"。[①] 而在今天，人们在塔县以南约60千米的陡峭山崖上，发现了一处古代城堡遗址，据说那就是当年

---

① 此处内容主要参考了董志翘译注《大唐西域记》（中华书局，2012年版）卷第十二。

汉家公主的藏身之所，现被称为"公主堡"。更为传奇的是，今天生活在帕米尔高原上的塔吉克人自称"太阳部落"，这不免让人将"汉日天种"与塔吉克族相联系起来。当然，这只是毫无科学根据的胡思乱想，没有任何佐证和依据。

以上就是玄奘在途经朅盘陀国（石头城）时所听到的美丽传说，抛开传说的真伪不谈，至少通过这则故事我们可以想象在很早以前，就有汉地和帕米尔的人员往来与融合，这样的交往就同传说一样传奇动人。

石头城遗址

走进塔吉克人家

　　塔县坐落在帕米尔高原的河谷中，因为这里大山纵横，所以交通十分不便，但近几年来情况在慢慢得到改善。塔县东南侧40千米有一个瓦恰乡，前两年刚刚建成一条连接县城的新公路，全长30千米，共六百多个弯道，其中很多是一百八十度的发卡弯，因形如一条盘卧的巨龙，所以被人们形象地称为"盘龙古道"。从去年开始，更是吸引了无数内地游客前来观光试驾。我和老王也不例外，离开石头城遗址后我们立刻掉头向南挑战盘龙古道。

　　车子沿着314国道向南飞速奔驰，在一个岔路口向左转，正式驶入盘龙古道，两名警察为我们做了登记后，送上一句："注意安全！"接着，好戏开始了！才拐了几个小弯后，很快就变成了一百八十度大弯，随着海拔的迅速抬升，汽车明显感到有些"缺氧"，拐过一个大弯后，油门踩到底，汽车也没有明显的反应，只能抬脚再次尝试，好几次感觉车子就要停在原地上不去了。于是我不敢用力踩踏油门，只得缓缓给油，让汽车逐渐适应高海拔环境。

　　不知拐了多少个弯，我们即将到达山顶，忽然路边站着一位塔吉克族老人，他身着黑色西装，头戴黑色礼帽，向我们不停地挥手，显然他在招手搭车。上午在来塔县的路上，我们搭载了一位来自甘肃的务工人员，一路将他带到县城，我和老王本想边走边停，但因为搭载了路人，所以一路不停地直接将他送达目的地，从此我们决定不再搭载任何人。但当我看到这位老人后，心还是软了下来，我再次停下车。

盘龙古道

"您好，您去哪里？是去山下的村子吗？"我摇下车窗问道。

"嗯……嗯……"老人因为不会讲汉语，只是连忙点头。

因为我们也要去山下的瓦恰乡给车子加油，所以就直接叫他上车了。老人坐在后座一言不发，略显拘谨，为了将老人尽快送回家，我们中途并没有像其他游人一样停下拍照，很快就从高山上下到了谷底。顺着老人的指示，我们沿着河流一路向北，大约向前走了几千米，眼看盘龙古道下方的村庄渐渐消失在后视镜中，我们开始疑惑和焦虑起来。

"你的家在哪里？"我回头问老人。

老人只是用手指了指前方，我不得不继续向前开。

又过了一会儿，我再次回头询问："哪一个是你的家？还没到吗？"

这一次老人仍然指着公路前方不作声。

"你的……家……在哪儿？"老王边比画边回头问老人。

老人还是没有任何反应。因为此时汽车的汽油所剩无几，我们担心无法返回盘龙古道，所以只希望快一点到老人的家中。汽车在狭长的河谷蜿蜒前行，经过了一个村子又一个村子，始终没有到达目的地。我们开始变得焦躁起来，但尽可能地使自己看上去和平时一样平静。

"车子快没油了，怎么还不到呀？"我喃喃自语道。

老王再次转向身后的老人，厉声问道："您不是说您的家就在山下吗？怎么还没到？我们已经开了这么远，车子快没油了！"

老人还是默不作声，气得老王也闭上了嘴，不再追问。我加快了车速，希望快一点将老人送达。

"拐！拐！"老人终于开口了。我顺着他的指示拐进一条隐秘的田间小路，车子继续行驶了大概几百米，前方出现了两间水泥房屋。

"好！好！"老人盯着房屋大声地说。

"终于到了！"我和老王长舒一口气。

"你们……七（吃）……不七（吃）……饭？"老人说着蹩脚的汉语并用期待的目光看向我们。

"啊……什么？"我有些听不懂。

"七（吃）饭！"老人边说边用手往嘴里比画着。

我们顿时明白了他的好意，我和老王互相看了一眼对方。

"他要请我们回家吃饭，走吧！好不容易来了，就进去坐坐吧！"我对老王说。

老人见我们点头同意，马上打开车门下了车，将院落的铁门打开。我们被邀请走进客厅，这是两栋并不算大的平房，一间用来会客和居住，另一间用来摆放杂物，院落的篱笆下种满了盛开的鲜花，房子被大片庄稼环绕，和最近的邻居相距也有两百多米。我和老王好奇地东张西望，这是我们第一次走进塔吉克人的家中。

老人的家里整洁宽敞，屋内大部分空间都被睡觉的炕所占据着，但平时似乎并不会真的烧火取暖，因为墙壁上安装了暖气。炕上铺着刺有塔吉克族图案的褥子和靠枕，存放衣服和被褥的小木柜立在炕头儿，这一点和我们东北农村还蛮像的，墙上张贴着中国画花卉，看上去，房间温馨舒适，简约实用。我和老王坐在沙发上，老人为我们端来了一大盆自制酸奶，还拿来了一大块馕，将白糖和酸奶搅拌均匀便可享用，味道很棒。

不一会儿家里又来了几个人，其中一位老妇人是老人的妻子，还有一位是老人的姐姐，另一位是老人的姐夫，两个孩子是老人的孙子和孙女。老人向大家介绍了我们，老人的姐姐连忙向我们点头表示感谢。老人的孙女今年刚好在县城里上了初中，她汉语说得很好，所以就临时当起了我们的翻译。

"这条盘龙古道是什么时候修起来的？"我问。

"两年前。"小女孩略带羞涩地回答。

"在这条路修好之前，你们去塔县是不是很困难？"我又问。

"是的，那时候早上要很早出发，晚上很晚才会到，现在方便很多了。"小女孩用流利的汉语回答说。

"你们在哪里上学？"

"我在塔县，小学以前在村子里，现在都在瓦恰乡上了。"

简短地问了两个问题后，换作小女孩向我提问。

"你们一会儿回塔县吗？"

"不回，这里很美，我们想在村子里露营一晚，明天再回去。"

"我的爷爷他想去塔县，如果你们现在回去的话可以把他带上。"

刚把她的爷爷从山上送回家，屁股还没坐热又要去塔县，我感到有些奇怪和滑稽。

"今天不行，明天倒是可以。"

小女孩将我的话翻译给老人，老人只好打消了这个念头。

在老人家里坐了半个小时，我和老王决定起身离开，不打扰对方的同时也想趁太阳落山前返回盘龙古道游览一番。大家把我们送出门外，一一挥手告别。离开后我赶忙驱车前往瓦恰乡将车加满油，这个加油站只有一个加油枪和一个加油员，整个加油站看上去很简陋，像临时搭建起来的，没有收银台，没有遮雨棚，不过幸好有它，不然真的就要求之于人了。

下午的阳光柔和而温暖，白云飘荡在高山之巅，帕米尔高原的峡谷笼罩在一片祥和之中，我和老王在村子里惬意地游走。近年来政府鼓励发展乡村旅游和庭院经济，于是很多农户办起了民俗院落，可为游客提供简单的食宿体验，像这样的举措在新疆各地乃至全国都已遍地开花。

帕米尔高原上的瓦恰乡

　　太阳西斜，由于受高山的阻挡，河谷中早早地就暗淡了下来，我和老王找到一处小河边的草地露营过夜，枕着大地，伴着哗啦啦的流水声，渐渐进入梦乡。早晨醒来，发现大量河水从草地渗了出来，帐篷下面被打湿了，于是我们必须将睡袋和帐篷晾晒干后才能离开。

　　返回喀什前，我们沿着坎尔洋村一路向北拐入塔莎古道曲折的峡谷中，这是一处静谧幽深的交通要道，向东一直可以抵达山谷中的大同乡。

　　下午，214国道再次发生泥石流，由于近来山上的冰雪融化速度加快，因此泥石流频发。公路上的汽车排起了长龙，过了约一小时，抢修完毕，所有车都迫不及待地想要快速通过，生怕再次受困于此，所以人们发了疯似的往前挤，毫无秩序。我和老王终于在天黑前走下了帕米尔高原。

　　此刻，路边餐馆里坐满了人，有维吾尔族、塔吉克族、柯尔克孜族、汉族……想当年这样热闹的场面在丝绸之路的各个驿站和商贸集市中都很常见吧？他们在同一个驿站相遇，有的在为即将翻越帕米尔做着准备，有的则是庆幸自己平安无事地越过葱岭，他们使用大唐开元通宝或他国金币……看着这些面孔，我仿佛穿梭于公元7世纪至11世纪，那时和现在应有许多相似之处。

我回头再次望向直通云霄的帕米尔，雪山又一次被云层笼罩，像舞台拉上幕布结束了一场震撼人心的表演。脑海中回忆起塔吉克人的质朴笑脸和艰险陡峭的山间公路，一段美好的回忆留在了帕米尔高原。

与风沙搏斗

离开喀什这天的天气略显阴沉,但比前几日凉爽了不少,骑上车子穿过喀什城东新区,再跨过喀什噶尔河,一路向东骑行在乡村田园之间,很快就来到了60千米外的伽师县。

伽师县因伽师河而得名,伽师的发音似乎与喀什同音,但在维吾尔语中却称之为"排孜阿瓦提",相差甚远。我和老王在伽师县短暂停留了一夜,次日继续赶路,向东穿过大片的棉花地,中午抵达了一个名叫"卧里托格拉克"的小镇。

在来到镇子前,路边一辆满载甜瓜的电动车吸引了我,我立刻停下来回头和老王说:"买个瓜吃吧!"我随手拿了一个瓜,用刀刚插进瓜体,清脆的"咔咔"声就随之响起,顺着刀口自然裂开一道缝,切下来一块咬下去,汁水在嘴里肆意流淌,真是甜死个人。

"哇!太好吃了,这瓜真好!"我不由自主地称赞起来。

四五斤的瓜不一会儿就被我们吃个精光,临走时还有些难分难舍,多希望我生活的地方能够随时吃到这么好吃的瓜呀。在这附近村子的墙上张贴着许多当地的农产品宣传画,其中有一幅引起了我的注意,一位维吾尔族老农手里捧着我们刚才吃的甜瓜,旁边写着几个大字"伽师瓜",我这才知晓了它的芳名。

接着向前走,我仍然沉浸在刚才吃瓜时的愉悦中。此刻正值中午,镇子附近的农民纷纷开着电动车驶向同一个方向,每辆车上都满载着刚从自家瓜地里摘选的上好甜瓜。人们不约而同地聚集在路北边的伽师瓜集散中心,在正午的骄阳中，这里沸沸扬扬，人头攒动。出于好奇，我和老王也走进去凑个热闹。

刚进来的右手边是一排餐馆，烤馕、烤肉、烤包子、拉条子……应有尽有，像一个乡村巴扎一样。向里面走，满眼都是各式各样的甜瓜，有大大小小的金黄色甜瓜，有墨绿色的蜜瓜，还有连没有牙齿都能咬得动的"老汉瓜"，数量之多让人叹为观止。老乡们开着拖拉机和电动车，甚至还有驾着驴车，从四面八方赶来等待买家。在如今的新疆，畜力车通通被方便实用的电动车所取代，毛驴车几乎已经快要绝种了，再难看到众多毛驴车赶巴扎的场面了。人们三三两两凑在一块儿分析着今年的瓜市行情，希望自家精心栽培的瓜可以卖个好价钱，多赚取一点生活费用。只有我和老王是这里的两个游人，我们东张西望，漫无目的地游走于其间，显得格格不入。

在集散中心的西侧，已经出售的甜瓜正在紧张有序地进行打包装车，货车多是内地车牌，这些来自喀什地区伽师县的甜瓜将奔向全国各地，给全国人民带去新疆的甜蜜。我们常常将最好的甜瓜与新疆哈密联系到一起，殊不知伽师县的伽师瓜拥有"天下第一瓜"的美誉。不来此地，实在无法感受到这番甜美，今日亲眼所见，着实印象深刻。

小镇的气温到了中午变得十分炎热，我和老王在一家超市门口坐下躲避酷暑，几个维吾尔族小伙子立刻凑了过来。其中一个年纪小一点的男孩几乎不会汉语，像这样年纪的少数民族小朋友不会说汉语，在当今的新疆几乎凤毛麟角，屈指可数。随着这些年国家对自治区教育的大力投入，汉语普及率也在逐年提高，你甚至可以听到一些少数民族的孩子在日常玩耍中都自然而然地用汉语进行交流，这是一个非常大的变化和进步。

有一个年纪稍大一些的小伙子比我小七岁，名叫克日木，他主动坐在我旁边与我们聊天。克日木的爸爸在镇子上做着面粉生意，而他自己曾经营过一家手机维修店，克日木计划明年就要和从小一起长大的邻家女孩完成婚事，在谈及婚姻时，克日木变得羞涩起来。克日木还饶有兴致地向我们介绍了当地的甜瓜种植技术与品类，从他的口中我们得知今年的雨水比往年明显

复古之路 ~中国西北行记~

地增多了，而对于瓜农来说，过多的雨水反而不利于瓜的生长。正说着，克日木转身拿来一个甜瓜，黄绿相间的瓜看上去并不美观，但这就是人们最常栽培的品种，它叫"八六王"，据说这是伽师所有瓜中甜度最高的，一刀切开，瓜肉是诱人的橘黄色，水分自然溢出，瓜子饱满。如果每年夏天都可以吃上一口伽师瓜，那真是神仙般的生活啊！想到这里，我不由得羡慕起伽师人。

我们几个人在燥热的午后聊了很多，临走时，克日木热情地邀请我们回家留宿，但我婉拒了他的善意。倘若时光倒退几年，我一定会痛快答应下来，可旅行了多年后，我反而开始不喜欢麻烦别人，或许是因为走得远了，看得多了，内心的好奇心有所削弱，很多时候自己不需要亲自去体验也能知晓一二，总之现在特别不想劳烦任何人，除非一些我很陌生且从未体验过的，才能够让我再厚着脸皮去缠着人家。

离开了卧里托格拉克镇，气温依旧居高不下，村子里的瓜地躺满了金黄色的八六王。我和老王踏上314国道，一道高大的山体横亘在公路北侧，山上寸草不生。我们在西克尔库勒镇吃了一份拌面，与其说是镇子不如说是一个路边村庄，许多房屋倒塌破败，人去屋空。午休时就听克日木说过这里，因为距离山体太近，时常发生泥石流威胁到人们，于是大多数居民搬迁到了南边开阔的村镇，只有一小部分人留下来继续从事着路边餐厅和超市的生意。因为从这里向东100千米都是荒漠戈壁路段，中途无补给站，所以我带上了许多水，超市的维吾尔族老板听说我们要骑车穿越戈壁滩，硬是塞给我们一个伽师瓜，带着五升水和沉甸甸的关怀，我和老王再次走进了戈壁。

日近黄昏，我们一连逆风骑了20千米，风吹得人筋疲力尽，不知为何迎面吹来的风仍像午后一般滚烫，感受不到一丝凉意。又向前骑了20千米，天色渐晚，空旷的戈壁滩无一处可以遮挡大风的建筑和土丘，我和老王将车推向一旁高速路下方的涵洞中，这里算是很干净，水泥墙壁和上方留下了山洪来过的痕迹，不过目前来看，并不会发生山洪，最主要的是这里不会被戈壁的大风吹到，可以安安静静地睡个好觉了。

短暂休息过后，我们搭起了帐篷，躺在里面实在闷热难耐，汗水不停地往下流，让人难以入眠。我不停地用纸质地图当作扇子来扇风，可一停下来就又开始汗流浃背，好不容易睡过去，不一会儿又被高温热醒，夜里热浪不断袭来，让人叫苦不迭。就这样，在昏睡与热醒之间反复，直到天明。

阴沉的天空刚蒙蒙亮，我就迫不及待地逃出帐篷，跑到涵洞外面来，从戈壁滩吹来的晨风让我顿感凉快了不少，可潜伏已久的蚊子又凑上来咬我，刚摆脱了闷热的肌肤再次面临瘙痒的折磨。

我转回身走向老王的帐篷："老王，起来吧！我们赶快收拾出发吧，实在太热了！"

"好！"原来老王早就醒了，确切地说应该是和我一样在这高温中煎熬了一夜。

"昨晚太热了，我没有睡好，外面凉快一点，我们还是赶紧出发吧。"我说。

"是呀！怎么这么热啊？我昨晚一直流汗睡不着。"老王应和着我说。

虽说走出了帐篷和涵洞让人倍感凉爽，但因为昨晚流汗过多，我准备的饮用水已经所剩无几，这是穿越人烟稀少地带时最让我担心的问题。我是一个特别能喝水的人，在这样干燥炎热的环境中，更是需要大量补水，饮水不足，比两顿饭没吃还要令我难以忍耐，不过好在还有昨天超市老板给我们的一个伽师瓜一直留到现在。

我们坐在公路旁的碎石地面上，大口大口把瓜吃了个精光。实际上，口渴时吃甜瓜并不会真正起到解渴的作用，因为含糖量太高，反而会越吃越觉得口渴，但我发现瓜皮中的水分似乎要高于瓜肉，于是瓜皮被我啃得只剩下薄薄一层表皮才舍得放手。

早晨出来才骑了几千米，我的后胎就扎胎了，在逆风中我极不情愿地开始更换内胎，不知道是不是因为脱水，整个人软绵绵的无精打采，嘴被风吹得干巴巴的。老王倒是还不错，并没有太多异样，他和我刚好相反，他喝水少，往往一升的水能喝上两天。

复古之路 ~中国西北行记~

艰难前行的老王

换上内胎后我们继续向前跋涉，我的水壶已经见底，我不得不向路边停下来的货车司机索要饮水。有的司机递给我一瓶矿泉水，有的用自己的水壶为我倒满，就这样坚持到了一个叫"二道班"的高速公路收费站。收费站旁有一个餐厅，我们惊喜万分，终于可以喝上冷饮了，可走近一瞧，餐厅在几个月前就已经关门大吉了，喜悦瞬间消失得无影无踪，现实再一次将我们抛回到燥热的戈壁滩中。半开放的棚户下有一个很大的塑料水桶，里面还有一些水可以用来洗手洗脸，我们绝不会浪费这宝贵的水资源，将满脸的盐粒和尘土清洗掉也算是满足了内心对水的渴望。

老王拿上水壶走进高速收费站，希望可以讨一些水来喝，我在外面等待他的凯旋。不一会儿老王满载而归，收费站里的人给我装了满满一壶刚烧开的热水，我简直不敢相信这是真的，本想大口喝水的我只好先喝几口老王壶里的凉水，真是让人精神抖擞啊！不管怎么说，有水就是好的，开水总有变凉的时候，留到最需要的时候也不错。

就在我们离开收费站后没多久，大风越刮越厉害，我们在逆风中骑行实在缓慢又艰辛。老王在我身后越落越远，爬过一个坡后，我再回头，已经看不到老王了，但我知道他就在坡的背面，所以我继续缓慢向前移动，并没有停下来等待。在一起旅行这么久了，我们彼此很清楚各自的节奏和体能，只要他不长时间消失在我的视线中，就不会有什么问题。

公路前方隐隐约约出现了几个橙色斑点，我很确定那是修路队在作业，所以我加快了踏频向前骑去，生怕修路队转瞬就离开了，我想先过去要一些水再停下来等待老王，这样就能够暂时解决饮水的问题。来到修路队跟前，一个小伙子为我灌满了水壶，我一边痛饮一边等待老王。过了约半小时，老王还没有赶上来，继续耐心等待，我知道他只是累了，在后面休息，不然他会给我打电话。又过了一会儿，老王缓缓地出现在我的视野中，不出所料，他果然是在后面休息了片刻，就在这期间一个路过的司机给了他一些水和苹果，老王从包里掏出一个青苹果递给我，在这种环境下，能吃到爽口的苹果是平常无法想象的快乐。

修路队转移到了下一个地点，公路上又剩下了我们两人。忽然，视线前方变得模糊起来，公路两侧也随之尘土飞扬，风力更加强劲。这是一场突如其来的沙尘暴，我赶紧戴上口罩，摘掉帽子，低着头向前骑着，老王此刻已经体能耗尽，用尽最后一点力气与风沙做着抗争，我走走停停，等待老王，每一次停下来休息，老王都是平躺在柏油路上，看得出来他已经到达了体能的极限。反观我，倒是摆脱了上午的口干舌燥和无精打采，虽也举步维艰，但仍可以继续跋涉，因为从早晨出来，我几乎一直在喝水，逢人便要水喝，从来没有让自己断过水，正因如此，我才能够在最后仍有体能继续跋涉。我不停地对老王说就快到了，给予老王一些希望和力量，老王自己也从未放弃，休息完毕，又以旺盛的斗志跨上自行车。终于，我们在下午五点走出了风沙区，到达三岔口镇。

此时的天空逐渐晴朗起来，太阳透过云层和尘埃照射在戈壁滩上，我们的心情犹如天气般转好。三岔口地处314国道和吐和高速以及215省道的交会处，它的名字直接反映出其地理位置的重要性，这里是由西去往阿克苏和巴楚县的必经之地。这座镇子不大，一条国道穿过镇子，道路两旁的建筑有些老旧，像20世纪七八十年代的样貌。

镇子北边是高大的石头山，我好奇地向当地人询问为何这里的气温到了夜间仍居高不下。一番解释后，真相水落石出，答案正是与后面的石头山相关。石头山像一块巨大的石头，白天经过太阳长时间的曝晒，吸收了许多热量，而石头的保温效果是非常好的，即使到了晚上，热量仍旧被石头山所储存，散热较慢，像一个巨大的炭火盆，所以才令我们在夜里感到闷热难眠，这就像蒙古人善于利用加热了的石头来烤制羊肉一样。

明白了这里的气候特点后，我们在三岔口露营时，连睡袋都懒得拿出来了，直接以大地为床，星空为被，丝毫不怕着凉生病。这是出发以来，最艰难的一天，不过现在都已过去，躺在帐篷里，我长舒一口气，美好的旅程依旧值得期待。

图木舒克

南来北往的卡车轰鸣声打破了三岔口镇清晨的寂静，我和老王钻出帐篷，伸个懒腰，准备前往南边20千米的巴楚县。我们在巴楚并未有什么特殊安排，只是路过，再吃上一碗热腾腾的烩面，便由西向东继续出发了。

刚到巴楚县时天还阴着，西边低垂的天空甚至下起了雨，吃过早饭后，太阳就拨开云雾显露出来了。在上午明媚的阳光中，我们愉悦地骑行在乡镇小路上，大片的棉花田正值花朵绽放的时节，棉花的花通常为白色和淡黄色，有些还夹杂着些许粉红色。农民们此时似乎并不忙碌，只是耐心等待着几个月后棉花的华丽变身，好为它脱去厚厚的棉衣。在这样的乡村骑行，实在令人轻松惬意，即使在这样炎热的日子里，也不必担心路途遥远缺乏补给，随时随地都可以找到一处阴凉坐下来喝瓶冷饮。有时路边还有可口的西瓜售卖，买上一个，坐在水渠旁的树荫下大快朵颐，这是属于新疆式的完美午后。

虽说多年前来过南疆，也曾顺时针环绕塔里木盆地旅行过，但那时候因为时间不凑巧，只是搭乘顺风车匆匆地路过，不曾有机会深入乡村田野，而这次我给了自己一个这样的机会，可以慢慢地行走，慢慢地欣赏，收获自然颇丰。

由巴楚向东继续行走40余千米就到了图木舒克市，这是一座新兴的兵团城市，一座崭新漂亮的城市。进入市区给人的第一印象便是市容整洁卫生，马路纵横交错犹如棋盘，绿化面积庞大，像公园中的城市，喷灌系统不停地浇灌草坪和花木，供市民健身休闲的步道设施应有尽有，只是这里人口十分稀少，街道上时常空空荡荡，略显冷清。也正因为它是一座兵团城市，所以这里的人口结构和新疆所有兵团城市一样，几乎都来自内地，尤其是河南人和四川人居多，其次就是甘肃人。所以行走在天山南北，时常可以见到持河南口音和四川口音的移民，他们所从事的行业大多为屯田耕种，也有开办工厂或经营门店等。新疆占全国六分之一的国土面积，人口却仅仅有2500多万（据"七普"数据）。从汉代开始，向西移民屯垦戍边的举措就已经实施，如今，新疆仍然需要内陆的人口来满足日益增加的发展需求。但近年来，人口流失相当严重，虽有许多优惠政策，但仍是得不偿失。

图木舒克和此前经过的昆玉市一样，都是近年来设立的兵团城市，在新疆屯垦纪念馆里可以很好地了解新疆屯垦发展史及图木舒克的建城史。新疆屯垦始于西汉，西部屯垦的发展促进并稳固了西部和祖国内陆的联系与统一，人们把先进的生产工具和技术带到西部，对丝绸之路的畅通和东西文明交融起到了重要的推动作用。中华人民共和国成立后，万千有志青年响应党和国家的号召，从祖国大江南北奔赴新疆，在艰苦恶劣的大漠戈壁，战天斗地，自力更生，将沙漠变良田，将荒滩变果园，谱写了新疆现代化建设的美丽篇章。

这座崭新的兵团城市也不乏深厚的历史底蕴，在图木舒克市区以北4~15千米的山岗上散布着几处古代遗址。从南到北依次为克克勒玛佛教遗址、图木秀克佛教遗址和唐王城遗址。这天一大早，我和老王便骑车离开了图木舒克，清晨阳光被乌云遮住，似乎有下雨的迹象。骑出市区几千米，沿着218省道一路向北，不一会儿就到达了第一处遗址。

站在公路上就可以清楚地看到克克勒玛佛教遗址，几处久经风霜的残垣断壁屹立在山坡之上，残破的遗址虽已与山体浑然一体，但仍旧可以看出人工砌筑的痕迹。俯瞰整片遗址，形似一把吉他，内部结构不算完整清晰，外墙保留较为清楚，佛龛洞窟也有几处可以分辨出来，在东边的山坡下似乎还有一圈外墙的痕迹，像佛寺曾经的外院墙。

克克勒玛佛教遗址

没多久，天空下起了小雨，不算大，并没有妨碍我和老王的计划，于是我们继续向北行走。我们很快来到了图木秀克佛教遗址，它距离克克勒玛佛教遗址约6千米，这座遗址也在公路旁边，坐落在图木秀克山北端的山坡上。图木秀克山像一把锋利的矛，直指塔里木盆地，两座遗址一南一北点缀在矛的两端，延续千年，不曾泯灭。

这座佛教遗址分为三部分，东西两部分痕迹较为明显，规模较大，中间部分略小，均损毁严重，但仍可看出房屋的位置和形状。值得一提的是，这座遗址所倚靠的陡峭山体，岩层呈现出土黄色、深褐色和黑色，层次明显，颇为壮观，像夹心饼干一样让人向往，人们在山上的岩层中发现了大量的海洋生物化石，所以不仅遗址值得保护和研究，就连承载遗址的山体也同样具有很高的保护和研究价值。在大自然面前，人类总是渺小无知和笨拙的，千年的文明遗迹在亿万年的地壳运动痕迹面前，瞬间年轻了不少，变成了晚辈。看过众多丝路遗址的我着实被这奇观所震撼，像这样同时拥有自然遗产与人文遗址的地方还真是头一回见。

在它对面不远的山体上就是唐王城遗址了，这座古城遗址耸立在高大垂直的崖壁上，一座尚能辨别的瞭望台是整座古城最醒目的部位，与它相连的有一排完整的高墙，沿着山体绵延至东边的山坡下。这座古城当地人称之为"托库孜萨来遗址"，距今已有2200年的历史了，它是西汉时期西域尉头国的所在地，一直沿用到了唐代，成为唐朝统治西域的一座地方城池，名为"据史德城"。在崖壁西侧的空地上，还有一座佛寺遗址，从残存的痕迹来看，规模不小，大门、房屋、佛塔依稀可以辨别，地面上的盗洞也一并保存至今。

1906年的秋天，在新疆当地官员的帮助下，法国人伯希和一行三人很快就找到了托库孜萨来遗址，并用最快的速度在当地村庄组织起了一个考古队。伯希和的考古队在这里发现了许多佛像、壁画，还有大量文书。这里的佛像风格与犍陀罗地区的希腊式佛教艺术一脉相承，这种风格起源于印度河上游，通过丝绸之路沿着印度河和阿姆河，再越过帕米尔高原传至此处。经过漫长的发掘，伯希和从这里带走了四百多件文物，并在清朝官兵的护送下，安全运出了中国，最终抵达法国。现在，这些来自遥远东方的珍贵文物仍静静地躺在法国吉美博物馆里。

此时此刻，天空愈加阴沉，雨点越来越密集，滴打在肌肤上有些冰凉，我和老王匆忙离开了，打算继续往北回到314国道上离开这一地区。向前骑了十几千米后，雨下得越来越大，公路上出现了积水，卡车驶过，飞溅起的水雾拍打在身上，细密的水滴沾在眼镜上模糊了我的双眼。道路前方望不到头，没有房屋建筑可以躲避降雨，越是往戈壁深处行走，降雨越是变得厉害，天空没有一丝放晴的迹象，于是我们果断决定掉头返回图木舒克市，待次日天气变好再离开。

果然，第二天乌云散去，太阳重新普照大地，我们再次沿着昨天的公路一路北上，图木舒克离我们越来越远，渐渐地消失在了地平线上，这一次，真的要说再见了。我们右手边的山脉一路跟随，这座山因亿万年前的地壳挤压而隆起，山体经过多年的风吹雨蚀，呈现出条条石柱的形状。在很久很久以前，这里曾是汪洋一片，海水退去，经过火山活动后，早期的海洋生物被永久封存在山体中，所以这一带的山上保留着大量的海洋生物化石。因为这次没有准备，所以我无法深入峡谷中，希望以后我能够徒步走进这些山谷中去探寻内部的奥秘，我想那一定十分有趣。

继续向前走，公路右边突然出现一块黑色石碑，石碑上刻着四个大字："万佛朝宗"。我有些疑惑和不解，为什么这里会有一块这样的石碑呢？再向石碑后方望去，一尊尊栩栩如生的天然佛像端坐在一座山丘之上，后面的崖壁上也有类似五百罗汉一样的岩石和土台排列开来。刹那间，我整个人被眼前的一幕确确实实地震撼了，浑身的毛孔全部张开，汗毛竖起，鸡皮疙瘩起了一身，浑身像触电一般。我赶快停下来，跨过公路护栏，跑向石碑和佛像，实在太像了！大自然真的如此鬼斧神工。我回头向老王大喊，让他赶快来见证这神奇的景象，老王也同样被这场景震惊，啧啧称奇。

这时，我想到了南边的那些佛教遗址，历经千年早已残破不堪，消磨殆尽，实在没想到在它们的附近竟然有一处这样的万佛会聚的场面，千年佛光宛若重现，真是丝路上的一个奇迹，令人感叹！倘若真有超自然的力量存在，那图木舒克一定是奇迹之地，不然，怎么会有如此神乎其神的地方呢？

记得玄奘法师在取经途中有这样的一则故事：玄奘西行来到了那揭罗曷

"万佛朝宗"

国（今阿富汗贾拉拉巴德附近），玄奘听说在一个叫灯光城的西南二十余里处，有瞿波罗龙王所住的石窟，佛陀昔日曾经在这里降伏此龙，至今还留有佛陀的影像于窟内。他很想去瞻仰礼拜，但路途艰险，去者甚少，途中多有盗贼出没。身边的随从劝他不要前往，但玄奘执意要去，于是便独自一人前往灯光城。之后，玄奘好不容易找到一个愿意带路的老者，但两人行走不久就遇上五个盗贼。玄奘立刻摘下帽子，表明自己是僧人的身份。

盗贼问道："法师要到哪里去？"

玄奘答道："要去龙窟礼拜佛影。"

盗贼又问："这路上多盗贼，法师可曾听说？"

玄奘不慌不忙地回答说："盗贼与我一样同样是人，为了礼佛，毒蛇猛兽尚且不怕，何况你们都是人呢？"

强盗听后，深感惭愧，竟有人把自己当作人来看待，于是发心要随法师一同前往礼佛。他们一同来到石窟前，窟内一片幽暗，什么也看不见。

老人告诉玄奘："要走到东壁处，约走五十步，向正东看，佛影即在那里。"

玄奘依照着老人指示进入洞窟，果然行五十步处到达东壁，立刻虔诚地顶礼膜拜百余次，但始终一无所见。失望的玄奘自责业障深重，痛哭忏悔，随后又一百多拜，只见东壁上出现像钵一般大小的光影，一闪即灭。玄奘欣喜若狂，更加虔诚地礼拜，发誓不见佛影，绝不离开。

于是又拜了两百余次，佛陀影像终于显现，法相庄严，神采奕奕。玄奘激动万分，赶紧示意门外的六人进来观看。当手持火把的盗贼一进来，佛影却在顷刻间消失得无影无踪，玄奘叫人赶紧把火熄灭，影像再度出现，但奇怪的是六人当中，只有五个人见到了佛影，其中一人怎样也看不到。盗贼亲眼看见这一神奇的景象后，深受触动，当即丢弃刀具，痛改前非，玄奘为他们受五戒后，便各自散去。[1]

---

[1] 本故事参考了高永旺译注《大慈恩寺三藏法师传》卷第二。

想到这里，我也许能够体会玄奘法师当年见到佛陀影像时的强烈感受，只是我们所见的要比玄奘法师容易了许多，没有上百次的虔诚叩首，也不需要面临盗贼的威胁。你或许会说，那只不过是大自然的无意之作，都是人们主观将它神化而已。这我不可否认，但我想当人们在一片广袤的戈壁深处长途跋涉时，忽然面对这样的场景，无论是谁，或许都会惊掉下巴，保持一颗敬畏之心总是好的，哪怕它只是一堆无用的土石。

复古之路 ~中国西北行记~

夜宿阿恰勒

在阳光并不算炽烈的午后，行进在寂静的戈壁公路上，我和老王走走停停，尽情享受着这份唾手可得的惬意。高速路和铁路在一左一右齐头并进，卡车来来往往，连接着东部与西部，中欧班列一列接着一列，沟通东方与西方。自从张骞"凿空西域"开辟丝绸之路，两千多年来，这条商贸与交流之路就断断续续地延续了下来。走在这条道路上，我常常能够看到那声势浩大的驼队马帮，载着波斯的玻璃器皿和中国的丝绸茶叶。此时此刻，我们是历史的见证者，同样也是历史的参与者与创造者。

下午时分，我们走出了戈壁公路，抵达阿恰勒镇，镇子不大，人也不是很多，生活在这里的大多是维吾尔族，我们的头等大事是要饱餐一顿，我向来是喜欢吃羊肉的，一份拌面，再配上两大串烤肉，是我在新疆旅行常见的搭配。老王并不喜肉食，通常只吃软糯的面饼或是喝粥。

饭后我们开始在镇子上寻觅过夜场所，来时我便注意到镇子西边有一大块足球场，那是非常棒的露营地。推着车子走过来一瞧，球场上踢球的人还真不少，多是小孩子和20岁多岁的年轻人。旁边还有一块篮球场和其他健身设施，我和老王坐在篮球场边，耐心等待足球比赛的终场哨声。

不一会儿就凑过来一堆孩子，最大的男孩儿也只有十二三岁，大家的目光总是聚焦在我们载满了行李的自行车上，小孩子只是好奇地打量着，然后偷偷地笑着。

一个稍大一点的男孩首先向我发问："你从哪儿来？"

"东北，你去过吗？"我笑着说。

小孩儿们似乎并不太知道东北这个地方在哪儿，他们所好奇的仍然是我们的自行车。

"我可以骑它吗？"男儿终于说出了真心话。

"当然！"我爽快地答应了他。

男孩儿铆足了劲儿跨上我的车，摇摇晃晃踩踏着脚踏，车子缓缓向前移动，我在一旁保护着他，免得失衡摔下来，不过他似乎很快就掌握了要领，好似一个意气风发的环球旅行家。其他孩子跟在后面小跑，你追我赶。骑车旅行时，挂满行李的自行车总是会引起当地人的好奇，我已经记不清有多少人骑过我的车了。

不一会儿，球场走来了一个身材消瘦但看上去灵动精神的小伙子。

"那个人是谁？"我手指着球场上身着红色运动服的小伙子问道。

"他是自治区队的，在乌鲁木齐踢球。"男孩儿介绍说。

"他现在放假回家了？"我又问。

"嗯。"男孩点头回答道。

在南疆这样一个普通得不能再普通的小镇，能够走出来一个在自治区首府踢球的职业运动员着实不易，他也自然而然地成为家乡孩子们心中的英雄和想成为的偶像。话音未落，孩子们就一窝蜂地抛下了我和车子重回球场，围绕在足球明星身旁。失宠的我只好坐在场边东看看西望望。

很快夜幕降临，球场的灯光都已点亮，从四面八方又赶来了许多年轻人，有的开着车，有的骑着电动车，有的直接走路过来，在阳光暴晒了一整天的南疆，傍晚才是人们最期待与最欢腾的时光。暮色中，不知从哪儿又凑过来几个维吾尔族年轻人，一个开朗的小伙子坐在我的旁边，主动邀请我们一起去吃晚饭，因为不久前我和老王刚吃过了饭，所以我们谢过了对方的好意。在阿克苏地区，我们已经不是第一次被路过的当地人邀请一同吃饭聊天了，这在此前的行程中是不曾有过的，所以在阿克苏的日子里，时常可以感受到维吾尔族同胞的热情和淳朴，这一点老王可以作证。

  为什么这里的人如此热情好客呢？关于这个问题我曾问过一位阿克苏的维吾尔族朋友，经她介绍得知，更加热情好客的当数和田地区的维吾尔族人民。这一点我并没有深刻的体会，也许是因为在和田时还是太过于匆忙，没能更好地深入当地人家，这一点我不得不承认。这一次的新疆之旅我确确实实没有太多这方面的体察，并且拒绝了所有的友善邀请，鉴于时间和精力的原因，我不得不向那些善良的人们说一声抱歉。这样的经历我曾在中亚和伊朗旅行时比较常见，在新疆旅行够遇到这样的人和机会，我或多或少感到一丝惊喜，这也是自行车旅行带给我的特殊经历。

  在阿恰勒镇，球场不仅是年轻人和孩子们喜欢去的场所，就连附近的驻村干部也会在茶余饭后过来走走瞧瞧。三位来自甘肃的扶贫干部与我们聊了很久，一直到夜里十一点半才意犹未尽地离开。在当今的新疆，各个角落都有援疆项目在落地实施，东部各个省份也有相对应的地区扶持规划，而扶贫干部的到来，更是为那些贫困地区的老百姓带来了福音，相信未来的新疆一定会越来越好，各民族兄弟姐妹齐心协力把新疆带向更加美好的未来！

  夜深了，足球场终于安静了下来，我和老王悄悄走进球场的黑暗角落，不想引起镇子上人们的注意。柔软干燥的人工草坪非常称心，躺在上面就像躺在舒适的床上，毫不逊色于家中的床铺，让人卸下了一天的旅途劳累，心满意足。

  我时常想起孔夫子的那句话："饭疏食，饮水，曲肱而枕之，乐意在其中矣。不义而富且贵，于我如浮云。"吃粗粮，喝冷水，把胳膊弯曲起来当作枕头入睡，这其中也有我自己的乐趣，而通过干不正当的事得来的富贵，对于我来说就像浮云一般。这种生活方式在很多人看来是受苦受累，自讨苦吃，难以理解的，何必呢？我则不这样看待。倘若让我每天山珍海味，出则豪车，入则豪宅，对我而言还真不一定比这更觉得快活自在呢，这种快乐也自有那少数人才能够体会和拥有。我旅行至今已经九年多了，在我23岁那年便开始了这样的实践，说句心里话，我真的比从前更加快乐和幸福，虽然年龄一年一年在增长，但内心仍然保持着一份童真，这正是旅行赠予我的宝贵财富，我也愿意继续行走在这条理想的道路上，即使不再旅行，也要寻一处安心之所，过我期待的生活。

沉寂了一夜的球场，一大早就苏醒了过来，一个少年有模有样地在做着晨练。我们也收拾好了帐篷，吃过早饭，继续往阿克苏市前进了。在阿恰勒镇东边20千米的绿洲边缘有一个其兰村，这是一座普通的维吾尔族村庄，村子远离公路，一派与世隔绝的景象。我们骑着车子穿梭在这里的村庄与原野，按照村民的指引，我们来到了村子南边不远的一座烽火台下。

这座烽火台高大挺拔，保存尚且完整，名叫"其兰烽火台"，它始建于汉代，到了唐代，在原基础上又将其加固复建。这座烽火台在这里已经屹立了两千年，它见证过班超的投笔从戎，也见证过高仙芝的挥师南下，它为汉唐经营西域发挥着不可替代的作用，日夜守望着丝绸之路。如今，当地政府在烽火台一侧修建了一个停车场，并在来时的路上安置了指引牌，对它加大了保护和宣传力度。在21世纪，它不再是剑拔弩张的阵地前沿，而是一位从历史中款款走来的耄耋老人，无声地诉说着往昔荣光。

其兰村的村民聚在一块儿，一起在田里忙碌着，在南疆的各个村镇，这样的场面时常可以看到。和内陆农民只顾各自的农田不同，这里人们的劳作方式更像中华人民共和国成立初期的人民公社，男女老少在一起劳作，一起开会学习，场面热烈又有点严肃。

离开了其兰烽火台继续向东7千米，就是其兰古城遗址，遗址正处在旅游开发建设之中，暂不对外开放。如今，新疆许多古城遗址正在进行考古发掘，或者大搞旅游开发，又或者干脆锁起来不对公众开放展示，一路走来，我们吃了太多闭门羹。相比于在甘肃和宁夏等地，这里严格且封闭了许多，但从保护的角度来看，新疆目前做得是最好的。

其兰烽火台

　　这座古城所处的地理位置十分重要，自古就是丝绸之路上的重要中转站，直到今天，公路和铁路都在其北边不远处通过。在清朝后期，左宗棠曾率军在此与阿古柏分裂势力进行过激战。古城遗址占地面积很大，现在我们看到的大多是清代建筑的残留，所以城墙上的箭孔至今尚存，城周边的农田痕迹也清晰可见。城址并非像以往我们看到的那样方方正正的布局，而是由北向南不规则排列，和今天的乡镇类似。由于后来附近水源的枯竭，人们逐渐放弃了这片居住地向西迁徙，今天的其兰村的居民就是古城移民的后代，我曾向村里的干部询问此事，他的回答亦是如此。

　　曾经热闹一时的古城已是满眼荒芜，杂草和灌木丛布满四周，可现在的其兰村也同样没有大河作为依托。不过，在当今新疆，钻井抽取地下水已经极为普遍，这也是为什么人们能够继续生活在这片被戈壁滩包围的村庄的真正原因吧。我们带着遗憾离开了其兰古城，穿过一条条乡村小路，我看到路两边的水渠里的水十分充沛，水渠旁竟然还有水稻种植，看到这些似乎看到了其兰古城的过去。

消失的姑墨国

我对于阿克苏市的记忆已经十分模糊，七年前第一次来这里时并没有停留，只记得那几天风大扬沙，天地一片混浊。这一次，阿克苏的天气极好，蓝天清澈，天山积雪银光闪闪。城市终究不是我想要探索的秘境，第二天一大早，我就和老王乘车北上十几千米的温宿县。

说起温宿县，不得不提一下它的名字。现在的温宿县曾属于古代西域姑墨国的势力范围，而它西边的乌什县才是古代温宿国的所在地。但到了乾隆年间，清朝官员将温宿故地命名为"乌什"，将姑墨故地命名为"温宿"，此后到了光绪年间，新疆当地官员罗长祜向朝廷提议在温宿附近修建一座新城，新城便是今天的阿克苏市，老城就继续沿用旧名"温宿"，"姑墨"这个名称就这样被永远地封存在历史之中。古代姑墨国的政治中心被错误地称作"温宿"，而古温宿则只能取一个新的名字"乌什"，这样的张冠李戴事件，在新疆已不是头一回了。[①]

带着对古姑墨国的一丝同情与缅怀，我们一到达温宿县城，便徒步走上城北的土台高地，这里是高于县城20米左右的土坡，在土坡之上，是当地人的麻扎（泛指陵墓），但这里并不只有那些封建显贵者，还有普普通通的信徒及追随者。在这广阔的黄土地面上，一座座大大小小的坟冢被竖立起来，有些因为年代久远，已经开始塌陷，有的则用饰有民族花纹的金属外壳或朴素的木围栏包裹，有的在黄土层外用蓝白色瓷砖装饰，各式各样，数

---

① 此处内容参考了高洪雷《大写西域》第二十九章。

量之多，一眼望不到头。庞大的麻扎群中最知名的当数卡德尔王陵了，关于这座陵墓目前能够查到的相关资料少之又少，但它是这里最豪华庞大的建筑群，只可惜因年久失修有些颓败了。

  麻扎中除了我们，还有两三个当地维吾尔族人，他们是来祭奠亲人的，而我们是在寻找历史的痕迹，不过大家都是在追忆某些东西。黄土台地久经风雨侵蚀，有些地方已经开始坍塌解体，好在当地政府在其下方进行了及时的加固和保护，勉强能够维持一些年月。在这里曾经有一座古城，据说是属于姑墨国的城池，但目前来看，连一堵墙壁都难以发现。密密麻麻的陵墓令人感到眼晕，有很大一片被铁丝网围起来了，不能进入，附近的马路和公园也不曾有一块明确的指引牌，只有土台地前方的一条大街名叫"古城路"，仿佛姑墨国仅存的一点记忆。

  姑墨国地理位置十分重要，它向东即是西域大国龟兹，向西可到达疏勒，东晋时期龟兹的佛教大师鸠摩罗什就曾在姑墨国有过一次佛法辩论的经历。鸠摩罗什年少时曾跟随母亲前往印度和尼泊尔学习佛法。而邻居姑墨国恰巧有一位巧言善辩的法师，在当地非常有名望，他自称无人能与其辩论，若有，愿奉上自己的头颅。当他得知鸠摩罗什从印度学习完成后返回路过姑墨国时，便找到鸠摩罗什要求与其进行佛经论辩，结果一败涂地，从此再也不敢狂妄自大了。[1] 到了唐代，玄奘也曾途经此地并一路向西穿过别迭里山口翻越凌山进入今天的吉尔吉斯斯坦，总之，姑墨国在西域历史上曾盛极一时。[2] 据记载，姑墨国盛产一种名叫"雌黄"的矿物质，在古代，雌黄可以用来涂改字迹，有些人则会用它来篡改他人的笔墨，以达到自己的目的，所以"雌黄"一词便有了新的释义，这样一来，成语"信口雌黄"便容易理解了。[3] 今天，关于姑墨国都城遗址的确切方位目前尚存在争论，随着历史的变迁，曾经的姑墨国早已湮没在历史的长河中，我们也只能通过片面的史料

---

[1] 《河西走廊》摄制组编：《河西走廊》，第91页。
[2] 见董志翘译注《大唐西域记》卷第十二。
[3] 此处内容参考了高洪雷《大写西域》第二十八章。

记载来一窥它的过去。

　　带着一些遗憾，我和老王返回了阿克苏市。忙活了一个上午，没有丝毫收获，我们只好走进阿克苏地区博物馆来寻找答案。这座博物馆在新疆地区并不算出众，走了一圈下来，仍然没有看到姑墨国的介绍和相关展览，更多的是引以为傲的龟兹文化。直到最后离开时，在展厅最后的墙壁上，悬挂着一幅巨大的丝绸之路地图，上面赫然写着"姑墨"二字，这是目前我能够找到的与姑墨国有关的唯一线索，也算是一种成全吧。

　　离开阿克苏这天清晨，向北眺望，天山最高峰拖木尔峰直冲云霄，天山积雪在阳光下闪闪发光。我们跨过阿克苏河大桥，泥浆一般的河水在脚下奔腾不息，由北向南流向塔里木盆地。

　　沿着阿克苏河一路南下，沿途骑行在郁郁葱葱的阿克苏河绿洲，比以往在南疆沙漠戈壁中骑行舒畅了许多。路边卖瓜的摊位一个接着一个，水渠里充沛的水源滋润着农田果园，红柳的枝头绽放着一簇簇紫红色的花束，阳光下格外艳丽夺目。

　　在一天当中最炎热的午后，我们抵达了阿瓦提县。七年前我就来过这个塔克拉玛干沙漠边缘的小县城，在当地朋友冉娜的带领下，赶了一次当地的巴扎（维吾尔语译为"集市、农贸市场"），印象非常深刻，让我多年后仍念念不忘。记得那天我们和附近乡村赶来的当地人一同拥挤在巴扎里，维吾尔老人留着白色的大胡子，赶着毛驴车，车上载着一家老小从周边的乡村赶来置办生活物品，或售卖自家的农产品，男人们在牛羊巴扎中一丝不苟地做着交易，女人们则在漂亮的民族服饰摊位前驻足不前，小孩儿在大人身后略显拘谨，只有那烟火缭绕的烤肉摊位才会让其彻底地放松下来……到了中午，巴扎内人头攒动，一大锅热气腾腾的羊肉抓饭做好了，购物之余可以前来享用最朴实无华的民族美味。烤包子、架子肉、烤鱼、刨冰酸奶、新鲜瓜果、应有尽有，各式各样的美食让人流连忘返。人们围拢在炉火前品尝诱人的烤肉，甭管你是否喜欢吃羊肉，到了这里都不要错过，这里绝对是阿瓦提最热闹的地方，也是体验维吾尔族风情的绝佳去处。这些热烈的场面在我的记忆深处挥之不去，我早已迫不及待地想再次投入阿瓦提巴扎的怀抱，因为只有在这里，我才更像一个当地人，而不是游客。

我和老王终于来到了阿瓦提县城，刚一走进阿瓦提，我被眼前整洁的街道惊讶了，这里绿树成荫，交通有序，街道干净漂亮，常住汉族人也开始慢慢增多，和印象中的那个阿瓦提截然不同。记得曾经的阿瓦提并没有如今这般容貌，几年不见，变化可真大啊！我不禁回头向老王连连称赞这里的进步，同时又惋惜逝去的一切。

这一次来阿瓦提除了与老友见面，最想去的就只有阿瓦提巴扎了，再次走进那个民风浓郁的地方是我此行的最大期盼。于是第二天，我再次与冉娜碰面，多年不见彼此变化都很大，尤其是冉娜，消瘦了许多，也更显成熟，热情丝毫不减当年。在她的陪同下，我们再次走进阿瓦提巴扎。

我依稀还记得附近街道的布局和曾经一同走进的地毯店，还有售卖艾德莱斯绸的老板和伙计，就连街上鲜榨石榴汁的味道都不曾遗忘，时光流逝，现在全都变了模样。而阿瓦提巴扎更是变化巨大，曾经熙熙攘攘的人群也成为历史，再也不见赶毛驴的老爷爷，取而代之的是更加便捷的农用电动三轮车。因为受疫情的影响，加上现代网络购物的发展，人们早已有了更多的选择，巴扎的功能性从人们的日常生活中渐渐淡化，它越来越像一个精神符号，成为人们记忆中永恒的温暖。

虽说这里没有以往热闹，但对于第一次走进阿瓦提巴扎的老王来说，还是颇为新奇的。这里并不是知名的旅游景点，也不比乌鲁木齐二道桥大巴扎那样国际化，所以这里仍然保留了浓郁的维吾尔族风情，坐在地上售卖莫合烟的老大娘，排着队剃头刮脸的老大爷，还有遮阳棚下享用美味的食客都在旺盛地延续着曾经的美好。

"阿瓦提"在维吾尔语中的意思是"繁荣"，巴扎里繁荣的景象虽在逐渐消失，但城中的建设与发展却在不断提升，这绝对是目前一路走来，最让我刮目相看的南疆县城了，我可以看到阿瓦提美好的未来。愿这座阿克苏河畔的城镇可以永远繁荣昌盛，愿阿克苏河水永远滋润这片沃土。

沙尘暴袭来

阿瓦提在一个晴朗的清晨苏醒过来，我和老王也收拾好了行囊继续踏上旅途。阿克苏绿洲土地肥沃，农作物丰富，香梨挂满枝头，辣椒一串串惹人喜爱，棉花、水稻旺盛生长，这都得益于宽广的阿克苏河的哺育。阿克苏河同南疆其他大河一样，蜿蜒奔腾向前，塑造着塔里木盆地，给予这里一切。

跨过阿克苏河后再向东50千米，就来到了塔里木河上游的阿拉尔市。不知为何，我一到阿拉尔市，便想尽快地离开这里，或许是因为它作为一个兵团城市过于崭新，与内地城市毫无差异，又或许是因为我太想赶快到达库车了，就连过夜都不想进城而是在塔里木河畔的湿地公园里扎营将就一宿。

偌大的公园行人不多，相对开阔安静，公园里栽满了各式各样的景观树，树梢上硕果累累，但它们只能用来观赏，无法食用。我和老王坐到天黑时，寻得一处平整的石板地面搭起帐篷准备结束这一天。

"小姜！小姜！小姜！"

一阵急促的呼喊声打搅了我的美梦，我睁开眼睛，眼前一片漆黑，只见老王站在微弱的灯光中。

"嗯？怎么了？"我半睡半醒地问道。

"打雷了，快要下雨了。"老王看上去有些慌乱，不知所措。

这时，西方的天边闪出一道闪电，大风吹得树木猛烈摇摆，我顿时清醒了不少。

"咱们快收拾帐篷撤吧！这里太危险了！"我像弹簧一样从睡袋里弹起身。

话音刚落，我就和老王用最快的速度把帐篷打包好，骑上车子消失在黑

复古之路 中国西北行记

漆漆的夜色中。雷雨天气在外露营实在危险，这时赶忙躲避在建筑物里面会安全不少，于是我用最快的速度来到了公园入口处的公共卫生间，一回头，老王却不见了。我回身大声呼喊了几声，声音在伸手不见五指的夜里像没有靶标的箭一样飞出去，始终没有回应，最后我冒着引来雷电的风险拨通了老王的电话，这才再次团聚。看了看时间，凌晨三点，卫生间大门紧锁，不过好在门外有一个回廊可以遮风挡雨，并且地面干净卫生，我和老王拿出地垫铺在地上接着倒头大睡。

东边的天空终于渐渐放亮，云层仍旧低沉，仿佛随时可以挤出点雨水来。我们来到附近一家营业的早餐店，吃过饭后，骑上车跨过了塔里木河大桥来到了河对岸的十二团。刚一到十二团，大雨就拍马赶到，我们只好在银行的屋檐下躲避。

雨大概下了半个小时，乌云向东移动，西北边渐渐显露出蔚蓝的天空，我们迫不及待地想要离开这里，因为只有在路上才能使自己感到愉悦放松。这里的降雨总是来得快去得也快，当我们向东到达十四团时，乌云终于彻底不见了，仿佛没有来过一样，太阳再次照射大地，被雨水冲刷后的原野焕然一新，我们的心情也放松舒畅了不少，随之而来的是昨夜的倦意。由于昨夜被雷雨惊醒，睡眠不足，整个上午我的脑袋都是昏昏沉沉的。所以到达十四团后，吃过午饭，我们便在树荫下午休。我躺在地上补充睡眠，老王则坐在一旁玩起了手机。

大概到了下午四点，气温有所下降，我们起身离开了十四团，走进了东边的沙漠中。我喜欢在戈壁沙漠中跋涉，视野开阔，人烟稀少，越向前越寂静，没有争吵，没有算计，没有拥挤，一切都变得简单直白。路两边布满大大小小的沙丘，沙丘附近长满了芦苇和灌木，远处成片的胡杨林与塔克拉玛干沙漠做着持久的博弈，胜出的胡杨则继续生长，而败下来的就只能褪去绿色的外衣，在夕阳中挣扎着死去。

人们常用"生而千年不死，死而千年不倒，倒而千年不朽"来形容胡杨的顽强生命力和坚毅的品格。在自然环境严苛的塔里木盆地，胡杨是极为常见的一种植物，它们高大挺拔，枝叶繁茂，为行走在沙漠中的旅人撑起一片阴凉和希望。即便枯死后，也会用尽最后一点力气在浩瀚的戈壁中摆出各种奇特的姿势，为路过这里的人们带来无限的惊喜与欢乐。这就是胡杨，它们坚韧、奉献、风趣而又乐观。

北方的天际线突然升腾起厚重的云雾，在夕阳的映衬下散发着朦朦胧胧的土黄色，看来又要下雨了。我和老王加快了步伐，得在暴风雨来临前寻找到一处公路涵洞来安营扎寨。很快我们就找到一处理想的涵洞，我停下来等待老王，猛一回头，只见刚才的土黄色云雾就在老王身后快速向我们逼近，原来那是沙尘暴！高大的沙墙气势逼人，给人以巨大的压迫感，像一头挣脱了牢笼的猛兽向我们迅速扑来。

"老王！快点！不是下雨，是沙尘暴！"我急忙向老王大声呼喊。

老王似乎还没有意识到危险的降临，不过此时我们已接近涵洞。我们迅速跳下车，推着车子进入涵洞中，这回可以放下心来了。

还没等我们回过神来，一阵迅疾的沙尘伴随着强劲的气流呼啸而过，本以为身在涵洞中可以安然无恙，但我们还是低估了沙尘暴的威力，涵洞在疯狂的沙尘暴中显得微不足道，狂风裹挟着细沙从涵洞两侧涌入洞中，此时的涵洞就像一个烟道，我和老王无法睁开眼睛，不敢正常呼吸，只能戴上口罩，眯着眼睛无助地站立在公路下方，耐心等待沙尘过境。公路上仍有汽车偶尔驶过，每辆车都打开了双闪，并放慢了速度，有的货车干脆靠边停了下来，整个公路上的能见度霎时降到最低，天空大地一片混浊，戈壁滩中的胡杨在风沙中若隐若现，好似妖魔鬼怪一般张牙舞爪，此刻我才真正明白像这样的胡杨林为何会有"魔鬼林"的称谓。

在南疆旅行至今，这已不是第一次遭遇沙尘暴，但与沙墙正面相遇还是头一遭。我虽不喜欢这恶劣的天气，但在荒野戈壁与之相遇多少令人有些兴奋。我不时地跑出涵洞，置身于沙尘中，大风刮得我只得低下头，用手遮住双眼，并弓起身子，让沙粒肆意地抽打在身上。坚持不了多久，我就只能返回洞中，与老王分享着自身的感受并感叹大自然的可敬可畏。

复古之路 ~中国西北行记~

我们依靠公路下方的涵洞躲避沙尘暴

沙尘暴持续了近四十分钟,朝着阿拉尔的方向呼啸而去,乌云却在更高处停下脚步,西斜的太阳将微弱的光线艰难地穿过云层投射在戈壁滩上,黄豆大的雨滴洒落在大地上,干涸的土地渴望着上天的恩赐,我和老王也渴望着一场降雨能够彻底将沙尘降伏在地面上。

低头看看自己,身上沾满尘土,头发里、耳朵里、眼睛里、嘴里都被沙子入侵,活像两个兵马俑,自行车和行李上覆盖了一层黄沙,难以清理,试想一下如果没有这个涵洞的庇护,我们又会是怎样的惨状。此时此刻,没人比我们更加清楚塔里木盆地那些被沙埋的古城到底经历了什么。这是在南疆最后的一段旅程了,离开前塔克拉玛干沙漠还不忘送上一份厚礼,让来过的人深知它的"慷慨"。

待一切恢复平静之后,云朵和阳光开始了最后的光影表演,光线由强渐弱,云朵由耀眼的金色变化为温馨的粉红色。随着太阳慢慢地消失在地平线,黑暗开始掌管天空与大地。戈壁中寂静的夜令人感到轻松,终于可以安稳地睡一觉了!在大自然面前,我们一次又一次被震撼,像一个新生的婴儿,对眼前的一切都感到好奇又惊喜、陌生又畏惧。敬畏自然的同时也是重新认识自我的过程,感叹自然力量之伟大,才能以谦卑的姿态与之相处,才能够清楚自身力量的渺小,从而寻求到一条更加适合的生存和发展之路。

第三部分 新　疆

飞 地 孤 城

又一次跨越塔里木河，宽广的塔里木河以其磅礴之势奔腾不息，不可阻挡，每次与之相遇，都会从内心最深处泛起对它的敬意。

提到南疆，人们的脑海中似乎总是被那无穷无尽的沙海所填满，但当你真正行走在这片古老而广袤的土地时，你会发现在塔里木盆地的边缘有多条大河奔涌，水系极其发达，在绝望中给人希望，在逆境中给人鼓舞。世世代代生活在这里的人们早已熟知大河的秉性，懂得人与自然和谐共处，更懂得如何利用现有的一切造就这一片片生命的绿洲。

离开了阿克苏河绿洲，我们抵达了库车河绿洲。我和老王只在沙雅县短暂停留了一晚，这座小城和其他南疆县城相似，维吾尔族居多，一切井井有条。如果你现在来到新疆，你会发现即使在这样的小县城，都在发生着日新月异的改变，街道宽敞整洁，交通有序，汽车和电动车各行其道，毫不夸张地说这一点要好过许多内地县城。

第二天一大早，我和老王就骑车离开了沙雅县，向西走进了一片荒滩，这里没有公路，只有一条还算说得过去的土路，坑洼不平的路面难以快速前进。随后进入大片棉花地，纵横交错的机耕道更是举步维艰，狭窄又坎坷，沙土路面时常阻碍车轮的运转，稍不留神，车轮就会陷进松软的细沙中，人和车就会失去平衡有摔倒的危险。

我们如此费尽周折只为一座名叫"通古斯巴西"的古城而来。说起这座古城，就要说到一位唐朝将军：郭昕，他是唐朝名将郭子仪的侄子。公元 755 年安史之乱爆发，为了平定安史之乱，唐朝将大量驻守河西和西域的

通古斯巴西城址

将士调回关中地区平叛，这样一来，大唐西部边境便无兵可守，变得空虚，于是吐蕃趁机占领河西走廊和西域的大部分领地。因此郭子仪建议朝廷派遣使者巡抚西部边疆，于是侄子郭昕奉命前往。随后，在郭昕和其他将士的精心经营下，西域逐渐得以稳固，吐蕃多次攻打都无功而返，最终不得已转战河西地区。因河西地理位置重要，是沟通中原内地与西域的重要通道，河西断绝，西域则孤悬塞外，自此唐朝与西域的沟通被吐蕃彻底切断，郭昕和其他将士只好依靠自身的微薄力量苦守西域。郭昕在孤立无援的情况下，与吐蕃军队展开了艰苦的拉锯战，为了安抚军心，郭昕继续使用唐代宗的年号"大历"，并自行铸造大唐钱币，发展经济农业，一切看上去如往常一样。其间，郭昕多次派遣使者东去长安试图取得与中央王朝的联络，但每一次派出去的使者都像放出去的箭，始终不见回音。[①]

直到唐德宗建中二年（781年），郭昕与北庭节度使李元忠联合派遣使者，借道回鹘北上迂回到达长安，终于和大唐取得联络。朝廷这才知道安西和北庭地区仍然还在唐朝的控制之下，于是唐德宗李适命郭昕为西域大都护，封为武威郡王。那时的唐王朝也只能给予郭昕一份精神安慰奖，再也给不到任何实际的帮助了。使者受命返回西域后，郭昕得知唐代宗李豫早已离世，当时的皇帝是唐德宗李适，但此时安西将士却仍在使用唐代宗的年号。那时

---

① 此处内容参考了高洪雷《大写西域》第二十七章。

的唐朝已是日薄西山，对西域的实际控制力也逐渐衰退。在吐蕃对西域残存唐朝势力的不断攻击下，终于在787年，北庭沦陷，郭昕也再次与朝廷失去了联系。就这样，郭昕和部下在西域独守四十载，众将士也已白发苍苍，仍与吐蕃战斗到最后一刻，直到全部殉国，大唐的威严在西域也彻底消失了。[①]

时光走过千年，历史不会被遗忘，后来的人们在拜城地区的克孜尔石窟第223窟中发现了唐代贞元十年（794年）的汉字题记，据说这是目前已知关于安西守军的最后记录，此后的岁月再无人晓得这些忠烈的下落。再后来，考古工作者在库车地区的通古斯巴西城址中陆续出土了大量铸造粗糙的唐代铜钱，钱币上的年号为"大历"和"建中"。而早在1909年日本大谷光瑞探险队就曾在此出土了一张"杨三娘借钱契约"，契约上的日期为"大历十六年"，而历史上"大历"这个年号只使用了十四年，唐代宗李豫便驾崩了，契约上的大历十六年实际上应为建中二年（781年），这一系列发现都印证了郭昕和众将士那段悲壮的失联岁月。[②]

我和老王在正午时分抵达通古斯巴西城址，城址坐落在沙雅县城西边34千米的乡野中，周围被棉花地包围。古城看似方形，边长约240米，南北各开一瓮城，马面墙垛保存尚好，这是一座具备古代汉地城池特征的要塞。城址外面很大的范围已经被铁丝网围拢起来，我想附近应是有古代墓葬或是农垦遗迹，而在城址以南的戈壁滩中，还有几处唐代军事城堡，规模不大，像卫星一样拱卫着通古斯巴西城。也曾有人在其周围发现了古代葡萄园和其他农田及水渠痕迹，这都可以说明曾经这里是唐军的重要根据地。

城址北侧的空地正在铺设石板路，粉刷一新的大门和房屋也陆续竣工，这里正在进行旅游景区的开发建设。时间不巧，管理员和工人们都不在场，但一侧的铁门敞开着，我和老王试探着走进大门。

"你好！有人吗？"我朝着空荡荡的院落大喊。

数秒过后，无人回应，我又喊了几声，仍然不见回应。

---

① 内容均参考了高洪雷《大写西域》第二十七章。
② 同上。

"这里的人肯定是回家吃饭午休了,要不咱们在门口等等吧。"我对老王说。

于是我们坐在门口的阴凉下开始了漫长的等待。

一小时过去了,迟迟不见有人来。又过去一小时,还是一如此前的平静,午后乡村的沉闷与高温让人感到困倦。我时不时地看看时间,或目不转睛地盯着前方村子的公路,希望工人们快些返回。老王几次起身走进门内四下张望,许久后才返回门外坐下,看得出来他一定十分想走进去看个彻底,于是我不断地安抚着彼此焦躁的心。

"再等等吧,没有得到允许擅自闯入怕是不好,万一被人家撞到更是有口难辩,免得引起事端。"

老王只是不作声地坐着继续等待。

不知不觉,已是北京时间下午四点多,这里还是只有我们两个人。

"算了吧,既然没有人来,我们就撤吧,下午还有路要走。"我对老王说。

老王轻轻地点了点头,戴上头盔和手套准备一同离开。

坚持守在门口,未经允许不得进入是我出行的一贯原则,只是对老王来说有些遗憾,一路坎坷走到城下,近在咫尺却不能畅游一番,我无法做到为逞一时之快而违背自己的原则,即使事后想来我也并无缺憾,凡事都是最好的安排,我时常这样告诉自己。

郭昕带领西域军民坚守孤悬的国土,至死不渝,对祖国的忠诚之心天地可鉴。从"满城白发兵"和张骞"凿空西域",到"投笔从戎"的班超,千百年来很多人将生命抛洒在这片广袤的土地,也将坚韧和开拓的精神铸入中华民族的灵魂深处。他们一腔热血,视死如归,为了国家民族的统一,不畏艰险,艰苦奋斗,这里对他们来说,早已不是遥远荒凉的边疆,而是永远热爱眷恋的故乡。

在离开之前,我提议面向城址的方向,以水代酒向郭昕及大唐将士献上一份敬意。我将水壶中的水洒向地面,千年后的我们不曾忘记那些拥有浩然正气的灵魂,我们由衷地向他们致敬。

西域都护府

　　库车地区在两汉至唐代曾孕育了盛极一时的龟兹文明，这里是丝路北道上的一颗耀眼明珠，乃至东汉时期，班超将西域都护府迁至此处，使得这里一下子成为西域的政治、经济和文化的中心。一代佛教翻译大家鸠摩罗什在这里成长，佛陀的身影在此闪耀，曾风靡整个长安城的龟兹乐舞在这里绽放，连玄奘也为此赞叹不已。这是一处值得探索的土地，如此丰富的历史文化遗产等待着我们去细细品味。

　　我和老王离开通古斯巴西城址继续向北行走，在这一带的田舍间，不经意就会与某处唐代城池遗址相遇。就在路边，我们看到了几处夯土堆，这些土堆被损坏得相当厉害，杂草已经将土堆紧紧包围，如果不是一旁的石碑，很难将它与古城相互联系，但从空中俯瞰，一南一北两座规整的城池痕迹便一目了然了。这是一个名叫"克孜勒协尔"的古城遗址，坐落在新和县渭干乡克孜勒协尔村，南北两城相互协作，彼此呼应，像这样独特布局的古城在新疆并不多见。它应该是唐代的军事城池，曾有学者认为这里就是唐代的安西都护府所在地，但这样的说法还需要进一步认证。

　　继续向前跋涉，穿过一个又一个维吾尔族村庄，到达玉奇喀特乡，在乡政府以北的农田中有一大片空地，看上去就像尚待开垦的荒地。不知什么原因，公路前方被高大的施工铁板拦住，捂得严严实实。

　　"路被堵上了。"我停下来对身后的老王说。

　　老王一如往常默不作声。

　　"肯定又是被当地有关部门保护起来了，又或许是在修路吧。"我补充道。

老王把车停好，试探着走进铁板西侧的果园中，不一会儿返回说道："那边可以进去。"

"哪边？"我连忙向前方张望。

"那边，那边有一条小路。"

"算了吧，既然不让进我们就不要往里走了，我用无人机飞上去看看就行。"

"可以走，我看当地人都从那里面走。"

"谁？你看到有人在走了吗？"

"没人。就是有一条小路，应该是有人走过。"

"没看到有人走，那怎么能证明小路允许进入？"

"应该可以走的。"

"我们是外地人，毕竟不是当地人，我认为随便往里走还是不太好。"

"那条小路就是可以进去。"

"人家围起来了，就是不让走了，你为什么非要往里闯呢？"我突然失去了耐心，提高声音皱着眉头质问一旁的老王。

老王再也不说话，空气仿佛一下子凝固了，我们谁也没有再理会对方。也许是因为中午没能走进通古斯巴西城址，老王这才坚持要从小路进入，反而我却固执的坚守原则。

僵持了一会儿后，我努力让自己平静下来，低声说道："你如果想进去，你就先进去吧，我在外面等你。"

"好。"老王头也没回，推着车子消失在了果园中。

看得出他对我有些意见和不满，也许会觉得我这个人过于胆小怕事，或是一根筋，不懂得变通。有些事无法用统一的标准去对待，坚持原则在他人看来过于执拗。或许老王是对的，好不容易骑车赶来，如此接近却不能进去，多少有些不甘和缺憾。我们一同旅行了这么久，是一个整体的存在，但每时每刻我们又属于独立的个体，有自己的说话方式、饮食习惯、作息时间，我们在统一行动的同时又能够彼此尊重对方的习惯差异，这才是长期相处的秘诀。不管怎么说，成全别人，让彼此舒心就好。

老王走进的这座古城遗址名叫"玉奇喀特古城"，俯瞰整座古城，地表隐约呈现三重不规则的圆形围墙，而"玉奇喀特"在维吾尔语中的意思正是"三重城"。和煦的阳光照耀在古城废墟之上，荒草掩盖不住它显赫的身份。有相关专家推定，这座古城就是西汉后期到东汉时期的西域都护府所在地，也就是说它就是东汉史籍中记载的"它乾城"。

西汉早在公元前60年，就在西域设置西域都护府，起初西域都护府在乌垒城（今新疆轮台县），后来在公元16年前后迁至它乾城，而东汉定远侯班超和后来几位继任的西域都护都在它乾城驻守，所以这里是汉朝在西域的最高行政中心。1928年，我国考古学家黄文弼曾到此进行过考察，他大胆推测这里就是"它乾城"，并在城内发现了一枚"李忠之印"。到了1953年，考古工作者又在玉奇喀特古城发现了一枚"汉归义羌长印"。汉归义羌长印实际上就是归顺汉朝管辖的西域羌族首领之印。而"李忠之印"上的李忠是谁？他为什么会出现在西域都护府？经过一番辩证，人们可以将其与一位西域都护的名字联系起来，他就是新莽时期的西域都护李崇（"忠"与"崇"

玉奇喀特古城

互为通假字）。如果真的是这样，那通过这两枚印信，可以将我们带回一段荡气回肠的历史中。①

西汉末年，王莽篡权建立新朝，朝廷对西域的控制每况愈下，其影响力也大不如前，于是匈奴卷土重来，西域诸国纷纷归附匈奴，焉耆国甚至主动攻击西域都护府所在地的乌垒城，并杀死了都护但钦。三年后，王莽下令出兵攻打焉耆，李崇受命率西域联军前去讨伐焉耆，因部将王骏求战心切和焉耆军诈降，再加上姑墨、危须和尉犁纷纷临阵倒戈，最终王骏落入埋伏圈，寡不敌众，战死沙场。李崇只好暂时退守至龟兹境内的它乾城，这一守就是八年，最后同前来解围的羌人部落全军覆没，而那枚"汉归义羌长印"也许正是前来救援的羌人首领的印信。时光抹平了一切，如今那两枚小小的印信和这座杂草丛生的古城仍在诉说着这段悲怆的过往。正是这两枚小小的印信，有力地说明了新疆自古以来就是中国的一部分，也体现了中国多民族共同维护祖国统一的坚定信念，我们共同开拓了这辽阔的疆土，也共同缔造了中华民族大家庭。②

大概半个小时后，老王心满意足地从果园中走出来，依旧面无表情。

"看得怎么样？"我将之前的过激情绪一扫而光，让自己看上去和往常一样。

"还可以，里面的城墙不是很明显。"老王似乎也在努力调整着自己。

"里面有人吗？"我继续问道。

"有几个人在除草。"

"他们是什么人？"

"好像是当地农民，也可能是管理人员。"

"看来这里也要进行开发保护了。"

一番交流后，我们骑上车子离开了公路，向东驶入了村庄的小路，此时太阳已经逐渐接近地平线。没多一会儿，我看到村庄水渠旁有一座破旧的房

---

① 内容均参考了高洪雷《大写西域》第二十七章。
② 同上。

子，应该是水渠管理员的值班室。我立刻停下来进入房子查看。房子的门敞开着，屋内只有一大张木板床，窗户用半透明的塑料布遮挡着，有的地方已经破了很大的洞，地上满是尘土和生活垃圾，看样子这里已经很久没有人值班了。更令我感到意外的是，门口的墙上居然还挂着一个通着电的接线板，这简直是一个天赐的过夜之所。

随后我们坐在屋外的水渠边，等待天黑前回到屋里支起帐篷。就在这时，从东边走来一位村民，他径直走向房屋旁的另一栋建筑，用钥匙打开铁门，看样子他是水闸管护员。

"你好！请问这里归你管吗？"我与对方握手。

他只是点了点头，一脸茫然地看着我们。

"我们骑车路过这里，晚上可以在房子里过夜吗？"我指了指身后黑洞洞的房屋解释说。

"那个不是我的房子，不归我管。"

"哦，好的，谢谢！"

很快他又把铁门锁上离开了，我和老王坐下来继续休息。

好一阵子过后，一个骑着电动车的中年人，体态略胖，满面红光，直奔我们而来，我见状立刻站起身。经介绍对方是村干部，特地前来核验我们二人的身份，随后同意我们在此过夜。

夜里，我和老王躺在木板床上不知不觉地进入了梦乡。

"咣咣咣"，一阵急促的敲门声把我和老王从美梦中惊醒。屋外一道强光，只见一个黑影破门而入，我和老王赶忙钻出帐篷，定睛一看，原来是这里的巡逻警察。

"你们在这儿干什么？"警察率先发问。

"我们……呃……我们骑车路过这里，所以……在这露营过夜。"我和老王被这突然的闯入搞得还没回过神儿来。

"身份证拿来。"

警察将我们的证件一一拍照后发给了上级。

"好了，你们可以继续在这儿过夜了，注意安全。"说完，他就转身和同事离开了。

我和老王此时已经清醒了许多，看看时间，临近零点。很显然，村干部和警察都是那个水闸管理员引来的，不过现在看来应该是可以安心休息了，我躺在帐篷里试图将美梦续上。

刚合上的双眼再一次被一道更强烈的光线撕开。

"开门！开门！有人吗？"门外一个男人边敲门边嚷嚷着，看来又换了一拨人马。

老王被三番两次的打扰很气愤，从帐篷里一下子跳到地上。而我也感到无比愤懑，只是坐在帐篷里直勾勾地盯着已经闯进来的那个人。

"谁让你们在这里的？"一个男人质问道。

"村干部和警察都来过了，他们都同意我们在这儿的，你们有完没完了？"老王提高了声音斥责道。

"你们不能在这儿，赶紧走！"男人似乎被老王激怒了，也提高了声音，开始驱赶我们。

我见状连忙穿上鞋子走到他们中间。

"是这样的，我们骑车旅行路过这里，没有过夜的地方，看到这个房子很适合过夜，就留在这里了。而且村干部和警察都同意了，还给我们的身份证拍了照片。"我语气稍微平缓地解释说，不希望把事情搞得难堪。

男人拨通了乡长的电话，把情况转述给乡长。

"乡长说这里不让过夜，叫你们赶紧离开。"他挂掉电话毫不客气地对我们说。

"这么晚了，我们能去哪儿呢？明天一早我们就离开。"我央求道。

"要么去乡政府大院，那里有人值班，比这里安全，要么你们就去其他地方，反正这里不允许过夜。"看来对方是铁了心想让我们离开。

我和老王实在拗不过他，于是商量后决定立刻离开这里，继续向东去渭干乡。

在光线昏暗的屋内我们快速收拾好帐篷，离开前老王还不忘向坐在车里的两个人告别："好了，这回你们完成任务了，可以回去交差了。"

说完我们就推着车子湮没在了漆黑的夜里，身后的车辆也随即离开了，夏日的夜终于恢复了平静。眼前一片漆黑，白杨树的轮廓朦朦胧胧立在路两旁，借着微弱的光亮我们向公路上行走，周遭安静得只能听到蛐蛐的声音。我和老王一路都没有说话，但内心都无法立刻平静下来，心中五味杂陈，有委屈、有气愤、有理解，也有无奈。拖着疲倦的身躯，像两个孤魂野鬼在无边的夜里游荡。

后来在渭干乡警察的护送下，我们来到了新和县。此时已经凌晨3点了，街上仍有餐馆营业，我们坐在班超公园的长椅上，等待天明。困意袭来，我躺下便睡。夜里微凉，蚊子不停地光顾我裸露在外的双腿，我坐起来，又躺下，反反复复。终于，黎明将黑夜驱散，总算熬过了这一夜，新的一天正在到来。

复古之路 ~中国西北行记~

库 车

  大地从清晨中渐渐苏醒，太阳还未升起，晨雾笼罩着葡萄园，城市仍浸透在一片清冷之中。我和老王起身离开了冰冷的长椅，跨上自行车，寻一处热气腾腾的早餐铺想要饱餐一顿，借此温暖空荡荡的胃口和疲倦的身躯。

  新和县距离库车市只有三十几千米的路程，因为昨晚流落街头，睡眠得不到保障，所以一大清早，我的头就晕得厉害。沿着314国道，向左拐进一条没有名字的公路，路旁满是大大小小的工厂，烟囱中冒出白色的烟雾，工人们结伴开始了新一天的劳作。再往前走不远，就来到渭干河西岸，河水被水闸拦截，水量并不算大，河面宽约50米，纵使这里常年有水流过，但两岸仍然缺乏绿色，布满碎石。

  紧挨着河西岸，屹立着几段唐代的夯土墙，风化倒塌已经很厉害了。旁边一块空地上竖立着一座纪念碑，上面的字快要看不清楚了，勉强可以辨认，"唐柘厥关故址"。这说明这里曾是唐代的柘厥关，是丝路上的一处关隘，维吾尔语称其为"夏合吐尔"。同时在这处关隘遗址附近，还有佛塔和古城寺院等遗迹，但都因年代久远和现代人为采砂采石等活动破坏殆尽，周边还有不少陈旧的砖房，也已无人居住生活。

  隔河相望，对岸陡立的崖壁上，分布着大大小小若干处洞窟，那是库木吐喇千佛洞，在千佛洞南侧的缓坡上，还矗立着一处名为"乌什吐尔"的古城遗址，残缺的墙壁历经千年风雨侵蚀，与山体大地融为一体，远远望去难以区分。经最新的考古发掘推断，它也许是一处唐代在此设立的重要驻军机构，与西岸的柘厥关遥相呼应，再加上千佛洞和寺院，想必这里曾经人来人往，繁盛一时，和绝大多数古城一样，现在满眼颓败和荒芜。

在《大慈恩寺三藏法师传》中有这样一段记载，玄奘在焉耆国遭遇冷落后，继续向西，渡过开都河，又经几百里，进入屈支国。玄奘在此深受欢迎，与一位名叫"木叉毱多"的高僧相识。玄奘在屈支国停留的日子里，时常来到阿奢理儿寺与木叉毱多谈论。①

而在玄奘的《大唐西域记》中关于阿奢理儿寺还有过这样一则有趣的记载。曾经龟兹地区有一位先王，笃信佛教，很想到龟兹以外各地瞻拜佛迹，于是在临行前告知其弟，让他临时替自己处理国政。当国王即将出发时，王弟赶来送行，递给国王一个密封的盒子，并嘱咐兄长妥善保管，待返回之日再打开一看究竟。不久后，国王返回龟兹，有人向国王揭发王弟，说他在国王出行期间与后宫王妃有奸情，荒淫无度，国王闻讯后暴跳如雷，打算将弟弟施以酷刑。待王弟来到国王面前时，十分淡定，并要求国王打开此前的盒子，国王命人打开盒子，里面放着一个男性生殖器。国王不解，王弟随即脱下裤子，国王霎时明白过来。原来在国王出行前，王弟就担心自己会被奸臣诬陷，所以才自宫自保。国王立刻面红耳赤，无地自容，随即泪流满面。自此，兄弟二人感情更加深厚，王弟进出后宫也畅通无阻。又过了一段时间，在一个晴朗的天气里，王弟在城外偶遇一农夫赶着五百头牛前去阉割。听闻后，王弟心生怜悯，想到自己的遭遇，随即用财物赎买了这五百头牛，使其免遭阉割之苦。神奇的是，其弟后来渐渐恢复了完整的身体，也不再出现在国王的后宫。国王得知后，深受感动和惊奇，于是派人为王弟建造了这座寺院，命名为"阿奢理儿寺"，以此向世人赞扬王弟的善举和慈悲心肠。②

通过以上两部分的记载，我们今天可以大胆推测，渭干河西岸的遗址和废墟就是曾经玄奘与木叉毱多辩论的地方，也是传说中国王为王弟建造寺院的地方。但也有学者认为，阿奢理儿寺并不在此，而是在库车市以北约 11 千米山谷中的克孜尔尕哈石窟与博其罕那佛寺。我们在这里暂且不讨论具体的方位问题，可以肯定的是，阿奢理儿寺就在今天库车市的周边，它曾是龟

---

① 此处内容参考了高永旺译注《大慈恩寺三藏法师传》卷第二。
② 此处内容参考了董志翘译注《大唐西域记》卷第一。

兹地区最负盛名的佛教寺院。

越过渭干河大桥，修缮一新的库木吐喇千佛洞景区大门映入眼帘，因尚未竣工，暂未对外开放。在大门口短暂逗留后，我和老王随着东来西往的车流进入了库车市。库车这座城市在我的印象中，分为东西两部分，东边是高楼林立的新城，汉族人和维吾尔族人杂居，车水马龙，熙熙攘攘；而西边则位居乌恰沙依河两岸（大部分位居河西岸），这里多了份古朴，维吾尔族人占据了主体地位。一座名为"龟兹古渡"的大桥连接着新城与老城。穿越大桥，进入老城，仿佛穿越了时空，无论这里的建筑还是街道上的面孔，都将你拉向一个遥远的西域。

我们住在靠东的中心街区，所以每天都能够感受到这座城市最强烈的心跳。而我个人更偏爱西边的老城区，因为在那里你可以看到库车曾经的模样。我和老王在老城的街巷中闲逛，这里不光有低矮密集的维吾尔族民居，还有从事手工艺制作的作坊和烟熏火燎的烤肉摊位。民居一家挨着一家，外墙用白色涂料粉刷，房门用蓝色搭配，白蓝两色和谐又雅致。临近街面的商铺和私宅就是另一番样貌了，门窗雕刻着各式各样的花饰，相比街巷中的宅院，这里的门面更加活泼精致。

接着向老城里面行走，就来到了库车王府，王府西边紧挨着一段清代城墙。这是在1759年乾隆皇帝为表彰当地维吾尔族首领鄂对协助清廷平定大小和卓叛乱而专门派遣内地汉族工匠为其修建的王府。王府占地面积很大，住宅、广场、花园、博物馆、陵园等建筑一应俱全，供游人参观游览，现存的建筑多是在2004年根据末代亲王达吾提·麦合苏提的童年记忆在原址重建的。

走进库车王府，沿着步道，我们穿梭在各个建筑之间，对库车历代亲王的生平和他们对国家、民族做出过的贡献有了一些了解。整个王府内部最令我印象深刻的地点是龟兹博物馆。

龟兹博物馆是只有一层的四合院，院内栽满了五颜六色的鲜花，花朵争相绽放，枝叶繁盛茂密，把中间的小路都掩藏起来。馆内展品不多，规模也不大。有三具尸骨吸引了我的注意，其中两具为汉代夫妻合葬墓中出土，而另一具则是魏晋时期的一位年轻女性，因难产而死，尸骨腹部还有一堆婴儿的尸骨，明显有别于成年人的骨骼。这具女性的头骨和另两具尸骨有明显的不同，她的头骨呈扁平状。因为我曾经学过绘画，对人体的骨骼构造有一定的了解，所以对这个形状奇怪的头骨格外印象深刻。我突然想到玄奘在《大唐西域记》中关于屈支国有过一段这样的记载："其俗生子以木押头，欲其匾虒也。"翻译过来就是说屈支国的风俗是在小孩出生后，用木板夹着头，让其头又扁又薄，并以此为美。这段记载和后来出土的这具女尸完全吻合，有那么一瞬间，我仿佛就站在玄奘的身边，倾听他描述着千年前在屈支国的旅行见闻，如痴如醉。①

绕过一处草木茂盛的花园，一栋青灰色的建筑映入眼帘。朱红色的廊柱左右排列，房檐下描画着莲花、祥云，还有龙的图腾，建筑样式完全仿照内陆明清时期的建筑风格，让人产生了置身于紫禁城的错觉。走进房间，格局也同内地一样，中间大厅摆放着一对太师椅，据说那是道光皇帝赏赐给第六代亲王的。内屋还有一些地毯和瓷盘等王府御用物件，再加上墙壁上的挂画介绍，一段历史便有了眉目，一个家族便有了血肉。

紧挨着这栋建筑，还有一座维吾尔族风情的房屋，相比较而言，维吾尔族人更喜爱用花花绿绿的花草来装饰自己的住宅，无论是房檐下还是门廊前，随处可见花卉草木，这也反映出维吾尔族人知美爱美的生活情趣。房门半敞开着，我和老王向内张望，屋里的摆设似乎说明这座房屋仍有人在此生活居住，定睛一看，一位中年妇女侧卧在沙发上睡午觉，原来她就是末代王爷达吾提·麦合苏提的第五任妻子。二人相差近四十岁，所以在末代王爷离世多年后，这位王妃仍然健在。

中国最后一位世袭王爷达吾提·麦合苏提就安葬在这座房子的斜后方，那里为他建起了一座崭新的陵寝，陵寝中央安放着王爷的遗体，周围的墙壁上挂有库车十一代亲王的画像，他们与达吾提·麦合苏提一同守护着库车。

---

① 此处内容参考了董志翘译注《大唐西域记》卷第一。

复古之路 ~中国西北行记~

在荒原上寻找古城

库车是古龟兹地区的政治中心、文化中心和经济中心，是汉唐经营西域的心脏地带。曾经的辉煌早已随风而逝，但我们今天在其周边的大地上，仍然能够通过历史留下来的蛛丝马迹寻见曾经的峥嵘岁月。

在库车的天山西路和文化西路的交会处，马路两侧的白杨树荫中隐藏着几段残缺的夯土墙，路过的人并不会在意这几个长满杂草毫不起眼的黄土堆，即使岁月磨平了它的棱角，光阴削矮了它的身高，它仍顽强地矗立在龟兹大地上，不即不离。它正是龟兹故城遗址，是曾经这一地区的王城，直到唐朝末年被吐蕃入侵毁灭。龟兹，这是一个既遥远又浪漫的国度，它曾是西域佛教中心，也享有"西域乐都"的美誉。但今天走在库车的街道上，和其他南疆城市别无二致，想要探寻它曾经的容貌，我们只能走近这些古代遗址，通过它们才能撑起我们对遥远龟兹的想象。

在库车市南郊的塔里木乡，在一片干涸的河床附近，有一座古城遗址，当地人称之为"唐王城"，"唐王城"在新疆是对类似唐代古城的统一称谓。据说在唐代，这里曾是驻守此地唐军的军马养殖繁育基地，为战时提供充足的后备资源。但后来，人们又在此地陆续发现了几件汉代文物，一下子将这座城的身份向更久远的时空拉扯过去，它或许在汉代就已经是龟兹地区规模较大的城池了，而不只是简简单单的一处唐代军马基地。关于它的真实身份，还有待更多的研究，或许在不久的将来会有更加令人惊讶的发现。

库车市南侧戈壁中的唐王城遗址

这座古城的布局令我印象深刻，它由一大一小两座长方形城池并排排列，北侧的城墙更加高大，而南侧的城墙略显低矮，并且很多处都已倒塌，因常年风吹雨淋，整座城池的墙体都坍塌了许多，但北城东南角的圆形角墩还可以看到。在遗址附近，到处都是红柳丛和骆驼刺，放眼望去一马平川。现在虽是满眼荒芜，但不难想见，这里曾经应该是水草丰美的优良牧场，成群的战马在此奔驰，汉人与龟兹人在此劳作生息，共同守护着美好的家园。

沿着沙漠公路向东走，来到轮台县境内，轮台县南侧的半农垦半荒原地带也有两处重要的古代遗址。其中一个是奎玉克协海尔古城（又名柯尤克沁古城），又称"仓头城""灰烬城"，它被认为是西域轮台国（又称仓头国、乌垒国）的都城。奎玉克协海尔古城被两条已经干涸的河道包围，周围长满了红柳；在地面几乎看不到任何城墙的轮廓，只有一个高大的土丘映入眼帘。若俯视整片遗址，圆中带方的外城轮廓便一目了然了。

说起这座古城，不得不与一位雄心壮志的帝王相联系起来。公元前115年，刘彻在宫中举行了一次盛大的占卜仪式，得到的卦象显示为"神马当从西北来"，这个结果对于喜爱良马的刘彻来说是一个绝对有吸引力的事情。七年后，乌孙向汉朝称臣，希望与汉联姻，并以乌孙良马作为聘礼，就这

231

样，此前的占卜应验了。刘彻将乌孙马命名为"天马"，并作了一首《天马歌》，足以见得刘彻对此马的喜爱。

再后来，刘彻从一位大臣那里得知，在西域的大宛国有比乌孙马还珍贵矫健的马匹，名为"汗血宝马"，但从未有人真正见到过，大宛国也从不愿意向他国交出汗血宝马。刘彻为此茶不思饭不想，最终下令使臣带着黄金和用黄金铸成的金马前往大宛国求取汗血宝马。可是刘彻太过天真，汉使带着金银财宝和满腔诚意千里迢迢来到大宛国，不承想却碰了一鼻子灰，大宛国不但拒绝了他们的请求，还截杀了汉使，没收了财物。消息传回长安，刘彻怒不可遏，遂派贰师将军李广利率兵士万余人西征大宛。因路途遥远艰辛，加上西域诸国纷纷拒绝为汉军提供粮草供应，一路上都有士兵掉队逃跑，待来到大宛国境时，军队不堪一击，迅速溃败，李广利带着残部向东狼狈地逃回了玉门关。刘彻大怒，下诏禁止李广利进入玉门关，李广利便只能在关外驻扎等候。

公元前102年，刘彻命李广利再次率军征伐大宛，这次大军做足了准备，军士六万，牛十万，马三万，还有数万其他劳力和牲畜，一路浩浩荡荡向西而去，所到之处西域各国无不开门迎宾，只有轮台国闭门谢客，拒不向汉军提供粮草。在兵强将勇的汉军面前，轮台国迅速败下阵来，城池陷落，整座城惨遭屠城焚毁，无人幸免。因汗血宝马而发动的战争最后的结局是：汉军大获全胜，大宛国国王被杀，李广利带着几十匹汗血宝马如愿以偿地凯旋，而轮台国就这样作为陪葬品一起覆灭了。42年后，也就是公元前60年，刘询命郑吉为首任西域都护，并在乌垒城的基础上设置西域都护府，正式对西域诸国实施统领与管辖。[①]

今天，通过一系列的考察，我们发现奎玉克协海尔古城极为可能就是当年被李广利屠城的仓头城，以及中国历史上第一个西域都护府的所在地。放眼四周望不到边际的荒原，想象着铺天盖地的汉军从四面八方向仓头城而来

[①] 此处内容参考了高洪雷《大写西域》第二十章。

是怎样一个可怕的场面，现在我们仍然无法得知是什么让区区小国轮台有这般勇气与汉帝国作对。

我和老王来到古城时，发现这里正在进行大规模的考古发掘，考古工作者们在遗址中央凸起的土台上奋力发掘，四周用防雨篷布覆盖着，对面不远有几个用集装箱拼接起来的工作室和休息室，我和老王走近集装箱，几个年轻人连忙出来核实我们的身份，为了不影响大家工作，我们简短聊了一会儿便离开了。据他们所说，这里的考古工作已经进行了四年之久，一共要进行十年左右，所以关于这座古城的真实身份和最新研究成果还未最终得出结论，它到底是不是人们以往认为的"仓头城"和首个西域都护府的所在地，随着考古工作的深入，将慢慢揭开面纱，让我们拭目以待。①

沿着碎石路继续向东行走，前往下一处遗址——卓尔库特古城。从碎石路向左拐入小路，越往里深入小路越窄，随即被大片的棉花地拦住去路。棉农告诉我们要向东绕行才可到达古城，于是我们顺着他的指示向东行走。小路东拐西拐，越来越难走，我并不认为这是一条可行的道路，始终没有找到通向遗址的大道，所以停在原地和老王商量了一会儿，我们便止步不前了。

我放飞无人机，无人机爬升到三百米的高空向北眺望，可以看到若隐若现的古城遗址。老实讲，这座古城就快要彻底地消失不见了，已经不足以称为古城，更像几处常见的土丘。和奎玉克协海尔古城一样，也有防雨篷布遮盖在地表，也有整齐排列的集装箱守在一旁，所以可以确定那里也正在同步做着考古工作。这样一来，我们就更加不会往前靠近它了。

这座古城据我国考古学家黄文弼的考察分析应为汉代的屯田校尉城，其建造者就是屯田校尉赖丹。公元前102年，西征大宛得胜的李广利在班师途中，经过了塔里木盆地南边的扜弥国，得知龟兹国胁迫扜弥国王子赖丹前往龟兹国为人质，李广利大怒，随即召见龟兹王，要求龟兹同西域各国一并臣服于大汉，并立即派遣龟兹王子赴长安为质，以示顺从，就这样，扜弥国

---

① 此处内容参考了高洪雷《大写西域》第二十六章。

复古之路 中国西北行记

太子赖丹跟随李广利一同回到了长安。随着赖丹在汉地的学习和成长，朝廷对他百般信任，他对朝廷也是感恩戴德，忠心耿耿。公元前 77 年，赖丹被派往轮台至龟兹一带任职，带领当地居民开垦土地，劳作生产。没想到赖丹的到来强烈地刺激到了龟兹国王敏感的神经，遥想当年，赖丹本应该到龟兹为质，没承想现在赖丹却摇身一变为汉朝官吏，并在自家门口开荒备战，说不定某一天这个曾经的太子就会向龟兹发起报复。这还了得！于是龟兹大军先发制人，突袭屯田校尉城，将赖丹杀死在城外的田埂间。就这样，汉朝任命的第一位西域民族官员命丧自己辛勤劳作的土地上。今天我们在轮台至龟兹一带的荒原上，仍能够找到当年驻守在此汉军开垦的农田和水渠遗址。时光能够将一切冲淡，但赖丹的名字却与这座城址永远地镌刻在了西域的大地上。[①]

连着走访了两座汉代城址，都没有走到跟前，其实这也没什么可遗憾的，在我看来，站在它附近的大地上，就已经很知足了。这片土地被汉唐军民的鲜血浸透过，黄土覆盖了一层又一层，暗淡了刀光剑影，远去了鼓角争鸣，却始终掩埋不掉民族的记忆。

---

① 此处内容参考了高洪雷《大写西域》第七章。

克孜尔千佛洞

8月19日，我和老王离开了库车市，踏上了独库公路，这条公路是连接独山子与库车的一条公路，穿越天山山脉，全长560千米，因其景色壮丽多元而走红网络，近两年来吸引了许多游人前来观光挑战。我和老王也早就期待着这一天的到来，一大早吃过饭就出发了。

从天山西路向右拐入217国道就正式来到独库公路，路上的车辆很多，尤其是卡车，所以耳边一直清静不下来。很快我们就离开了库车绿洲，眼前是一片荒芜的雅丹地貌，公路的右侧有一条干涸的河床，河床东岸的台地上耸立着一座汉唐烽燧，名叫克孜尔尕哈烽燧。烽燧通高13.5米，地处古代丝路的交通要道上，向北可抵达乌孙，向西可连接疏勒，向东可到焉耆至楼兰，它也是目前新疆境内最古老的一座烽燧。在库车一带，沿着塔里木盆地北缘还有一系列大大小小的烽燧遗址和古代戍堡遗址，这些烽燧和戍堡共同连接起了丝绸之路大干线，为保障丝路畅通做出了不可磨灭的贡献。

距离克孜尔尕哈烽燧1千米左右即是克孜尔尕哈石窟群，再向东14千米，就是苏巴什佛寺遗址。提到古代龟兹国，有一位僧人是绕不开的，那就是中国四大佛经翻译家排名之首的鸠摩罗什。鸠摩罗什出生在龟兹，父亲是从天竺来的高僧，母亲是龟兹国王的妹妹。在他七岁那年，随母亲一起剃度出家，在龟兹的雀离大寺修行学习，并在随后的时间里远赴天竺求学，后来返回西域，经过一次又一次地与外道高僧辩论获胜，而声名鹊起，就连龟兹国王都放下身段亲自迎请鸠摩罗什回国，甚至前秦皇帝苻坚为了得到他而不惜对龟兹发动战争。

复古之路 ~中国西北行记~

鸠摩罗什塑像

鸠摩罗什所在的雀离大寺就是今天库车河畔的苏巴什佛寺遗址,玄奘在《大唐西域记》中称为"昭怙厘伽蓝"。① 佛寺分为东西两部分,背靠雀勒塔格山,面向库车绿洲,顺着河道可穿越天山到达巴音布鲁克草原和伊犁地区,或更远的天山北部。残垣断壁分布在整片山坡,东西各有两座保存相对完好的佛塔,西侧的佛塔规模庞大,有别于此前看到的所有佛塔遗址。该佛塔上下两层,中间有台阶,门窗仍旧完好,远看形似大象的脑袋。1903年,日本大谷光瑞探险队在此发掘了一个木质舍利盒,舍利盒上有精美的彩绘图案,描绘了正在进行古代龟兹乐舞表演的人物形象,是目前发现的唯一一件描绘龟兹乐舞的文物,堪称稀世珍宝。②

在一大片雅丹地貌中缓缓前行,雀勒塔格山横亘在前方,山势变得异常陡峭,山体呈现出赭石色,形状尖锐的岩石一层叠着一层。山谷中一条小溪蜿蜒流淌,因为盐度很高,小溪将谷底的砂石染成雪白色,所以这条山谷就被人们称作"盐水沟"。奇异的地貌令人兴奋,忘记了疲惫,不知不觉就穿过了这片山谷,视线再次开阔起来。公路向西分了岔,我和老王拐向了西边的方向,偏离了独库公路。

向西是去拜城县的方向,要翻越一座并不算高的山岗,随后一路缓下坡。平坦的戈壁滩上时而可以看到黄羊的身影,黄羊总是警惕性很高,难以

---

① 此处内容参考了高洪雷《大写西域》第二十七章。
② 此处内容参考了张讴《玄奘密码》(中国民主法制出版社,2009年版)篇三《从高昌国到龟兹》。

接近，当我们越来越近，四目相对时，它就迅速消失在茂密的骆驼刺中。

在克孜尔乡南侧的渭干河河谷中隐藏着一座闻名遐迩的克孜尔千佛洞，是的，你没看错，就是此前我们所到访的那条渭干河，只不过这次，我们来到了它的山北上游处。到达克孜尔乡时，已是下午，眼看克孜尔千佛洞还有不到三小时就要关门了。于是我们来不及吃上一口饭就向南继续跋涉。去克孜尔千佛洞的路是一条长达8千米的上坡路，在地面上根本看不出坡度，但艰难摆动的双腿不会撒谎，着实让人费了一番体力。在快要到达时，公路突然向下倾斜，坡度很大，视野也极为开阔，郁郁葱葱的河谷与寸草不生的山体对比鲜明，渭干河面宽阔平静，像一条蓝丝带飘扬在大地之上。随后我们拐了两个一百八十度的大弯，终于来到了千佛洞的大门外。

克孜尔千佛洞坐落在河谷北侧的土崖上，先是经过长长的绿茵通道，通道两侧被高大的白杨树包裹，后面是葡萄园和枣树林。这里风景宜人，只是蚊子太多了，致使人不敢长时间驻留。匆匆走到道路的尽头，一尊垂目凝神、屈膝而坐的雕像映入眼帘，雕像通体黑色，下方鲜花围绕，在耀眼的阳光下，轮廓清晰，明暗分明。这位神情庄静、若有所思的人就是鸠摩罗什。

我和老王在讲解员的带领下登上鸠摩罗什身后的山崖，因受内陆疫情的影响，这里仅有我们两位游客，讲解员也有足够的时间和耐心来为我们慢慢介绍。

洞窟在整片崖壁上密密麻麻地分布，远看像一个巨大的蜂巢。早在公元3世纪这里就已经开始陆续开凿洞窟了，这也是我国开凿年代最早、规模最

克孜尔千佛洞内伤痕累累的壁画

大的佛教石窟群。然而正是这惊人的石窟群却屡遭摧毁与盗掘，一度沦为无人问津的废墟。除古代战争破坏以外，近代随着西方殖民主义的兴起，一些盗匪将视线投向了中亚的土地，中国西北沦为探险家梦想的乐园。在德国军火商克虏伯的资助下，一支德国探险队光顾了这里，领队名叫"阿尔伯特·格伦威德尔"。当他们一行人马来到克孜尔千佛洞时，这里完全处于无人管理的状态，荒废已近千年。他们走进昏暗的洞窟，一幅幅绚丽的壁画展现在眼前，有庄严的佛陀、恭敬的供养人、曼妙身姿的飞天……每一处都向他们释放着巨大的吸引力。其中一个名叫"冯·勒柯克"的柏林民俗博物馆馆员执意要将壁画切割带走，却被队长阻止了。勒柯克认为，如果不将它们带走，将来势必惨遭破坏，甚至消失。而队长格伦威德尔认为洞窟才是这些壁画最完美最适宜的居所，不应被剥离。勒柯克只好暂时收起自己贪婪的心，但他并没有遗忘这些宝藏。几年后，勒柯克不顾一切反对再次来到克孜尔千佛洞，这一次格伦威德尔并没有一同到来，所以他可以放开手脚大干一场了。他先是在库车城中定制了八十个大木箱，随后他和随从一起将洞窟中最精美的壁画切割下来，然后打包运回德国，共计500平方米。更为遗憾的是，被勒柯克带走的壁画中，有一半以上毁于第二次世界大战的战火中，而没有被西方探险者带走的壁画和洞窟，却一直留存到了今天。如果勒柯克还健在的话，看到这一幕，不知他是否会羞红了脸呢？饱受磨难的克孜尔千佛洞迎来了一拨又一拨不同身份的人，有国王、僧侣、信众、异教徒，还有探险队……不同身份的人到此都怀着不同的索求，从现存的壁画来看，有宗教战争中被擦去面容的菩萨，也有察合台汗国时期的"到此一游"题记；有被贪婪的盗贼刮去佛陀身上金箔的刀痕，也有牧羊人生火取暖熏黑的墙壁。当然，还少不了被勒柯克切割后留下的永远无法愈合的伤口。[①]

在几处向游人开放的洞窟中，摆放着用KT板打印的几幅完整壁画，它们的真身远在德国柏林亚洲艺术博物馆。我们仅能从这些印刷品中想象这里

---

① 此处内容参考了高洪雷《大写西域》第二十七章。

曾经辉煌宏大的场面，在惊叹之余更多的是痛心入骨的伤感。因为文物保护，我们不能像勒柯克那样随心所欲地出入每一个洞窟，无法近距离目睹这些古龟兹人的辛劳结晶，正因如此，克孜尔千佛洞终于再次拥有了身份和归属感，不再是一个无人照看的遗孤。

走出阴凉的洞窟，温暖的阳光迅速将人包裹。我和老王奋力骑上高地，身后高大赤红的山峦像舞台上的幕布一样徐徐展开，火红的太阳向西边的地平线渐渐沉下，只剩下天边的晚霞染红了旷野。

复古之路 ~中国西北行记~

向独库公路进发

收拾好心情，打包好帐篷，重回独库公路，我和老王再次来到公路的分岔处，接着昨天的道路一路北上。公路向右拐了一个大弯后，笔直地向前延伸，看不到尽头。货车不知疲倦地来来回回，拥挤的公路使人不敢大意，眼前的景色同昨天一样，周遭依旧是灰绿色的戈壁。广阔的戈壁滩上偶尔能够看到几只骆驼，远处高低错落的雅丹地貌像大海的波涛，让人感到眩晕。

下了一个大坡后，郁郁葱葱的库车河谷跃入视线中，那鲜活的翠绿色一下子打破了戈壁滩的沉寂，让人瞬间从困倦中醒来，精神百倍。岸边的村庄是阿格乡，村子入口处用几个大字写着"独库第一村"，似乎在提醒着过往的旅人自己的出身不凡。村子东边的库车河被水坝拦截，在山谷间形成了一个水库，那应该就是山南库车市市民的水源地。

此时已是正午，夏日的高温无情地烘烤着大地，柏油路面升腾起滚滚热浪，货车引擎发出低沉的轰鸣声，无精打采地向山谷中爬行。阵阵困意袭来，我和老王停了下来，打算在路边变电房下的阴凉处中午休息片刻，这是公路边唯一的阴凉。我们推着自行车来到仅有3平方米见方的阴凉下，展开防潮垫，我和老王头对头平躺在水泥地面上，阴凉刚好能将我们覆盖。河谷的微风迅速吹散了炎热，一两朵白云飘荡在瓦蓝的天空上，一切仿佛都静止了。

大概过去了两小时，气温仍然居高不下，我从半睡半醒中渐渐苏醒过来，回头看看老王在摆弄着手机，看来他还算清醒。于是我们起身卷起防潮垫，绑好行囊，沿着库车河继续出发了。

这里的河谷很宽，维吾尔族村庄在河边有限的土地上开垦出了农田，在贫瘠的土地上刨食，难度可想而知。河水不知什么时候来到了离公路很近的地方，公路左侧是垂直陡峭的土崖，被雨水侵蚀成柱状，像恶魔的利爪伸向天空。视线的右前方色彩突然鲜明起来，赤红色的山体像一团团火焰，我和老王不约而同地停下来驻足观赏，真是令人惊喜的风光。强烈的日光将周遭的红土山照射得格外耀眼，一层一层的红土叠加在一起，颜色深浅不一，层次分明。挺拔的山峰之间形成深邃的峡谷，蜿蜒着通向未知的方向。我真希望有一天能够背上背包，徒步深入这些沟沟坎坎之间，说不定会有什么意外的发现和惊喜，这种未知而又新奇的地带总是会勾起我探索的欲望，这是与生俱来的本性。

在新疆，从哈密到喀什，我们总能够与这样的红土景观相遇，它们遍布天山南北，甚至沙漠中央。亿万年的沉积环境造就了土层中多种矿物元素的积累，加上不断的地壳运动，将原本水平的地层像剥开卷心菜一样，把不同时期不同色彩的地层翻了个底朝天，才有了我们今天看到的这般瑰丽的景象，让人不得不赞叹大自然的鬼斧神工。

在这样的景观大道骑行，走走停停，节奏自然变得缓慢。宽阔的库车河谷与铁路并行，随后公路拐了一个大弯。忽然我的后轮胎发出了软趴趴的声音，我下意识低头查看，轮胎瘪了，我无奈地停下来回过告诉老王这一不幸。我快速地将内胎扯出来，随后更换了一条完好的内胎。此刻我们都已感受到腹中发空，好在前方不远有家餐厅的烤炉冒着青烟，于是我们推着车子走了过去。

这家餐厅的身后是库车河，河对岸是一座焦化厂，路上的货车进进出出，一刻不停。我和老王坐在餐馆外面的屋檐下，每人点了一份茄子拌面，我还要了三串烤羊肉。吃饱肚子后，太阳已经落下了西边的山岗，气温也随之降低，我和老王开始寻觅露营地。环顾四周，公路右侧是库车河，河水湍急，河岸被河水冲得松松垮垮，露营并不合适。另一侧红土山紧贴着公路，没有平坦开阔的空间，不过因常年雨水的冲刷，在红土山上形成了一条条狭窄的通道。

库车大峡谷外赤色的崖壁

  我们迅速地来到通道入口，我把车停在入口处，顺着通道向里试探着。绕过一块像屏风一样的大石头，通道便走到了尽头，上方的崖壁十分陡峭，可以看到头顶上的泥土中夹杂着许多碎石，仿佛打个喷嚏就可以将它们震落下来。崖壁的颜色呈现暗红色，看上去有水从里面渗出来，十分湿润，显然这里是山洪的必经之处，于是我立即查看了近期的天气状况，在确定了不会有降雨和山洪后，我放心地走了出去，通知老王这里可以露营过夜。但我们并没有在土崖下方，而是在通道入口处稍微向里的地方，那里的崖壁坡度相对较缓，即使有滚石和泥土滑落，也不会造成太大的伤害。我和老王坐下来等待夜幕降临，封闭的环境很适合奔波劳累一天后用来休息。河对岸的工厂亮起了灯火，公路上偶尔闪过一道车尾灯，夜里的气温骤降。我们钻进帐篷，平躺下来，回味着一天的视觉享受，期待着次日的更多精彩。

  晨光再次照亮了峡谷，河面上波光粼粼，工厂里的机器日夜不停地运转，厂里的狗也叫了一整夜，在路上久了，早已适应了各种环境。老王每天都醒得很早，我醒来时，他已经开始收拾帐篷了。

  吃早饭的餐厅对面有一座古城，被白杨树掩藏了起来，不容易发现，但当你来到河边时，便能尽收眼底。这是一个名叫"阿格古城"的遗址，和工厂隔河相望。它地处河谷的分岔处，像一座古代交通要道上的戍堡，但实际上它是古代负责监管周边开采矿石和冶炼金属的治所，在其附近的河谷还遗留了不少古代冶炼铜铁的遗址和废渣，所以这里便是古龟兹地区锻造兵器和钱币的地方。在遗址周边和沿河谷向北，一路上我们都可以看到大大小小的矿场，大多以煤炭开采加工为主。不远处还有一个像小镇的地方，有超市和餐厅，甚至还有居民小区和幼儿园，生活在里面的都是矿场的工人和家属，它俨然成为一个山谷中封闭的小社会。从古至今这里都是一派繁忙热闹的景象，从未断绝过。

也正是从这里开始，路上的货车突然消失了，山谷终于安静了下来，只有风声、流水声，还有自己的喘息声。这里的山体颜色不同于前一天，红土地貌不见了，山坡上到处都是巨大的岩石，裸露出来的山体剖面纹理清晰，一层一层像一本厚厚的地球历史书，这都是印度洋板块和亚欧板块千里相逢、猛烈撞击的痕迹。

我和老王来到河边的大树下吃午餐，享受这片刻的宁静。不料刚坐下不久，前方的山峰就忽然被一团乌云笼罩，看来一场大雨正在酝酿，乌云迅速朝我们的方向袭来，山谷中刮起了疾风，我们不得不起身离开，寻找可避雨的地方。阳光被乌云遮住，气温一下子降了下来，我把外套拿出来穿上，牛毛般的小雨开始降临。不一会儿乌云就向东移动了，太阳再次回归天空，这一次，阳光更加强烈，隔着衣服都可以感受到它的温度。随着海拔的升高，山坡上的植被变得丰富起来，整片整片的雪岭云杉覆盖在山峰上，拍出来的照片也都是满屏绿意，这番景象与前几个月完全不同，我们进入了一个全新的世界。公路延伸到一个陡坡处，随后开始了盘旋上升。

"前面要开始爬坡了。"我对身后的老王说。

老王没有说话，只是皱着眉头望向那个令人畏惧的陡坡。这是本次骑行以来，老王第一次面对这样的盘山公路，虽然不长，但也足以引起他的重视。

"你不用着急，也不必担心，慢慢骑，我先在前面走，你注意安全。"我希望用这样的方式来让老王放松下来。

待我到达坡顶时，我向下方的公路努力寻找着老王，只见他吃力地蹬着

复古之路 ~中国西北行记~

自行车，每向下踩踏一次，身体就跟着摇晃一次，就像在和命运做着抗争的强者，虽历尽磨难、受尽挫折，但绝不妥协。

"加油！就快到了！"我大声向老王呼喊。

老王推着车子缓缓走来。

"怎么样？慢慢骑也就上来了，不是很难吧？"

"还……还可以，我慢慢……边骑……边推着走。"老王边喘着粗气边说。

"这就是小龙池，没有想象的漂亮。"我手指着公路右侧的一潭深绿色池水。

老王只顾大口地喘气，向右瞥了一眼后便拿起水壶喝起水来。这时乌云卷土重来，看上去比此前更加气势汹汹，我和老王不敢久留，歇了一会儿就继续往前走，因为我们知道在小龙池的后面，还有一个更大的湖泊。

云雾弥漫在山峰上，冰冷的雨滴拍马赶到，不一会儿就淋湿了柏油路面。幸好路边出现了一个小卖部，我们躲进小卖部门口的凉棚下。从屋里走出一个小男孩，五六岁的样子，身着红蓝相间的卫衣，头戴一顶牛仔帽，脚上穿着一双凉鞋，屋里坐着的是他的妈妈，母子俩的面孔不像维吾尔族，具有明显的东亚人的长相，同时又兼具中亚特征。

"进来坐吧！"小男孩主动邀请我们。

"乌云一会儿就走了，雨很快就会停，不会太长时间。"小男孩指了指西北边的乌云，用稚嫩的语气继续说道。

"你是哈萨克族吗？"

"我是柯尔克孜族。"

"你在哪儿上学？"

"在库车市里上学。"

"你们家冬天还在山里吗？"

"我们夏天在山里放羊，冬天就回库车了。"

小男孩一点都不怕生，始终在与我聊天，还时不时地安慰我们雨很快就会过去。他的妈妈只是隔着窗户向外看着开朗活泼的儿子，赞许地笑着。这是我们在新疆旅行以来，第一次与柯尔克孜族进行交谈，但我对这个民族并不陌生，五年前在吉尔吉斯斯坦旅行时，曾多次邂逅柯尔克孜族人，所以这一次再次与这个古老的游牧民族相逢，几分亲切感油然而生。

果然，如男孩所说，乌云离开了，雨停了，我们与男孩挥手告别，一大片碧绿色的湖面摆在眼前。

"哎呀！太美了！"老王不禁发出感叹。

这就是大龙池，湖面微波荡漾，岸上杉树与草地共享整片山坡，青白色的巨石掺杂其间，山峰最顶处隐约露出降下的新雪，一阵凉意向人袭来。

玄奘在《大唐西域记》中记录了一件听起来颇具神话色彩的故事。说在屈支国的东边有一座城池，城北的山中祠堂前有一个大龙池，有许多龙生活在池中，并常常变换形态与岸边的雌马交配后生下龙马，这些龙马生性凶猛难以驯服，而龙马的后代才可以驯服骑乘，所以这里盛产良马。传说这里有个叫"金花"的国王，因他廉政为民，所以感动了龙并愿意为他驾车。等到国王快要去世的时候，用鞭子触动了龙的耳朵，于是龙便隐藏进了池水中，再未现身。城里的百姓日常用水都需要来大龙池提取，龙有时会化作人，与前来提水的妇女幽会，所生的儿子很勇猛，跑起来像骏马一样快，就这样龙的血脉延续了下去，所以人人都是龙的传人，凭借着自己的威猛，从不听从国王的命令，导致国王引来了突厥人，将城中的百姓全部杀死，从此这座城便荒废至今了。[①]

我不晓得玄奘所说的"大龙池"是不是我们眼前的大龙池。要知道，大龙池距离库车市直线距离约 85 千米，加上山路崎岖，想要依靠脚力前往并非易事，更不要说是前来取水。但这则传说也为眼下的这座大龙池增添了几分传奇色彩，深不见底的池水，好似真的可以通向一个未知的空间。

大龙池的东岸有几家餐厅和旅馆，因为是周末，所以来了不少库车本地人，房间都被预订出去了。我和老王得到旅馆老板的允许后，在院子的草地上搭起帐篷，两人共计五十元钱。大龙池岸边的夜晚有些寒冷，夜里，我将睡袋紧紧裹住全身，在不知不觉中结束了这一天。

---

① 此处内容参考了董志翘译注《大唐西域记》卷第一。

告别塔里木盆地

　　清晨的露水将帐篷打湿，我和老王钻出帐篷迎接新的一天。因为山里的温度相对较低，即使在八月，早晚说话也会在空中形成一团哈气。太阳渐渐爬上半空，温暖的阳光照亮了整片院子，我们将湿漉漉的帐篷和地垫铺展在草地上，剩下的交给阳光。

　　离开旅馆后，继续我们的独库公路之旅。清晨山谷中刮起了大风，公路上几乎只有我们两人，林间有马匹吃草，山上的积雪在阳光下格外醒目，满山坡都被绿植覆盖，在这样山清水秀的环境中骑车旅行是我们在新疆以来未曾有过的体验。

　　平坦的公路只延续了7千米就戛然而止了，一条长达11千米的盘山路像一道无解的难题摆在了我们面前。老王抬头望向那些看不见头儿的发卡公路，面露难色，一言不发。即使我们在前一晚都做足了翻越天山达坂的心理准备，但当你真正来到山脚下时，天山以其威严肃穆的姿态昂首俯视着一切，再无畏的行者都会心虚起来。

　　老王使出浑身力气踏出了翻越达坂的第一步，我在后面跟随，观察着他的爬坡姿态。我忽然发现老王的节奏不太对劲儿，每次踩踏似乎都使出了全身最后的一点力气。

　　"老王！停一下，你是不是挡位没有调对？"我慢慢靠上前。

　　"我不知道。"老王连忙低头查看自己车的链条和齿轮。

　　"调整好挡位，骑起来应该是很轻松的，为什么你骑得那么吃力？"我把头靠近他车的变速器。

"你应该把挡位调整到最小,这样骑才会更省力。"我边说边拨动着老王车的变速器。

老王再次骑上车试了试。

"嗨!这回轻松多了,我原来一直用大挡位在骑,我说怎么那么吃力,看你骑得那么轻松,这回好了。"老王边笑着边说。

尝到了小挡位骑行的轻松后,老王骑起来格外有劲,信心也足了不少,盘山路也仿佛被自身的热情拉平了。关于根据不同坡度如何切换挡位的问题,从旅途一开始我就和老王交代过,考虑到老王第一次骑变速车,所以我时不时地也会提醒他切换挡位,但因为此前平路较多,加上老王总是担心摔车而过于谨慎,不曾大胆尝试过,所以来到天山深处,问题就暴露了出来。

解决了这个根本问题后,我冲在最前面,老王紧随其后,不知不觉我们就来到了半山腰,回头向下看,山谷一览无余。山体被流水切割成一道一道深浅不一的沟壑。随着海拔的升高,植被的分布也随之变化,最底下的是茂密的杉树林,往上是草甸,再往上是被融雪侵蚀裸露在外的岩石山体。岩石长期受冰雪蚕食,锋利得像刀子一样,与山谷中的苍翠形成了个巨大的反差,但看上去又是那样的和谐与统一。

我们坐在路边休息,身上早已大汗淋漓,一阵山风掠过,不禁打了个冷战。

"咦!老王你猜我发现了什么?"我盯着两腿中间地上的一堆碎石突然对老王说。

"什么?"老王顺着我的目光低下头仔细寻找着。

我不紧不慢地从碎石中拾起一块指甲大的青色石子。

"你看,化石!"我将石子递给老王再次确认。

"哎呀,还真是。"

"是吧?你看上面的纹路像不像贝壳?"

"像,你运气真好。"

"它应该就是某种贝壳化石,只可惜不完整,太小了。"我既惊喜又略带失望。

在天山山脉中发现海洋生物化石并非稀奇事儿，亿万年前，新疆乃至青藏高原都是一片汪洋大海，向西连通今天的地中海。后来因为地球板块的撞击运动，海底不断被抬升，就形成了今天的高原与大山，早期的海洋生物遗骸自然而然也就被封存在了现在的高山之上。

因为剧烈运动后，身体散热过快，所以不敢停留太久，于是我和老王起身拍拍屁股上的尘土，趁着热乎劲儿一鼓作气，继续出发了。不知经过了多少弯路，走走停停，11千米的盘山路，我们花了3.5个小时终于到达公路的最高处。我与老王击掌庆祝，老王也终于露出了如释重负般的笑容，此前所有的辛苦都抛之脑后，回身望向自己一步一步爬上来的陡坡，内心无比喜悦，也颇有几分登顶珠峰的意气风发。

山顶有两栋建筑，像公路管护站，右边的二层小楼门口有一位维吾尔族大叔在售卖零食和饮料，楼对面停了一辆房车和两辆小轿车，路过这里的人，不论从哪个方向爬上来，大多会将这里当作一个休息观光平台。从库车开往伊宁的小客车，也会在这儿停车十分钟，车子刚一停下，乘客就从狭窄的车厢中迫不及待地钻出来，也许是车厢实在伸展不开，每个钻出来的人都将双臂抬起伸着懒腰，大口地呼吸着山上的空气，在这一刻重新获得自由。

我坐在楼梯门口吃着简单的午餐，懒洋洋地晒着太阳，享受着来之不易的惬意。这里被称作"铁力买提达坂"，海拔3200米，一条隧道横穿哈尔克他乌山峰，隧道长1895米，公路就像穿针引线般连通了山南与山北。在铁力买提达坂隧道口，我们正式与塔里木盆地告别，穿过隧道就意味着来到一个全新的世界。我回头望向层峦叠嶂的群山，看不见塔里木盆地的绿洲，也看不见塔克拉玛干沙漠的黄沙，但我知道它们就在山的那边。我和老王向群山挥了挥手，一头扎进了漆黑的隧道。

这条隧道已经有四十多年的历史了，墙壁上黑一块白一块，不少墙皮已经脱落。要知道这条公路在漫长的冬季是完全关闭的，每年只有五个月可以通车，而大部分时间是被冰雪封存起来。隧道内没有通电灯，所以里面伸手不见五指。我们在隧道内行走只能借助微弱的手电筒灯光,每有汽车驶过,都令人胆战心惊。隧道内的温度也极低,仿佛冬天般寒冷,依旧是夏装的我开始怀念起沙漠戈壁的烈日。

刚一进隧道,老王和我就拉开了距离,他应该是害怕被过往车辆碰到而故意放慢了速度,这也让我替他捏了一把汗。

"老王!老王!"我不时回过头在一片漆黑中寻找老王。

久久不见回音,我不敢在隧道内停留太久,只好一个人先快速地向前走。在无边的黑暗中时间过得异常缓慢,前方终于在黑暗中露出一个针眼大小的亮光,我朝着亮光奋力前行,仿佛过了好久才来到了隧道的另一端。我把车停好,立刻回身走到隧道口并向内呼喊。

"老王!老王!"

还是不见老王的踪影,我开始担心起来,怕他在幽暗的隧道内发生意外,我始终站在隧道口向内张望,像手术室外焦急等待的家属一样。过了十几分钟,终于看到一个瘦弱的身影推着自行车不紧不慢地从黑暗中走来,那一刻,老王像死里逃生的幸存者,我也终于松了口气。

"你走出来的?"我不可思议地问道。

"是呀,里面太黑了,我骑起来车把摆来摆去,还不如下来慢慢走呢。"

"我回头看了两次,和你拉得越来越远,我不敢在里面等你,所以就先出来了。出来了就好,出来了就好。"

就这样,我们顺利通过了铁力买提隧道。

来到山的北边,白云开始聚拢,云朵在阳光的配合下做起了光影游戏,山谷间时而阳光明媚,时而天色阴晦。此前辛辛苦苦爬坡,此刻尽享下坡的畅快。我开玩笑似的和老王说:"上坡像赚钱,下坡像花钱,现在我们可以痛痛快快地花钱啦!"话音刚落,老王就一溜烟地下降到了谷底。

山的北侧植被相对简单,除了青草就是一些野花和灌木,天山山脉最具标志性的雪岭云杉不见了,但这并不妨碍我们享受这来之不易的美景。老王躺在草地上,美滋滋地晒着太阳。一个身材略胖、皮肤黝黑、戴着黑框眼镜的小伙子骑着自行车从对向缓慢驶来。

"你好！"我事先与他问候。

小伙子停稳后摘掉耳朵里的耳机："你好！"

"你从哪里来？"

"我已经骑了一圈了，从阿克苏骑到乌鲁木齐，然后又从乌鲁木齐骑到这儿，准备回阿克苏了，我就是新疆人。"小伙子似乎对自己即将完成的壮举感到无比自豪。

"前面下雨了？"我看他浑身湿透了便问道。

"别提了！刚才下了好大的雨，我没地方躲，全湿了，你看！我的外套还没晾干。"

"现在那边还在下吗？"

"不下了。"

"哇！咱们还挺幸运的，刚过来就晴天了。哈哈哈！"我和坐在草地上的老王相视一笑。

越向北走，公路的坡度也越小，两侧的峡谷逐渐趋于平缓。白云飘浮在清澈的天空上，漫山都是肥沃的牧场，牛羊像芝麻一样被随意抛撒在绿色的山坡上，几顶洁白的蒙古包点缀在离河岸不远的空地中，这是蒙古族最常见到的生活场景。从河谷中走出来后，视野异常地开阔，这意味着我们已经暂时远离了天山山区，宽广的巴音布鲁克大草原向我们张开怀抱，我时不时地回过头向身后的天山山脉眺望，连绵的群山被一层白雪覆盖，这个时候的天山，云层又开始聚集起来，远远地看上去像一堵高墙挡住了南下的暖湿气流，而巴音布鲁克草原此刻正沐浴在温柔无限的阳光之中。

骑行在笔直平坦的草原公路上，你会与浩浩荡荡的羊群不期而遇，尤其是在早晚时分。这里盛产一种名为"巴音布鲁克黑头羊"的绵羊，它们从胸前到脖子再到脑袋耳朵，统统是乌黑色，而其余部分则是常见的白色，尾巴几乎看不见，样子像极了英国广播公司创作的定格动画《小羊肖恩》中的经典形象。最好玩的当数它们肥硕的屁股，像悬挂了两个装满水的气球，

巴音布鲁克大草原上的羊群

圆滚滚，沉甸甸，走起路来一摇一摆，实在滑稽可笑。我骑着车子慢慢地跟在羊群后面，眼前是几十上百个摇晃的肥臀。牧民骑着马紧随其后，他的几条牧羊犬虽然看起来很凶，但都很温顺，从不追赶骑车的旅行者。

落日前，我和老王到达了草原上第一座村镇——巴音郭楞乡，虽说是一个乡，但只有二十几户牧民定居在公路西侧，乡政府的二层小楼是这里最醒目的建筑。牧民的房子一字排开，面积不大，但足够为生活在里面的牧人遮风挡雨，牧民在自家房前屋后搭起了不少蒙古包，这些蒙古包都是为到此的游人提供的。里面通常摆放着三张大床，中间是一张桌子，低矮的门口边放置一个火炉。

我们找到唯一一家还在营业的餐厅停下来，里面坐着一个从湖南来的自行车旅行者，名叫龙健，面颊被风吹得泛着红晕，看样子这几天没少吃苦。我们三个人坐在餐桌前，龙健点了一份番茄蛋拌饭，我和老王要了一份白菜羊肉炖粉条和两碗米饭。餐厅的蒙古族老板娘身材微胖，看上去拥有草原民族先天的力量感，加上一副不苟言笑的面孔，让人多少有些畏惧。她有着宽宽的颧骨和细长的眼睛，民族属性极高。看到她的一瞬间，有一种强烈的地域差别感猛烈地撞击着我的胸口："啊！我真的远离了维吾尔族风情浓郁的塔里木盆地，来到游牧的蒙古草原了。"

饭后，风停了，余晖洒满草原，天边的云朵被晚霞映得通红。夜里，蒙古包外的温度迅速降低，我们三人睡在同一顶蒙古包内，老板娘为我们送来了煤块，点燃了炉火，蜷缩在厚重的棉被里，暖乎乎的。

次日我和老王目送龙健启程，接着，我们也出发了。开都河像回肠一样蜿蜒流淌在草原之上，滋养着这里的一切。草原公路一路延伸到巴音布鲁克镇，镇子的规模要比巴音郭楞乡大得多。七年前，我在一场春雪中第一次抵达这里，几年不见，变化可真不小。大大小小的宾馆酒店如雨后春笋般拔地而起，餐厅商店遍地开花，曾经遥远的草原小镇已是今非昔比，只是这几日受疫情的影响，镇子显得空空荡荡。

说到巴音布鲁克草原和生活在这里的蒙古族，人们总会想到一位英雄式的人物，他就是清代的卫拉特蒙古土尔扈特部的首领渥巴锡。从明代崇祯年间开始，为了躲避准噶尔部的威胁，土尔扈特人被迫向西迁徙，到达今天的俄罗斯伏尔加河流域。但后来日益强大的沙俄势力不断袭扰土尔扈特人，在西迁了一个多世纪后，由渥巴锡继承汗位，他决定带领族人向东返回故土。东归途中并非一帆风顺，一路上都有沙俄骑兵围追堵截，损失惨重。最终在乾隆三十六年（1771年）的春天，土尔扈特人与前来接应的清军在伊犁河流域会合，清廷妥善安置了东归的土尔扈特部，并将今天的伊犁地区乃至博尔塔拉蒙古自治州和巴音布鲁克草原等富饶的土地划分给土尔扈特人用来定居和游牧，乾隆还册封了渥巴锡，以示对土尔扈特人归顺清廷的赞许。这一重大的历史事件为多民族统一的中国书写了光辉的一笔，也为多元统一的民族事业做出了巨大贡献。[①]

时过境迁，土尔扈特人的后代仍旧生活在这片肥美的草原上，也许他们之间仍流传着有关祖先千里回乡的动人故事。昔日的苦难和恩情都已远逝，千言万语都化为镇子马路旁广告牌上的四个大字：东归故里。

[①] 张安福：《远略雄心：西域两千年》，第230—233页。

滞留在巩乃斯河谷

在巴音布鲁克镇子上的两天，我和老王除了吃饭，再没有去到街上闲逛，纯粹地休整身心，为接下来前往伊犁地区做着准备。在镇子上的第三天清晨，我们早早地离开旅馆，吃过早饭，一切都如往常一样。

肚子有了粮食，才有力量继续跋涉。我和老王沿着开都河一路向东，与一拨又一拨牧民的羊群正面相遇，羊群声势浩大地奔向远方的牧场，卷起阵阵尘土。离开巴音布鲁克草原前，先要爬上北边的拉尔敦达坂，达坂并不高，站在达坂上可以俯瞰绵延不绝的山脉。这里沟壑纵横，公路紧贴着山体描摹出大山的轮廓，山坡上生长着成片的雪岭云杉，哈萨克族牧人的毡房在林间安扎。想不到在如此陡峭的山势上，仍有羊群漫步其间，悠然自得。体型惊人的天山金雕翱翔在山谷之上，绵延的群山峡谷，在它锐利的目光中一览无遗。我和老王被眼前生机盎然的景色所吸引，更令我们感到惊喜的是前方拥有长达 27 千米的下坡，在这样的环境中一路向下令人愉悦，每向前一步，身心都沉浸在天堂般的美妙之中。

一整天天空都阴沉着，偶尔阳光才会穿透云层照射在山林间。午后，大片乌云裹挟着几声闷雷向我们袭来，那气势犹如愤怒的公牛从山顶狂奔直下。我和老王不敢怠慢，顺着长下坡，一溜烟地来到了巩乃斯河谷。这里是独库公路与 218 国道的交会处，从 218 国道涌来的货车立刻让这条偏远的峡谷公路喧闹起来。哈萨克族牧民赶着牛羊马匹也时常在柏油路上经过，巩乃斯河在一旁奔腾不息。天空更加阴沉了，我们一刻不停地直奔新源县的那拉提。

因受局部地区的疫情影响，我和老王没有能够被准许进入伊犁，我们此刻面临着两种选择，要么临时改变计划继续沿着独库公路北上至独山子，这样一来伊犁地区和博州地区将遗憾地错过；要么我们在此原地等待放行，但这样做有些许赌博的成分，因为我们不知道要等待多久，一切都变得被动起来。更麻烦的是，巩乃斯河谷里没有可以补给的商店，也没有提供休息的旅馆，岔路口只有一家还在营业的哈萨克族餐厅，何况现在淅淅沥沥下起了小雨。最终，我果断做出选择，打算在巩乃斯河畔安营扎寨，耐心等待放行的那一刻，因为我们实在不想与伊犁擦肩而过，正是拥有了这份强烈的冲动和欲望，所以才愿意留下来。

老王被突如其来的"打击"搅得毫无兴致，始终一言不发，面无表情地盯着奔腾的河水和茂密的森林。

"没能进入伊犁，你是不是觉得有点遗憾？"我说。

"是啊，好不容易来了，却进不去。对我而言，这次错过了，可能再不会有机会了。"老王的视线从森林中移开，用低沉的嗓音说道。

"别担心，没事，我们等等看，明天看情况再说。"我摆出轻松的姿态，希望给他一些宽慰和信心。

老王再次将视线挪移到了河对岸的森林中。

在巴音郭楞乡时，龙健曾向我们讲述了他未能进入伊犁的经过，不料同样的情况也印证在我们身上。夜幕就要降临，山谷笼罩在幽蓝的氛围中，我们在巩乃斯河边的草地上露营，夜里冰冷的雨滴拍打在帐篷上，一切看上去都是阴郁沮丧的。我躺在帐篷里查阅当下的新闻线索，突然一个自称在机关单位工作的网友给我发来消息，称本轮疫情只是虚惊一场。这则消息像给我打了一针强心剂，事情似乎即将迎来转机。

第二天上午，天空碧蓝如洗，阳光照暖了山谷，空气格外清新。伊犁尼勒克县的防疫工作者在得知我们的遭遇后，主动与我取得了联系，并答应帮助我们与新源县方面进行协调沟通，叫我们先在原地等候。我和老王来到那家唯一的哈萨克族餐馆，餐馆外墙粉刷成亮丽的桃红色，屋里总是冷冷清清，老板娘一个人忙里忙外不停地出入餐厅。老板一家都是生活在这里的哈萨克族，老板娘穿着一条浅色牛仔裤，五十多岁的年纪，"O"形腿很严重，走起路来有些摇晃。

填饱肚子后，我和老王坐在餐厅外的床榻上，同我们一样被困在这里的还有一个山东的货车司机，他总是笑眯眯地盯着手机，看不出有什么心事。时间一分一秒地过去，经过一整天的耐心沟通和询问，终于在黄昏临近时，我们得到了新源县的通知，于是我和老王再次骑上车，奔向伊犁。我们在夕阳中开怀大笑，那一刻，仿佛全世界就摆在我们眼前，没有哪里是我们不能到达的，黑色的柏油路笔直地伸向太阳落下的方向，任由自己去闯荡。

不得不说，伊犁那拉提的景色真的让人心旷神怡，公路南边的山坡上绿草如茵，在金色的余晖中散发出地毯般的柔和光泽。牧人用长长的镰刀在山坡上打草，为牲畜过冬做着准备。路边的村庄居住着哈萨克族、维吾尔族，还有汉族和回族同胞。天黑前，我们在路旁的一大块看上去还算优美的草地上支起帐篷。坐在柔软的草地上，夕阳再次映上脸庞，我们仍沉浸在到达伊犁的喜悦中。

巩乃斯河谷中的哈萨克族牧民

草原八卦城

旭日东升，大风将帐篷吹得呼呼作响，西边不远的山里电闪雷鸣，看样子该起身离开了，我和老王重新返回到公路上，一股脑地向西而去。浓重的乌云翻滚着由西向东逼近，闪电直直地劈向山中的某处空地，随后倾盆大雨像幕布一样将山体遮挡起来。所幸平原地带只是掉落了几滴雨滴，并无大碍。

从乌云中走出来，天空立刻放晴。笔直的白杨树在路旁形成一道屏障，后边是一块块正在被收割的玉米地。哈萨克族牧民将山上的牧草运回家，被打草机压缩成方块的牧草整整齐齐摞成一座座小山。汉族果农把果园里的苹果和桃子摆在自家门口售卖，我每次遇到都会买上一些带在路上品尝。

从新源县城向西穿过一大片兵团农场，再跨越伊犁河，就来到了巩留县。一进县城，宽敞的街道修整一新，绿草鲜花，争奇斗艳。尽管城建如此美丽整洁，我和老王也并没有打算多住几日，第二天一早，我们就再次启程。

向西继续穿梭在平坦的庄稼地间，随后脱离大道向左拐进荒野小路，南边是乌孙山东端，地势一路抬升。经过了最后一个村庄，小路再次与大路相接，这条崭新的大路连通着伊犁河谷和特克斯河谷，此处也是前往山南特克斯县的主干道。路旁村庄里多居住着维吾尔族和哈萨克族居民，村旁的麻扎上耸立着几座不明年代的陵墓，陵墓不大，部分墙体黄土脱落，如风中残烛一般随时可以崩塌。大路上建起一座醒目的收费站，我和老王在大路与小路的相接处停了下来，把前一天从新源县买来的桃子吃光，然后望着收费站开始犯起嘀咕。

我面对公路观察了一会儿，发现除了汽车，没有其他车辆和行人，不晓得这条路是否可以骑自行车通过。它是附近唯一通往特克斯县的公路，所以我们无论如何都要从此通过。我七年前曾搭车去过特克斯县，在我还算完整的记忆中，清楚地记得这条路曾经的模样，当时还没有柏油路，全部都是坑洼的土路，车辆一过，尘土飞扬。

　　我把最后一个桃核丢了出去，用水将沾满汁水的双手冲洗干净，正式和老王踏上了这条大路。收费站的工作台内坐着一位浓眉大眼的女士，我不想和她对视，但还是被她看到了。我低着头快速驶过了收费站，回头看了看工作台，发现她并没有出来制止我们，于是我松了口气，直到向前拐进山谷，山体完全遮住了收费站，我才完全放下心来。

　　山谷中几乎没有一丝风，太阳高悬在头顶，汗水从额头上渗出来，然后顺着面颊滴落在柏油路面。整条路被护栏和铁丝网围住，因为山谷中有哈萨克族牧民的牲畜，细长的牧道与公路并行，不知从哪儿冒出来的小溪流时而从公路下方穿过，带来一丝清凉。到达山顶时，西边的乌云缓缓向东而来，一条2.7千米长的隧道摆在眼前，显然，这条隧道是在我初次光顾这里后修建起来的，以往需要从一侧的盘山路翻越整座山峰才能到达特克斯，现在着实方便了许多。

　　进入隧道就代表着上坡告一段落，准备开始享受"花钱"的快感。"钱"花光了，特克斯县城也到了，我和老王径直走向事先预定好的一家民宿。这家民宿深藏在马路旁低矮老旧的民宅中，这一片的房子都是20世纪六七十年代的样貌，一栋白墙红瓦房，铁门紧关，墙上贴着一张纸条，上面写着"暂停营业"。我颇感奇怪，于是拨通了老板的电话，电话一端传来一个中年妇女的声音，随后拍马赶到。

　　老板是一位中年女性，短发，戴着一副近视镜，身材瘦弱，看上去像个中学班主任。她为我们打开铁门，并带领我们进入一间老宅改造后的客房。客房虽然不大，但一应俱全，两张单人床、一台电视机、置物台、洗手台、卫生间、热水器……我们十分满意。这里最让我们感到舒适的是房门外宽敞的院子，院子里种着一棵大树，树下还有另一间客房，客房里住着一位广东来的老者，他一个人到此旅行，站在院子里和我们闲聊，就像我们多年的邻居。树下有一根晾衣绳，我把 T 恤衫和裤子洗好挂在晾衣绳上晾晒。院子里忽然刮起一阵强风，衣服被卷落在地，乌云漫过天空，但很快，又恢复了平静和晴朗。

特克斯是一座不算大的县城，来这里旅行的人络绎不绝，人们都想见识一下"世界上规模最大的八卦城"。如果你行走在这座城镇的中心广场上，不需要别人告诉你，你便可以察觉到它的特别之处。站在高高的台阶上，向四面望去，你会发现八条纵向街道都指向脚下的中心广场。每条街道按照《周易》"后天图"中的方位命名，"坎"对应北，"离"对应南，"震"对应东，"兑"对应西，"坤"对应西南，"乾"对应西北，"艮"对应东北，"巽"对应东南。[①]另有四条环路从中心广场向外围延伸，所以我和老王所居住的方位便是二环内的"乾街"西侧。从高空俯瞰，整座县城便是一张巨大的八卦图封印在特克斯河北岸，令人惊叹。到了夜晚，黑夜笼罩大地，街巷的灯火点亮，特克斯如一张巨大的蜘蛛网悬于浩瀚的宇宙中，将周遭一切恒星网罗其中，使人不需要登上真正的太空，就能感受到自己的渺小。这里有许许多多非常相似的路口，而每个路口都没有固定的红绿灯，所以这里也是全国唯一一座没有固定红绿灯的县城。

人们会在惊叹之余好奇是谁创建了这座独特的城市。目前有两种说法，一说是在 1220 年，受成吉思汗的邀请，古稀之年的丘处机西行，当他来到特克斯河谷时，发现这里是绝佳的风水宝地，于是在此设计建造了八卦城。二说是在 1937 年，时任伊犁屯垦使兼警备司令的邱宗浚，在特克斯升为县后，按照《易经》中的"天地交而万物通，上下交而其志同"的概念设计建造了八卦城。[②]邱宗浚是"新疆王"盛世才的老丈人，而他们都是辽宁人，与我还是老乡呢。这样看来，这座城和千里之外的东北多少还有些渊源，作为一个东北人来到这里，仿佛看望一位远房亲戚。

[①] 注：参考《周易》"后天八卦图"。
[②] 刘珺：《新疆八卦城，规划之妙知多少？》，载《广西城镇建设》2017 年第 9 期，第 114—118 页。

俯瞰特克斯县城

　　经我查阅资料发现，第一种说法并不确凿，丘处机当年西行时似乎并没有到过特克斯，所以更不可能在此建城，这种说法应该是人们的一厢情愿。为何会这样牵强附会呢？那还得从我的老乡邱宗浚说起了。邱宗浚仗着自己是盛世才的老丈人，在新疆的权势也越来越大，经常胡作非为，欺压百姓，大肆搜刮财物，人们对他也是恨之入骨，敢怒不敢言。正因如此，人们才不愿承认自己生活的城镇是他的杰作吧，毕竟仙风道骨的长春真人要比贪得无厌的军阀更受人爱戴不是？

　　我和老王在"兑街"闲逛，不一会儿就走到了三环路，街上可以看到各个民族的面孔，哈萨克族、维吾尔族、汉族、回族，还有蒙古族，等等，商贩推着车子在街上售卖新鲜诱人的水果，三两游客漫无目的地东张西望，这里和大多数新疆县城没什么两样，只有站在上帝的视角，它才是最值得当地人骄傲的。

乌孙故地

清晨，我和老王依依不舍地离开了我们的瓦舍和邻居，经"兑街"向西穿出了特克斯县城，下一站是60千米外的昭苏县。

去昭苏的这段路可没少让我们吃苦头，一路都是较为平缓的上坡，用老王的话讲就是"看着平平的，骑起来全是坡"。这段路正在旧公路的基础上翻新重建，所以遇到桥梁就要改道绕行，坎坷不平且尘土飞扬。再艰辛的旅途也消磨不掉行者的高昂斗志和乐观的精神面貌，因为他们总能在孤独漫长的路途中寻见最简单的快乐和满足。

公路沿着河谷一路向西延伸，在河水冲刷出的肥沃平原地带，人们开垦土地，种满庄稼，牛羊和孤零零的牧民房屋散落在空旷的山坡上。棉絮般的白云连成一片，高悬在远处乌孙山的上方，蓝天深邃遥远，金黄色的麦田在风的作用下卷起层层麦浪，紫苏花花海一眼望不到头，大地像调色盘一样五彩缤纷。

在连成片的蚕豆地中，收割机有规律地往返于田垄之间，风卷残云般将蚕豆收割干净，地上洒落了许多饱满的蚕豆，老王随手就拾起一小把，我将一颗蚕豆放进嘴里使劲咀嚼，味道有些青涩，实在不比商场中加工过的好吃。仔细看，不难发现在这田地中凸起一个大土丘。我和老王走下公路，来到土丘旁，土丘高2~3米，直径约40米，周围长满草，无人打理，农民耕种时也不曾将其破坏，而是有意地绕开它。抬头向周围看去，在不远处还有三四个类似的土丘不规则地分散在大地之上，实际上它们全都是乌孙人的墓地。

在伊犁地区，曾生活着古老的游牧民族——乌孙人，他们最初生活在河西走廊的西端，而同时期也生活在河西走廊的月氏人当时的势力相对强大，邻里之间要么和谐共处，要么兵戎相见。历史一再证明，两个部落或国家往往都会选择后者。月氏人杀死了乌孙的首领难兜靡，败下阵来的乌孙人开始向西逃亡，最终依附强大的匈奴人。在逃难的过程中，难兜靡的儿子猎骄靡出生了，匈奴单于收养了这个丧父的婴儿。在后来的岁月里，猎骄靡长大成人，月氏人也被匈奴击溃，同样踏上了逃亡之路，最终在伊犁河至楚河一带安居下来，他们将世代生活在这里的塞人赶跑了，独占了这片丰美的伊犁草场。①

再后来，猎骄靡凭借匈奴这座靠山，开始了对月氏人的复仇计划，他斩杀了月氏王，月氏人不得不再次向西逃窜。就这样，猎骄靡将伊犁地区占为己有，并摆脱了匈奴的控制，自立为王，建赤谷城于伊塞克湖东南部，恢复了往昔的乌孙政权。乌孙人在这里生活了五百多年，最终在内部斗争中分崩离析，直到被北方崛起的柔然所灭。②现在来看这些被千年风霜洗礼过的墓地，多多少少给这片土地平添了几分豪壮与悲怆。

就在这些高大坟冢西侧的草原上，有一块毫不起眼的地方，这里的草地上竖立着几块用花岗岩雕刻的石人形象。这些石人来自隋唐时期生活在这里的另一个游牧民族——突厥。它们面朝东方，高低错落，有的独自一人，有的为三口之家。最标志性的一个是被称为"突厥王子"的石人，它头戴冠帽，后面梳着一根长辫，双手交叉置于胸前，有人推测它为西突厥王子。像这样的突厥石人不仅存在于伊犁地区，阿勒泰地区和中亚也都有广泛分布，突厥石人和乌孙墓一同守望着这片古老富饶的草原。在中亚大陆，有多少民族来来往往，像流星般闪烁着耀眼的光亮，然后又复归平静，虽然他们都已远逝或融入其他民族，但关于他们的故事仍在草原上世代流传。③

我和老王来到了昭苏县，住在一家名为"神骏故里"的客栈，名字带有强烈的草原气息，所谓"神骏"正是指昭苏盛产的伊犁马。昭苏是古代乌孙国的故地，乌孙以产良驹乌孙马而著名。当年乌孙王猎骄靡曾以乌孙马作为聘礼向汉朝请求联姻，足以见得这里的马匹多么珍贵和优秀。如今的昭苏仍

---

① 此处内容参考了高洪雷《大写西域》第三十七章，以及萧绰《西域简史》第一章。
② 此处内容参考了高洪雷《大写西域》第四十五章。
③ 萧春雷：《天山走廊：亚洲的十字路口》，《华夏地理》2013年9月号。

然是上等马匹的出产地，甚至被原农业部授予"中国天马之乡"的美誉。

今天的伊犁马以哈萨克马为母本，融入了顿河马、奥尔洛夫马和布琼尼马等优良马种的基因，经过长期杂交改良培育而成。而哈萨克马的前身正是乌孙马，因而称伊犁马为"天马"的传承丝毫不为过。

在这家客栈前台登记时，老板娘为我们端来了切好的西瓜，听说我们远道而来，热情倍增，饶有兴致地为我们介绍周边值得去的景点，但我心中早就有了清晰的规划，所以第二天一大早我就和老王骑车离开了昭苏县城，向南进入了昭苏草原。

向南的途中，时常可以与大群的伊犁马相遇，这里的马身材高挑，四肢和脖颈修长，比我们此前在任何地区看到的马都要健美很多。蒙古马相对矮小，山丹马体型粗壮，只有这伊犁马让人一眼便为之惊叹艳羡。除了饲养牛羊马匹，这里还有大型农场，因为有特克斯河的存在，宽阔的河谷土地肥沃，兵团在这儿开垦出大片农田，种植小麦、玉米还有向日葵等经济作物。

跨过特克斯河湿地，再经过察汗乌苏蒙古族乡，沿着天山山脉向西行走17千米，就来到了我们的目的地——夏特柯尔克孜族乡。刚一到这里，阴沉了一整天的天空忽然更加暗淡，山上被乌云覆盖，狂风怒号，白杨树在风中摇晃不止，枯黄的叶子被风吹得四处飞舞，我和老王立刻钻进路边一家营业的宾馆。这家宾馆就在乡客运站后面的大院中，一栋三层小楼，是乡里最大最正规的宾馆，其余多是民宿和农家乐。

辛苦一天到达这里，我和老王决定在此住上两晚。房间内的布局同城市中一样，只是电视无法收看。宾馆老板拥有一辆苏联产的二手拉达汽车，像新的一样停在院子的雨棚下面，老板说那是他从邻国哈萨克斯坦购买的，据说像这样的拉达汽车在昭苏一带还有很多人在驾驶。我曾经在中亚地区和高加索山区旅行时，经常可以看到老旧破烂的拉达汽车，像这样车况良好的还是头一回见。车身小巧紧凑，最主要是便宜皮实，难怪直到现在仍有许多人还在开着它。

第二天睡到自然醒，虽说是自然醒，但因为长期在路上，作息时间已然很规律，所以照旧醒得很早。走下楼，晴空万里，远处雪山闪着银光，一片祥和降临在夏特乡。每家每户的住宅都是独栋房屋，密密麻麻，墙壁用砖块砌起，屋顶用蓝色、灰色、红色或绿色的尖塔形铁皮房顶覆盖，就像俄罗斯的乡村建筑，美观大方。这里虽是柯尔克孜族乡，但也有少量维吾尔族、乌孜别克族、蒙古族、哈萨克族、汉族等同胞生活在这里。在乡中心的路边餐厅吃饭时，小小的餐馆里聚集着各个民族的面孔。汉族人通常前来务工，或盖房或收割庄稼，维吾尔族通常在这里经营餐厅，柯尔克孜族、哈萨克族、蒙古族的百姓则多以游牧为生。

在镇子的南边就是夏特古道，这里已经被开发成了旅游景区，我们买完票后乘坐景区内指定的巴士车沿着夏特河谷一路深入。地势渐渐抬升，公路变得很窄，有时公路十分陡峭。车内除了我和老王，仅有一对夫妻，司机和乘客都没有系安全带的习惯，真替他们捏把汗。汽车在杉树林中穿梭，河水向山下奔腾，天山以其最秀美的姿态迎接每位客人。

"给大家5分钟拍照！"柯尔克孜族司机踩住刹车回头甩出这句大家盼望已久的指令。

于是大家迅速拿上手机跳下车，争分夺秒记录眼前的一切美好。

继续往里行驶，狭窄的河谷豁然开朗，牛群在开满野花的河滩草地上懒散地倒嚼，雪岭云杉在谷底一直蔓延至山坡高处，已经枯萎的小黄花仍旧使出最后一丝力气点缀在河滩的碎石间，高大雄伟的木扎尔特峰像水坝一样将河水的尽头拦腰截断。山峰上常年覆盖着皑皑白雪，阳光下如银光闪闪的王冠，目光所及之处，如梦如幻。

有人说木扎尔特峰就是玄奘当年离开跋禄迦国后翻越的凌山，这一点我持否认态度。在《大唐西域记》中有这样的记载："国西北行三百余里，度石碛，至凌山……山行四百余里至大清池……"也就是说凌山在跋禄迦国的西北三百余里处，正是今天的乌什县西北方的勃达岭，玄奘也正是通过乌什县西北侧40千米的别迭里山口进入了凌山，而去往别迭里山口的路正是一段布满碎石的戈壁滩。由别迭里山口向北翻越大雪山到达伊塞克湖的道路就是别迭里道，是丝绸之路上的一条重要交通线。如果说木扎尔特峰是凌山，那么

夏特古道

  它的方位与记载中的完全不相符，木扎尔特峰在今天温宿县（跋禄迦国所在地）的东北方，所以玄奘根本没必要向东北经木扎尔特峰再向西去伊塞克湖（大清池），这反而走了不少弯路，且与记载中的四百余里相差甚远。

  虽说唐代高僧玄奘并未从这里走过，但有位西汉公主确实踏足过此处。说到这位公主，我们还需从乌孙国说起。乌孙首领猎骄靡复国后向汉示好，并用乌孙良马作为聘礼请求与汉朝联姻。汉武帝刘彻对良马盼望已久，况且还能收获一个西域盟友，何乐而不为呢？于是答应了这门亲事。但作为皇帝自然不会将自家骨肉嫁往遥远的西域，于是自己的侄孙女便跃进了刘彻的视线中，她叫刘细君。

  刘细君的父亲是江都王刘建，而刘健又是刘彻的哥哥刘非的儿子，因为侄子刘健私造兵器和玉玺，被人揭发，遂自杀身亡，刘细君的母亲也受到牵连被杀，年幼的刘细君便早早地成为孤儿。五岁时刘细君被带到宫中，学习乐舞和皇家规章制度。被选中出嫁乌孙后，刘细君被封为汉江都公主。就这样，在公元前 105 年，年仅 16 岁的刘细君肩负着国家的使命在庞大的送亲队伍中离开了繁华的长安城。送亲队伍一路经过大漠戈壁、森林雪山，千里迢迢到达乌孙国，从小长在深宫中的刘细君从此过上了游牧人的生活，巨大的心理落差可想而知。在来到乌孙后，细君公主成为猎骄靡的右夫人，而更加尊贵的左夫人之位则被先到一步的匈奴公主霸占，这样一来，细君公主便只能低人一等。刘彻后来为思乡心切的细君公主在今天的昭苏草原修建了一座汉式宫殿，并时常派人送去一些汉地物品以示抚慰。猎骄靡死后，细君公主改嫁给了猎骄靡的孙子军须靡（古代游牧民族实行收继婚制），一时难以接受现实的细君公主上书给刘彻，请求回归家乡，但等来的却是冷冰冰的几个字："从其国俗"。就这样，细君公主又嫁给了乌孙新的首领军须靡，为军须靡生下一个女孩，取名少夫，但生产后不久便因身体虚弱，郁郁而终，年仅 21 岁。①

这就是细君公主悲惨而短暂的一生，她生前曾将内心的伤感寄托在诗词中，一首《黄鹄歌》表露了她的全部情感。

吾家嫁我兮天一方，远托异国兮乌孙王。
穹庐为室兮旃为墙，以肉为食兮酪为浆。
居常土思兮心内伤，愿为黄鹄兮归故乡。

我和老王坐在半山坡的草地上，肚子有些饥饿，我从背包里拿出早上买的月饼同老王分享。我们边吃边望着左前方巍峨的雪山和眼前的夏特古道，幻想着两千多年前一支庞大的送亲队伍从不远处经过，有那么一瞬间，我仿佛听到了细君公主哀伤的叹息声和抽泣声。

下午，我和老王来到夏特古道入口处西侧的台地上，这里有一尊用汉白玉雕刻的细君公主像，在雕像的后方约五百米处就是细君公主墓，同这里其他乌孙人的坟冢一样，高大的封土堆露在地表，上面长满青草，几块现代人立起的墓碑和纪念碑证实这里确实是细君公主的安睡之地。细君公主是可悲的，年少远嫁异国；同时她又是幸运的，她是中国历史上第一位有明确记载的和亲公主；而更值得高兴的，是在千年后，她的墓地已被中华疆土所包含，也算是回到了故土。

---

① 此处内容参考了高洪雷《大写西域》第四十五章，以及东汉班固《汉书·西域传》。

躲避暴风雨

又是一个晴朗的早上，我和老王离开了夏特乡。沿着夏特河东岸向北行走，穿行在白杨树的绿荫中，许多树的叶子已经泛黄，农民在地里收割麦草。木扎尔特峰裹着雪衣在远处眺望，一路相送，中国西部的边境风光令人沉醉。

笔直的公路将我们一路送到特克斯河谷，这里是中国与哈萨克斯坦的国境线，再往前就是边境公路了。路旁牌子上用蓝底白字清清楚楚写着"您已进入边防公路"。附近村庄的院墙上也用艳丽醒目的油漆粉刷着"放牧就是巡逻，种地就是站岗"的标语，这一切都将这里衬托得格外严峻，让人不敢贸然向前。我和老王在牌子的前方停下脚步，村庄已经被远远地甩在身后，路上行人和汽车极少，公路右侧被铁丝网围起来，铁丝网内有一位柯尔克孜族牧民骑着摩托车放牧，到处都是他的牛羊马匹。

夏塔古城

就在这片牧场中，紧挨着柏油路的一侧，深藏着一座唐代遗址，如果不是路旁的信息牌提示，相信很多人不会想到它的存在，因为这座古城留在地表的建筑几乎被抹平了。东城墙已经彻底被河流蚕食干净，从空中看，像一块被咬了几口的吐司面包片，而其余的城墙也只是高出地面一米左右的土坡。在柏油路的西侧，地面上分散着深浅不一的土坑和高低不等的土丘，看不出有什么特别的地方。如果从空中往下俯视，密密麻麻，大小不一的方形房屋痕迹就会一目了然，这些都是曾经人为建筑的痕迹。我和老王漫步在这些土坑之间，随手就可以在地上捡到许多残砖碎瓦，那一刻我们仿佛离历史更近了一步。这座西部边陲的古城名叫"夏塔古城"，是唐朝在西域设置的都护府之一，它地处险要，扼守着丝绸之路重要的通道，千年后它仍旧守望着中国的西部边陲，只是现在这里已是一片广袤的牧场。

中哈两国隔河相望，河边被茂密的荆棘和灌木丛遮盖起来，看上去近在咫尺却又不可逾越。沿着边境公路继续向北，在特克斯河北岸的山坡上，耸立着一座红墙金瓦的清代建筑。这座建筑是近几年修建的，为的是保护建筑内的一块石碑，石碑名叫"平定准噶尔勒铭格登山之碑"，人们习惯称它为"格登碑"。

在17世纪，新疆南北分别为叶尔羌汗国和准噶尔汗国所占有，一个名叫噶尔丹的蒙古人成为准噶尔汗国的首领，随后他四处征战，企图再次建立大蒙古帝国。在他的带领下很快就吞并了叶尔羌汗国并侵占了哈萨克汗国的部分领土，此后准噶尔汗国又向漠北喀尔喀蒙古和西藏发起进攻，不可避免地与清军形成了对立。后来清朝与准噶尔汗国展开了长达70年的战争，历经康熙、雍正、乾隆三朝皇帝，才最终平定了准噶尔的叛乱，将西北大部分土地重新纳入了中华版图。为了纪念平定准噶尔的胜利，乾隆皇帝亲笔撰写了碑文，并于1761年在此立碑以昭后人。

在返回昭苏县城的途中，距离县城还有20多千米的时候，北边的乌孙山上云朵又开始聚集起来，一大片云朵向南快速移动，遮天蔽日，大地和高山笼罩在黑压压的阴影里，气氛压抑又恐怖。特克斯河谷的天气变幻莫测，常常到了午后，水汽开始在天山或乌孙山上集结，随后便是电闪雷鸣，风雨交加。眼看大雨将至，我和老王在距离昭苏县还有十几千米的地方停下来扎营。这是一处非常好的营地，草地上三两棵低矮的柳树枝繁叶茂，树下一条

复古之路　中国西北行记

小溪缓缓流过，远处是连绵起伏的草原。我们将帐篷搭在小树下，帐篷刚一搭好，天空便降下了小雨，阴云中还伴随着轰隆隆的几声闷雷。老王将自行车停放在帐篷旁，为了安全起见，我又将自行车这样的金属物体搬离了帐篷。

在暴风雨中露营

我们躺进帐篷里后，乌云几乎覆盖了整片特克斯河谷，像一层厚厚的棉被压在头顶，剧烈的压迫感让人窒息。一道道闪电直直地劈向大地，巨大的雷声仿佛把天空都击碎了，震耳欲聋，同时大地也在颤动。我和老王把手机的网络和信号全部关掉，避免引来躁动的雷电，躺在空旷的草原上，任凭自然之力疯狂释放，我们毫无还手之力，只能听天由命。雨滴始终没有变大，只是起了大风，大风将树木吹得呼呼作响，我们蜷缩在帐篷里，祈求老天开眼，不要伤及无辜。大概过了半小时左右，乌云渐渐向东移动，西边的天空逐渐放亮，太阳再次照耀大地，被雨水淋洗过的草原焕然一新，映衬在金色的夕阳中。一道彩虹架在东边的山坡上，在阴暗的背景下，显得格外绚丽。空气中弥漫着牧草的芬芳，紫色的小花开得正艳，树梢静止了，草原重归宁静。

翻越乌孙山

从昭苏去往伊宁的路有三条，一条是最近的伊昭公路，另一条则是刚通车不久的219国道，还有一条就是向东经过特克斯绕行至伊宁。因为伊昭公路横穿乌孙山，受季节和天气影响较为严重，所以每年只有7—10月短暂开放。不巧的是就在我们离开昭苏的前一天，伊昭公路因为部分路段抢修已经临时关闭了，所以我们只能选择219国道前往伊宁。

因为去伊宁需要穿越乌孙山，加上在特克斯河谷这几天见识了这一带喜怒无常的天气，所以在出发前的两天我和老王时常会抬头观察天空的变化。我们很幸运，最近两天天气异常稳定，碧空如洗，万里无云，这给我们释放了一个非常好的信号，内心的压力也减轻了不少，可以放松身心地去享受伊犁的美景了。

离开昭苏时，南边天山的积雪像一条银蛇盘踞在高大的山体上，让人忍不住想回头多看几眼。我们离开昭苏县城后，向东拐进一条狭窄的山谷，再沿着小洪纳海河向北跋涉，之后拐向219国道。

山谷中的清晨气温很低，随着太阳的抬升，阳光照遍山谷，便温暖了许多。山谷外是昭苏县种马场，村庄里居住着的多是哈萨克族，也有部分蒙古族，房檐下的金属装饰多是民族传统花纹或天马的形象。山谷中也有零星的毡房，哈萨克族牧民在这远离了都市喧嚣的山谷中，过着波澜不惊而又怡然自得的日子，着实令人羡慕。

走出山谷，经过一个小水库，公路拐向西方，眼前一片开阔。山坡放缓了许多，一望无际的草场霸占了全部视野，杉树生长在山的北面，种马场牛

复古之路 中国西北行记

队的几百头肉牛占领了一整片山坡。当地人称这里为"野狼谷",光听名字就令人不寒而栗,一位来自霍城县的回族养蜂人告诉我们,前不久一户牧民的两匹马被山上的狼咬死了,看来野狼谷名副其实。在这样的地方旅行,最好不要夜晚活动,白天赶路才是明智之举。

翻越乌孙山

爬上高地,一路下坡,公路很快与伊昭公路会合。踏上伊昭公路向北继续行走,没多久就经过了一个哈萨克族村庄,村子很小,路边有一家正在营业的哈萨克族餐厅,院子里回荡着欢快的民族音乐。一位哈萨克族主妇在开放式厨房的案板前切菜,她戴着花色头巾,扎着围裙,看到我们两个陌生人后没做出任何反应,无动于衷。

"你好!这里有吃的吗?"我试探性地对她说。

主妇并未回答,只是低着头重复着机械式的动作,我们仿佛空气般被她无视了。

"你好？有吃的吗？"我提高声音再次问道。

这一次主妇转过头用满是疑惑的眼神注视着我们，还是不作声。

"有菜单吗？我们想吃个午饭。"我有些奇怪又无奈。

"啊？"主妇终于开口了，但显然她并没有打算为我们提供任何帮助和服务。

"你这里没有吃的吗？我们想吃点东西。"我皱起眉头。

主妇转身走向房间，打开门，里面是她的男人，大腹便便，像一只刚进完食的海豹慵懒地半躺在床榻上。

"怎么了？"男人问道。

"我们想吃个午饭，你这里有什么吃的吗？"

"只有鸡。"

"什么鸡？"

"一整只鸡。"

"多少钱？"

"一百五！"

我和老王听到价格后互相看了对方一眼，心领神会，谢过后便走出了院子。

我们只想在这个村子吃个便餐就继续出发，加上我们随身带着馕和苹果，还有其他主食，所以并不想花大价钱去吃一整只鸡。于是我们在路边一家很小的超市买了点水和零食，就坐在村头的草地上午休。

进山的路始终向上攀升，山势逐渐升高。午后的阳光照在身上暖暖的，秋日的天空湛蓝深远，山峰裸露出青色的花岗岩，山下小溪潺潺，树木参天，仿佛行走在世外桃源。山半腰公路分了岔，向左是封闭的伊昭公路，向右则是新开通的219国道大洪纳海隧道，全长2710米。隧道内的设施全部都是崭新的，灯光明亮，路面平整，来往车辆非常少，比此前经过的任何一条隧道都要舒适安全。

来到隧道另一头，连绵的群山向西延伸，北面山坡被茂密的杉树林完全覆盖，树林中人为砍伐出一块块防火隔离带，为的是在发生森林火灾时，不波及整面山坡的树木。而南面山坡长满大面积的青草，树木零散稀疏，山顶部满是常年被冰雪侵蚀后留下的尖锐石峰。公路在陡峭的山体盘旋下降，随后沿着山谷一路往西。因为这里地处边境地带，所以沿途每隔1千米就会出现一座边境巡逻站，实际上只是一个临时搭建的小房子，甚至是集装箱式的房屋。里面通常有一到两个当地牧民或兵团职工值班，路上也有骑着摩托车来回巡逻的民兵，紧张严肃的气氛弥漫在整座山谷。

尽管这样，我还是边走边停，自由自在地行进在这风景如画的大山之中，哈萨克族牧民的洁白毡房在山坡上的林子中安扎，烟囱冒着青烟，一大家子坐在草地上攀谈。这条国道的开通，极大地方便了当地人的出行，在没有公路之前，人们想要从山中走出去，不仅费时还很费力。从郁郁葱葱的山谷中走出来后，公路紧贴着边防线一路向北延伸。路左侧的山坡上挂满铁丝网，竖着五排，横着三排。路右侧仍有兵团的民兵站岗放哨，别说是偷渡国境的人，就连一只兔子都别想逾越这严密的把守。每当我从哨卡经过，哨兵远远地就发现了我这个移动目标，视线始终不离开我，直到我驶离他的守护范围。这多少让人有些紧张，生怕做出了错误的行为而被羁押带走。

就这样，我们在一路监视中走出了乌孙山。公路继续向北下降，经过一座名为多兰图的清代卡伦遗址（"卡伦"为满语，意为哨所，伊犁现存15座卡伦），又穿过一大片戈壁滩，随后向东拐进一个名叫"墩买里"的小村庄，又经过了7千米长的戈壁公路。此时已是北京时间下午7:30，太阳在身后将我们的影子拉得很长，四下里空旷荒芜。恍惚间再次置身南疆戈壁，还好，南边朦朦胧胧的乌孙山像苍茫大海中的灯塔，将我从塔里木盆地拉回到伊犁河谷。

黄昏时，我和老王在公路下的涵洞中露营过夜。搭好帐篷后，我望向西边的天空，太阳已经全部落下，余晖染红了半边天，清晰地衬托出平坦的地平线，大地重新归于寂静，一闪一闪的星斗开始升上戈壁的夜空。

在伊宁的时光

"哐当！哐当！"

两声巨响把我和老王从睡梦中惊醒。涵洞上方的水泥板和路面高低不平，每当有卡车经过时，都会发出巨大的声响，所以这一夜我们已经不知被吵醒了多少次。

我起身坐在帐篷里抱怨着："我的天，吵死了！"

"你昨晚听到狼叫了吗？"我把头探出帐篷接着说。

"狼？没有。"

"我听到狼叫了，大概在 0 点左右。"

"这儿还有狼？"

"我也不知道，但我确实听到有东西在叫，像狼叫的声音，离我们不远。"

我并不确定昨天夜里的那个奇怪的吼叫声是否来源于天山的狼，但那并不像狗叫的声音，况且我们睡觉的地方也没有村子和人家，出现狼的可能性不能说完全没有。在新疆旅行以来，我们还未曾见过野生的狼，虽说从未与狼面对面的接触过，但在这荒郊野外，与它相遇想想也是让人胆战心惊。

将狼的事抛之脑后，重新出发。很快我们就来到了察布查尔锡伯自治县，这里是全国唯一以锡伯族为主体的自治县，关于这里和这个民族我们了解的都不多，所以对这里多少还有所期许与想象。

关于锡伯族很多人感到陌生，这个民族原居住在中国东北地区，那为什么会出现在遥远的西北边疆呢？这还要从乾隆年间说起。1764 年的农历四月十八日，清政府从盛京（沈阳）周边抽调锡伯族官兵及其家眷四千余人到新疆伊犁地区屯垦戍边，以改变天山以北人烟稀少的局面。在正式出发前，锡伯族官兵与家乡父老相聚在锡伯族家庙，祭奠祖先，互相道别，于次日清晨，也就是农历四月十九日这天从盛京向西出发。经今天的内蒙古通辽至乌兰巴托、科布多，穿越了蒙古高原，最终抵达伊犁河谷。原本计划三年的行程，仅用了一年零三个月便完成了。在二百多年的岁月里，他们不但开荒种地，还多次协同清军抗击阿古柏和沙俄等外部势力的入侵，为建设边疆、保卫边疆做出了巨大贡献。所以直到今天，伊犁地区的锡伯族仍会在每年的农历四月十八日这天，举行盛大的纪念庆祝活动来纪念锡伯族西迁的壮举，歌颂祖先的英勇事迹，以及想念离别的同族亲朋。[①]

我们穿梭于察布查尔县城的大街上，行人的面孔与汉族人无异。也难怪，来自东北的锡伯族从五官长相上并没有异于我们之处，就连生活方式和习俗都和东北人无异，如果不说现在身处的是新疆，还以为到了东北某座小县城呢。这些移民者远离了白山黑水，穿越大漠戈壁来到中国的最西端，世代与这片土地同呼吸共命运。看到这些西迁而来的锡伯族后裔，仿佛看到了我自己，在东北大平原生活的汉族人，包括我在内，祖先也都曾来自别处，这种世代远离故土移居他乡的历史，是我们共有的记忆。

察布查尔县距离伊犁首府城市伊宁只有13千米的路程，我和老王继续向东前往伊宁。经过了一片片果园和水稻田后，伊犁河到了，跨上伊犁河大桥，宽阔的河面像一条碧绿色的玉带，两岸郁郁葱葱，河水日夜不停地向西流淌，最终注入哈萨克斯坦的巴尔喀什湖。这是我第二次来伊宁了，但只有那夕阳下的伊犁河水和蓝白相间的特色民居还闪耀在我的记忆深处。

伊宁市的规模很大，我和老王住在伊宁的城西新区，这里距离城中心还有些距离。我们寻访的第一个地点是人口稠密的喀赞其民俗街，这里拥有浓郁的维吾尔族风情，街上许许多多民族餐厅，南疆的维吾尔族美食在这里都

---

① 张安福：《远略雄心：西域两千年》，第252—255页。

可以找到，并且融入了许多北疆特色。这里的民居和南疆有着截然不同的外观，建筑风格颇具俄式特色，以白色和蓝色为主色调，也有其他艳丽的色彩掺入，活泼又奔放。马车拉着游人在街巷中来来回回，手工冰激凌店比比皆是，各个民族在这里生活、交易和融合，游牧文明和农耕文明在这里相得益彰。伊宁有着比南疆更多元的感官体验，更像一座"混血"的城。

不得不说的是，从特克斯河谷来到伊犁河谷最大的感受便是温度升高了不止一星半点，这里海拔只有600多米，足足下降了1千米，温度迅速攀升到了35摄氏度。我和老王坐在人民广场的树荫下乘凉，车水马龙的街道加上高温烘烤将人折磨得有气无力。一个个子不高的维吾尔族中年男人推着手推车从我们面前缓缓经过，车上拉着一个大水桶，边走边低声叫卖着："冰水！冰水！"

"多少钱？"我叫住了中年男人。

"两块一杯。"他返回到我们面前。

"我要两杯。"

中年男人掀起水桶盖，里面装着满满一大桶清水，然后拿起两个一次性塑料杯，用水舀将塑料杯盛满递给我们。我喝了一口，很冰爽，很清淡的甜味，就像蜂蜜糖水的感觉。一杯并不多，我两口就喝光了，暂时算是驱散了炎热酷暑，继续坐在树荫下发呆。

午后，我们又辗转来到了伊犁哈萨克自治州博物馆，博物馆内有一组展品最令人印象深刻，走到它们身边仿佛置身于阿里巴巴的藏宝洞。这里有镶满红宝石的黄金酒壶，还有黄金剑鞘和黄金项链，一副镶嵌着红宝石的黄金面具最夺人眼球，面具大小与真人脸部相当，面具的形象也许是它主人生前的容貌。宽阔的脸庞，颧骨饱满，大鼻子，满脸的络腮胡，一副游牧民族的典型形象，尊贵、庄严又带着一丝威武之气。面具的瞳孔和胡须全部用晶莹剔透的红宝石代替，如此奢华精致的器物让我们可以想象曾经生活在这里的游牧民族的生活图景。在人们的刻板印象中，逐水草而居的游牧民族似乎无比野蛮和粗犷，但当你站在这些金器面前时，你会彻底打破曾经固有的偏见，也就会明白李白诗中的"金樽清酒斗十千，玉盘珍羞直万钱"的分量。

在伊宁的几日里，多数时间我一个人在旅馆中休息和整理一路走来拍摄的照片和视频资料，老王一个人在城中闲逛。在一个阴云蔽日的清晨，我和老王离开了伊宁。一连几日的高温炎热被乌云藏了起来，迎面吹来的凉风，又将我们带回了秋天。

惠远镇

前几日还是盛夏般炎热的伊犁河谷，转瞬就变得秋风瑟瑟，阴雨绵绵。我和老王决定离开伊宁市，只要天气不十分糟糕，就没有理由不继续出发。人在一个地方待久了，无论身体还是头脑都会变得迟钝，走上大路，一切都变得轻盈自在。

今天不需要走很远，只有30千米的路程，途中的道路宽阔整洁，多是新修的柏油路和绿化带。离开伊宁市不到20千米便经过了一个叫"可克达拉市"的城镇，这里是兵团第四师所在地，和以往经过的阿拉尔市与图木舒克市类似。再向西走十几千米就到了我们今天的目的地惠远镇。

惠远镇这个名字是清帝乾隆取的，意为"皇恩惠及远方"，听名字就有一种西北所独有的边境要塞之感。我们从主路向北拐向进镇子的小路，在镇子入口处，经过几排低矮的民宅，两段颓败的夯土城墙出现在路的两侧，一块黑色石碑上写着六个大字"惠远古城（新城）"。城墙被破坏得相当严重，曾经因为修公路和种地，被推倒了大部分的墙体，还有的当地居民借着墙体盖起自家房屋。古城的东门楼和北门楼尚且存在，经过后期的加固修缮，仍旧耸立着，而西城门楼和南城门楼已经荡然无存，设防严密的城池就这样变成了一个半敞开的口袋。

到达惠远镇时天空下起了小雨，不过很快就停了。我和老王在蒙蒙细雨中继续向前走，来到镇子的正中心，一个圆形转盘中央矗立着一座清代钟鼓楼，钟鼓楼保存完好，除去底座，上面有三层阁楼，红漆柱，绿瓦顶，周围有粗壮茂密的榆树相伴，典雅庄重。这座镇子不大，人也不多，生活在这里的人早已习惯了外来的陌生面孔。在钟鼓楼东侧的大街上，有一栋灰色二层俄式小洋楼，洋楼对面是伊犁将军府，多数到此的游人，正是奔着这座伊犁将军府而来，我们也同样如此。

伊犁将军府的大门是典型的清代建筑样式，灰砖墙搭配黑色门柱和木门，肃穆又庄严。走进伊犁将军府，两门红衣大炮放置在道路两侧，院落中苍翠葱茏，笔直的白杨树下一条步道通向最北的堂屋，堂屋是半开放式的，清代木质家具对称摆放。门口有两个石狮子，瞪着两只金鱼眼，耳朵大得如同猪八戒，形象有些夸张滑稽。院子东西各有两排厢房，现在都改成了伊犁地区历史展览馆，无声地向天南海北的游人诉说着自己的身世和这片土地曾经的热血历史。院子西侧还有一个四合院，这里应该是伊犁将军日常生活起居的地方，四合院中间栽种着花草树木。向后走是一个金库，再向东拐是后花园，园中有一个将军亭，据说以前这里有不止一座将军亭，而现在仅剩下这一座了。

1762年，清政府平定准噶尔叛乱、统一新疆后，在伊犁设伊犁将军，伊犁将军是当时新疆的最高行政和军事长官，管辖天山南北各处驻防城镇，以及今天哈萨克斯坦的巴尔喀什湖以东和以南的广大地域。次年在伊犁河北岸筑起了惠远城，并在其周边另筑八座卫星城来拱卫惠远城。到了1871年，沙俄入侵伊犁，并将惠远城夷为平地。十一年后，清政府收复了伊犁，遂在惠远城以北6千米处建惠远新城。所以我们今天看到的伊犁将军府就是在1882年重建的城池，而最初的伊犁将军府早已不复存在了。[1]

我和老王在钟鼓楼下的一家餐厅吃午饭，天空又淅淅沥沥下起了小雨。午饭后，我们向南寻找惠远古城最初的老城遗址。从惠远镇向东南行走，穿过一个村庄，走到村子最南边的一大片玉米地，高大的黄土墙矗立在庄稼地中，东城墙与北城墙一息尚存，其余都已难寻踪迹，尤其南边的地面已经被伊犁河冲垮了不少。为了保护这处遗址，当地文管人员在南面的河边修筑

---

[1] 此处内容参考了高洪雷《大写西域》第四十五章，以及王克之《塞外新天府》（新疆美术摄影出版社，2010年版）。

了河堤，阻挡了伊犁河的侵蚀。东边的护城河至今仍然存在，不过它现在已经无须守护城池了，任当地人驱车赶来坐在护城河边垂钓，换个方式继续造福这里的百姓。老城的规模与新城几乎一样大，城内种满了玉米等农作物，没有任何建筑痕迹，空空如也。

说起清末那段历史，充满了屈辱和无奈，远离京城的伊犁地区像一块被遗忘在角落里的宝贝，随时都会陷入贪婪的沙俄之口。随着被称为"中亚屠夫"的阿古柏势力侵占了新疆大部分土地，沙俄也终于按捺不住，趁伊犁地区混乱之际，将惠远古城攻陷，并拆毁了伊犁将军府，一举拿下了新疆最为富饶的伊犁河谷。这时的清廷已腐朽不堪，官员麻木不仁，对于是否出兵新疆的讨论始终没有定论，但此时还有一个人的头脑是清醒的，这个人就是陕甘总督左宗棠。左宗棠认为，中国的山川河流都起源与西北，丢弃了西北，将等同于丢弃了中国，西部若安定，中国就将安定了一半，无论如何，都要守卫西北。最终左宗棠以 60 多岁的年纪毅然决然地担起了收复边疆的重任，他率领六万人马进军新疆，出征时他命士卒抬着自己的棺材随队西出嘉峪关，以示收复新疆的决心。后来，仅用了一年，清军就击退了阿古柏叛军，

惠远古城旧城遗址

收复了新疆的大部分土地。①

当初沙俄占领伊犁的借口是暂且帮助清政府管理，如有一天清廷收复了新疆，再将伊犁归还。但令沙俄怎么也没想到的是，苟延残喘的清廷竟然真的把新疆收复了，所以沙俄就必须信守承诺，归还伊犁。心有不甘的沙俄以向清政府索要"看护费"为由要求清政府派人远赴圣彼得堡谈判。1879年，清政府委派崇厚远赴俄国，一到俄国，崇厚就被虎视眈眈的俄国人恐吓住，威逼利诱之下很快就与沙俄签订了《里瓦几亚条约》，内容包含赔款280万两白银，并割让了霍尔果斯以西、斋桑泊以东以及哈巴河地区和特克斯河流域的大面积土地。擅作主张的崇厚一回国便被弹劾入狱，清廷显然对条约并不满意，于是拒绝履行条约内容，再次派遣了一位汉族官员前去交涉。这次前去谈判的人名叫曾纪泽，他是曾国藩的儿子。经过漫长的谈判，终于在1881年，双方签订了《中俄伊犁条约》，这一次虽没能要回全部国土，但将特克斯河流域和乌孙山一带从沙俄的口中夺了回来，而赔款则增加到500万两白银。②

我们今天所游历的广阔土地，正是一代代先辈用生命和血汗所捍卫的疆土。所以我每次来到新疆，来到这些地方，都会饱含感激，也十分珍惜能踏上这些土地的机会，同时也更深刻感受到，若想将这份国土守住，吾辈还需要付出更多的努力。

一小时后，我和老王再次返回惠远镇，从钟鼓楼下经过，穿过北城门向西去往霍城县县城，县城和惠远镇仅一河之隔，很快就到了。

---

① 《河西走廊》摄制组编：《河西走廊》，第185页。
② 此处内容参考了高洪雷《大写西域》第四十五章。

失落的"中亚乐园"

"阿力麻里",当你第一次听到这个名字你会想到什么?凭直觉我会想到游牧的中亚民族、广阔的大草原,以及充满异域色彩的大街小巷……"阿力麻里"不是某个人,而是一座已经彻底消失了的王城。"阿力麻"在突厥语中是"苹果"的意思,所以"阿力麻里"就是"苹果城",仅听名字就仿佛嗅到了苹果的清香,让人想去一探究竟。

阿力麻里在13世纪到16世纪时,先后成为察合台汗国和东察合台汗国的都城,是丝绸之路北道上的国际大都市。各个民族在这里和谐共处,各种宗教在这里自由传播。城内栽满了苹果树,春天到来时,城内开满粉白色的苹果花,到了秋天,通红的苹果挂满枝头,所以在阿力麻里总是能闻到鲜花与苹果的芬芳,令人为之倾倒,以致当时的人们称之为"中亚乐园",欧洲人更是将阿力麻里奉为"中央帝国都城"。

带着对它的美好想象,我和老王在一个晴朗的上午离开了霍城县,踏上了寻找"中亚乐园"的旅途。行走在宽阔的218国道上,向北极目眺望,别珍套山上的皑皑白雪散发着银光,在大路的尽头指引着我们一路前行。国道与高速公路并行,车水马龙。路上有许多薰衣草深加工产品商店,售卖当地特产,附近的薰衣草庄园大多已收割完毕,所以这个月份已经不是这里最美的时节了,但空气中仍残留着阵阵薰衣草的清香。

到达清水河镇后,向西走14千米,随后向北拐进农四师六十一团团场,一个硕大的红苹果雕塑安置在团场入口处,路旁的宣传牌上写着"中国树上干杏之乡——61团欢迎您",紧跟在后面的还有这里曾经的美好称谓"中亚乐园"。

我和老王骑车走进附近的村庄,这里拥有大面积的庄稼地和果园,果园里栽种着杏树、桃树、梨树,还有苹果树,苹果树上硕果累累,十分诱人。当你走进这些果园,无论怎么寻觅,都不见阿力麻里的踪迹,这座"中央帝国都城"早就随着帝国一同消失在了历史的长河中,不留一丝痕迹。但据说这里的农民时常从土壤中翻出一些陶片瓦片,由此证明,在这肥沃的土地下,埋藏了一座古城,更掩埋了一段久远的历史。

值得高兴的是,如今在团场西侧的七连农舍后方,尚存两座东察合台汗国时期的陵墓——吐虎鲁克·铁木尔汗麻扎。吐虎鲁克·铁木尔是成吉思汗的第七世孙,14世纪中叶,察合台汗国分裂成东察合台汗国和西察合台汗国,流落在外的吐虎鲁克·铁木尔被拥立为东察合台汗国第一任汗王,当时他仅有18岁。

我和老王在正午抵达这里,陵墓外的大门紧锁,门外有一户回族人家,老者头戴白色礼拜帽坐在房前的树下,包着黑色头巾的老伴儿和穿着迷彩服的儿子端来饭菜,显然这一家子是要准备吃午饭。我小心翼翼地向这户人家打听,得到的回答是,陵墓禁止参观,这户人家就是陵墓的管理者。老王走上前试图说服对方,但始终没有得到应允,于是我们只好趴在铁门上,以一种渴求的姿态向内张望。从大门到达陵墓还有一百米的距离,陵墓前栽种了许多花木,但样子看上去已经很久没有精心打理过了,显得有些杂乱。陵墓大部分被树木遮挡住,只有洁白的穹顶从茂密的树木中钻了出来,在湛蓝天空的映衬下,格外夺目。

我们回到公路上,在附近寻找更好的观赏角度。我推着车子钻进一条胡同,爬上墙根下的沙土堆,视线可以投向不远处的陵墓,但由于陵墓中的树木过于茂盛,我无法完整地看到陵墓,加上四周又被铁丝网和监控探头环绕,根本不敢靠近。最后我们又来到它的后方,这里有几座废弃的大棚,我们爬上大棚的土墙，这儿的视野较为开阔，但角度却不够理想。

陵墓通体白色，正面用蓝、白、青紫三种颜色的瓷砖镶贴，门两侧和上方各有阿拉伯文赞美词装饰，据说这些瓷砖都是当时从中亚运送过来的，经历了几百年的岁月后，陵墓上的瓷砖已经脱落遗失了不少。在它一旁的是一座相对小一些的陵墓，那是吐虎鲁克·铁木尔妹妹的陵墓，相比哥哥的陵墓，妹妹的则朴素了许多，通体白色，没有任何色彩装饰。

吐虎鲁克·铁木尔的陵墓其建筑风格像极了乌兹别克斯坦撒马尔罕的沙赫静达陵墓群中的某一座陵墓，据说吐虎鲁克·铁木尔的姐姐就葬在撒马尔罕的沙赫静达陵墓群中。我曾在2016年到访过那里，两座陵墓如出一辙，仿佛出自同一批工匠之手。

站在大棚的土墙上，我转身向西眺望，满眼都是郁郁葱葱的苹果园，在这极为开阔的大地上，曾经的阿力麻里已不复存在，我努力用自己的想象力尽可能地复原当年的场景。我看到高低错落的民居院落，看到城中街道上流动的各种面孔，有来自叙利亚的工匠、蒙古高原的勇士、欧洲的传教士、中亚的粟特商人……春天，王城内外到处弥漫着苹果花的淡淡芳香，蜜蜂在花丛中飞舞，农妇在庭院中制作果酱，男人们品尝着蜂蜜面包有说有笑；秋天，小孩儿爬上枝头，采摘熟透的苹果，落叶随风飘动，赶着马车满载着过冬草料的农夫默默驶过，膘肥体壮的牛羊在牧人驱赶下走回围栏……这是多么令人向往的"中亚乐园"啊！

可是现实就是这样残酷无情，再美丽的女子也有老去的一天，再繁盛的王国也有消亡的一刻。15世纪末，阿力麻里在东察合台汗国与中亚帖木儿汗国的战争中毁于一旦，曾经的王城被时间的尘埃深埋地下，只剩下吐虎鲁克·铁木尔的陵墓在原野中诉说着往日的辉煌。我和老王坐在一片高粱地旁，吃着产自"阿力麻里"的苹果，苹果汁在口中四溢，欣赏着开干河风光，每咬下一口，都是时间的味道。

复古之路 ~中国西北行记~

赛里木湖

清晨的阳光照进帐篷里，我慢慢睁开双眼，拉开拉链，把头伸出帐篷。夜里的寒凉还未消退，一股寒气顺着拉链开口灌进帐篷，整个人瞬间清醒了过来，但我还是蜷缩在温暖的睡袋中不肯起来，等待阳光照暖大地，再收拾离开。昨夜我和老王在路旁的麦田中扎营，睡得还算安稳。夜里的星空很美，这是在伊犁的最后一夜。

从营地向前走，不久就到达了果子沟的入口，公路继续向前伸向果子沟的山谷中，山的那边就是博尔塔拉蒙古自治州，我们很快就要离开伊犁地区了。离开前我们在果子沟外的镇子吃了一碗热腾腾的牛肉面，好为接下来翻山越岭做足准备，随后我买了一个又大又重的馕，绑在车后面的包裹上，有了它，无论跋涉多远的路，心里都有底气。不得不说馕是长途旅行中最棒的果腹品，不仅美味耐饿，还便于储存携带，古代行走在丝绸之路上的商旅们一定也十分赞同这一点。

果子沟是一条连通伊犁河谷与准噶尔盆地的重要通道，也是丝绸之路上的一条交通要道，因为附近的山上有许多野苹果树，所以被人们称为"果子沟"。进山时，天空清澈，又是一个好天气。在山区跋涉，天气的好坏至关重要，如果天空有云朵，通常到了下午就会打雷下雨，为了安全性和舒适性，选择万里无云的天气最为恰当。

和大部分山谷一样，这里也有一条河流经过，水量很大，所以在这里架起了许多桥梁。山体多是青色的巨石，石缝中顽强生长着一棵棵雪岭云杉。在枯燥的跋涉中，我时不时将视线投向离我较近的杉树，看不清楚它的根部是如何从石头上汲取养分而生存下来的，我打心里佩服它们。一棵树能紧紧咬住巨石而不放松，且能够如此健康旺盛，实在是不简单。反观我们自己，在漫长的人生路上，又有什么理由不坚守自己的理想抱负呢？在纷杂喧闹的生活中，总是有各种各样的声音左右着我们，使人极易动摇初心，多年过后，回首往事，又十分懊恼。所以说只要自己觉得是对的，就坚持下去，就像这些树一样。此时此刻，我的耳边回荡起郑板桥的那首《竹石》。

> 咬定青山不放松，立根原在破岩中。
> 千磨万击还坚劲，任尔东西南北风。

是呀，坚定自己的初心，哪怕是东西南北风，也吹不弯心中的坚守。

自从离开南疆进入伊犁地区，地势就一直在剧烈地变化着，老王也早已习惯和适应了山地骑行，行进起来也是毫不费力，比以往轻松了许多。午后，山谷中起了风，有些微凉，身后的山顶上乌云开始弥漫，我和老王不敢松懈，加快了行进速度。

拐过一个弯后，山谷上方赫然出现一座大桥，大桥将两座山峰连接起来，像一道彩虹悬挂在空中。公路从大桥下方钻过，随后进入隧道再拐了个270度的大弯，最后和大桥相接。我们从隧道中出来时，天空已经全部阴了下来，牛毛细雨开始在山谷中纷飞。这座大桥绝对算得上果子沟中最亮眼的明星，从桥上通过，像飞行在半空中一样。我天生恐高，即使这样，我也忍不住向桥下张望，真的很高，高到我会怀疑桥体会随时倒塌下来，所以在那一刻我只想快速驶离大桥，只有双脚踩在地面上心里才足够踏实。

又经过了两个隧道，气温下降得厉害，我在隧道内的停车区换上长裤和外套。当我们走出果子沟，来到隧道的另一边时，天气要比山谷中更糟糕。冰冷的雨水疯狂地打在我们身上，我和老王被这猝不及防的降雨淋湿了全身，我的鞋子和帽子全都湿透了，双脚冰凉且些麻木。因为这条路属于连霍高速路段，公路是封闭的，所以没办法走下公路寻找避雨的空间，我们只好

复古之路 ～中国西北行记～

果子沟大桥

冒着大雨继续快速向前行进。公路前方的乌云更加低沉了，山下阴雨绵绵，山上雪花飞舞，山体很快就被云雾完全遮挡住。此时此刻我们已经来到了博尔塔拉蒙古自治州，伊犁已经远离了我们。穿出隧道本该与美丽的赛里木湖相遇，但湖面也完全被雨幕遮挡，实在谈不上好看。

我至今仍清楚地记得第一次来赛里木湖时的那种壮美，5月平静的湖面像丝绸般顺滑，叫人不忍大声说话，生怕惊起一丝涟漪。那时冰雪尚未完全消融，所以赛里木湖看上去一半已经苏醒，一半仍在冬眠。我本想时隔多年后再次感受这番美景，也好让老王在辛苦之余遇见一份美好，却不料糟糕的天气给了我俩各自一记闷棍，实在扫兴。幻想中的湖畔惬意骑行演变成了一场生存大逃亡，湿漉漉的衣服贴在身上十分难受，体温一点一点在流失，除了继续向前走没有更好的选择。在天山周围，乌云来得快，走得也同样快，降雨持续了一小时左右，湖面不知从什么时候重新露了出来，阳光洒在赛里木湖上，光线白得刺眼，前方的高山慢慢显露出来，焦急的心总算平静下来。

终于，雨停了，乌云也消散了，风却越吹越强劲，湖面被狂风掀起层层浪花。我们终于达到了湖东边的旅游小镇，小镇非常新，和巴音布鲁克一样，遍地都是酒店宾馆。记得当初这里并没有如此多的人工设施，现在这里摇身一变成为一个拥有全套服务的旅游特色社区，真叫人惊叹中国的速度。

我和老王在小镇空旷的马路上闲逛，想找一家酒店住下，走了三圈下来，只有一家正在营业，凑巧这家在这天也才刚刚开门迎客。前台服务员给我们开了一间双人标准间，价格是480元，这个价格远超我们平时所能接受的范畴，看在天气不好的份儿上，我们还是住了下来。但价格与设施并不成正比，条件实在一般。洗了热水澡，换上干燥的衣物，把袜子和鞋子放在电暖气上烘干。窗外黑了下来，我打开窗户想透透气，一股刺骨的寒气钻了进来，我立刻关上窗户钻进了被窝。

第二天醒来，阳光透过窗户照进房间，这是一个观赏赛里木湖的绝佳天气。我和老王简单吃过早饭后来到湖边。湖水湛蓝，像一块蓝宝石嵌在天山山脉。浪花拍打在布满碎石的湖岸，老王不禁感叹赛里木湖的美丽："虽然我也看过世界上很多湖，但像这么蓝的，还是头一遭。"

中国拥有许多湖，绝大多数湖水依靠东南暖湿气流的补给，而赛里木湖

赛里木湖

则是依赖大西洋暖湿气流的供应，这与当地的地形有着密切的关联。天山以西的广阔土地，直到东欧平原都没有较高大的山脉阻挡大西洋水汽的东进，而天山西段就成了大西洋暖湿气流最后眷顾的地方，所以赛里木湖就拥有了一个浪漫的名字："大西洋的最后一滴眼泪"。

沿湖骑行是一种极致的感官体验，赛里木湖一路相伴，山坡的牧草已经枯黄，但五颜六色的野花还在绽放，环湖大道平整宽阔，无论是骑行还是自驾都再合适不过了。我们从湖西北岸爬上山坡，准备前往博尔塔拉河谷，回头再看一眼赛里木湖，湖面一片波光粼粼。

在山岗的最高处是秀布特达坂，山上的风很大。这一带的山里时常可以见到海洋古生物的化石，我在秀布特达坂附近就意外发现了一块啤酒瓶盖大小的菊石，非常完整地镶嵌在岩石中，周围还有许多植物碎屑化石，眼前的山峦俨然是一座巨大的化石宝库，其中蕴藏着亿万年前的地球生命密码。我非常喜欢在野外寻找各种"宝物"，无论是历史遗址还是化石，都能激发出我的巨大兴趣。在这样的荒野行走探索，是我认为最有趣的事，这比任何地方都要令人兴奋和喜爱。

行进在天山北麓

沿着博尔塔拉河向东行走，沿途全部是村庄和农田，河谷周边是光秃秃的戈壁滩，再向外延伸就是高大的山脉。无论在南疆还是北疆，许许多多的地方都是如此，只要有河流就会有生命，只要离开了河流就变得荒芜。河流除了能够孕育生命，还能够孕育文明，在新疆大大小小的河流附近，只要你细心观察，总能与历史上各个时期的古代遗址相遇，它们从诞生到死去，始终与河流相伴。

即将到达博乐市的时候，在城市西边的河岸北侧，就有一座古城遗址，名叫"青得里古城"，这是唐朝时期的"双河都督府"，在元代毁于战火，曾经被许多人挖掘并破坏。我和老王跨过博尔塔拉河，来到青得里遗址旁边，遗址被铁丝网围了起来，但保护工作确实做得太晚了，遗址已经被彻底夷为平地，一座半立着的三间房是地上唯一的建筑痕迹，但那也极有可能是近代人的作品。黄土地面上长满杂草，曾经被村民行走踩踏出来的小路至今清晰可见，直到如今在遗址中仍有一户人家生活着。遗址南侧临近河岸的地方，大部分已经被河水冲毁了，现在是一片绿化林。

从遗址向东驶上西环路，很快就到了博乐市。博乐市南北狭长，东西相对较窄。道路平坦开阔，路上行人和车辆非常少，少到让人怀疑这里不是博州的首府。城中央东西排列着三座水库，由东向西逐渐变小，东边的叫"八一水库"，中间的叫"七一水库"，最西边的叫"五一水库"，水库之间还有绿化非常好的公园，一条博尔塔拉河将它们串联起来，可以说这一切都是博尔塔拉河的功劳。河水像棋盘中的汉界楚河一样，将博乐市一分为二，北

复古之路 ~中国西北行记~

边的人口密度相对较大,街道也相对热闹一些,大型商场和娱乐设施也都集中在北城。南边属于新区,行政单位和工厂以及物流中心全都安置在南城。我和老王就住在南城靠近东郊的位置,这里除了一些加工厂和住宅楼就只剩下博乐市公墓了,所以居住在这里对于出行十分不便。

从博乐向东24千米,在一个名为"破城子"的村庄西侧,有一个"达勒特古城遗址"。遗址外搭建了一所房屋,屋里没有人,遗址大门上了两道铁锁,从外面的展示牌可以知道遗址正在进行考古发掘。遗址上方被防雨篷布遮盖,遗址的外城被开荒种地破坏得呈现出不规则的形状,内城是正方形,整座遗址被毁得很严重,城墙难以辨明,其周围全部是棉田和农舍,不过相比于青得里古城,达勒特古城还算体面,至少它的城墙还能看到。

达勒特古城被认定为宋元时期的"孛罗城",内城始建于西辽统治时期,外城始建于察合台汗国时期,城内出土了大量察合台汗国时期的金币、陶器、玻璃器,以及其他生活生产用品。因此人们知道在当时这里拥有发达的手工业与商业,是丝绸之路新北道上的繁荣体现与见证。关于它的考古工作还在继续,对于它的解读还需要时间,现在我们只能期待着它有更多的发现。

被棉花田和村庄包围的达勒特古城遗址

整个下午，我和老王都穿梭在果园和棉田中，这里大部分的土地都附属周边的兵团管辖，兵团除了种植棉花，苹果和葡萄也有大面积种植。这里的葡萄园与吐鲁番维吾尔族人的葡萄园截然不用，兵团人的葡萄种植一垄一垄打理得十分有序，地上几乎没有一棵杂草，人们在采摘时也不需要弯着腰钻进低矮的葡萄藤下，这一点我深有体会。

两年前我在吐鲁番的一户维吾尔族朋友家就亲自采摘了两天葡萄。维吾尔族人的葡萄园通常低矮，枝叶藤蔓缠绕在一起，所以对于我这样身高在一米八以上的人来说极不友好。我一整天都是弯着腰弓着身，几乎是以半蹲的姿态在里面采摘葡萄，一天干下来腰酸背痛。也许是得益于吐鲁番盆地得天独厚的自然条件，所以并不需要维吾尔人去精心呵护，我甚至觉得只要将坎儿井的水引到葡萄园中，剩下的就可以全部交给时间了。反观兵团的葡萄园则完全是另一番景象，人们将每一片土地精耕细作，每一株秧苗都细心呵护，这或许与兵团的所在地域有直接关系。我们知道，兵团往往建立在条件极为严苛的地带，许多团场在几十年前都是一片荒漠或盐碱地，对于作物的生长极为不利，所以人们才不得不付出更多的汗水。虽是同一种作物，只要选对了地方，就算离开了人，也照样五谷丰登。

越向东接近艾比湖，河流和湿地就越是常见，干涸的河床长满了芦苇，艾比湖距离我们还有一段距离，曾经被湖水覆盖的土地暴露在烈日下，土地盐碱化已经相当严重了。傍晚我们抵达精河县，留宿一晚，次日走上连霍高速向东跋涉90余千米，穿越了人烟稀少的戈壁滩，中途只有托托镇服务区可以补给饮水和食物。在戈壁滩上行走，气温居高不下，天山积雪若隐若现，一路上我和老王几乎很少停下来休息，都渴望着赶快走完这段枯燥乏味的高速公路。

我和老王在傍晚时分拖着疲惫的身躯走下了高速公路，在农七师一二四团客运站旁吃过晚饭。在天黑前，老王寻到一处极佳的露营场地，这是一片刚收割完的玉米地，地面上铺满了干燥的玉米叶子，踩在上面像弹簧床一样柔软，前面是高约一米的野草，正好遮挡住了公路上的视线，身后和旁边是密密麻麻等待收割的玉米，不仅舒适，还具备一定的隐秘性。

我们很快将帐篷搭建起来，太阳落向天边，大地和天空再次笼罩在幽深的蓝色中，气温也开始下降。钻进帐篷中平躺在地面，每呼吸一次，都有玉米秸秆所独有的淡淡芳香被空气携带进鼻腔，让人忍不住想多吸几次。再过三天，就是中秋佳节了，夜里，又大又亮的月亮高悬在夜空中，大地被月光照得透亮，不需要灯光就能看到远处的树木和庄稼。

安集海的红色海洋

2019 年的秋日里,我曾骑车从乌鲁木齐向西到达奎屯,随后一路北上至乌伦古湖畔的北屯市。当时经过沙湾和安集海镇时,看到戈壁滩中有许多忙碌的身影,大家将采收的鲜红辣椒平铺在戈壁滩中晾晒,当初没有走近观察,所以印象并不算深刻。而两年后又是在同样的季节,我再次从此地路过,只不过这一次是从西向东,所以这回我早早地就准备停下来看个究竟。

离开乌苏市,跨过已经干涸的奎屯河大桥,桥下是宽阔的河床。这一带的河水都被上游建立起来的蓄水坝拦截起来了,日益增加的生活和生产用水,不得不让这里的人们更加懂得如何高效地利用水资源。只是这样做带来的后果是河流尽头的艾比湖的范围逐年在缩减,艾比湖绿洲曾经是准噶尔盆地最重要的绿色屏障,如今已成为新疆沙尘暴的策源地之一,这不能不引起人们的重视。

与精河市隔河相望的奎屯,是一座忙碌的城市,说它忙碌并非指生活在其中的市民,而是指在城西南的十字路口。独库公路从南疆穿越天山抵达奎屯南边的独山子,随后向北延伸至奎屯,最终与一路北上的 217 国道和奎阿高速相连,这是去往克拉玛依与阿尔泰山区的必经之路。东西还有从乌鲁木齐过来的连霍高速,向西可抵达西部口岸霍尔果斯。所以从东部省份向西部口岸的货车,以及从克拉玛依大油田去往南疆的油罐车,同时在这里经过、停歇,于是这里就成了一个繁忙的交通大枢纽。

我和老王小心翼翼地从车水马龙的奎屯大十字路口挣扎出来,渐渐远离了奎屯,耳边也总算清静了下来。天空和大地的衔接处略带一些朦胧,就连

复古之路 ～中国西北行记～

翠绿的白杨树都显得暗淡了不少。往前不远，余光中忽然闪过一抹中国红，我顺着那抹红向左看去，一大片红色的辣椒在路旁的空地铺展开。我连忙跳下车，转身向老王示意停下。老王也发现了这片鲜红，嘴角上扬，不紧不慢地将车停好。

我们走进这片辣椒的日光浴场，几个来自甘肃的务工者站在入口处等待东家，他们每逢这个季节就来到此处帮助当地人采收和晾晒辣椒，以此赚取一些生活费。这里是沙湾的安集海镇，镇子南边的戈壁滩被刚采摘下来的辣椒染成了鲜亮的红色，平日里荒芜的戈壁滩到了辣椒成熟的季节，换上新装，也要在丰收的季节营造一点火热的气氛。

在这片广阔的大地上，有许多人在忙碌着，他们手持钉耙将拖拉机倾倒下来的辣椒山耙平，此时大家没有一点偏心，尽可能地让每一个辣椒都能享受到充足的日照，好让它们蜕变得更快、更彻底一些。我和老王走在辣椒的海洋中，惊叹不已，蹲下来仔细观察，发现这里的辣椒分为两种，一种是被称作"辣皮子"的辣椒，个头儿较大，脱干水分后像纸片一样呈扁平状，拿在手里轻飘飘的。还有一种像小拇指粗的细长辣椒，长度可达十几、二十厘米，辣度相对较高，人们形象地称它为"线椒"。

安集海的辣椒正在收割

在沙湾有一种名扬四海的美食，叫"沙湾大盘鸡"，所以在沙湾可以看到临街众多大盘鸡餐厅一字排开，烹饪大盘鸡所需的辣椒正是产自本地。但你可千万不要以为这里的辣椒只是用来吃，我听说许多大牌化妆品公司所生产的口红，有一部分就是用从沙湾辣椒中提取的红色素制造而成的，想不到吧？辣椒还能用作粉饰脸蛋儿呢。

我和老王从来没有见过这么大规模的辣椒种植，所以我们来到了安集海镇附近的农田中，想更充分地见识一下这难得一见的场面。道路两旁都是等待采摘的辣椒，一米多高的辣椒枝上挂满了红红的辣椒，枝叶都已干燥脱落，只剩下累累果实。在辣椒地之间还掺杂着雪白的棉花地，洁白的棉花与火红的辣椒就这样一同描绘出一幅色彩感极强的油画，让观者流连忘返。在某一片辣椒地中，能看到采收机在来回作业，像一把理发师手中的电推子，将大地的头发整齐地修剪下来。拖拉机缓慢跟随采收机，没多一会儿，采收机就把存满货仓的辣椒倾倒进拖拉机的后斗里。仅凭两个司机的配合，一天就可以采收几十亩辣椒地，效率实在是高。公路上满载着辣椒的拖拉机纷纷驶向南边的戈壁滩晒场，忙碌的场面令人大开眼界。

第二天一大早，太阳还未升起，营地上空传来一阵阵大雁的叫声，那声音要比大鹅的叫声更悦耳。我爬出帐篷，来到树林的南侧，仰望天空，十几只大雁排成"人"字形向南飞去。过了一会儿，又飞来一队大雁，我不知道它们将要飞往何处，或许是印度，也可能是澳大利亚，但可以确定的是，那里一定温暖如春。

经过沙湾继续向东去往石河子，这段路只有32千米，即使路途并不遥远，但行走在这条路上仍旧让我心情沉重，往事浮上心头，这一切还要从两年前说起。2019年9月11日的上午，我和前女友一起从石河子骑车去往沙湾，我们和往常一样默默地骑行在乡村公路上，路上没有任何行人，只有往来不断的汽车呼啸而过。当我们行进到东戈壁村和兴奋村之间的公路上时，忽然听到路基下的白杨树林中传来一阵阵类似鸟叫的声音，并且越来越清晰。我走下公路，寻着声音走到一棵白杨树下，定睛一看，一只刚出生

复古之路 ~中国西北行记~

不久的黑色狗崽在杂草中边蠕动边叫着，我赶忙将它拿在手里查看，它的眼睛还未睁开，不知是谁将它抛弃在这儿。我环顾四周，没有看到任何人，也不见狗妈妈，于是我决定带上它。

就这样，在那段时间我们一直把它带在身边。因为在9月11日这天与它相遇，我们给它取名叫"十一"。从沙湾到克拉玛依，再到喀纳斯和乌鲁木齐，在北疆旅行了一大圈，从还未睁眼到后来可以随处走动，从一次只能喝几口热奶到一天能吃下一大碗狗粮，每天十一都发生着巨大的变化，它也给我们的北疆之行带来了许多欢乐，就像家人一样一路同行。后来因为我要前往尼泊尔，所以暂时将它寄养在吐鲁番的一家宠物店，遗憾的是在我离开后半个月，十一就因生病离开了这个世界，所以在那段时间，我十分自责和悲伤。

我与"十一"

两年后再次回到和十一相遇的地方，当初的场景在脑海中一一浮现。我多希望在同一个地点能再次听到从白杨树下传来那熟悉的叫声，多希望能再有一个机会，把它带回家……但不管我怎么努力侧耳细听，树林中始终都安安静静。

拐了一个弯后，没多久石河子就到了。

从石河子到乌鲁木齐

还没正式进入石河子,细心的人就会发现路旁的空地上停放着各式各样的农业生产工具,还有各个时期的拖拉机,以及更加现代化的农业生产机械,这些都能够充分证明石河子的特殊身份。

石河子是一座非常年轻的城市,从 1950 年开始到 1953 年,新疆军区的官兵们在玛纳斯河西岸开垦建城。到 1956 年,有 2 万多名河南青年来到石河子投身边疆生产建设,后来在 1976 年经国务院批准设立石河子市。经过几十年的建设开发,石河子已经成长为一座拥有庞大人口数量的现代化县城。

我第一次听说"石河子"这个名字还是在小学时,记得是在一部名为《陌路》的电视剧中,那时只知道它在遥远的新疆,周围尽是戈壁和牧场,其余的一概不知。当我第一次走进石河子时已经是 2019 年的秋天了,当时也只是匆匆一瞥,印象仍然十分模糊。再次来到这座城市,还需走进城中心的新疆兵团军垦博物馆,那里是了解这座城市的最佳去处。

1950 年,王震将军提出要把二十二兵团的办公地点解决好,于是这就成为石河子的第一个建设项目,也就是现在的新疆兵团军垦博物馆大楼。在当时条件十分有限,大楼的每一块红砖都是战士们和当地老乡自己动手烧制的,木材是从南边的天山运来的,而大楼所用的玻璃就只能从遥远的上海购买。就这样,石河子的第一座大楼在 1952 年 5 月破土动工,仅用了四个月就竣工了。一座两层(中间为四层)红砖办公大楼在准噶尔盆地南缘拔地而起,是当时名副其实的"军垦第一楼"。时至今日,它已不是行政办公大楼了,摇身一变成为一座地区博物馆,同馆藏文物一起成为珍贵的历史见证。

复古之路 ~中国西北行记~

大楼前矗立着王震将军的雕像,他手持望远镜置于胸前,另一只手微微向前伸展,满面笑容望向远方,似乎正是当年初次来到玛纳斯河畔时的英姿飒爽。他的身后还有一匹军马,显示了王震将军的戎马一生。在雕像两侧的绿化带中,停放了两架老式飞机,它们也都曾为石河子的建设和新疆的农垦做出过杰出贡献。[①]

在新疆大地上,不止一座军垦城市被建立起来,但还没有哪一座像石河子这样人口众多、地位重要,且功能齐备的。这里的街道总是川流不息,比任何一座军垦城市都更具有活力,兴许是因为它距离乌鲁木齐较近的缘故吧。

我和老王在石河子停留了两天,随后跨过玛纳斯河大桥抵达玛纳斯县城,在玛纳斯东北侧的荒地中,有一座玛纳斯古城遗址,相较于现代化的城市,我对荒无人烟的古代遗址更具热情。离开主路向北拐进果园和田地,大概走了2千米,周围不见明显的建筑遗迹,但我知道已经来到了它的身边。这座遗址南北长约640米,东西宽约540米,城内没有任何建筑痕迹,城墙也难以辨认,此前被当地人耕种挖掘的痕迹还很清晰,如今已经被保护了起来,从此再无人进入动土了。城周边有废弃的现代砖窑,所以附近的土地被破坏得非常严重,像垃圾填埋场,又像一座废弃的矿坑。

这座城是唐代的"乌宰守捉","守捉"是唐代在边疆设置的军事机构,它们分布在今天的甘肃和内蒙古阿拉善以及新疆地区,通常驻扎军士几百人到几千人,像这样的军镇遗址在天山南北还有许多处。

继续往东就进入了昌吉回族自治州境内,我和老王并未进入昌吉市区,而是选择在市区西侧的开发区绿化带中扎营过夜。夜里的寒凉一直持续到次日太阳升起,帐篷上凝结了许多露水。

我在昌吉有位朋友,名叫郭勇,也是一位自行车运动爱好者。两年前路过昌吉时,他就邀请我到家中做客,再次途经此地,郭勇一大早就骑着车子

[①] 此处内容参考了《王震传》编写组《王震传》(人民出版社,2008年版)第十四、第十八章。

出城来迎接我们。随后我们一行三人在昌吉的市区吃过早饭，又在市区四处闲逛。

　　坐落在头屯河西岸的新疆大剧院远远望去就像一个含苞待放的天山雪莲，当地人则戏称它为"皮牙子"（新疆人称呼洋葱为"皮牙子"）。这里沿河两岸修建了漂亮的河滨公园，是休闲放松的好去处，这期间郭勇始终陪伴我们左右。郭勇是一个特别热情的人，比我稍大几岁，有一个女儿，虽说已为人父，但从他的身上仍可以感受到孩子般的天真，对待喜爱的事物的那份激情也丝毫未减，他是一个非常适合相约同游的伙伴。我在新疆认识一些朋友，每一个都让我感觉很温暖亲切，大家虽然很少相聚，但从未有生疏之感，这就是新疆人，像这片土地一样大气又热烈。

　　郭勇一直将我们送至头屯河东岸，离别之际还递给我们一袋水果，感激之情无以言表。

郭勇（左）、老王（中）和我

乌鲁木齐作为新疆最大的城市，是许多外地人到达新疆的第一站，很多人在这里留下了许许多多的难忘回忆。我第一次来乌鲁木齐是在 2013 年的春天，天山积雪还未消融，红山公园的柳树吐露新芽，二道桥大巴扎人声鼎沸，整座城市都沐浴在春日的暖阳中。

这座城市建立在博格达山的西端，在天气晴朗的时候不经意间就会在街道的某个转角与雄伟的博格达峰不期而遇。或是登上红山公园的高处，向东南方向望去，巍峨的天山山脉由东向西伸展开来，气势磅礴。

时光悄然流逝，这已经是我第四次走进这座城市了，初次来这里的那种新奇感至今记忆犹新。乌鲁木齐在我的印象中大概可分为两部分，以城中心的红山为界，山北汉族人和回族人较多，城建和内陆城市无异。而山南维吾尔族人较为集中。打馕的摊位、烟熏火燎的烤肉炉子和冰激凌贩卖车俯拾皆是，上了年纪的维吾尔族妇女或已婚者通常用五颜六色的头巾包裹头部，更有甚者用黑色的长袍将全身遮挡起来，只露出两只大眼睛。来到乌鲁木齐的绝大多数游客会直奔维吾尔族风情更加浓郁的山南一带，二道桥大巴扎就是必到之处。

巴扎就是集市，里面售卖各式各样的民族商品，有手工民族乐器、英吉沙小刀、吐鲁番干果、天山中草药、民族服饰等，游客可以在这里找到来自新疆全境的优质特产，即使不买光是游览一圈，也是大饱眼福，心满意足。

当我在 2019 年再次走进二道桥时，这里发生了翻天覆地的变化，除了砖红色的大巴扎主体建筑没有改变，处处都和以往有所不同。我喜欢光顾的烤肉摊位不见了，临街的擦鞋匠和冰激凌贩卖车消失了，维吾尔族妇女的面庞也都全部显露了出来。大巴扎附近还增设了小吃街和民俗街，内陆游客络绎不绝，短短几年而已，仿佛过去了一个时代。乌鲁木齐的变化也正是新疆的变化，如果在近十年间多次到过新疆的朋友一定也会有我这般切实的感受。

一天上午，一位出租车司机向我讲述了他眼中乌鲁木齐的变化。在过去，出租车的生意非常好，经常通宵达旦，而现在因为人口的大量流失，常常到了午夜他就不得不提前下班回家。我相信出租车司机是一座城市最有发言权的一个群体，他们整日穿梭在大街小巷，对这座城市的每一处变化都了如指掌。听到他这么说，我心里生出一丝伤感，人口的流失对任何一个发展中的城市和地区都绝非好事，更何况一个自古以来就十分重要的边疆地区。这一点和我的家乡东北何其相似，同样面临着该如何留住年轻人的难题。人们在选择工作和生活的方向上都趋向经济更发达的东部沿海城市。960万平方千米的国土有太多偏远的地区等待着有知识有抱负的青年去扎根建设，绝不只有北、上、广、深才是唯一的出路。这几年，从内陆抽调了一大批年轻的援疆干部，还落地了一系列的人口迁移政策，就是希望在快速稳定发展的当下，让新疆拥有更好的发展环境，吸引更多的有志青年来投身建设美丽的边疆。

疏勒城

在乌鲁木齐的几天，我和老王还是抽空去了一趟南边很远的乌拉泊水库，去那只是为了看一座名为"乌拉泊古城"的遗址。当我们千辛万苦抵达乌拉泊村时，却发现水库四周早已戒严，作为乌鲁木齐市民的饮用水保护地，这里的管护格外严密，外来不明人员和车辆一律禁止靠近。

这座古城的大小和玛纳斯古城相当，城墙遗存要比玛纳斯古城完整许多，但这并不是说它保存得有多好，只是相对可以看出一个大致轮廓来。通过高空俯瞰，城池四面的城墙和内部结构都可以看清楚，城内也有被现代人耕种过的痕迹。但自从水源保护区建立起来后，城周边的村庄都迁走了，所以这附近的耕地也都荒芜了。

很多人都听过边塞诗人岑参的那首《白雪歌送武判官归京》，其中最后两句是："轮台东门送君去，去时雪满天山路。山回路转不见君，雪上空留马行处。"有人说乌拉泊古城就是诗中的"轮台城"。轮台城是唐代北庭大都护府下辖的一个县，是丝绸之路新北道上的重要城镇，那么历史中的轮台城到底在哪儿，至今在学界仍存在争议。我们暂且把乌拉泊古城看作"轮台城"，跟随岑参的诗歌，闭上眼睛，脑海中想象出一个阴霾寒冷的日子，天山上下一片苍茫，轮台城上的士卒被凛冽的北风吹得蜷缩起身子，就连军旗都冻住了不再迎风招展。诗人与挚友在城东门拱手而别，漫天雪花飞舞，不一会儿友人就消失得无影无踪，只在雪地上留下一串长长的马蹄印……

第三部分 新　疆

　　离开乌鲁木齐向东穿过一段黄土丘陵，当地人叫这里为"九沟十八坡"，据说以前这里有很多狼出没，但现在除了过往的小汽车和矿场的渣土车，再没有其他的移动物体，就连一只野鸡也难寻踪迹。我和老王很快就走出了九沟十八坡，来到了阜康市。如果把乌鲁木齐看作这次新疆之行的一个节点的话，那么从现在开始，我们每向前一步，都距离旅行的终点更近了一步，因为我们将在哈密市结束"复古之路"新疆部分的全部行程，所以越是向东就越是对这段旅程感到不舍与留恋。

　　这里的天空总是飘浮着一层细纱般的雾霭，即使博格达峰就在南边不远处，视线也无法触及，只能隐隐约约看到山体的轮廓。博格达峰下有座湖泊，名为"天池"，据说那里就是古籍中记载的周穆王与西王母相会的"瑶池"，所以在这一路上都可以看到打着"西王母"招牌的蟠桃果园，人们并非真的怀念这位虚无缥缈的女国王，只是想借此将自家产的蟠桃卖个好价钱而已。

　　再向东，路两旁白茫茫一片，雪白的棉花白净可爱。在大片的棉花地中，还有一片片金黄色的西葫芦地，这种农作物用来收集其中的种子，我们平时在超市中购买的南瓜子实际上很多是这种西葫芦子。此时此刻，西葫芦

我和老王（左）在阜康市周边的棉花田中

都已成熟，个头儿大小不一，但每个西葫芦中的子都比较饱满，农民开着一种特殊的拖拉机将西葫芦全部打碎，再将西葫芦子收集起来平铺在平整的地面上晾晒，剩下的碎渣就留在地里反哺农田，随后牧羊人拍马赶到，将牛群和羊群带到地里享用西葫芦碎渣。这个季节的新疆，天山南北到处都是丰收的场面。

如果稍加细心，就会发现在这一带的汉族农户大多操着一口浓重的甘肃口音，但他们是土生土长的新疆人，这是因为他们的祖辈曾经从甘肃迁徙到此，所以乡音也就在这里传了下来。到了晚上，我和老王在一个叫"滋泥泉子"的小镇过夜，这个镇子虽小，营业的宾馆却不少，每年丰收的季节，到这里收购农产品的外地商人应该是不少的。

在去吉木萨尔县的路途上，我们常常可以在公路北侧与某些唐代烽燧和古城遗址相遇，其中就包括在滋泥泉子镇东侧10千米的北庄子古城遗址。这座古城的损毁程度同丝路新北道上的其他古城一样非常严重，并且尚未严加保护，人和牲畜还可以随意进入。遗址西侧紧邻干涸的河道，河道已被开垦出耕地，还有零散的坟墓立在坡上，河流应该枯竭很久了。遗址地面凹凸不平，随手就可以拾起破碎的陶罐碎片，有的碎片上面还清晰地印着当年工匠的指纹，当我的视线与这些指纹相对时，那种时空交错感就尤为强烈，仿佛触碰到了对方一样。

这座古城属于唐代耶勒守捉的故地，和玛纳斯古城一样，都是丝路新北道上的军事重镇。从这里向东50千米就是北庭故城遗址，也就是我们今天的目的地吉木萨尔县。到达吉木萨尔县城，我和老王安顿下来后已是黄昏，按照计划我们将要在这里停留三天时间。

第二天清晨，我俩轻装骑车前往南边的天山下，往南走一路都是上坡，短短的三十几千米，着实把我和老王累得不轻，不过好在路上静谧的乡野风光令人舒心不少。这里的村子居民多是回族，也有哈萨克族和汉族，村庄都坐落在狭长的河谷中。秋风吹黄了白杨树叶，牛羊慵懒地低头吃草，越是接近天山，越是让人有种步入世外桃源般的错觉。在这北国的秋日中，我看到许许多多的草莓被种植在这里，这是我第一次在新疆见到草莓的大面积种植，真想不到在这样粗犷严苛的环境中还有这样娇弱的水果繁茂生长，实在令人意外。

我和老王顺着东大龙口河向上游行走，地势一路抬升，费劲来此当然还是为了去探访一座古城遗址。这座古城遗址就坐落在车师古道的入口处，也就在东大龙口河的东岸高地上，名叫"疏勒城"，属于汉代的遗迹。车师古道是古代西域的一条交通要道，连接着天山南边的车师前国和天山以北的车师后国，相当于现在南北交通大干线，谁控制住了这里，谁在西域就有了主动权。

疏勒城很小，称其为城似乎有些言过其实了，看上去倒像一处小兵营或是哨所。它依傍着东大龙口河，河水水量在这个季节不大，河床满是青石子，树木依靠河水生长，经过长年累月的流淌，河水将地面向下切出了很深的沟壑，所以使这座城池看起来被高高地托举起来了，进可攻，退可守，占据了一个绝佳位置。

疏勒城虽不起眼，但它的背后却隐藏着一段可歌可泣的往事。公元74年，汉明帝刘庄下令进攻北匈奴，誓要在西域重振大汉雄风。没用多久，西域大部重新归于汉帝国的统领，并恢复了西域都护府。次年匈奴大军卷土重来，匈奴人杀死了车师后国的国王，随后向汉军驻扎的金蒲城进攻。驻扎在金蒲城的汉军将领名叫耿恭，耿恭在敌众我寡的情况下，临危不惧，命令士卒将毒药涂抹于箭头上，被射中的匈奴士兵无不伤口溃烂，痛苦不堪，一度感到恐慌无助。一连几次都攻不下金蒲城，于是匈奴大军暂且撤退，择机再战。在战斗的间歇，耿恭带着士卒迅速转移至天山下的疏勒城继续抵御匈奴如潮水般的进攻，其间还派出使者前往西域都护府、柳中城和敦煌报信求援，被派往敦煌的将领范羌还担负着为耿恭和将士们领取过冬御寒棉衣的重任。恼羞成怒的匈奴人将城下的河流截断，希望通过断绝水源来让固若金汤的疏勒城不攻自破。被团团包围的耿恭带领士卒开始在城中挖掘水井自救，向下挖了很久，也不见有水涌出，口渴难耐的汉军也只好从马粪中挤出一点水分救急，饿了就只能用皮带和铠甲充饥。久久不见井水后，耿恭跪倒在井前，向枯井一拜再拜，祈求上天能够救救大家，士卒也没有放弃，不停地向下挖掘。终于，老天开眼，泉水喷涌而出，全军得救了。耿恭站上城头，把井水洒下城墙，匈奴人大惊失色，认为是有神灵在帮助汉军，于是又一次撤退了。留守疏勒城的将士们不知道，在他们被围困之前，西域都护府就已经被焉耆联合周边各国攻陷，西域都护陈睦也被斩杀，而柳中城也已被匈奴围困多日，根本无法前来救援。更糟的是，不久后汉明帝驾崩，朝廷自顾不暇，对西域局势已无力干涉，西域各国纷纷倒向匈奴。耿恭迟迟等不来救援，只能依靠自身的微薄力量抵挡匈奴的多次进攻，一连数月的战斗，汉军此时也仅剩下几十个活人。匈奴久攻不下，无计可施，遂派遣使者前来劝降。耿恭将匈奴使者杀死，并当着匈奴人的面把使者的肉割下来烤着给将士们吃了，这一举动引来了匈奴人更加凶猛的进攻，耿恭等人的情况更加不容乐观。[①]

第二年正月，范羌终于从敦煌带着几千人马返回西域。在返回西域前夕，队伍得知柳中城已经陷落，所以汉军将领在玉门关产生了分歧，一部分人认为没有必要冒险前往天山以北去营救一支生死不明的队伍。而范羌则坚持要前去查看，于是他带领两千人从吐鲁番盆地翻越天山，在一个寒冬的深夜来到了疏勒城下，此时城中只剩下26个汉军将士，他们早已是骨瘦嶙峋，心灰意冷，像丧家之犬一般等待着死神的降临。范羌向城内高声呼喊，通报姓名。耿恭和将士们不敢相信自己耳朵，立刻打开城门将援军接入城中。次日，这群坚守城池的将士同范羌一起由车师古道向南撤退。在这一路上仍有匈奴人围追堵截，汉军且战且退，最终返回到敦煌玉门关时，只剩下13个人，他们个个衣衫褴褛，瘦弱不堪，这是多么悲壮的一幕，耿恭和汉家将士的忠勇至今读起仍令人叹服，就像岳飞所说的那样："壮志饥餐胡虏肉，笑谈渴饮匈奴血。"正是因为拥有这些有勇有谋的将士，才树立了汉帝国在西域的威望，才为我们后人开拓出了这片广阔的疆土。[②]

---

① 内容参考了高洪雷《大写西域》第三十五章。
② 同上。

站在疏勒城前，古今时空交织在一起，我仿佛可以听到汉军和匈奴军队的厮杀声，我甚至能够看到城头上耿恭将军那坚定的眼神。今天，这座遗址全部被杂草覆盖了，隐约还能够辨认，但时间过于久远，城址就快要彻底消失不见了。有些人认为历史上的疏勒城并非在此，而是在东边50多千米的半截沟镇南侧，因为那里也有一座汉代城池遗址，且规模大于这里许多。可令我不解的是，这两处遗址都被相关单位定名为"疏勒城"，也都有耿恭坚守疏勒城的描述，孰真孰假难以分辨。

　　临走时，我向一位哈萨克族小伙子询问这里为什么叫"疏勒城"，小伙子被我突然抛出的奇怪问题问住了，愣了几秒钟后说道："因为有水，有水的话都叫'疏勒城'。"我一头雾水的和老王离开了。后来我查阅了关于"疏勒"一词的解释，一说是突厥语"有水"的意思，这一解释和哈萨克族小伙子的回答相同；二说是古伊朗语"圣地"的意思，这一解释与我们探讨的问题似乎关系不大；三说是古匈奴语"黄色"的意思，这更不着边际。到底哪一座遗址是当年耿恭将军坚守的疏勒城，至今众说纷纭，并且各自都有充足的理由。对于我而言，在哪儿并不十分重要，因为在冥冥之中，我已经到过那里了，并见到了耿恭和汉家将士。

车师古道北侧的疏勒城遗址

伤病来袭

离开了疏勒城，一路下坡返回吉木萨尔县城，村子里的农妇蹲在田里采收土豆，村头的路旁摆放着许多新鲜的大蒜。我喜欢吃面条，大蒜是面条的最佳伴侣，所以大蒜对于我而言也是极具吸引力的。从河西走廊一路走来，西北的大蒜吃了不少，要说最好的当数水分充足且辣度适中的紫皮大蒜了。

当年西行的张骞被匈奴人俘获后，最初就被羁押在博格达山一带。在这期间张骞偶然发现了一种名为"葫草"的植物，后来他把葫草带回长安，成为皇家御用食品，据说此后葫草还得到了皇后许平君的喜爱，于是皇后为这远道而来的植物命名为"大蒜"，从此大蒜在汉地广泛种植，渐渐登上了平常百姓家的餐桌。[①]在当今西北的大大小小餐馆中，餐桌上通常会有许多大蒜为食客而准备。在我的家乡东北，人们也喜欢在吃烧烤或是吃饺子时用大蒜作为搭配。人们对大蒜的喜爱到了痴迷的地步，恐怕连张骞也不会想到。

途中，我和老王在路边的一家回族餐厅吃午饭，午后的暖阳洒满河谷村落。饭后，我们重新回到公路上，我习惯性地将右腿跨过车子，右脚猛地踩踏踏板，左脚随之离地，全身的重量都压在了右腿上，突然一阵刺痛由右膝发出，在一刹那传递到整条右腿，右腿随即瘫软下来，不敢继续发力。我心头一紧，从未有过这样的感受，自知大事不妙，但我并没有立刻停下来，换作左腿用力蹬踏，像没事发生一样，继续出发了。

此刻老王并不知道我出了什么问题，像往常一样跟在我的后头。向前上

[①] 此处内容参考了高洪雷《大写西域》第三十四章。

了一个坡，右膝每一次发力都犹如针扎一般疼痛，我不得不立刻停下来。

"完了，我受伤了。"我的语气中带着些许沮丧。

"怎么了？"老王察觉到了异常，停在我身边。

我连续下蹲弯曲双腿，再将腿伸直，重复了几次，疼痛感依旧存在。我又原地走动了几步，每当右腿承受压力时，膝关节都会发出阵阵疼痛，我更加确信膝盖不是简单地扭到了，而是彻彻底底地损伤了。

早在两三年前，因为过度使用膝盖，已有所不适，也担心将来有一天膝关节会有伤病出现，只是没想到这一天会来得这么早。

"我膝盖受伤了，走不了了，接下来的路，恐怕无法完成了。"我垂头丧气地通知老王这个最坏的可能。

旅行这么多年来，我第一次感受到如此绝望，以前无论发生什么，我都很乐观地面对，但当自己的身体出现严重的伤病时，那种无望感一下子迸发出来，将所有信心击得粉碎。

下午金色的阳光映上我们的脸庞，映衬着静谧的村庄无限美好，这是我最喜欢的时刻，但现在我的心情却十分沉重，未来的路该怎么走，变得一片渺茫。后来我用一条腿发力骑回了县城。回到房间，我躺在床上，只要不给膝盖压力，就没有任何不适感，所以我每一次站起来，都无比希望刚刚只是轻微的扭伤或是一种错觉，但现实一次次又把我按回在床上。

到了第二天，我的膝盖仍然无法正常走动，就连上下楼梯，都变得异常困难，为了不让伤病加重，我几乎一整天都躺在床上，这一天是2021年的国庆日。到了第三天，天气骤变，风雨交加，我和老王又在房间里躺了一整天。晚上，我不得不和老王商量接下来的安排，距离本次旅行的终点哈密，还有400多千米路，如果因伤放弃骑行的话，我实在难以接受，所以我仍然抱有可以骑车完成旅途的幻想。

第四天上午，天气转晴，我和老王按计划收拾行囊，退掉房间，走出宾馆。按照原计划，我们打算骑车前往县城以北十几千米的北庭都护府遗址。在清晨的寒凉中我只向前骑出100米，就不得不再次向伤病妥协，于是我们又返回宾馆,将车停在楼下门口,临时改变主意乘坐出租车前往。

司机将我们带到北庭都护府遗址公园的西大门,大门紧锁着,来此的前一天,我便听说这里在进行考古发掘,所以暂时不对外开放,看来我们又要无功而返了。在遗址外,我们可以清楚地看到天山的积雪,雪线比前几天又降低了不少,北疆的天气一天一天在转冷。

北庭都护府遗址占地面积非常庞大,可以感受到它当时作为唐朝在天山以北最高行政机构的规模。被拒之门外后,我和老王很快就返回了县城,在出租车司机的帮助下,我们找到一辆小货车,以150元的价格让货车司机将我们连同自行车一同送到了吉木萨尔以东33千米的奇台县,我们打算在奇台县住上一晚,再由奇台县转乘长途巴士直接返回哈密市,因为吉木萨尔县没有通往哈密的巴士。做出这样的决定也是不得已,我的膝盖实在无法完成剩下的旅程了,我也早已不再憧憬它能够迅速恢复,不再加重伤病就是我唯一的渴求。到了这时,我也不再感到低落,慢慢接受了现实,心情也愈加轻松了。

一大早,气温很低,紫红色的旭日将被积雪覆盖的天山照射的蔚为壮观,大地散发出深沉的蓝褐色,金色的天山仿佛被大地托举在半空中。人们还在睡梦中时,我和老王已经来到了客运站,偌大的客运站异常冷清,一小时后,我们坐上了去往哈密的巴士。巴士一路向东行驶在笔直的戈壁公路上,我能够感受到车外的寒冷,山上雪线更低了。巴士翻过一座山岗,经过巴里坤哈萨克自治县,再向南穿过巴里坤山,广阔的哈密盆地再次展现在我们眼前,此时暮色开始笼罩原野。

经过十一小时的车程,我和老王终于回到了哈密。五个月前,我们从这里深入新疆大地,五个月后,我们游历了天山南北,满载而归。但现在还没到正式说再见的时候,由于我的意外受伤,错过了哈密的巴里坤地区,所以我和老王决定回到哈密后租辆车再开回巴里坤,把想去的几处遗址看完再与新疆告别。

在返回哈密的第四天,我和老王开着租来的车原路返回了巴里坤。因为前一天巴里坤山以北下了大雪，所以崎岖的山路时断时续，路面被冰雪覆盖，驾驶起来需要格外注意。从哈密到巴里坤有三条路，两条最初的公路相对破旧，一条新建的隧道直通巴里坤，但尚未正式运营。当汽车就要穿出山区时，狭窄的山谷变得白茫茫一片，笔直的雪岭云杉昂首挺立在冰雪中，湛蓝的天空，雪白的大地，加上金色的杉树，一同构成了一幅迷人的风景画。

来到巴里坤山以北，眼前就换了一副天地，气温接近零摄氏度，冰雪将大地衬托的得加苍茫。我和老王直奔大河古城遗址，遗址紧邻柳条河，蜿蜒的河道在这片平坦开阔的大地上形成了珍贵的湿地景观。成群的蓑羽鹤在城西的田地里觅食休憩，城南银装素裹的博格达山巍峨壮丽。大河古城是一座唐代遗址，这里土地辽阔肥沃，适合耕种，所以大河古城就是唐代在此屯垦戍边的证明，像唐朝在西域的血库一样，源源不断地向天山南北输送着粮草，为巩固边防起到重要作用。

被大雪覆盖的大河古城遗址

大河古城由东西两座方城拼凑在一起，呈"日"字形，东城略大，站在城北向南望，积雪的巴里坤山为背景，衬托着颓败的城墙，墙外长满荒草，一切看上去都显得十分遥远和凄凉。北风吹得人不敢将手露在外面太久，能够想象到当时驻扎在这里的大唐士兵是何等惆怅。

巴里坤古城西侧的瓮城

  从大河古城往西南行走 12 千米，还有一处规模较小的唐代遗存，它隐藏在密密麻麻的老旧民宅后方，南城墙被房屋占据抹平了，剩下三面墙体也倒塌严重，它没有一个响亮的名字，于是当地人就用万能的"破城子"来称呼它。

  就在破城子西侧仅一街之隔就是巴里坤哈萨克自治县的县城了，因为季节的变化，城中街道行人很少，车辆也不多，给人以恬静之感。这座县城的独特之处是它几乎全部建在一座清代古城之中，并且这座清代古城保存得非常好，东西瓮城、门楼、马面都屹立不倒。这座清代古城呈现出东西长南北窄的长方形，西城建于雍正年间，主要驻扎着汉族士兵，所以称为"汉城"；东城建于乾隆年间，驻扎着满族士兵，故称为"满城"。现在，东西二城合为一体，统称为"巴里坤古城"。[①]

  和新疆大部分地区一样，巴里坤也有着属于它独一无二的记忆。在秦末汉初之际，生活在河西走廊的乌孙人被邻居月氏人驱赶向西北逃亡到匈奴的领地。乌孙首领难兜靡被杀，难兜靡的儿子猎骄靡出生在西逃的途中，后被匈奴冒顿单于收养长大，并成为乌孙的首领。再后来，月氏人被匈奴击败西

---

① 此处内容参考了《中国国家地理》2013 年第 10 期《新疆专辑》第 184—197 页。

逃至伊犁河谷，而猎骄靡在匈奴西侧的蒲类海（今巴里坤湖）一带驻防，时机成熟后，猎骄靡向月氏人发起了复仇反击，月氏人不堪一击，继续向西逃窜至中亚阿姆河流域。于是猎骄靡顺理成章地接管了肥沃的伊犁河谷，并建立起乌孙国，只留下一小部分乌孙人继续留守在蒲类海，而就是这一小撮乌孙人后来在蒲类海周边建立起了一个小政权——蒲类国。[①]

巴里坤湖南岸一直都是丝绸之路新北道上的重要驿站，后来在唐贞观年间，朝廷将伊吾（今哈密）设为这一带的中心，从此蒲类海的地位被伊吾所取代，直到今天，哈密已经成长为一座很有规模的城市，被称作"新疆东大门"，而巴里坤却逐渐没落为一个默默无闻的小县城。

我和老王重回哈密盆地时，弯月已高悬在空中，太阳落下的方向还有一丝光亮，像暗夜中随时都要熄灭的灯烛。我和老王站在寂静空旷的戈壁滩中，寒气逼人，遥望着山下哈密朦胧的灯火，在这迷人的暮色中该向新疆说声再见了。

---

① 此处内容参考高洪雷《大写西域》第三十七章。

后　记

2021年10月11日上午，我一瘸一拐地和老王踏上了向东的列车，在依依不舍中离开了新疆。很抱歉我竟这样狼狈不堪地结束了这段旅程，相比于受伤的膝盖，真正和新疆道别才是最让我感到伤感的。

离开新疆后，我和老王在河西走廊又停留了几天，最终于10月19日来到河南洛阳以北的班超墓前，亲手将从新疆哈密戈壁滩中带回的一捧热土撒在了定远侯班超墓上，以示对班超和其他为西域奉献终生的英烈的一份敬意，班超若在天有灵的话，我想他一定会很喜欢这份礼物。班超将一腔热血全部奉献给了西域，他在年迈还乡后不到一个月便与世长辞，再也没能回到他建功立业的西域。他一定很想念那里的每一寸土地，我希望能以此方式让他感受到来自遥远新疆的问候。

河南洛阳孟津区的班超墓

至此，历时两年的"复古之路"完结。从2020年初计划到同年5月实施，我们走过了甘肃、青海、内蒙古、宁夏、陕西、新疆，足迹遍布河西走廊、黄河两岸，以及天山南北，徒步里程有1000多千米，骑行里程有7000多千米，实地探访丝路古迹有百余处。在整个旅

后 记

程中，我们感叹中华悠久灿烂之文明，也敬佩历代将士屯垦戍边之伟业，正是有了他们的奉献和耕耘，才让我们今天有机会游览这大好河山，我能力不足，无以为报，谨以此书向丝路致敬！向西北致敬！向前辈致敬！

我深知完成这样一段旅程，比我以往任何一次旅行都更具挑战性，除了具备良好的体能和心态，我还要阅读大量的资料，来积累繁杂的历史知识和有效信息，这是一个漫长的过程，对我来说最大的障碍便来自此事。不过好在我用十足的热情坚持了下来，我和我的同伴已尽最大的努力。为了能让这本游记尽快与大家见面，以及保持最原始的感受，我像往常一样坚持在旅途中记录每天的见闻，这些文字大多写于旅馆的房间或是荒野的帐篷中，绝对真实客观。

在这本游记里，我尽可能地将我所见到的每一处遗址都记录下来，但仍有部分遗址因地处大漠深处和国境线上，没能一一到访，实属遗憾。在广袤的西北大地上，历代遗址灿若繁星，尽管千百年已过，岁月的沧桑改变了太多东西，但这些各式各样的古代遗址仍震撼着现在的我们。它们就像穿越时空的一束光，不仅照亮了我们对过去的无限遐想，也照亮了中华民族走向世界之巅的未来道路，让我们带着满满的敬意与感激，坚定信念，奋力前行。

现在，距离这次旅行结束正好一年，我的膝盖已经得到恢复，不久的将来我将再次出发，继续探索和记录脚下的世界。最后，我由衷地感激曾日夜伴我左右的老王和十三，还有那些默默支持和关注着我们的人们，以及为这本书默默付出的每一位朋友。

姜 野

2022 年 10 月 12 日